战国作品（四）

小墨香书·传世美文

纸贵满堂 编
朱宝荣 绘

湖南美术出版社
·长沙·

图书在版编目（CIP）数据
传世美文·战国作品 / 纸贵满堂编；朱宝荣绘.
长沙：湖南美术出版社，2025.1.--（小墨香书）.
ISBN 978-7-5746-0534-3
Ⅰ. I212.01
中国国家版本馆CIP数据核字第2024RF4042号

小墨香书
传世美文·战国作品
CHUANSHI MEIWEN · ZHANGUO ZUOPIN

出 版 人：黄 啸
编 者：纸贵满堂
绘 者：朱宝荣
责任编辑：范 琳
装帧设计：刘 畅
出版发行：湖南美术出版社（长沙市东二环一段622号）
印 刷：廊坊市颖新包装装潢有限公司
开 本：787 mm × 1092 mm 1/96
印 张：12
版 次：2025年1月第1版
印 次：2025年1月第1次印刷
定 价：60.00元（全4册）

如有倒装、破损、少页等印装质量问题，请与印刷厂联系调换。
联系电话：0315-2514166

目录

庄子

作品简介

《庄子》是战国中后期庄子及其后学所著道家学说汇总。汉代以后，尊庄子为南华真人，因此《庄子》也称《南华经》。《庄子》与《老子》《周易》合称『三玄』。

逍遥游

【导读】

“逍遥”也写作“消摇”，意思是优游自得的样子。本篇是《庄子》的代表篇目之一，充满奇特的想象和浪漫的色彩，寓说理于寓言和生动的比喻中。全篇一再阐述无所依凭的主张，追求精神世界的绝对自由。

【原文】

北冥❶有鱼，其名为鲲❷。鲲之大，不知其几千里也。化而为鸟，

其名为鹏。鹏之背，不知其几千里也。怒而飞，其翼若垂天之云。是鸟也，海运❸则将徙于南冥。南冥者，天池也。

【注释】

①北冥：北海。

②鲲（kūn）：大鱼名。

③海运：海风刮起。

【译文】

北海里有一条鱼，它的名字叫作鲲。鲲的体长，真不知道大到几千里。变化成为鸟，它的名字就叫鹏。鹏的脊背，真不知道长到几千里。当它奋起而飞的时候，那展开的双翅就像天边的云。这只鹏鸟呀，随着海上汹涌的波涛迁徙到南海。南海是个天然的大池。

【原文】

《齐谐》❶者，志怪者也。《谐》之言曰："鹏之徙于南冥也，水击三千里，抟❷扶摇而上者九万里，去以六月息者也。"野马也，尘埃也，生物之以息相吹也。天之苍苍❸，其正色邪？其远而无所至极邪？其视下也，亦若是则已矣。

【注释】

①《齐谐》：书名。出于齐国，记载诙谐怪异之事。

②抟（tuán）：环绕。

③苍苍：深蓝色。

【译文】

《齐谐》是一部专门记载怪异事情的书，这本书上记载说："鹏鸟迁徙到南海，翅膀拍击水面激起三千里的波涛，海面上急骤的狂风盘旋而上直冲九万里高空，离开北海用了六个月的时间方才停歇下来。"春日林泽原野上蒸腾浮动犹如奔马的雾气，低空里沸沸扬扬的尘埃，都是大自然里各种生物的气息吹拂所致。天空是那么湛蓝湛蓝的，难道这就是它真正的颜色吗？抑或是高旷辽远没法看到它的尽头呢？鹏鸟在高空往下看，不过也就像这个样子罢了。

【原文】

且夫水之积也不厚，则其负大舟也无力。覆杯水于坳堂❶之上，则芥为之舟；置杯焉则胶，水浅而舟大也。风之积也不厚，则其负大翼也无力，故九万里则风斯在下矣，而后乃今培风；背负青天而莫之夭阏者，而后乃今将图南。

【注释】

①坳（ào）堂：屋中的低洼处。

【译文】

再说水汇积不深，它浮载大船就没有力量。倒杯水在厅堂的低洼处，那么小小的芥草也可以给它当作船；而搁置杯子就胶着不动了，因为水太浅而船太大了。风聚积的力量不强劲，它托起巨大的翅膀便力量不够。所以，鹏鸟高飞九万里，是由于狂风就在它的身下，然后方才凭借风力飞行；背负青天而没有什么力量能够阻遏它了，然后才图谋飞到南海去。

【原文】

蜩❶与学鸠❷笑之曰："我决起而飞，抢榆枋❸而止，时则不至而控于地而已矣，奚以之九万里而南为？"适莽苍者，三餐而反，腹犹果然；适百里者，宿舂粮❹；适千里者，三月聚粮。之二虫又何知？

【注释】

①蜩（tiáo）：蝉。

②学鸠：小斑鸠。

③枋（fāng）：檀树。

④宿舂粮：准备过夜的吃食。

【译文】

蝉与小斑鸠讥笑它说："我从地面急速起飞，碰着榆树和檀树的树枝就停下，常常飞不到而落在地上，为什么要到九万里的高空而向南飞呢？"到郊野去，带上三餐就可以往返，肚子还是饱饱的；到百里之外去，要用一整夜时间准备干粮；到千里之外去，要准备三个月的粮食。蝉和斑鸠这两个小东西懂得什么！

【原文】

小知不及大知，小年不及大年。奚以知其然也？朝菌❶不知晦朔❷，蟪蛄❸不知春秋，此小年也。楚之南有冥灵者，以五百岁为春，五百岁为秋；上古有大椿者，以八千岁为春，八千岁为秋，此大年也。而彭祖❹乃今以久特闻，众人匹之，不亦悲乎？

【注释】

①朝菌：朝生暮死的菌类生物。

②晦朔：此指一天的晨与夕。晦：农历每月最后一天。朔：农历每月初一。

③蟪（huì）蛄：蝉。

④彭祖：传说中的长寿人物，一说活

了七百岁，一说活了八百岁。

【译文】

小聪明赶不上大智慧，寿命短比不上寿命长。怎么知道是这样的呢？清晨的菌类不会懂得什么是晨夕，蝉也不会懂得什么是春秋，这就是短寿。楚国南边有叫冥灵的大龟，它把五百年当作春，把五百年当作秋；上古有叫大椿的古树，它把八千年当作春，把八千年当作秋，这就是长寿。然而彭祖到如今还是以年寿长久而闻名于世，人们与他攀比，岂不可悲可叹吗？

【原文】

汤[1]之问棘[2]也是已："穷发[3]

之北，有冥海者，天池也。有鱼焉，其广数千里，未有知其修者，其名为鲲。有鸟焉，其名为鹏，背若太山[4]，翼若垂天之云；抟扶摇羊角而上者九万里，绝云气，负青天，然后图南，且适南冥也。斥鴳[5]笑之曰：'彼且奚适也？我腾跃而上，不过数仞而下，翱翔蓬蒿之间，此亦飞之至也。而彼且奚适也？'"此小大之辩也。

【注释】

①汤：商汤，商朝第一代国君。

②棘：夏革，商朝大夫，商汤的老师。

③穷发：寸草不生的地方。

④太山：即泰山。

⑤斥鴳（yàn）：池泽中的小雀。斥：池塘，小泽。

【译文】

商汤询问棘的话是这样的："在那草木不生的北方，有一个很深的大海，那就是'天池'。那里有一种鱼，它的脊背有好几千里，没有人能够知道它有多长，它的名字叫作鲲。有一种鸟，它的名字叫鹏，它的脊背像座大山，展开双翅就像天边的云。鹏鸟乘着羊角般的旋风直冲九万里高空，穿过云气，背负青天，这才向南飞去，打算飞到南海。池泽中的小雀讥笑它说：'它打算飞到哪儿去？我奋力跳起来往上飞，不过几丈高就落了下来，盘旋于蓬蒿丛中，这也是我飞翔的极限了。而它打算飞到什么地方去呢？’”这就是小与大的不同了。

【原文】

故夫知效❶一官、行比一乡、德合一君而征一国者，其自视也，亦若此矣。而宋荣子❷犹然笑之。且举世而誉之而不加劝，举世而非之而不加沮，定乎内外之分，辩乎荣辱之境，斯已矣。彼其于世，未数数然也。虽然，犹有未树❸也。

【注释】

①效：胜任。

②宋荣子：宋钘（xíng），战国时期宋

国人。

③未树：不曾树立的，指超越自我的境界。

【译文】

所以，那些才智足以胜任一个官职的，品行合乎一乡人心意的，道德能使国君感到满意，能力足以取信一国之人的人，他们看待自己也像是这样。宋荣子不禁讥笑他们。世上的人都赞誉他，他不会因此越发努力；世上的人都非难他，他也不会因此而更加沮丧。他清楚地划定自身与外物的区别，辨别荣誉与耻辱的界限，不过如此而已呀！宋荣子他对于世俗的功名，从来不急急忙忙地去追求。虽然如此，他还是未能达到最高的境界。

【原文】

夫列子❶御风而行，泠然❷善也，旬有五日而后反。彼于致福者，未数数然也。此虽免乎行，犹有所待者也。

若夫乘❸天地之正，而御六气之辩，以游无穷者，彼且恶乎待哉！故曰：至人无己，神人无功，圣人无名。

【注释】

①列子：即列御寇，战国时期郑国人。

②泠（líng）然：轻妙的样子。

③乘：因循。

【译文】

列子能驾风行走，那样子实在轻盈美好，而且十五天后方才返回。列子对于寻求幸福的事，从来没有急急忙忙的样子。他这样做虽然免除了行走的劳苦，可还是有所依凭呀。如果能遵循宇宙万物的规律，顺从“六气”的变化，遨游于无穷无尽的境域，他还仰赖什么呢！因此说，道德修养高尚的“至人”能够达到忘我的境界，精神世界完全超脱物外的“神人”心目中没有功名和事业，思想修养臻于完美的“圣人”从不去追求名誉和地位。

【原文】

尧让天下于许由，曰："日月出矣，而爝火❶不息，其于光也，不亦难乎？时雨降矣，而犹浸灌，其于泽也，不亦劳乎？夫子立而天下治，而我犹尸❷之，吾自视缺然❸，请致天下。"

【注释】

①爝（jué）火：火炬。

②尸：主持。

③缺然：欠缺的样子。

【译文】

尧打算把天下让给许由，说："太阳和月亮都已升起来了，可是小小的火炬还在燃烧不熄，它要跟太阳和月亮的光亮相比，不是很难吗？适时之雨已普降，可是人们还在不停地浇水灌地，如此费力的人工灌溉对于整个大地的润泽，不显得徒劳吗？先生如能居于国君之位，天下一定会获得大治，可是我还占着您的位子，我自己越看越觉得能力不够，请允许我把天下交给你。”

【原文】

许由曰：“子治天下，天下既已治也，而我犹代子，吾将为名乎？名者，实之宾也，吾将为宾乎？鹪鹩❶巢于深林，不过一枝；偃鼠❷饮河，不过满腹。归休乎君，予无所用天

下为！庖人[3]虽不治庖，尸祝[4]不越樽俎[5]而代之矣！”

【注释】

①鹪（jiāo）鹩（liáo）：小鸟名。

②偃鼠：即鼹鼠，白天隐于土穴中，晚上出来觅食的地鼠。

③庖人：厨师。

④尸祝：祭祀时，主祭人执祭板对神主（尸）祷祝，故称主祭人为尸祝。

⑤樽俎（zǔ）：借指厨师。樽：盛酒的器具。俎：盛肉的器具。

【译文】

许由回答说：“你治理天下，天下已经获得了大治，而我却还要去替代你，我将为了名声吗？‘名’是‘实’

所派生出来的次要东西，我将去追求这次要的东西吗？鹪鹩在森林中筑巢，不过占用一根树枝；鼹鼠到大河边饮水，不过喝满肚子。你还是打消念头回去吧，天下对于我来说没有什么用处啊！厨师即使不下厨，主祭的人也不会越俎代庖的！”

【原文】

肩吾问于连叔❶曰：“吾闻言于接舆❷，大而无当，往而不反。吾惊怖其言，犹河汉而无极也；大有径庭❸，不近人情焉。”连叔曰：“其言谓何哉？”

【注释】

①肩吾问于连叔：肩吾、连叔均为虚构的人物。

②接舆：陆通，字接舆，楚国狂士，隐居不仕。

③径庭：指差别很大，相距甚远。径：门外的路。庭：堂前的地。

【译文】

肩吾向连叔求教："我从接舆那里听到的，大话连篇没有边际，一说下去就回不到原来的话题上。我十分惊骇于他的言谈，就好像天上的银河没有边际，跟常人的认识差异甚远，确实是太不近情理了。"连叔问："他说的是些什么呢？"

【原文】

曰："'藐姑射❶之山，有神人居焉。肌肤若冰雪，绰约❷若处子；不食五谷，吸风饮露；乘云气，御飞龙，而游乎四海之外；其神凝，使物不疵疠❸而年谷熟。'吾以是狂而不信也。"

【注释】

①藐姑射：传说中的神山。

②绰约：轻柔安逸的样子。

③疵（cī）疠（lì）：恶病，指灾害。

【译文】

肩吾转述道："他说：'在遥远的藐姑射山上，住着一位神人，皮肤润白像冰雪，体态柔美如处女；不食五谷，吸清风饮甘露；乘云气驾飞龙，遨游于四海之外。他的神情那么专注，使得世间万物不受病害，年年五谷丰登。’我认为这全是虚妄之言，一点也不可信。”

【原文】

连叔曰：“然。瞽❶者无以与乎文章之观，聋者无以与乎钟鼓之声。岂唯形骸有聋盲哉？夫知亦有之！是其言也，犹时女也。之人也，之德也，将旁礴❷万物以为一，世蕲❸乎乱，孰弊弊❹焉以天下为事！之人也，物莫之伤，大浸稽天而不溺，大旱金石流，土山焦而不热。

是其尘垢秕糠❺，将犹陶铸尧、舜者也，孰肯以物为事？”

【注释】

①瞽（gǔ）：眼瞎。

②旁礴（bó）：混同。

③蕲（qí）：期求。

④弊弊：操劳的样子。

⑤尘垢秕糠：此指道之粗者。

【译文】

连叔听后说：“是呀！对于瞎子没法同他们欣赏花纹和色彩，对于聋子没法同他们聆听钟鼓的乐声。难道只是形骸上有聋与瞎吗？思想上也有聋和瞎啊！这话似乎就是说你肩吾的呀。那位神人，他的德行，与万事万物混同一起，以此求得整个天下的治理，谁还会忙忙碌碌把管理天下当回事！那样的人呀，外物没有什么能伤害他，滔天的大水不能淹没他，天下大旱使金石熔化、土山焦裂，他也不会感到灼热。他所留下的尘埃以及瘪谷糠麸之类的废物，也可造就出尧、舜那样的圣贤人君来，他怎么会把忙着管理万物当回事呢？”

【原文】

宋人资❶章甫❷而适诸越，越人断发文身，无所用之。

尧治天下之民，平海内之政，往见四子❸藐姑射之山、汾水之

阳，窅然④丧其天下焉。

【注释】

①资：贩卖。

②章甫：殷代时的一种礼帽。

③四子：指王倪、啮缺、被衣、许由，作者虚构的神人。

④窅（yǎo）然：怅然若失的样子。

【译文】

宋国有人贩卖帽子到南方的越国，越国人不蓄头发，满身刺着花纹，根本用不上帽子。

尧治理好天下的百姓，安定了海内的政局，到姑射山上、汾水北面，去拜见四位得道的高士，不禁怅然若失，忘记了自己居于治理天下的地位。

【原文】

惠子❶谓庄子曰："魏王❷贻我大瓠❸之种，我树之成而实五石。以盛水浆，其坚不能自举也；剖之以为瓢，则瓠落❹无所容。非不呺然❺大也，吾为其无用而掊❻之。"

【注释】

①惠子：惠施，宋国人，曾担任梁惠王的相国。

②魏王：魏惠王，因迁都大梁，又称梁惠王。

③大瓠（hù）：大葫芦。

④瓠落：犹廓落，形容极大。

⑤呺（xiāo）然：虚大的样子。

⑥掊（pǒu）：打碎。

【译文】

惠子对庄子说："魏王送我大葫芦种子，我将它培植起来后，结出的果实足有五石。用大葫芦去盛水浆，可是它的坚固程度承受不了水的压力；把它剖开做瓢，阔大的瓢却无处可容。这个葫芦不是不大呀，我因为它没有什么用处而砸烂了它。"

【原文】

庄子曰："夫子固拙于用大矣。宋人有善为不龟手之药者，世世以洴澼❶絖❷为事。客闻之，请买其方百金。聚族而谋曰：'我世世为洴澼絖，不过数金。今一朝而鬻❸技

百金，请与之。’客得之，以说吴王。越有难❹，吴王使之将。冬，与越人水战，大败越人，裂地而封之。能不龟手一也，或以封，或不免于洴澼絖，则所用之异也。今子有五石之瓠，何不虑以为大樽而浮乎江湖，而忧其瓠落无所容？则夫子犹有蓬之心❺也夫！”

【注释】

①洴（píng）澼（pì）：漂洗。

②絖：通“纩（kuàng）”，棉絮。

③鬻（yù）：卖。

④难：难事，指军事行动。

⑤蓬之心：比喻心如茅草那样堵塞不通。

【译文】

庄子说："先生实在是不善于使用大东西啊！宋国有一善于调制不皲手药物的人家，世世代代以漂洗丝絮为职业。有个客商听说了这件事，愿意用百金的高价购买他的药方。全家人聚集在一起商量：'我们世世代代在河水里漂洗丝絮，所得不过数金，如今一下子就可卖得百金，把药方卖给他吧。'客商得到药方，去游说吴王。正巧越国发兵攻打吴国，吴王派他统率部队，冬天跟越军在水上交战，大败越军，吴王划割土地封赏他。能使手不皲裂，药方是同样的，有的人用它来获得封赏，有的人却只能靠它在水中漂洗丝絮，这是因为使用的方法不同。如今你有五石的大葫芦，怎么不考虑用它来制成腰舟，去浮游于江湖之上，却担忧葫芦太大无处可容？看来先生你还是心窍不通啊！”

【原文】

惠子谓庄子曰：“吾有大树，人谓之樗❶。其大本拥肿❷而不中绳墨，其小枝卷曲而不中规矩，立之涂，匠者不顾。今子之言，大而无用，众所同去也。”

【注释】

①樗（chū）：落叶乔木，有臭味，木质粗劣。

②拥肿：指木瘤集结。

【译文】

惠子对庄子说："我有棵大树，人们都叫它'樗'。它的树干长满疙瘩，不符合绳墨取直的要求，它的树枝弯弯扭扭，也不适应圆规和角尺取材的需要。虽然生长在道路旁，木匠连看也不看。现今你的言谈，大而无用，大家都会鄙弃它的。"

【原文】

庄子曰："子独不见狸狌[1]乎？卑身而伏，以候敖者[2]；东西跳梁，不辟高下；中于机辟[3]，死于罔罟[4]。今夫斄牛[5]，其大若垂天之云，此

能为大矣，而不能执鼠。今子有大树，患其无用，何不树之于无何有之乡、广莫之野，彷徨乎无为其侧，逍遥乎寝卧其下？不夭斤斧，物无害者，无所可用，安所困苦哉！”

【注释】

①狌（shēng）：同“鼪”，黄鼠狼。

②敖者：遨游的小动物。敖：游玩，出游。

③机辟：泛指捕兽的工具。

④罔罟（gǔ）：捕猎的网具。罔：同“网”。罟：网。

⑤斄（lí）牛：牦牛。

【译文】

庄子说：“先生你没看见过野猫

和黄鼠狼吗？低着身子匍匐于地，等待那些出洞觅食或游玩的小动物。一会儿东，一会儿西，跳来跳去，一会儿高，一会儿低，上下蹿跃，不曾想到落入猎人设下的机关，死于猎网之中。再有那斄牛，庞大的身体就像天边的云，它的本事可大了，不过不能捕捉老鼠。如今你有这么大一棵树，却担忧它没有什么用处，怎么不把它栽种在什么也没有的地方，栽种在无边无际的旷野里，悠然自得地徘徊于树旁，优游自在地躺卧于树下？大树不会遭到刀斧砍伐，也没有什么东西会去伤害它，虽然没有派上什么用场，哪里会招来困苦呢？”

齐物论

【导读】

“齐物论”包含齐物与齐论两个意思。庄子认为世间万物包括人的品性和感情看起来是千差万别的，归根结底却又是齐一的，这就是“齐物”。人们的各种看法和观点看起来也是千差万别的，但世间万物既是齐一的，言论归根结底也应是齐一的，没有所谓是非和不同，这就是“齐论”。“齐物”和“齐论”合在一起便是本篇的主旨。

【原文】

南郭子綦❶隐机而坐，仰天而嘘❷，荅焉❸似丧其耦。颜成子游❹立侍乎前，曰："何居乎？形固可使如槁木，而心固可使如死灰乎？今之隐机者，非昔之隐机者也。"

子綦曰："偃，不亦善乎，而问之也？今者吾丧我，汝知之乎？女闻人籁而未闻地籁，女闻地籁而未闻天籁夫！"

【注释】

①南郭子綦（qí）：作者虚构的人物。

②嘘：缓缓吐气。

③荅（tà）焉：形体不存在的样子。

④颜成子游：南郭子綦的弟子，名偃，

字子游。

【译文】

南郭子綦靠着几案而坐，仰首向天缓缓地吐着气，那离神去智的样子真好像精神脱出了躯体。他的学生颜成子游陪站在跟前说道："这是怎么了？形体诚然可以使它像干枯的树木，精神和思想难道也可以使它像死灰那样吗？你今天凭几而坐，跟往昔凭几而坐的情景大不一样呢。"

子綦回答说："偃，你这个问题不是问得很好吗？今天我忘掉了自己，你知道吗？你听见过'人籁'却没有听见过'地籁'，你即使听见过'地籁'却没有听见过'天籁'啊！"

【原文】

子游曰："敢问其方。"

子綦曰："夫大块噫气[1]，其名为风。是唯无作，作则万窍怒呺，而独不闻之翏翏[2]乎？山林之畏佳，大木百围之窍穴，似鼻，似口，似耳，似枅，似圈，似臼，似洼者，似污者。激者，謞者[3]，叱者，吸者，叫者，譹[4]者，宎[5]者，咬者。前者唱于而随者唱喁[6]。泠风则小和，飘风则大和，厉风济则众窍为虚。而独不见之调调之刁刁乎？"

子游曰："地籁则众窍是已，人籁则比竹是已，敢问天籁。"

子綦曰："夫吹万不同，而使其

自己也，咸其自取，怒者其谁邪？”

【注释】

①噫气：吐气，气息声。

②翏翏：大风声。

③謞（xiào）：飞箭的声音。

④譹（háo）：同“嚎”，嚎哭声。

⑤宎（yǎo）：风吹入孔穴中发出的声音。

⑥喁（yú）：应和之声。

【原文】

子游说：“我冒昧地请教其中的道理。”

子綦说：“大地吐出的气，名字叫风。风不发作则已，一旦发作整个大地上数不清的窍孔都怒吼起来。你独独没有听过那呼呼的风声吗？山陵上陡峭峥嵘的各种去处，百围大树上无数的窍孔，有的像鼻子，有的像嘴巴，有的像耳朵，有的像圆柱上插入横木的方孔，有的像圈围的栅栏，有的像舂米的臼窝，有的像深池，有的像浅池。它们发出的声音，像湍急的流水声，像迅疾的飞箭声，像大声的呵斥声，像细细的呼吸声，像放声叫喊，像号啕大哭，像在山谷里回荡，像在哀叹，真好像前面在呜呜歌唱，后面在呼呼随和。清风徐徐就有小小的和声，长风呼呼便有大的反响，迅猛的暴风突然停歇，万般窍穴也就寂然无声。你难道不曾看见风儿过处万物随风摇曳晃动的样子吗？”

子游说："地籁是从万种窍穴里发出的风声，人籁是从并列组合的各种不同的竹管里发出的声音。我再冒昧地向你请教什么是天籁？"

子綦说："天籁虽然有万般不同，但使它们发声和停息的都是自身，鼓动它们发声的还有谁呢？"

【原文】

大知闲闲❶，小知间间❷；大言炎炎❸，小言詹詹❹。其寐也魂交，其觉也形开。与接为构，日以心斗。缦❺者，窖❻者，密者。小恐惴惴，大恐缦缦❼。其发若机栝，其司❽是非之谓也；其留如诅盟❾，其守

胜之谓也；其杀若秋冬，以言其日消也；其溺之所为之，不可使复之也；其厌也如缄，以言其老洫⑩也；近死之心，莫使复阳也。喜怒哀乐，虑叹变慹⑪，姚⑫佚启态。乐出虚，蒸成菌。日夜相代乎前，而莫知其所萌。已乎，已乎！旦暮得此，其所由以生乎！

【注释】

①闲闲：广博雅致。

②间间：固执偏狭。

③炎炎：气盛词烈。

④詹詹：言多啰嗦。

⑤缦：通“慢”，懈怠，散漫。

⑥窖：深藏不露，深沉。

⑦缦缦：惊魂失魄的样子。
⑧司：通“伺”，伺机。
⑨诅盟：誓约。
⑩老洫：旧沟。
⑪慹（zhé）：恐惧而不敢动。
⑫姚：轻浮，浮躁。

【译文】

才智超群的人广博豁达，只有点小聪明的人则乐于细察、斤斤计较；合于大道的言论就像猛火烈焰一样气焰凌人，拘于智巧的言论则琐细无方、没完没了。他们睡眠时神魂交接，醒来后身疲气散。他们跟外界交接纠缠，整日里钩心斗角。有的疏怠迟缓，有的高深莫测，有的辞慎语谨。

小的惧怕惴惴不安，大的惊恐失魂落魄。他们说话就好像利箭发自弩机快疾而又尖刻，那就是说是与非都由此而产生；他们将心思存留心底就好像盟约誓言坚守不渝，那就是说持守胸臆坐待胜机；他们衰败犹如秋冬的草木，这说明他们一天天走向消亡；他们沉湎于所从事的各种事情，致使他们不可能再恢复到原有的情状；他们心灵闭塞好像被绳索缚住，这说明他们就像废旧的沟渠，源头已枯竭。他们欣喜、愤怒、悲哀、欢乐，他们忧思、叹惋、反复、恐惧，他们躁动轻浮、奢华放纵、情张欲狂、造姿作态，好像乐声从中空的乐管中发出，又像菌类被地气蒸发出来一样。这种种情态日夜在面前相互对应地更换与替代，却不知道是怎么萌生的。算了吧，算了吧！一旦懂得这一切发生的道理，不就明白了这种种情态发生、形成的原因？

【原文】

非彼无我，非我无所取。是亦近矣，而不知其所为使。若有真宰❶，而特不得其眹❷，可行己信，而不见其形，有情而无形。

百骸❸、九窍、六藏，赅而存焉，吾谁与为亲？汝皆说之乎？其有私焉？如是皆有为臣妾乎？其臣妾不足以相治乎？其递相为君臣乎？其有真君存焉？如求得其情与不得，无益损乎其真。

一受其成形，不亡以待尽。与物相刃相靡，其行尽如驰而莫之能止，不亦悲乎？终身役役❹而不见其成功，苶然❺疲役而不知其所归，可不哀邪！人谓之不死，奚益！其形化，其心与之然，可不谓大哀乎？人之生也，固若是芒乎？其我独芒，而人亦有不芒者乎？

【注释】

①真宰：身心的主宰。

②眹（zhèn）：征兆。

③百骸：众多骨节。

④役役：奔忙劳碌的样子。

⑤苶（nié）然：疲倦的样子。

【译文】

没有我的对应面就没有我本身，没有我本身就没法呈现我的对应面。这样的认识也就接近于事物的本质，然而却不知道这一切受什么所驱使。仿佛有“真宰”，却又寻不到它的端倪。可以从作用上使自己相信它是存在的，然而却看不见它的形体，真实地存在而又没有反映它的具体形态。

众多的骨节，眼、耳、口、鼻等九个孔窍和心肺肝肾等六脏，全都齐备地存在于我的身体，我跟它们哪一部分最为亲近呢？你对它们都同样喜欢吗？还是对其中某一部分格外偏爱呢？这样，每一部分都只会成为臣妾似的仆属吗？难道臣妾似的仆属就不足以相互支配了吗？还是轮流作为君臣呢？难道又果真有什么“真君”存在其间？无论寻求到它的究竟与否，那都不会对它的真实存在有什么增益和损坏。

人一旦秉承天地之气而形成形体，就是一种走向死亡的存在。他们跟外界环境或相互伤害，或相互摩擦，在死亡的道路上奔驰，没有什么力量能使他们止步，这不是很可悲吗？他们终身奔忙劳碌却看不到自己的成功，一辈子困顿疲劳却不知道自己的归宿，这能不悲哀吗！这样的人就算不死，又有什么益处！人的形骸逐渐衰竭，人的精神和感情也跟着一块儿衰竭，这能不算是最大的悲哀吗？人生在世，本来就像这样迷昧无知吗？难道只有我才这么迷昧无知，而世人也有不迷昧无知的吗？

【原文】

夫随其成心而师之，谁独且无师乎？奚必知代❶而心自取者❷有之？愚者与有焉。未成乎心而有是非，是今日适越而昔至也。是以无有为有。无有为有，虽有神禹且不能知，吾独且奈何哉！

【注释】

①知代：了解事物发展的更替变化。

②心自取者：指心有见识的人。

【译文】

追随业已形成的偏执己见并把它当作老师，那么谁会没有老师呢？又何必一定要懂得事物发展变化之理的智人才有呢？愚昧的人也会跟他们一样有老师。还没有在思想上形成定见就有是与非的观念，这就像今天到越国去而昨天就已经到达一样可笑。这就是把没有当作有。把没有当作有，即使圣明的大禹尚且不可能通晓其中的奥妙，我又能怎么样呢？

【原文】

夫言非吹[1]也。言者有言，其所言者特未定[2]也。果有言邪？其未尝有言邪？其以为异于鷇音[3]，亦有辩乎？其无辩乎？

【注释】

①言非吹：言论和风吹窍穴不同，言论出于成见，风吹窍穴纯属自然。

②特未定：指不能作为是非的标准。

③鷇（kòu）音：幼鸟将破壳而出时发出的叫声，此声无成见辨别。

【译文】

言论并不像风吹洞穴而发声那么自然。善辩的人辩论纷纭，他们所说的话也不曾有过定论。果真说了些什么吗？还是不曾说过些什么呢？他们都认为自己的言谈不同于破壳而出的雏鸟的鸣叫，其中真有区别，还是没有什么区别呢？

【原文】

道恶乎隐而有真伪？言恶乎隐而有是非？道恶乎往而不存？言恶乎存而不可？道隐于小成❶，言隐于荣华❷。故有儒墨之是非，以是其所非而非其所是。欲是其所非而非其所是，则莫若以明❸。

【注释】

①小成：局部的、片面的成就或认识。

②荣华：浮夸粉饰之辞。

③明：指用洞彻之心去观照事物，以明于大道。

【译文】

大道是怎么隐匿起来而有了真和假呢？言论是怎么隐匿起来而有了是与非呢？大道怎么会出现而又不复存在？言论又怎么存在而又不宜认可？大道为小小的成功所隐蔽，言论为浮华的词藻所掩盖。所以就有了儒家和墨家的是非之辩，肯定对方所否定的东西而否定对方所肯定的东西。想要肯定对方所否定的东西而非难对方所肯定的东西，那么不如用空明的心境去加以观察而求得明鉴。

【原文】

物无非彼，物无非是。自彼则不见，自知则知之。故曰：彼出于是，是亦因彼。彼是方生之说也。虽然，方生方死，方死方生；方可方不可，方不可方可；因是因非，因非因是。是以圣人不由❶而照之于天，亦因是也。是亦彼也，彼亦是也。彼亦一是非，此亦一是非。果且有彼是乎哉？果且无彼是乎哉？彼是莫得其偶❷，谓之道枢❸。枢始得其环中，以应无穷。是亦一无穷，非亦一无穷也。故曰：莫若以明。

【注释】

①不由：指不取彼此是非之途。

②偶：匹偶，指对立关系。

③道枢：道的关键。

【译文】

各种事物无不存在它自身对立的那一面，各种事物也无不存在它自身对立的这一面。从事物相对立的那一面看便看不见这一面，从事物相对立的这一面看就能有所认识和了解。所以说：事物的那一面出自事物的这一面，事物的这一面亦起因于事物的那一面。事物对立的两个方面是相互并存、相互依赖的。虽然这样，刚刚产生随即便是死亡，刚刚死亡随即便会复生；刚刚肯定随即就是否定，刚刚否定随即又予以肯定；依托正确的一面同时也就遵循了谬误的一面，依托谬误的一面同时也就遵循了正确的一面。因此圣人不走划分正误是非的道路而是观察比照事物的本然，也就是顺着事物自身的情态。事物的这一面也就是事物的那一面，事物的那一面也就是事物的这一面。事物的那一面同样存在是与非，事物的这一面也同样存在正与误。事物果真存在彼此两个方面吗？事物果真不存在彼此两个方面的区分吗？彼此两个方面都没有其对立的一面，这就是大道的枢纽。抓住了大道的枢纽也就抓住了事物的要害，从而顺应事物无穷无尽的变化。“是”是无穷的，“非”也是无穷的。所以说不如用事物的本然来加以观察和认识。

【原文】

以指喻指之非指，不若以非指喻指之非指也；以马喻马之非马，不若以非马喻马之非马也。天地一指也，万物一马也。

可乎可，不可乎不可。道行之而成，物谓之而然。恶乎然？然于然。恶乎不然？不然于不然。物固有所然，物固有所可。无物不然，无物不可。故为是举莛❶与楹，厉❷与西施，恢❸恑❹憰❺怪，道通为一。

【注释】

①莛（tíng）：草茎。

②厉：癞病。此指丑女。

③恢：通“诙”，诙谐。

④恑（guǐ）：变诈，诡变。

⑤憰（jué）：谲诈。

【译文】

用组成事物的要素来说明要素不是事物本身，不如用非事物的要素来说明事物的要素并非事物本身；用白马来说明白马不是马，不如用非马来说明白马不是马。整个自然界不论存在多少要素，但作为要素而言却是一样的，各种事物不论存在多少具体物象，但作为具体物象而言也都是一样的。

能认可吗？别人认可的东西我才认可；不可以认可吗？别人不认可的东西我也不认可。道路是行走而成的，事物是人们称谓而就的。怎样才算是正确呢？正确在于其本身就是正确的。怎样才算是不正确呢？不正确的在于其本身就是不正确的。事物原本就有正确的一面，事物原本就有能认可的一面，没有什么事物不存在正确的一面，也没有什么事物不存在能认可的一面。所以可以列举细小的草茎和高大的庭柱，丑陋的癞头和美丽的西施，宽大、奇变、诡诈、怪异等千奇百怪的各种事态来说明这一点，从“道”的观点看它们都是相通而浑一的。

【原文】

其分也，成也；其成也，毁也。凡物无成与毁，复通为一。唯达者知通为一，为是不用而寓诸庸❶。庸也者，用也；用也者，通也；通也者，得也；适得而几矣。因是已，已而不知其然，谓之道。劳神明为一而不知其同也，谓之朝三。何谓朝三？狙公❷赋芧❸，曰：“朝三而暮四。”众狙皆怒。曰：“然则朝四而暮三。”众狙皆悦。名实未亏而喜怒为用，亦因是也。是以圣人和之

以是非，而休❹乎天钧❺，是之谓两行。

【注释】

①寓诸庸：寄于事物的功用上。

②狙公：养猴的老人。

③赋芧：分发橡子。

④休：止。

⑤天钧：即天均，自然的均衡。

【译文】

旧事物的分解亦即新事物的形成，新事物的形成亦即旧事物的毁灭。所有事物并无形成与毁灭的区别，还是相通而浑一的。只有通达的人方才知晓事物相通而浑一的道理，因此不用固执地对事物作出这样那

样的解释，而应把自己的观点寄托于平常的事理之中。所谓平庸的事理就是无用而有用；认识事物无用就是有用，这就算是通达；通达的人才是真正了解事物常理的人；恰如其分地了解事物常理也就接近于大道。顺应事物相通而浑一的本来状态吧，这样还不能了解它的究竟，这就叫作“道”。耗费心思方才能认识事物浑然为一而不知事物本身就具有同一的性状和特点，这就叫“朝三”。什么叫作“朝三”呢？养猴人给猴子分橡子，说：“早上分给三升，晚上分给四升。”猴子们听了非常愤怒。养猴人便改口说：“那么就早上四升晚上三升吧。”猴子们听了都高兴起来。名义和实际都没有亏损，喜与怒却各为所用而有了变化，也就是因为这样的道理。因此，古代圣人把是与非混同起来，优游自得地生活在自然而又均衡的境界里，这就叫物与我各得其所、自行发展。

【原文】

古之人，其知有所至矣。恶乎至？有以为未始有物者，至矣，尽矣，不可以加矣。其次以为有物矣，而未始有封[1]也。其次以为有封焉，而未始有是非也。是非之彰也，道之所以亏也。道之所以亏，爱之所

以成。果且有成与亏乎哉？果且无成与亏乎哉？有成与亏，故昭氏[2]之鼓琴也；无成与亏，故昭氏之不鼓琴也。昭文之鼓琴也，师旷[3]之枝策[4]也，惠子之据梧[5]也，三子之知几乎皆其盛者也，故载之末年。唯其好之也，以异于彼；其好之也，欲以明之。彼非所明而明之，故以坚白之昧终。而其子又以文之纶[6]终，终身无成。若是而可谓成乎，虽我亦成也；若是而不可谓成乎，物与我无成也。是故滑疑之耀[7]，圣人之所图也。为是不用而寓诸庸，此之谓“以明”。

【注释】

①封：疆域，界限。

②昭氏：姓昭，名文，善弹琴。

③师旷：春秋时晋平公的乐师，精于音律。

④枝策：指举杖敲击乐器。

⑤据梧：依靠着梧树，指惠施坐在树边参加辩论。

⑥纶：琴瑟的弦，代指弹琴。

⑦滑疑之耀：迷惑人心的炫耀。滑：乱。

【译文】

古时候的人，他们的智慧达到了极高的境界。如何才能达到极高的境界呢？那时有人认为，整个宇宙从一开始就不存在什么具体的事物，这样的认识是最了不起，最尽善尽美，而无以复加的了。其次，认为宇宙之始是存在事物的，可是万事万物从不曾有过区分和界限。再次，认为万事万物虽有这样那样的区别，但是却从不曾有过是与非的不同。是与非的显露，对于宇宙万物的理解也就因此出现亏损和缺陷，理解上出现亏损与缺陷，偏私的观念也就因此形成。果真有成就与亏缺吗？果真没有成就与亏缺吗？事物有了成就与亏缺，所以昭文才能够弹琴奏乐；没有成就和亏缺，昭文就不再能够弹琴奏乐。昭文善于弹琴，师旷精于乐律，惠施乐于靠着梧桐树高谈阔论，这三位先生的才智可说是登峰造极了，都享有盛誉，所以他们的事迹得到记载并流传下来。他们都爱好自己的学问与技艺，因而跟别人大不一样；正因为爱好自己的学问和技艺，所以总希望能够表现出来。而他们将那些不该彰明的东西彰明于世，因而最终以石之色白与质坚均独立于石头之外的迷昧而告终；而昭文的儿子也继承其父亲的事业，终生没有什么作为。如果像这个情况可以算作成就的话，那么像我这样的人也应算为有成就的；如果像这个情况不能算作有成就的话，那么外物与我都无所成就。因此，各种迷乱人心的巧说辩言的炫耀，都是圣哲之人所鄙夷、摒弃的。所以说，各种无用均寄托于有用之中，这就叫作“自明”。

【原文】

今且有言于此，不知其与是类乎？其与是不类乎？类与不类，相与为类，则与彼无以异矣。虽然，请尝言之。有始也者，有未始有始也者，有未始有夫未始有始也者。有有也者，有无也者，有未始有无也者，有未始有夫未始有无也者。俄而有无矣，而未知有无之果孰有孰无也。今我则已有谓矣，而未知吾所谓之其果有谓乎，其果无谓乎？

天下莫大于秋豪[1]之末，而大山[2]为小；莫寿于殇子[3]，而彭祖为夭。天地与我并生，而万物与我为一。既已为一矣，且得有言乎？既已谓之一矣，且得无言乎？一与言为二，二与一为三。自此以往，巧历不能得，而况其凡乎！故自无适有以至于三，而况自有适有乎！无适焉，因是已。

【注释】

①豪：同“毫”。

②大山：泰山。

③殇子：夭折的婴儿。

【译文】

现在暂且在这里说一番话，不

知道这些话跟其他人的谈论是相同的呢，还是不相同的呢？相同的言论与不相同的言论，既然相互间都是言谈议论，从这一意义说，不管其内容如何也就是同类了。虽然这样，还是请让我试着把这一问题说一说。宇宙万物有它的开始，同样有它未曾开始的开始，还有它未曾开始的未曾开始的开始。宇宙之初有过这样那样的“有”，但也有个“无”，还有个未曾有过的“无”，同样也有个未曾有过的未曾有过的“无”。突然间生出了“有”和“无”，却不知道“有”与“无”谁是真正的“有”，谁是真正的“无”。现在我已经说了这些言论和看法，但却不知道我听说的言论和看法是我果真说过的言论和看法呢，还是果真没有说过的言论和看法呢？

天下没有什么比秋毫的末端更大的东西，而泰山算是最小的；世上没有比夭折的孩子更长寿的人，而传说寿命最长的彭祖却是短命的。天地与我共生，万物与我为一体。既然已经浑然为一体，还能够有什么议论和看法？既然已经称作一体，又还能够没有什么议论和看法？客观存在的一体加上我的议论和看法就成了“二”，“二”如果再加上一个“一”就成了“三”，以此类推，最精明的计算也不可能求得最后的数字，何况大家都是凡夫俗子！所以，从无到有乃至推到“三”，又何况从“有”推演到“有”呢？没有必要这样地推演下去，还是顺应自然吧。

【原文】

夫道未始有封，言未始有常，为是而有畛❶也。请言其畛。有左有右，有伦有义，有分有辩，有竞有争，此之谓八德。六合❷之外，圣人存而不论；六合之内，圣人论而不议。春秋经世先王之志，圣人议而不辩。故分也者，有不分也；辩也者，有不辩也。曰：何也？圣人怀之❸，众人辩之以相示也。故曰：辩

也者，有不见也。

【注释】

①畛（zhěn）：界限。

②六合：天地和东西南北四方。

③怀之：不分辩，涵容于心。

【译文】

所谓真理从不曾有过界限，言论也不曾有过定准，只因为各自认为只有自己的观点和看法才是正确的，这才有了这样那样的界线和区别。请让我谈谈那些界限和区别。有左有右，有序列有等别，有分解有辩驳，有竞言有争锋，这就是所谓八类。天地四方宇宙之外的事，圣人总是存而不论；宇宙之内的事，圣人虽然细加研究，却不随意评说。至于古代历史上善于治理社会的前代君王们的记载，圣人虽然有所评说却不争辩。可知有分别就因为存在不能分别，有争辩也就因为存在不能辩驳。有人会说：这是为什么呢？圣人把事物都囊括于胸、容藏于己，而一般人则争辩不休夸耀于外。所以说：大凡争辩，总因为有自己所看不见的一面。

【原文】

夫大道不称，大辩不言，大仁不仁，不廉不嗛❶，不勇不忮❷。道昭而不道，言辩而不及，仁常而不成，廉清而不信，勇忮而不成。五

者无弃而几向方矣。故知止其所不知，至矣。孰知不言之辩、不道之道？若有能知，此之谓天府。注焉而不满，酌焉而不竭，而不知其所由来，此之谓葆光❸。

【注释】

①嗛：通“谦”。

②忮（zhì）：害，伤害。

③葆光：包藏光明而不外露。

【译文】

至高无上的真理是不必称扬的，最了不起的辩说是不必言说的，最具仁爱的人是不必向人表示仁爱的，最廉洁方正的人是不必表示谦让的，最勇敢的人是从不伤害他人的。真理完全表露于外那就不算是真理，逞言肆辩总有表达不到的地方，仁爱之心经常流露反而成就不了仁爱，廉洁到清白的极点反而不太真实，勇敢到随处伤人也就不能成为真正勇敢的人。这五个方面遵行不弃就差不多接近于大道了。因此懂得停止于自己所不知晓的境域，那就是绝顶的明智。谁能真正通晓不用言语的辩驳、不用称说的道理呢？假如有谁能够知道，这就是所说的自然生成的府库。无论注入多少东西，它不会满盈，无论取出多少东西，它也不会枯竭，而且也不知这些东西出自哪里，这就叫作潜藏不露的光明。

【原文】

故昔者尧问于舜曰："我欲伐宗、脍、胥敖[1]，南面[2]而不释然，其故何也？"

舜曰："夫三子者，犹存乎蓬艾之间。若不释然，何哉？昔者十日并出，万物皆照，而况德之进乎[3]日者乎！"

【注释】

①宗、脍、胥敖：作者虚构的三个小国名。

②南面：指临朝听政。

③进乎：胜于。

【译文】

从前尧曾向舜问道："我想征伐

宗、脍、胥敖三个小国，每当上朝理事总是心绪不宁，是什么原因呢？”

舜回答说：“那三个小国的国君，就像生存于蓬蒿艾草之中。你总是耿耿于怀，心神不宁，为什么呢？过去十个太阳一块儿升起，万物都在阳光普照之下，何况你崇高的德行又远远超过了太阳的光亮呢！”

【原文】

啮缺问乎王倪❶曰：“子知物之所同是乎？”

曰：“吾恶乎知之！”

“子知子之所不知邪？”

曰：“吾恶乎知之！”

"然则物无知邪?"

曰:"吾恶乎知之!虽然,尝试言之。庸讵[2]知吾所谓知之非不知邪?庸讵知吾所谓不知之非知邪?且吾尝试问乎女:民湿寝则腰疾偏死,鳅然乎哉?木处则惴栗恂惧[3],猿猴然乎哉?三者孰知正处?民食刍豢[4],麋鹿食荐[5],蝍蛆[6]甘带,鸱[7]鸦耆[8]鼠,四者孰知正味?猿猵狙[9]以为雌,麋与鹿交,鳅与鱼游。毛嫱丽姬[10],人之所美也,鱼见之深入,鸟见之高飞,麋鹿见之决骤[11]。四者孰知天下之正色哉?自我观之,仁义之端,是非之涂,樊然淆乱[12],吾恶能知其辩!"

【注释】

①啮缺问乎王倪：啮缺、王倪均为作者虚构的人物。

②庸讵（jù）：怎么，哪里。

③恂惧：恐惧，害怕。

④刍豢：指家畜。刍：食草的家畜。豢：食谷的家畜。

⑤荐：美草。

⑥蝍（jí）蛆：蜈蚣。

⑦鸱（chī）：猫头鹰。

⑧耆：通"嗜"，爱好。

⑨猵（biān）狙：猿猴的一种。

⑩毛嫱丽姬：毛嫱、丽姬都是古代美女。

⑪决骤：疾奔。

⑫樊然淆乱：纷然错乱。淆：错杂。

【译文】

啮缺问王倪："你知道各种事物相互间总有共同的地方吗？"

王倪说："我怎么知道呢！"

啮缺又问："你知道你所不知道的东西吗？"

王倪回答说："我怎么知道呢！"

啮缺接着又问："那么各种事物便都无法知道了吗？"

王倪回答说："我怎么知道呢！虽然这样，我还是试着来回答你的问题。你怎么知道我所说的知道不是不知道呢？你又怎么知道我所说的不知道不是知道呢？我还是先问一问你：人们睡在潮湿的地方就会腰部患病甚至酿成半身不遂，泥鳅也会这样吗？人们住在高高的树木上就会心惊胆战、惶恐不安，猿猴也会这样吗？人、泥鳅、猿猴三者究竟谁最懂得居处的标准呢？人以牲畜的肉为食物，麋鹿食草芥，蜈蚣嗜吃小蛇，猫头鹰和乌鸦则爱吃老鼠，人、麋鹿、蜈蚣、猫头鹰和乌鸦这四类动物究竟谁才懂得真正的美味？猿猴把猵狙当作配偶，麋喜欢与鹿交配，泥鳅则与鱼交尾。毛嫱和丽姬，是人们称道的美人了，可是鱼儿见了她们却深深潜入水底，鸟儿见了她们高高飞向天空，麋鹿见了她们便撒开四蹄飞快地逃离。人、鱼、鸟和麋鹿四者究竟谁才懂得天下真正的美色呢？以我来看，仁与义的端绪，是与非的途径，都纷杂错乱，我怎么能知晓它们之间的分别！”

【原文】

啮缺曰：“子不知利害，则至人固不知利害乎？”

王倪曰：“至人神矣！大泽焚而不能热，河汉❶沍❷而不能寒，疾雷破山、飘风振海而不能惊。若然者，乘云气，骑日月，而游乎四海之外。死生无变于己，而况利害之端乎！”

【注释】

①河汉：泛指江河。

②冱（hù）：冻结。

【译文】

啮缺说："你不了解利与害，道德修养高尚的至人难道也不知晓利与害吗？"

王倪说："进入物我两忘境界的至人实在是神妙不测啊！林泽焚烧不能使他感到热，黄河、汉水冻结了不能使他感到冷，迅疾的雷霆劈山破岩、狂风翻江倒海不能使他感到震惊。假如这样，便可驾驭云气，骑乘日月，在四海之外遨游，死和生对于他自身都没有变化，何况利与害这些微不足道的小事呢！”

【原文】

瞿鹊子问乎长梧子❶曰：“吾闻诸夫子❷，圣人不从事于务，不就利，不违害，不喜求，不缘道，无谓有谓，有谓无谓，而游乎尘垢之外。夫子以为孟浪❸之言，而我以为妙道之行也。吾子以为奚若？”

【注释】

①瞿鹊子问乎长梧子：瞿鹊子、长梧子均为作者虚构的人物。

②夫子：孔子。

③孟浪：不着边际，不切实际。

【译文】

瞿鹊子向长梧子问道："我从孔夫子那里听到这样的谈论，圣人不从事琐细的事务，不追逐私利，不回避灾害，不喜好贪求，不因循成规，没说什么又好像说了些什么，说了些什么又好像什么也没有说，因而遨游于世俗之外。孔夫子认为这些都是轻率不当的言论，而我却认为是精妙之道的实践和体现。先生你认为怎么样呢？"

【原文】

长梧子曰："是黄帝之所听荧❶也，而丘也何足以知之！且女亦大早计，见卵❷而求时夜❸，见弹

而求鸮炙❹。予尝为女妄言之，女以妄听之。奚旁❺日月，挟宇宙？为其吻合，置其滑涽❻，以隶相尊。众人役役，圣人愚芚❼，参万岁而一成纯。万物尽然，而以是相蕴。予恶乎知说生之非惑邪！予恶乎知恶死之非弱丧而不知归者邪！

【注释】

①听荧：听了疑惑。

②卵：鸡蛋。

③时夜：司夜，指鸡鸣报晓。时：通“司”。

④鸮（xiāo）炙：烤鸮鸟肉。

⑤旁：依傍。

⑥滑涽：滑乱昏暗。

⑦愚芚（chūn）：浑然无知的样子。

【译文】

长梧子说："这些话黄帝也会疑惑不解的，而孔丘怎么能够知晓呢！而且你也谋虑得太早，就好像见到鸡蛋便想立即得到报晓的公鸡，见到弹子便想立即获取烤熟的鸮鸟肉。我姑且给你胡乱说一说，你也就胡乱听一听。怎么不依傍日月，怀藏宇宙？跟万物吻合为一体，置各种混乱纷争于不顾，把卑贱与尊贵都等同起来。人们总是一心忙于去争辩是非，圣人却好像十分愚昧无所觉察，糅合古往今来多少变异、沉浮，自身却浑然一体不为纷杂错异所困扰。万物全都是这样，而且因此相互蕴积于浑朴而又精纯的状态之中。我怎么知道贪恋活在世上不是困惑呢？我又怎么知道厌恶死亡不是像年幼流落他乡而老大还不知回归那样呢？

【原文】

“丽之姬❶，艾封人之子也。晋国之始得之也，涕泣沾襟，及其至于王所，与王同筐床❷，食刍豢，而后悔其泣也。予恶乎知夫死者不悔其始之蕲生乎！梦饮酒者，旦而哭泣；梦哭泣者，旦而田猎。方其梦也，不知其梦也。梦之中又占其梦焉，觉而后知其梦也。且有大觉而后知此其大梦也。而愚者自以为

觉，窃窃然知之。君乎、牧乎，固哉！丘也与女，皆梦也；予谓女梦，亦梦也。是其言也，其名为吊诡❸。万世之后而一遇大圣，知其解者，是旦暮遇之也！

【注释】

①丽之姬：即骊姬，晋献公的夫人。

②筐床：安适之床，为君主所用。

③吊诡：极其怪异之谈。

【译文】

“骊姬是艾地封疆守土之人的女儿，晋国征伐丽戎时俘获了她，她当时哭得泪水浸透了衣襟；等她到晋国进入王宫，跟晋侯同睡一床而宠为夫人，吃上美味珍馐，也就后悔当初不该那么伤心地哭泣了。我又怎么知道那些死去的人不会后悔当初的求生呢？睡梦里饮酒作乐的人，天亮醒来后很可能痛哭饮泣；睡梦中痛哭饮泣的人，天亮醒来后又可能在欢快地逐围打猎。正当他在做梦的时候，他并不知道自己是在做梦。睡梦中还会卜问所做之梦的吉凶，醒来以后方知是在做梦。人在最为清醒的时候方才知道他自身也是一场大梦，而愚昧的人则自以为清醒，好像什么都知晓什么都明了。君尊牧卑，这种看法实在是浅薄鄙陋呀！孔丘和你都是在做梦，我说你们在做梦，其实我也在做梦。上面讲的这番话，它的名字可以叫作奇特和怪异。万世之后假若一朝遇上一位大圣人，悟出上述一番话的道理，这恐怕也是偶尔遇上的吧！

【原文】

“既使我与若辩矣，若胜我，我不若胜，若果是也，我果非也邪？我胜若，若不吾胜，我果是也，而果非也邪？其或是也，其或非也邪？其俱是也，其俱非也邪？我与若不能相知也。则人固受其黮暗❶，吾谁使正之？使同乎若者正之？既与若同矣，恶能正之！使同乎我者正之？既同乎我矣，恶能正之！使异乎我与若者正之？既异乎我与若

矣，恶能正之！使同乎我与若者正之？既同乎我与若矣，恶能正之？然则我与若与人俱不能相知也，而待彼也邪？”

【注释】

①黮（dǎn）暗：暗昧不明。

【译文】

“倘使我和你展开辩论，你胜了我，我没有胜你，那么，你果真对，我果真错吗？我胜了你，你没有胜我，我果真对，你果真错吗？难道我们两人有谁是正确的，有谁是不正确的吗？难道我们两人都是正确的，或都是不正确的吗？我和你都无从知道。而世人原本也都承受着蒙昧与晦暗，我们又能让谁作出正确的裁定？让观点跟你相同的人来判定吗？既然看法跟你相同，怎么能作出公正的评判！让观点跟我相同的人来判定吗？既然看法跟我相同，怎么能作出公正的评判！让观点不同于我和你的人来判定吗？既然看法不同于我和你，怎么能作出公正的评判！让观点跟我和你都相同的人来判定吗？既然看法跟我和你都相同，又怎么能作出公正的评判！如此，那么我和你跟大家都无从知道谁是谁非，恐怕只有等待造化了吧。”

【原文】

“何谓和之以天倪❶?”

曰:“是不是,然不然。是若果是也,则是之异乎不是也亦无辩;然若果然也,则然之异乎不然也亦无辩。化声❷之相待,若其不相待,和之以天倪,因之以曼衍,所以穷年也。忘年忘义,振于无竟❸,故寓诸无竟。”

【注释】

①天倪:自然的均平。

②化声:是非之辩。

③竟:通“境”,境界。

【译文】

“什么叫用自然的天平来调和万

事万物呢？”

长梧子说：“对的也就像是不对的，正确的也就像是不正确的。对的假如真是对的，那么对的不同于不对的，这就不需去争辩；正确的假如真是正确的，那么正确的不同于不正确的，这也不需去争辩。辩论中的不同言辞跟变化中的不同声音一样相互对立而存在，就像没有相互对立一样，都不能相互作出公正的评判。*自然的天平来调和万事万物*，用无尽的变化来顺应它，如此便可以享尽天年。忘掉死生、忘掉是非，遨游于无物的境界，这样就能托身于无是无非、无穷无尽的天地之中。”

【原文】

罔两❶问景曰："曩❷子行，今子止；曩子坐，今子起。何其无特操与？"

景曰："吾有待而然者邪？吾所待又有待而然者邪？吾待蛇蚹❸蜩翼邪？恶识所以然？恶识所以不然？"

【注释】

①罔两：影外之微阴。

②曩（nǎng）：从前。

③蚹（fù）：鳞皮。

【译文】

影子之外的微阴问影子："先前你行走，现在又停下；以往你坐着，如今又站了起来。你怎么没有自己独立的操守呢？”

影子回答说：“我是有所依凭才这样的吗？我所依凭的东西又有所依凭才这样的吗？我所依凭的东西难道像蛇的鳞皮和鸣蝉的翅膀吗？我怎么知道会是这样？我又怎么知道为什么不会是这样？”

【原文】

昔者庄周梦为胡蝶，栩栩然胡蝶也。自喻适志与！不知周也。俄然觉，则蘧蘧然[1]周也。不知周之梦为胡蝶与，胡蝶之梦为周与？周与胡蝶，则必有分矣。此之谓物化。

【注释】

①蘧（qú）蘧然：僵直的样子。

【译文】

过去庄周梦见自己变成蝴蝶，欣然自得地飞舞着的一只蝴蝶。他感到多么愉快和惬意啊，不知道自己原本是庄周。突然间醒来，自己分明是僵卧在床上的庄周。不知是庄周梦中变成蝴蝶呢，还是蝴蝶梦见自己变成庄周呢？庄周与蝴蝶那必定是有区别的。这种现象就叫作物化。

养生主

【导读】

这是一篇谈养生之道的文章。“养生主”即养生的要领。庄子认为，养生之道重在顺应自然，忘却情感，不为外物所滞，从而达到尽享天年的目的。文章字里行间虽是在谈论养生，实际上体现的是庄子的哲学思想和生活旨趣。

【原文】

吾生也有涯❶，而知也无涯。

以有涯随无涯，殆❷已！已而为知者，殆而已矣！为善无近名，为恶无近刑。缘督以为经，可以保身，可以全生，可以养亲，可以尽年。

【注释】

①涯：界限。

②殆：危险。

【译文】

我们的生命是有限的，而知识却是无限的。以有限的生命去追求无限的知识，势必陷入困顿！既然如此还在不停地追求知识，那可真是十分危险的了！做了世人所谓的善事却不去贪图名声，做了世人所谓的恶事却不至于面对刑戮的屈辱。遵从自然的中正之路并把它作为顺应事物的常法，这就可以护卫自身，就可以保全天性，就可以不给父母留下忧患，就可以终享天年。

【原文】

庖丁为文惠君解牛，手之所触，肩之所倚，足之所履，膝之所踦❶，砉然❷响然，奏刀騞然❸，莫不中音，合于《桑林》之舞❹，乃中《经首》❺之会。

【注释】

①踦（yǐ）：屈跪一膝，顶住牛体。

②砉（xū）然：形容解牛时发出的声音。

③騞然（huō）：进刀之声。

④《桑林》之舞：相传为殷商时代的乐舞曲。

⑤《经首》：相传为殷商时代的乐曲。

【译文】

厨师为文惠君宰杀牛牲，分解牛体时手接触的地方，肩靠着的地方，脚踩踏的地方，膝抵住的地方，都发出哗啦哗啦的声响，快速进刀时唰唰的声音，无不像美妙的音乐旋律，符合《桑林》舞曲的节奏，又合于《经首》乐曲的韵律。

【原文】

文惠君曰："嘻，善哉！技盖至此乎？"

庖丁释刀对曰："臣之所好者道也，进乎技矣。始臣之解牛之时，所见无非全牛者。三年之后，未尝见全牛也。方今之时，臣以神遇而不以目视，官知止而神欲行。依乎天理，批大郤，导大窾[1]，因其固然；技经肯綮[2]之未尝，而况大軱[3]乎！良庖岁更刀，割也；族庖月更刀，折也。今臣之刀十九年矣，所解数千牛矣，而刀刃若新发于硎[4]。彼节者有间，而刀刃者无厚。以无厚入有间，恢恢乎其于游刃必有余地矣，是以十九年而刀刃若新发于硎。虽然，每至于族，吾见其难为，怵然[5]为戒，视为止，行为迟，动刀甚微。謋然[6]已解，如土委地。提刀而立，为之四顾，为之踌躇满志，善刀而藏之。”

文惠君曰：“善哉！吾闻庖丁之言，得养生焉。”

【注释】

①大窾：指骨关节间的较大空隙。

②綮（qìng）：筋骨相结合的地方。

③軱：大骨。

④硎（xíng）：磨刀石。

⑤怵然：警惕的样子。

⑥謋（huò）然：散开的样子。

【译文】

文惠君说：“嘻，妙呀！技术怎么达到如此高超的地步呢？”

厨师放下刀回答说："我所喜好的是摸索事物的规律，比起一般的技术、技巧又进了一层。我开始分解牛体的时候，所看见的无非是一头整牛。三年之后，就再也不去观看整牛了。现在，我只用心神去接触而不必用眼睛去观察，眼睛的官能似乎停了下来而精神世界还在不停地运行。依照牛体自然的生理结构，劈击肌肉骨骼间大的缝隙，把刀导向那些骨节间大的空处，顺着牛体的天然结构去解剖；从不曾碰撞过经络交错的部位和骨肉紧密连接的地方，何况对付那些大骨头呢！优秀的厨师一年更换一把刀，因为他们是在用刀割肉；普通的厨师一个月就更换一把刀，因为他们是在用刀砍骨头。如今我使用的这把刀已经十九年了，所宰杀的牛牲上千头了，而刀刃锋利就像刚从磨刀石上磨过一样。牛的骨节乃至各个组合部位之间是有空隙的，而刀刃几乎没有什么厚度，用薄薄的刀刃插入有空隙的骨节和组合部位间，对于刀刃的运转和回旋来说那是多么宽绰而有余地呀。所以我的刀使用了十九年刀锋仍像刚从磨刀石上磨过一样。虽然这样，每当遇上筋腱、骨节聚结交错的地方，我看到难于下刀，为此而格外谨慎不敢大意，目光专注，动作迟缓，动刀十分轻微。牛体霍霍地全部分解开来，就像是一堆泥土堆放在地上。我于是提着刀站在那儿，为此而环顾四周，为此而踌躇满志，这才擦拭好刀收藏起来。”

文惠君说：“妙啊，我听了庖丁这一番话，从中得到养生的道理了。”

【原文】

公文轩见右师❶而惊曰：“是何人也？恶乎介❷也？天与，其人与？”曰：“天也，非人也。天之生是使独也，人之貌有与也。以是知其天也，非人也。”

泽雉十步一啄，百步一饮，不蕲畜乎樊中。神虽王❸，不善也。

【注释】

①右师：官职名。

②介：独脚。

③王：通“旺”，旺盛。

【译文】

公文轩见到右师大吃一惊，说：“这是什么人？怎么只有一只脚呢？是天生只有一只脚，还是人为地失去一只脚呢？”右师说：“天生的，不是人为的。老天爷生就了我这样一副形体，让我只有一只脚，人的外观完全是上天所赋予的。所以知道是天生的，不是人为的。”

沼泽边的野鸡走上十步才能啄到一口食物，走上百步才能喝到一口水，可是它丝毫也不会祈求被养在笼子里。生活在樊笼里虽然不必费力寻食，但精力即使十分旺盛，那也是很不快意的。

【原文】

老聃❶死，秦失❷吊之，三号而出。

弟子曰:“非夫子之友邪?”

曰:“然。”

“然则吊焉若此,可乎?”

曰:“然。始也吾以为其人也，而今非也。向吾入而吊焉，有老者哭之，如哭其子；少者哭之，如哭其母。彼其所以会之，必有不蕲言而言，不蕲哭而哭者。是遁[3]天倍[4]情，忘其所受，古者谓之遁天之刑。适来，夫子时也；适去，夫子顺也。安时而处顺，哀乐不能入也，古者谓是帝之县解。”

指穷[5]于为薪，火传也，不知其尽也。

【注释】

①老聃：即老子，姓李名耳，字老聃。

②秦失：又作“秦佚”，作者虚构的人物。

③遁：失，逃避。

④倍：通“背”，违背。

⑤穷：指燃尽。

【译文】

老聃死了，他的朋友秦失去吊

丧，大哭几声便离开了。

老聃的弟子问道：“你不是我们老师的朋友吗？”

秦失说：“是的。”

弟子们又问：“那么吊唁朋友像这样，行吗？”

秦失说：“行。原来我认为你们跟随老师多年都是超脱物外的人了，现在看来并不是这样的。刚才我进入灵房去吊唁，有老年人在哭他，像做父母的哭自己的孩子；有年轻人在哭他，像做孩子的哭自己的父母。他们之所以会聚在这里，一定有人本不想说什么却情不自禁地诉说了什么，本不想哭泣却情不自禁地痛哭起来。

如此喜生恶死是违反常理、背弃真情的，他们都忘掉了人是秉承于自然、受命于天的道理，古时候人们称这种做法为背离自然的过失。偶然来到世上，你们的老师他应时而生；偶然离开人世，你们的老师他顺依而死。安于天理和常分，顺从自然和变化，哀伤和欢乐便都不能进入心怀，古时候人们称这样做为自然的解脱，好像解除倒悬之苦似的。”

取光照物的烛薪终会燃尽，而火种却传续下来，永远不会熄灭。

胠箧

【导读】

“胠箧”即打开箱子。作者旨在宣扬“绝圣弃知”的思想和返归原始的政治主张。文章深刻揭露了仁义的虚伪和社会的黑暗，一针见血地指出“窃钩者诛，窃国者为诸侯”。但因苦于看不到社会的出路，庄子提出“绝圣弃知”的主张，要摒弃社会文明与进步，倒退到人类的原始状态。这是庄子社会观和政治观的消极面。

【原文】

将为胠❶箧❷探囊❸发匮❹之盗而为守备，则必摄❺缄❻縢❼，固扃鐍❽，此世俗之所谓知也。然而巨盗至，则负匮揭箧担囊而趋，唯恐缄縢扃鐍之不固也。然则乡之所谓知者，不乃为大盗积者也？故尝试论之：世俗之所谓知者，有不为大盗积者乎？所谓圣者，有不为大盗守者乎？

【注释】

①胠（qū）：从旁边打开。

②箧（qiè）：箱子。

③探囊：掏布袋子。

④发匮：开柜子。

⑤摄：打结，缠绕。
⑥缄（jiān）：捆东西的绳索。
⑦縢（téng）：绳子。
⑧扃（jiōng）𫓧（jué）：门闩和锁钥。

【译文】

为了对付撬箱子、掏口袋、开柜子的小偷而做防范准备，必定要收紧绳结、加固插闩和锁钥，这就是一般人所说的聪明做法。可是一旦大盗来了，就背着柜子、扛着箱子、挑着口袋快步跑了，唯恐绳结、插闩与锁钥不够牢固。既然是这样，那么先前所谓的聪明做法，不就是给大盗做好了储藏财物的准备吗？所以我曾试图讨论这种情况：世俗所谓的聪明人，有不替大盗积聚财物的吗？所谓的圣人，有不替大盗守卫财物的吗？

【原文】

何以知其然邪？昔者齐国邻邑相望，鸡狗之音相闻，罔罟之所布，耒❶耨❷之所刺，方二千余里。阖❸四竟❹之内，所以立宗庙社稷，治邑屋州闾乡曲者，曷尝不法圣人哉？然而田成子❺一旦杀齐君而盗其国，所盗者岂独其国邪？并与其圣知之法而盗之。故田成子有乎盗贼之名，而身处尧、舜之安，小国不敢非，大国不敢诛，十二世有齐国。则是不乃窃齐国并与其圣知之法，

以守其盗贼之身乎？尝试论之：世俗之所谓至知者，有不为大盗积者乎？

【注释】

①耒（lěi）：犁。

②耨（nòu）：锄草工具。

③阖：整个。

④竟：通“境”。

⑤田成子：齐国大夫陈恒（又称田常）于鲁哀公十年杀了齐简公，夺取了政权。

【译文】

怎么知道是这样的呢？当年的齐国，邻近的村邑遥遥相望，鸡狗之声相互听闻，渔网所撒布的水面，犁锄所耕作的土地，方圆两千多里。整个国境之内，所有用来设立宗庙、社稷的地方，所有用来建置邑、屋、州、闾、乡、曲等各级行政机构的地方，何尝不是在效法古代圣人的做法！然而田成子一下子杀了齐国的国君也就窃据了整个齐国。他所盗窃夺取的难道仅仅只是那样一个齐国吗？连同那里各种圣明的法规与制度也一块儿劫夺去了。而田成子虽然有盗贼的名声，却仍处于尧舜那样安稳的地位，小的国家不敢非议他，大的国家不敢讨伐他，世世代代窃据齐国。那么，这不就是盗窃了齐国并连同那里圣明的法规和制度，从而用来守卫他的盗贼之身吗？所以我曾试图讨论这种情况：世俗的所谓聪明人，有不替大盗积聚财物的吗？所谓的圣人，有不替大盗守卫财物的吗？

【原文】

何以知其然邪？昔者龙逢斩[1]，比干剖[2]，苌弘胣[3]，子胥靡[4]。故四子之贤而身不免乎戮。故跖[5]之徒问于跖曰："盗亦有道乎？"跖曰："何适而无有道邪？夫妄意室中之藏，圣也；入先，勇也；出后，义也；知可否，知也；分均，仁也。五者不备而能成大盗者，天下未之有也。"由是观之，善人不得圣人之道不立，跖不得圣人之道不行。天下之善人少，而不善人多，则圣人之利天下也少，而害天下也多。故曰：唇竭❻则齿寒，鲁酒薄而邯郸围❼，圣人生而大盗起。掊击圣人，纵舍盗贼，而天下始治矣！

【注释】

①龙逢斩：关龙逢是夏桀的贤臣，因直谏被杀。

②比干剖：比干是商纣王的叔父，因忠谏被剖心。

③苌弘胣（chǐ）：苌弘是周灵王的贤臣，因遭谗毁自刳而死。胣：剖开腹部掏出肠子。

④子胥靡：伍子胥力谏吴王灭越，吴王

不听，赐剑令其自刎。伍子胥的尸体沉入江中，致使麋烂。靡：通“糜”。

⑤跖（zhí）：即盗跖，相传为春秋时的大盗。

⑥唇竭：唇反举向上，即露齿。

⑦鲁酒薄而邯郸围：楚国与诸侯会盟，鲁国和赵国都向楚王献酒。鲁国的酒味淡而赵国的酒味浓。楚国管酒的人向赵国要酒，赵国不给，于是管酒的人便把赵国的好酒换成了鲁国的薄酒。后来，楚王嫌赵国的酒不好，就出兵围困了赵国的邯郸。

【译文】

怎么知道是这样的呢？从前关龙逄被斩首，比干被剖心，苌弘被掏肠，子胥被抛尸江中任其腐烂。即使像上面四个人那样的贤能之士，仍不能免于遭到杀戮。因而盗跖的门徒向盗跖问道："做强盗也有规矩和准绳吗？"盗跖回答说："到什么地方会没有规矩和准绳呢？凭空推测屋里储藏着什么财物，这就是圣明；率先进到屋里，这就是勇敢；最后退出屋子，这就是义气；能知道可否采取行动，这就是智慧；事后分配公平，这就是仁爱。以上五样不能具备，却能成为大盗的人，天下是没有的。"从这一点来看，善人不能通晓圣人之道便不能立业，盗跖不能通晓圣人之道便不能行窃；天下的善人少，而不善的人多，那么圣人给天下带来好处也就少，而给天下带来祸患也就多。所以说：嘴唇向外翻开，牙齿就会外露受寒，鲁侯奉献的酒味道淡薄致使赵国都城邯郸遭到围困，圣人出现了因而大盗也就兴起了。抨击圣人，释放盗贼，天下方才能太平无事。

【原文】

夫川竭而谷虚，丘夷而渊实。圣人已死，则大盗不起，天下平而无故矣。圣人不死，大盗不止。虽重圣人而治天下，则是重利盗跖也。为之斗斛❶以量之，则并与斗斛而窃之；为之权衡以称之，则并

与权衡而窃之；为之符玺以信之，则并与符玺而窃之；为之仁义以矫之，则并与仁义而窃之。

何以知其然邪？彼窃钩❷者诛，窃国者为诸侯，诸侯之门而仁义存焉。则是非窃仁义圣知邪？故逐于大盗、揭诸侯、窃仁义并斗斛权衡符玺之利者，虽有轩冕❸之赏弗能劝，斧钺之威❹弗能禁。此重利盗跖而使不可禁者，是乃圣人之过也。故曰：鱼不可脱于渊，国之利器不可以示人。彼圣人者，天下之利器也，非所以明天下也。

【注释】

①斗斛（hú）：斗和斛都是量具，十斗

为一斛。

②钩：指腰带钩。

③轩冕：轩车和礼帽，指高官厚禄。

④斧钺（yuè）之威：指死刑的威胁。钺：大斧。

【译文】

溪水干涸，山谷显得格外空旷；山丘夷平，深潭也能填实。圣人死了，那么大盗也就不会再兴起，天下就太平而没有变故了。圣人不死，大盗也就不会中止。即使让整个社会都重用圣人治理天下，那么这也是让盗跖获得最大的好处。给天下人制定斗、斛来计量物品的多少，那么就连同斗斛一道盗窃走了；给天下人制定秤锤、秤杆来计量物品的轻重，那么就连同秤锤、秤杆一道盗窃走了；给天下人制定符、玺来取信于人，那么就连同符、玺一道盗窃走了；给天下人制定仁义来规范人们的道德和行为，那么就连同仁义一道盗窃走了。

怎么知道是这样的呢？那些偷窃腰带、环钩之类小东西的人被诛杀，而窃夺了整个国家的人却成为诸侯，诸侯门前都打着仁义的招牌。这不就是盗窃了仁义和圣智吗？所以，那些追随大盗，高居诸侯之位，窃夺了仁义以及斗斛、秤具、符玺之利的人，即使有高官厚禄的赏赐，也不可能劝阻他们，即使有行刑杀戮的威严，也不可能禁止他们。这些大大有利于盗跖而难以禁止的情况，都是圣人的过错。因此说，鱼儿不能脱离深潭，治国的利器不能随便拿给人看。那些所谓的圣人，就是治理天下的利器，是不可以用来明示天下的。

【原文】

故绝圣弃知，大盗乃止；擿❶玉毁珠，小盗不起；焚符破玺，而民朴鄙；*掊斗折衡*❷，而民不争；殚残天下之圣法，而民始可与论议。擢乱六律，铄❸绝竽瑟，塞瞽旷之耳，而天下始人含其聪矣；灭文章，散五采，胶离朱之目，而天下始人含

其明矣；毁绝钩绳而弃规矩，攦❹工倕之指，而天下始人有其巧矣。故曰：大巧若拙。削曾、史之行，钳杨、墨之口，攘弃仁义，而天下之德始玄同矣。彼人含其明，则天下不铄矣；人含其聪，则天下不累矣；人含其知，则天下不惑矣；人含其德，则天下不僻矣。彼曾、史、杨、墨、师旷、工倕、离朱，皆外立其德，而以爚❺乱天下者也，法之所无用也。

【注释】

①擿（zhì）：掷。

②衡：秤杆。

③铄：销毁。

④攦（lì）：折断。

⑤爚（yuè）：惑乱。

【译文】

所以，杜绝圣明、摒弃智巧，大盗才会止息；弃掷玉器、毁坏珠宝，小的盗贼就会消失；焚烧符契、破毁玺印，百姓就会朴实浑厚；打破斗斛、折断秤杆，百姓就会没有争斗；尽毁天下的圣人之法，百姓方才可以谈论是非和曲直。搅乱六律，毁折各种乐器，并且堵住师旷的耳朵，天下人方能保全他们原本的听觉；消除纹饰，离散五彩，粘住离朱的眼睛，天下人方才能保全他们原本的视觉；毁坏钩弧和墨线，抛弃圆规和角尺，弄断工倕的手指，天下人方才能保有他们原本的智巧。因此说："最大的智巧就好像是笨拙一样。"削除曾参、史鳍的忠孝，钳住杨朱、墨翟善辩的嘴巴，摒弃仁义，天下人的德行方才能混同而齐一。人人都保有原本的视觉，那么天下就不会出现毁坏；人人都保有原本的听觉，那么天下就不会出现忧患；人人都保有原本的智巧，那么天下就不会出现迷惑；人人都保有原本的秉性，那么天下就不会出现邪恶。那曾参、史鳍、杨朱、墨翟、师旷、工倕和离朱，都外露并炫耀自己的德行，而且用来迷乱天下之人，这就是圣治之法没有用处的原因。

【原文】

子独不知至德之世乎？昔者容成氏、大庭氏、伯皇氏、中央氏、栗陆氏、骊畜氏、轩辕氏、赫胥氏、尊卢氏、祝融氏、伏牺氏、神农氏，当是时也，民结绳而用之，甘其食，美其服，乐其俗，安其居，邻国相望，鸡狗之音相闻，民至老死而不相往来。若此之时，则至治已。今遂至使民延颈❶举踵❷，曰："某所有贤者。"赢粮而趣❸之，则内弃其亲，而外去其主之事；足迹接乎诸侯之境，车轨结乎千里之外，则是上好知之过也。上诚好知而无道，则天下大乱矣！

【注释】

①延颈：伸长脖颈。

②举踵：踮起脚跟。

③趣：通“趋”，快步走。

【译文】

你难道不知道那盛德的时代吗？从前容成氏、大庭氏、伯皇氏、中央氏、栗陆氏、骊畜氏、轩辕氏、赫胥氏、尊卢氏、祝融氏、伏羲氏、神农氏的那个时代，百姓靠结绳的办法记事，把粗疏的饭菜认作美味，把朴素的衣衫认作美服，以淳厚的风俗为欢乐，以简陋的居所为安适，邻近的国家相互观望，鸡狗之声相互听闻，百姓直至老死也互不往来。像这样的时代，就可说是真正的太平治世了。可是当今竟然使百姓伸长脖颈踮起脚跟说：“某个地方出了圣人。”于是带着干粮急趋而去，对内抛弃了双亲，对外辞去了主上的事务，足迹交接于诸侯的国境，车轮印迹往来交错于千里之外，而这就是统治者追求圣智的过错。统治者一心追求圣智而不遵从大道，那么天下必定会大乱啊！

【原文】

何以知其然邪？夫弓、弩、毕、弋、机变之知多，则鸟乱于上矣；钩饵、罔罟、罾❶笱❷之知多，则鱼乱于水矣；削格、罗落、罝罘❸之知

多，则兽乱于泽矣；知诈④渐毒、颉滑坚白、解垢⑤同异之变多，则俗惑于辩矣。故天下每每大乱，罪在于好知。故天下皆知求其所不知，而莫知求其所已知者；皆知非其所不善，而莫知非其所已善者，是以大乱。故上悖日月之明，下烁山川之精，中堕四时之施，惴耎⑥之虫，肖翘⑦之物，莫不失其性。甚矣，夫好知之乱天下也！自三代以下者是已，舍夫种种之民，而悦夫役役之佞，释夫恬淡无为，而悦夫啍啍⑧之意，啍啍已乱天下矣！

【注释】

①罾（zēng）：古代一种用木棍或竹竿

做支架的方形渔网。

②笱(gǒu)：竹制的捕鱼器具，口大颈窄，腹大而长，鱼能入而不能出。

③罝(jū)罘(fú)：捕兽的网。

④知诈：欺诈。

⑤解诟：诡诈之辞。

⑥惴耎(ruǎn)：虫蠕动的样子。

⑦肖翘：细小能飞的生物。

⑧啍(zhūn)啍：喋喋不休、不停说教的样子。

【译文】

怎么知道是这样的呢？弓弩、鸟网、弋箭、机关之类的智巧多了，那么鸟儿就只会在空中乱飞；钩饵、渔网、鱼笼之类的智巧多了，那么鱼儿就只会在水里乱游；木栅、兽栏、兽网之类的智巧多了，那么野兽就只会在草泽里乱窜；伪骗欺诈、奸黠狡猾、言词诡曲、坚白之辩、同异之谈等权变多了，那么世俗的人就只会被诡辩所迷惑。所以天下昏昏大乱，罪过就在于喜好智巧。所以天下人都只知道追求他所不知道的，却不知道探索他所已经知道的；都知道非难他所认为不好的，却不知道否定他所已经赞同的，因此天下大乱。所以对上而言遮掩了日月的光辉，对下而言消解了山川的精华，居中而言损毁了四时的交替，就连附生地上蠕动的小虫、飞在空中的蛾蝶，没有不丧失原有真性的。追求智巧扰乱天下，竟然达到如此地步！自夏、商、周三代以来的情况就是这样啊，抛弃那众多淳朴的百姓，而喜好那钻营狡诈的谄佞小人；废置那恬淡无为的自然风尚，喜好那喋喋不休的说教。喋喋不休的说教已经搞乱了天下啊！

孟子

作品简介

《孟子》是记录孟子及其弟子言行的著作，着力阐述仁政理论，强调民心在政治、军事中的决定性作用。南宋时，儒学大家朱熹把《孟子》和《论语》《大学》《中庸》合在一起，并称『四书』。

五十步笑百步

【导读】

本文主要记载了孟子与梁惠王的谈话，集中体现了孟子的仁政思想。孟子极力主张仁义，反复论述了道德力量的强大，认为实行仁义之政，必定能得到本国乃至各国人民的拥护，这样也就必然会无敌于天下。基于此，他反对诸侯间为谋取私利而进行的战争，对统治者率兽食人的暴虐政治给予了直言不讳的抨击。

【原文】

梁惠王曰："寡人之于国也，尽心焉耳矣！河内❶凶，则移其民于河东，移其粟于河内。河东❷凶亦然。察邻国之政，无如寡人之用心者。邻国之民不加少，寡人之民不加多，何也？"

【注释】

①河内：今山西安邑一带。

②河东：今河南济源一带。

【译文】

梁惠王说："我对于治理国家，真是尽心竭力了呀！河内发生了灾荒，就将那里的灾民移往河东，将河东的粮食运送到河内。当河东发生了灾荒时，我也是这样做。看看邻国的君主办理政事，没有一个像我这样尽心的。可是，邻国的人民并不见减少，而我的人民并不见增多，这是什么缘故呢？”

【原文】

孟子对曰：“王好战，请以战喻：填然❶鼓之，兵刃既接，弃甲曳兵而走，或百步而后止，或五十步而后止，以五十步笑百步，则何如？”

曰：“不可；直不百步耳，是亦走也。”

【注释】

①填然：形容击鼓的声音。

【译文】

孟子回答道："大王您喜欢打仗，就让我拿战争来打比方吧。战鼓咚咚敲响了，兵刃已经相接，打了败仗的就丢下盔甲，拖着武器，狼狈逃窜，有的逃了上百步停下来，有的逃了五十步停住了脚，逃了五十步的拿自己只逃了五十来步这点去讥笑逃了上百步的胆子小，您觉得怎么样呢？"

梁惠王说："不行；只不过没有跑到百步罢了，可这也是逃跑呀。"

【原文】

曰："王如知此，则无望民之多于邻国也。不违农时，谷不可胜食

也；数罟❶不入洿❷池，鱼鳖不可胜食也；斧斤以时入山林，材木不可胜用也。谷与鱼鳖不可胜食，材木不可胜用，是使民养生丧死无憾也。养生丧死无憾，王道之始也。

【注释】

①罟（gǔ）：网。

②洿（wū）：低洼积水的地方，池塘。

【译文】

孟子说："大王您既然懂得了这个道理，就不必去巴望您国家的人民比邻国增多啦。治理国家的人只要不去剥夺农民耕种的时间，那粮食就会吃不尽；不拿过于细密的渔网到池塘中去捞鱼，那鱼类水产便吃不完；砍伐林木有一定的时间，那木材便用不尽。粮食和鱼类水产吃不完，木材用不尽，这样便使老百姓供养生人、安葬死者都没有什么遗憾。老百姓对养生送死没有什么遗憾，这便是王道的开端。

【原文】

“五亩之宅，树之以桑，五十者可以衣帛矣。鸡豚❶狗彘❷之畜，无失其时，七十者可以食肉矣。百亩之田，勿夺其时，数口之家，可以无饥矣。谨庠序❸之教，申之以孝悌之义，颁白者不负戴于道路矣。七十者衣帛食肉，黎民不饥不寒，然而不王者，未之有也。

【注释】

①豚（tún）：小猪。

②彘（zhì）：猪。

③庠（xiáng）序：古代乡学，此处泛指学校。

【译文】

“五亩大的宅园，种上桑树，上了五十岁的人就可以穿上丝绵袄了；鸡和猪狗一类家畜，不耽误它们饲养繁殖的时间，上了七十岁的人就可以有肉吃了。一家人百亩的耕地，农事不失其时，几口人的家庭就不会挨饿。认真地搞好学校教育，反复地阐明孝顺父母、敬爱兄长的重要意义，须发花白的老人们就不再会肩背着、头顶着重物出现在道路上了。七十岁的人有丝绵衣穿，有肉吃，一般老百姓饿不着，冻不着，这样还不能使天下归服，是从来不曾有过的事。

【原文】

“狗彘食人食而不知检❶，涂有饿莩❷而不知发；人死，则曰：‘非我也，岁也。’是何异于刺人而杀之，曰：‘非我也，兵也。’王无罪岁，斯天下之民至焉。”

【注释】

①检：制约。

②莩（piǎo）：同“殍”，饿死的人。

【译文】

“现在猪狗一类家畜吃着人吃的粮食却不知道设法制止，路上出现了饿死的人却不知道开仓赈济饥民。老百姓死了，却说：‘致他们于死的不是我，是凶年饥岁。’这和拿刀把人刺杀，却说‘杀人的不是我，是兵器’有什么不同呢？大王您要是能够不归罪于凶年饥岁，这样普天之下的老百姓便会涌向您这儿来了。”

齐桓晋文之事

【导读】

本文通过孟子游说齐宣王放弃霸道，施行王道的经过，比较系统地阐发了孟子的仁政方略。孟子主张让百姓拥有五亩之宅和百亩之田的“恒产”，保障百姓的基本生活，在此基础上对百姓进行礼义道德教育，提高百姓的向善之心，通过这样的措施来感化天下的百姓，从而达到统一天下的目的。这是孟子的政治蓝图，具有浓郁的人道主义色彩。

【原文】

齐宣王问曰："齐桓、晋文❶之事，可得闻乎？"

【注释】

①齐桓、晋文：春秋五霸中的齐桓公、晋文公。齐桓公，姓姜，名小白。晋文公，姓姬，名重耳。

【译文】

齐宣王问孟子道："先生您可以把春秋时齐桓公和晋文公称霸于诸侯的事迹讲给我听听吗？"

【原文】

孟子对曰："仲尼之徒无道桓文之事者，是以后世无传焉，臣未

之闻也。无以，则王乎？”

【译文】

孟子回答说：“孔子的学生们没有谈到齐桓公和晋文公的事迹的，所以后世不曾传下来，我没有听说过。如果一定要我说，就谈谈君主以仁义治天下，以德政安抚臣民使天下归服的王道好吗？”

【原文】

曰：“德何如则可以王矣？”

曰：“保民而王，莫之能御也。”

曰：“若寡人者，可以保民乎哉？”

曰：“可。”

曰：“何由知吾可也？”

曰："臣闻之胡龁❶曰，王坐于堂上，有牵牛而过堂下者，王见之，曰：'牛何之？'对曰：'将以衅钟❷。'王曰：'舍之！吾不忍其觳觫❸，若无罪而就死地。'对曰：'然则废衅钟与？'曰：'何可废也？以羊易之！'——不识有诸？"

曰："有之。"

【注释】

①胡龁（hé）：齐宣王的近臣。

②衅钟：宰杀牲口，用血祭新铸成的钟的仪式。

③觳（hú）觫（sù）：因恐惧而浑身发抖。

【译文】

齐宣王问道："要具备怎样的道

德才能够使天下归服呢？”

孟子答道：“通过护育百姓（让他们安居乐业）的方法使天下归服，那是没有谁能阻挡得了的。”

齐宣王又问：“像我这样的人，可以护育百姓吗？”

孟子答道：“可以。”

齐宣王又问：“您怎么知道我可以呢？”

孟子回答说：“我听到您的近臣胡龁说，有一次大王坐在堂上，有个牵着牛走过堂下的人，您问他道：‘牵牛上哪儿去？’那人答道：‘要把它杀了去祭钟。’您说：‘放掉它吧！我实在不忍心看它吓得发抖的样子，没有罪过却被往死地里送。’那个人回问道：‘那么，就废止祭钟的仪式吗？’您说：‘怎么可以废止呢？拿只羊去换吧！’不知有没有这回事？”

齐宣王说：“有这回事。”

【原文】

曰：“是心足以王矣。百姓皆以王为爱也，臣固知王之不忍也。”

王曰：“然，诚有百姓者，齐国虽褊❶小，吾何爱一牛？即不忍其觳觫，若无罪而就死地，故以羊易之也。”

【注释】

①褊（biǎn）：狭小。

【译文】

孟子说："有这样的好心就足以（施行王道）使天下归服了。百姓都以为大王是吝啬，我当然明白您是于心不忍。"

齐宣王说："是呀，假如真像百姓所想的，齐国地方虽不大，我何至于会舍不得一头牛呢？就是因为不忍心看到它吓得发抖，这样毫无罪过却要往死地里送，所以才用羊去换它。"

【原文】

曰："王无异于百姓之以王为爱也。以小易大，彼恶知之？王若隐❶其无罪而就死地，则牛羊何

择焉？”

王笑曰：“是诚何心哉？我非爱其财而易之以羊也，宜乎百姓之谓我爱也。”

曰：“无伤②也，是乃仁术也，见牛未见羊也。君子之于禽兽也，见其生，不忍见其死；闻其声，不忍食其肉。是以君子远庖厨也。”

【注释】

①隐：哀怜。

②无伤：不妨事，没有关系。

【译文】

孟子说：“百姓以为您吝啬，大王也不必奇怪。拿小小的羊去换一头大牛，他们又怎么知道您的用意呢？

您要是哀怜牲畜没有罪过却往死地里送，那么在牛和羊两者之间又有什么区别呢？”

齐宣王不禁发笑道：“这究竟是什么心理呢？我并不是吝惜钱财才拿只羊去替换牛，您这么一说，百姓要说我吝啬是理所当然的了。”

孟子说：“百姓这样误解没有关系，王这种不忍之心正是仁爱之道，因为你只见到牛而没有见到羊。一个有仁爱之心的人对于那些家禽家畜，看见它们活着，就不忍心看到它们死去；听到它们悲鸣哀号，便不忍心吃它们的肉。因此君子总是离厨房远远的。”

【原文】

王说，曰："《诗》云：'他人有心，予忖度❶之。'夫子之谓也。夫我乃行之，反而求之，不得吾心。夫子言之，于我心有戚戚焉。此心之所以合于王者，何也？"

曰："有复于王者曰：'吾力足以举百钧，而不足以举一羽；明足以察秋毫之末，而不见舆薪❷。'则王许之乎？"

曰："否。"

【注释】

①忖度：推测，揣想。

②舆薪：车子装着的木柴。

【译文】

齐宣王听了很高兴，说："《诗经》里面讲过：'别人有想法，我能猜中它。'说的就是夫子这样的人。我自己做了这件事，回过头来反问自己（为什么要这样做），却说不出所以然来。经您老先生这样一讲，我心里感到有些触动了。这种心地为什么就能与王道相合呢？"

孟子说："有人向大王报告：'我的力气能够举起三千斤重的东西，却拿不起一根羽毛；我的视力能够看清秋天里刚换过的兽毛的末梢，却看不见一大车木柴。'那么，大王会相信他这种说法吗？"

齐宣王说："不会。"

【原文】

"今恩足以及禽兽，而功不至于百姓者，独何与？然则一羽之不举，为不用力焉；舆薪之不见，为不用明焉；百姓之不见保，为不用恩焉。故王之不王，不为也，非不能也。"

曰："不为者与不能者之形何以异？"

曰："挟[1]太山以超北海，语人曰：'我不能。'是诚不能也。为长者折枝，语人曰：'我不能。'是不为也，非不能也。故王之不王，非挟太山以超北海之类也；王之不王，

是折枝之类也。”

【注释】

①挟：用腋夹着东西。

【译文】

孟子马上接着说：“现在您大王一片仁心使禽兽沾恩，而您的功绩却不能使百姓得到好处，这是什么原因呢？这样看来，一根羽毛拿不起来，是因为不愿用力气；一车木柴看不见，是因为不愿用眼睛；百姓不被爱护，是因为不愿广施恩泽。所以大王的不能通过行王道使天下归服，是不肯做，并不是不能做。”

齐宣王问道：“不肯做和不能做从现象上说来有什么不同？”

孟子说："要一个人将泰山挟在腋下跳过渤海，他告诉别人说：'我办不到。'这的确是真的不能。叫一个人替年迈力衰的长辈折取树枝，他告诉别人说：'我办不到。'这是不肯做，不是不能做。因此大王没有通过行王道使天下归服，不是属于将泰山挟在腋下跳过渤海一类；大王没有通过行王道使天下归服，是属于替年迈力衰的长辈折取树枝一类。"

【原文】

"老吾老，以及人之老；幼吾幼，以及人之幼。天下可运于掌。《诗》云：'刑于寡妻，至于兄弟，以

御于家邦。’言举斯心加诸彼而已。故推恩足以保四海，不推恩无以保妻子。古之人所以大过人者，无他焉，善推其所为而已矣。今恩足以及禽兽，而功不至于百姓者，独何与？

“权，然后知轻重；度，然后知长短。物皆然，心为甚。王请度之！

“抑王兴甲兵，危士臣，构怨于诸侯，然后快于心与？”

【译文】

“尊奉自家的长辈，推广开去也尊奉别人家的长辈；爱护自家的儿童，推广开去也爱护别人家的儿童。那么，治理天下便可以像把一件小东西放在手掌上转动那么容易了。《诗》

里面说过：‘在家先为妻子立榜样，然后兄弟也照样，再行推广治家邦。’这不过是说拿自己的一片仁爱之心加到别人的身上罢了。所以推广恩泽就足以能保有天下，不推广恩泽连自己的老婆孩子也护育不了。古代那些圣明的国君之所以能远远超过一般人，没有别的什么秘诀，只不过善于推行他们的好行为罢了。现在大王的恩泽能够泽被禽兽，而您的功绩却不能使百姓得到点滴好处，这是为什么呢？

“称一称，然后才知道轻重；量一量，然后才知道长短。凡是物体，没有不是这样的，心的长短轻重就较一般物体更难齐一，尤其需要衡量。

请您大王细加衡量吧!

“难道您大王要动员军队,使您的臣下和士兵冒生命的危险,和诸侯结下深仇大恨,然后心里才感到快活吗?”

【原文】

王曰:“否,吾何快于是?将以求吾所大欲也。”

曰:“王之所大欲,可得闻与?”

王笑而不言。

曰:“为肥甘不足于口与?轻暖不足于体与?抑为采色不足视于目与?声音不足听于耳与?便嬖[1]不足使令于前与?王之诸臣皆足以

供之，而王岂为是哉？”

曰：“否，吾不为是也。”

【注释】

①便（pián）嬖（bì）：能说会道，善于迎合的宠臣、亲信。

【译文】

齐宣王说：“不，我怎么会对这个有快感呢？我之所以这样做，是想借此得到我所十分希望得到的东西。”

孟子问道：“大王所十分希望得到的东西，可以说给我听听吗？”

齐宣王笑而不言。

孟子问道：“是为了肥美的食物不够味吗？轻暖的衣服不够舒适吗？还是为了文采美色不中看吗？美妙的

音乐不中听吗？侍奉左右的宠臣不够役使吗？大王的臣子这些方面都能充分供给，您难道为的是这些吗？”

齐宣王说：“不，我不是为这些。”

【原文】

曰：“然则王之所大欲可知已。欲辟土地，朝秦、楚，莅❶中国而抚四夷也。以若所为，求若所欲，犹缘木而求鱼也。”

王曰：“若是其甚与？”

曰：“殆有甚焉。缘木求鱼，虽不得鱼，无后灾；以若所为，求若所欲，尽心力而为之，后必有灾。”

曰：“可得闻与？”

曰："邹人与楚人战，则王以为孰胜？"

曰："楚人胜。"

【注释】

①莅（lì）：治理。

【译文】

孟子说："那么，您所十分希望得到的东西可以知道了，您是想扩张国土，使秦、楚等大国都来朝贡，统治整个中原地带，安抚四方边远部族。凭您现在的所作所为，去追求您所想得到的东西，简直像是爬到树上去抓鱼一样。"

齐宣王问道："竟然有这样严重吗？"

孟子说:“恐怕还要更严重。爬到树上去抓鱼,尽管抓不到鱼,却不会有什么后患;凭您的所作所为,去追求您所希望得到的东西,要是尽心竭力地去做,必然会留下灾祸在后头。”

齐宣王说:“这是什么道理呢?可以讲给我听听吗?”

孟子反问道:“假如邹国人跟楚国人开战,那么您认为谁会得胜呢?”

齐宣王回答道:“当然是楚国人会得胜。”

【原文】

曰:“然则小固不可以敌大,寡固不可以敌众,弱固不可以敌

强。海内之地，方千里者九，齐集有其一。以一服八，何以异于邹敌楚哉？盖❶亦反其本矣。”

【注释】

①盖：同“盍”，何不。

【译文】

孟子说：“这样说来，小国本来就敌不过大国，人数少的本来就敌不过人数多的，势力弱的本来就敌不过势力强的。现在天下拥有千里见方的土地的一共只有九个，齐国的土地凑合起来也不过只占九分之一。拿九分之一的地方去征服九分之八的地方，这跟邹国去和楚国为敌又有什么分别呢？您为什么不从根本上去求得问题的解决呢？”

【原文】

“今王发政施仁，使天下仕者皆欲立于王之朝，耕者皆欲耕于王之野，商贾皆欲藏于王之市，行旅皆欲出于王之途，天下之欲疾其君者，皆欲赴诉于王。其若是，孰能御之？”

【译文】

“现在大王如果发布命令，施行仁政，使天下想做官的人都愿意在大王的朝中做官，耕田的人都愿意在大王的田野里种地，经商的人都愿意到大王的街市上做生意，旅行的人都愿意到大王的国土上来游历，天下那些对自己的国君不满的臣僚都愿来到大王跟前申诉。要是真能做到这样，又有谁能阻挡呢？”

【原文】

王曰：“吾惛❶，不能进于是矣。愿夫子辅吾志，明以教我。我虽不敏，请尝试之。”

【注释】

①惛（hūn）：神志不清，迷迷糊糊。

【译文】

齐宣王说：“我的脑子不大好使了，对您的构想不能有进一步的体会。希望先生辅佐我达到目的。我虽然不聪明，但请让我试试看。”

【原文】

曰："无恒产而有恒心者，惟士为能。若民，则无恒产，因无恒心。苟无恒心，放辟邪侈，无不为已。及陷于罪，然后从而刑之，是罔❶民也。焉有仁人在位，罔民而可为也？是故明君制民之产，必使仰足以事父母，俯足以畜妻子，乐岁终身饱，凶年免于死亡。然后驱而之善，故民之从之也轻。

【注释】

①罔：张罗网捕捉。

【译文】

孟子道："一个人没有一定的维持生计的产业，却能坚持一贯向善之心，这只有读书明理的人才做得到。至于一般老百姓，那就只要失去一定的维持生计的产业，就会动摇一贯的向善之心。假使没有了一贯的向善之心，那就会放荡不走正路，胡作非为，没有什么干不出来的。等到因此犯了罪，然后对他们施加刑罚。这等于设下网罗陷害人民。哪有仁爱的国君在位，却可以干出陷害人民的事的呢？所以贤明的国君划定给老百姓的产业，一定要使他们上面足够奉养他们的父母亲，下面足够养活他们的老婆孩子。遇上好年成尽可丰衣足食，凶年饥岁也能不至于饿死。然后要求他们走上向善的道路，所以老百姓也就容易听从了。

【原文】

“今也制民之产，仰不足以事父母，俯不足以畜妻子；乐岁终身苦，凶年不免于死亡。此惟救死而恐不赡，奚暇治礼义哉？

【译文】

“现在划定给老百姓的产业，上面不够奉养父母亲，下面不够养活老婆孩子，即使年成好也尽是艰难困苦，遇上凶年饥岁，就更是免不了要饿死。这样就连救自家人的性命都还来不及，哪有空闲时间去讲究礼义呢？

【原文】

“王欲行之，则盍反其本矣！五亩之宅，树之以桑，五十者可以衣帛矣。鸡豚狗彘之畜，无失其时，七十者可以食肉矣。百亩之田，勿夺其时，八口之家，可以无饥矣。谨庠序之教，申之以孝悌之义，颁白者不负戴于道路矣。老者衣帛食肉，黎民不饥不寒，然而不王者，未之有也。”

【译文】

“大王您既然想成就统一天下

的大业，何不回到根本上来着手呢？五亩大的宅园，种上桑树，上了五十岁的人就可以穿上丝绵袄了；鸡和猪狗一类家畜，不耽误它们饲养繁殖的时间，上了七十岁的人就可以有肉吃了。一家人百亩的耕地，农事不失其时，八口人吃饭的人家就不会挨饿了。认真地搞好学校教育，反复地阐明孝顺父母、敬爱兄长的重要意义，须发花白的老人们就不再会肩背着、头顶着重物出现在道路上了。七十岁的人有丝绵衣穿，有肉吃，一般老百姓饿不着，冻不着，这样还不能使天下归服，是从来不曾有过的事。”

得道多助，失道寡助

【导读】

本文论述对战争胜负起决定作用的因素不是天时、地利，而是人和，表现出孟子民本思想的一个侧面。

【原文】

孟子曰："天时❶不如地利❷，地利不如人和❸。三里之城，七里之郭❹，环而攻之而不胜。夫环而攻之，必有得天时者矣；然而不胜者，是天时不如地利也。

【注释】

①天时：指对于战争发生影响的阴晴寒暑等气候条件。

②地利：指有利于战争取胜的地理条件。

③人和：指人心的拥护和团结。

④郭：外城。

【译文】

孟子说："得天时不如得地利，得地利不如得人和。内城每边只有三里长、外城每边只有七里长的城邑，包围攻打却无法取胜。包围而攻打，一定有合乎天时的战机。可是却无法取胜，这说明得天时不如占地利呀。

【原文】

“城非不高也，池非不深也，兵革❶非不坚利也，米粟非不多也；委❷而去之，是地利不如人和也。

【注释】

①革：皮革，指甲胄。

②委：弃。

【译文】

“城墙并不是筑得不高，护城河并不是挖得不深，兵器和盔甲并不是不锐利、不坚固，粮食也并不是不多呀；可是，当敌人一来进犯，守兵们竟弃城而逃，这说明得地利不及得人和呀。

【原文】

“故曰：域❶民不以封疆之界，固国不以山谿❷之险，威天下不以兵革之利。得道者多助，失道者寡助。寡助之至，亲戚畔❸之；多助之至，天下顺之。以天下之所顺，攻亲戚之所畔，故君子有不战，战必胜矣。”

【注释】

①域：界限。

②谿（xī）：山间的河沟。

③畔：通“叛”。

【译文】

“所以说：留住百姓不必靠国家的疆界，巩固国防不必凭山河的险要，威服天下不必恃武力的强大。行仁政的人帮助他的便多，不行仁政的人帮助他的便少。少助到了极点时，连亲戚都会背叛他；多助到了极点时，全天下都愿意顺从他。拿全天下顺从的力量去攻打连亲戚都背叛的人，那么，仁德之君要么不用战争，若用战争，是必然胜利的了。”

富贵不能淫

【导读】

本篇主要记述了孟子对大丈夫的定义。孟子认为张仪、公孙衍这些人以妾妇之道事君，人格卑污，虽然建有事功，但不足以称为大丈夫，真正的大丈夫应该是具有“富贵不能淫，贫贱不能移，威武不能屈”的人格的人。这种大丈夫的道德形象，成了历史上无数志士仁人追求的道德目标，是传统伦理道德思想中的精华部分。

【原文】

景春❶曰：“公孙衍❷、张仪❸岂不诚大丈夫哉？一怒而诸侯惧，安居而天下熄。”

【注释】

①景春：纵横家。

②公孙衍：字犀首，魏国人，纵横家，

曾在秦国担任过大良造，并佩五国相印。

③张仪：魏国人，纵横家，曾游说六国共同侍奉秦国。

【译文】

景春说："公孙衍、张仪这样的人难道不是真正可称为大丈夫的吗？他们一旦发了怒，天下的诸侯便要害怕；要是他们安静下来，天下便平安无事了。"

【原文】

孟子曰："是焉得为大丈夫乎？子未学礼乎？丈夫之冠❶也，父命之；女子之嫁也，母命之，往送之门，

戒之曰：'往之女家，必敬必戒，无违夫子！'以顺为正者，妾妇之道也。

【注释】

①冠：古时男子二十岁行加冠礼，表示已成人。

【译文】

孟子说："这样的人又怎算得是大丈夫呢？你没有学过礼吗？男子长大成人行冠礼时，由父亲主持其事，并面加训导；女儿出嫁时，母亲主持其事，将她送到门口，告诫道：'去到你们家里，一定要恭敬，一定要遇事小心谨慎，不要违背丈夫的意志！'以顺从为最大的原则的，这是妇女之道。

【原文】

“居天下之广居❶，立天下之正位❷，行天下之大道❸；得志，与民由之；不得志，独行其道。富贵不能淫❹，贫贱不能移，威武不能屈，此之谓大丈夫。”

【注释】

①广居：指“仁”。

②正位：指“礼”。

③大道：指“义”。

④淫：过分。

【译文】

“只有住在‘仁’这个天下最宽大的住宅里，站在‘礼’这个天下最正确的位置上，走在‘义’这个天下最光明的大道上；得志时，跟老百姓一起循着这条道路前进；不得志时，便独自坚持自己的原则。富贵不能使他骄狂，贫贱不能改变他的心志，威武相逼不能使他屈服，这样的人才称得上是大丈夫。”

鱼我所欲也

【导读】

本篇围绕人的本性的养护问题进行阐发。孟子以其性善论为依据，对人的生死观进行深入讨论。他强调正义比生命更重要，主张舍生取义；

人应该保持善良的本性，加强平时的修养及教育，不做有悖礼义的事。

【原文】

孟子曰："鱼，我所欲也，熊掌，亦我所欲也；二者不可得兼，舍鱼而取熊掌者也。生，亦我所欲也，义，亦我所欲也；二者不可得兼，舍生而取义者也。

【译文】

孟子说："鱼，是我所喜爱的，熊掌，也是我所喜爱的；如果两者不能都得到，我就舍弃鱼而要熊掌。生命是我所珍爱的，义也是我所珍爱的；如果两者不能都得到，我就放弃生命而去取义。

【原文】

“生亦我所欲，所欲有甚于生者，故不为苟得也；死亦我所恶，所恶有甚于死者，故患有所不辟也。如使人之所欲莫甚于生，则凡可以得生者，何不用也？使人之所恶莫甚于死者，则凡可以辟患者，何不为也？由是则生而有不用也，由是则可以辟患而有不为也，是故所欲有甚于生者，所恶有甚于死者。非独贤者有是心也，人皆有之，贤者能勿丧耳。

【译文】

“生命也是我所珍爱的，但我所珍爱的东西中有超过了生命的，所以就不干苟且偷生的事；死亡也是我所讨厌的，但我所讨厌的东西中有超过了死亡的，所以有的祸灾就不躲避。假如人们所珍爱的东西中没有超过生命的，那么凡是能够保命的手段，哪样不采用呢？假如人们所讨厌的东西中没有超过死亡的，那么凡是能够躲避祸患的事，哪件不会做呢？通过这种手段就能够保命，然而有的人却不采用；只要这样做就能够躲避祸患，然而有的人却不做。所以，这样看来，人们所喜爱的东西有超过生命的，所厌恶的东西有超过死亡的。不仅是贤德的人有这种想法，人人都有，只是贤人不会丧失它罢了。

【原文】

“一箪❶食，一豆❷羹，得之则生，弗得则死，呼尔而与之，行道之人弗受；蹴❸尔而与之，乞人不屑也。万钟❹则不辩礼义而受之。万钟于我何加焉？为宫室之美、妻妾之奉、所识穷乏者得我与？乡为身死而不受，今为宫室之美为之；乡为身死而不受，今为妻妾之奉为之；乡为身死而不受，今为所识穷乏者得我而为之，是亦不可以已

乎？此之谓失其本心。”

【注释】

①箪（dān）：盛饭的竹器。

②豆：古代一种盛食物的器皿，形似高脚盘。

③蹴：踢。

④钟：容量单位，六斛四斗为一钟。

【译文】

“一筐饭，一碗汤，得到它就能活命，得不到它就可能死亡，但如果呵斥着施舍给别人，哪怕是过路的饿汉也不会接受；拿脚踢着施舍给别人，那就连乞丐也会不屑一顾。可如今万钟的俸禄却被有的人连问也不问是否合乎礼义就接受了它。万钟的俸禄到底能给我增加些什么呢？是为了居室的华丽、妻妾的侍奉和所认识的穷人（因获得我的周济）感激我吗？以前就算是死也不肯接受，现在却为了能住上华丽的居室而甘心这样做；以前就算是死也不肯接受，现在却为了能得到妻妾的侍奉而甘心这样做；以前就算是死也不肯接受，现在却为了让所认识的穷人因获得我的周济感激我而甘心这样做，这些行径难道不也是可以停止的吗？这就叫丧失了他的本性。”

韩非子

作品简介

《韩非子》是韩国公子韩非的愤世嫉俗之作。他目睹国家衰亡，自己的谏言又被拒绝，失望之余只好埋头著书。《韩非子》作为一部散文集，成就远远超过了战国早期其他诸子的语录体散文，是先秦说理散文论辩艺术的优秀代表。

孤愤

【导读】

“孤愤”是韩非孤独的愤慨。当时在韩国，存在两种政治力量的尖锐对立：维护君权追求法治的“智法之士”与结党营私盗窃国柄的“当涂之人”。韩非满怀悲愤心情，真实地描绘了法术之士向守旧势力抗争的艰难情景，强烈提出“烛私”“矫奸”的要求。

【原文】

智❶术之士，必远见而明察，不明察，不能烛私❷；能法之士，必强毅而劲直，不劲直，不能矫❸奸。人臣循令而从事，案❹法而治官，非谓重人也。重人也者，无令而擅为，亏法以利私，耗国以便家，力能得其君，此所为重人也。智术之士，明察听用，且烛重人之阴情；能法之士，劲直听用，且矫重人之奸行。故智术能法之士用，则贵重之臣必在绳之外矣。是智法之士与当涂之人❺，不可两存之仇也。

【注释】

①智：同“知”，通晓。

②烛私：照见隐私。

③矫：惩办。

④案：通“按”，按照。

⑤当涂之人：指掌握重权的人。涂：同“途”，道路。

【译文】

通晓治国之术的人，必然目光远大、眼光敏锐，不明察秋毫，就不能发现那些阴谋诡计；能够推行法治的人，必须刚强坚毅且刚劲正直，不刚强正直，就不能矫正邪恶。臣子们根据君主的命令办理公事，按照法律履行职责，这不是我所说的“重臣”。所谓重臣，就是无视法令而专断独行，破坏法律而使自己得利，损害国家以便利自身，他们的势力能够控制君主，这才是重臣。通晓治国之术的人明察秋毫，他们若被君主任用，就会洞察权臣的阴谋；能推行法治的人刚强正直，他们若被任用，重臣的邪恶行为将会被矫正。因此，懂治国之术和能推行法治的人若被任用，那么地位高贵、掌握大权的人定为法律所不容。所以，懂得法治的人与当权的重臣，他们是誓不两立的。

【原文】

当涂之人擅事要，则外内为之用矣。是以诸侯不因，则事不应，故敌国为之讼；百官不因，则业不进，

故群臣为之用；郎中不因，则不得近主，故左右为之匿；学士不因，则养禄薄礼卑，故学士为之谈也。此四助❶者，邪臣之所以自饰也。重人不能忠主而进其仇，人主不能越四助而烛察其臣，故人主愈弊❷，而大臣愈重。

【注释】

①四助：指为当涂之人效劳的四种帮凶，即诸侯、群臣、郎中、学士。

②弊：通“蔽”。

【译文】

重臣独揽大权，那么内政、外交就要被他控制了。所以，如果诸侯不依靠他，外交事务就难以办成，因此，即使敌对的国家也会给他唱颂歌；各级官吏不依附他，政绩不能上达，不能获得升迁，所以群臣都为他出力；郎中不依靠他，就不能接近君主，所以他们为他隐瞒罪行；有学问的人不依靠他，就会俸禄低薄、待遇低下，所以学士也吹捧他。奸邪之臣用这四种人来掩饰自己。重臣不能忠于君主，所以他们不会推荐那些执法之士，君主也不能通过这四种人来考察他的臣下，所以君主受的蒙蔽越来越深，而重臣的势力越来越大。

【原文】

凡当涂者之于人主也，希不信

爱也，又且习故。若夫即主心，同乎好恶，固其所自进也。官爵贵重，朋党又众，而一国为之讼。则法术之士欲干❶上者，非有所信爱之亲，习故之泽也；又将以法术之言，矫人主阿辟❷之心，是与人主相反也。处势卑贱，无党孤特。夫以疏远与近爱信争，其数不胜也；以新旅与习故争，其数不胜也；以反主意与同好恶争，其数不胜也；以轻贱与贵重争，其数不胜也；以一口与一国争，其数不胜也。法术之士，操五不胜之势，以岁数而又不得见；当涂之人，乘五胜之资，而旦暮独说于前。故法术之士奚道❸得进，而

人主奚时得悟乎？故资必不胜，而势不两存，法术之士焉得不危？其可以罪过诬者，以公法而诛之；其不可被以罪过者，以私剑而穷之。是明法术而逆主上者，不僇❹于吏诛，必死于私剑矣。

【注释】

①干：求。

②阿辟：邪僻，邪恶。

③奚道：何由，从哪里。

④僇：通“戮”，杀。

【译文】

就君主而言，那些重臣很少有不被信任和宠爱的，彼此之间又很熟悉。而迎合君主，投合其好恶，本来就是他们晋升的途径。他们位高权重，党羽又多，全国的人都在颂扬他们。可是法术之士要得到君主的重用，既没有被信任宠爱的亲密关系，也没有熟悉的交情，还要用法术言论矫正君主偏袒重臣的错误，这是与君主心意相违背的。法术之士的地位低下，他们没有同党，势单力薄。凭借这些与那些关系亲近、受到宠信的重臣相争，一般不能取胜；以新客的身份和君主的亲信重臣相争，按照常规不能取胜；以违背君主心意和投合君主爱好相争，在常理上不能取胜；地位低贱的和位尊权重的相争，在常理上也是不能取胜；而一个人力量和全国人相争，同样是不能取胜的。法术之士处于如此下风，长年累月不能觐见君主；弄权重臣凭借有利条件，可以经常向君主进言。因此，法术之人如何才能得到重用，而君主什么时候才能醒悟呢？因此，凭借这些条件必不能取胜，但又与重臣势不两立，法术之士怎能没有危险呢？那些可被诬陷的，就用国家法律来诛杀；对那些不能强加罪名的，就派刺客进行暗杀。这样说来，精通法术而违背君主心意的人，不是死于官府，就是死于刺客。

【原文】

朋党比周❶以弊主，言曲以便私者，必信于重人矣。故其可以功伐❷借者，以官爵贵之；其不可借以美名者，以外权重之。是以弊主上而趋于私门者，不显于官爵，必重于外权矣。今人主不合参验而行诛，不待见功而爵禄，故法术之士安能蒙死亡而进其说，奸邪之臣安肯弃利而退其身？故主上愈卑，私门益尊。

【注释】

①比周：紧密勾结。

②功伐：功劳。

【译文】

那些结党营私、狼狈为奸、蒙蔽君主、颠倒是非，以歪曲事实来谋私利的人，必定受到重臣的信任。所以对那些可用功劳作为借口的，就封官赐爵提高他们的地位；对那些不可用好名声做借口的，就让他们担任重要的外交职务。因此，蒙蔽君主而投奔重臣的，有的得以升迁，有的得以重用。如今君主不等查清事实就处以死刑，不等建立功勋就封官晋爵，这样，法术之士怎能冒死进谏？奸邪之臣又怎肯正当得利之时而自动引退？所以君主地位就越来越低，重臣权势就越来越大。

【原文】

夫越虽国富兵强，中国之主皆知无益于己也，曰：“非吾所得制也。”今有国者虽地广人众，然而人主壅❶蔽，大臣专权，是国为越也。智不类越，而不智不类其国，不察其类者也。人主所以谓齐亡者，非地与城亡也，吕氏弗制而田氏用之。所以谓晋亡者，亦非地与城亡也，姬氏不制而六卿❷专之也。今大臣执柄独断，而上弗知收，是人主不明也。与死人同病者，不可生也；与亡国同事者，不可存也。今袭迹于齐晋，欲国安存，不可得也。

【注释】

①壅：闭塞。

②六卿：晋国的六家掌权贵族，即范氏、中行氏、知氏、赵氏、魏氏、韩氏。

【译文】

越国虽然国富兵强，但中原各国的君主都知道这对自己没有什么好处，说："越国不是我们所能控制的。"现在，君主统治的国家虽然地广人众，但是君主受到蒙蔽，大臣专权，这样一来，国家也就变得和越国一样，不受自己控制了。知道自己的国家不像越国那样遥远而无法控制，却不知道自己的国家被大臣专权，已不像自己的国家了，这是不明了自己的国家与越国相似啊。人们之所以说齐国灭亡了，并不是指土地和城市丧失了，而是指田氏取代了吕氏，控制了齐国啊。之所以说晋国亡了，也是这样，并不是指土地和城市丧失了，而是指姬氏不能统治它，而为六卿所独揽。现在的重臣独断专行，掌握了国家大权，而君主不知收回，这说明君主太不英明了。和死人症状相同，不可救药了；和灭亡的国家一样，不能久存。如果继续走齐、晋的老路，想要国家安然生存，那是不可能的。

【原文】

凡法术之难行也，不独万乘，

千乘亦然。人主之左右不必智也，人主于人有所智而听之，因与左右论其言，是与愚人论智也；人主之左右不必贤也，人主于人有所贤而礼之，因与左右论其行，是与不肖论贤也。智者决策于愚人，贤士程行于不肖，则贤智之士羞，而人主之论悖矣。人臣之欲得官者，其修士且以精洁固身，其智士且以治辩[1]进业。其修士不能以货赂事人，恃其精洁而更不能以枉法为治，则修智之士不事左右、不听请谒[2]矣。人主之左右，行非伯夷也，求索不得，货赂不至，则精辩之功息，而毁诬之言起矣。治辩之功制

于近习，精洁之行决于毁誉，则修智之吏废，而人主之明塞矣。不以功伐决智行，不以参伍❸审罪过，而听左右近习之言，则无能之士在廷，而愚污之吏处官矣。

【注释】

①治辩：办事，才干。

②谒：请托。

③参伍：指参伍之验，用事实多方面地加以验证。

【译文】

法术不单是在大国难以推行，在中小国家也是这样。君主的近臣不一定有智慧。君主听取了有智慧的人的意见，然后与近臣进行讨论，这是和愚蠢的人评论有智慧的人。君主的近臣不一定品德高尚，君主礼遇有美德的人，然后和近臣品论他的德行，这是和品德不好的人讨论有美德的人。有智慧的人要由愚蠢的人来裁决自己的计谋，有才德的人要由无能之辈来评定自己的品行，那么品德好、有才智的人就会感到耻辱，君主的论断也必然荒谬了。臣子要谋得官职，品德好的保持自身的廉洁，才智高的办好政事来推进事业。他们不会用财物贿赂别人，依靠的是精纯廉洁，他们更不可能违法办事，所以，他们也就不会奉承君主近侍，不会接受私下的请求了。君主的近臣，品行不如伯夷，想要的东西得不到，收取不到贿赂，他们就会扼杀精明强干者的功业，进而进行诽谤诬陷。办事的才能和功绩被近侍压制，高洁的品行靠诽谤和吹捧来裁决，那么修士和智者一类的官吏就要被斥退，君主的明察也就被阻塞了，他就不按功劳裁决人的才智和品德，不经过验证就定人的罪行，只听信身边亲信的话，这样一来没有才能的人就会在朝廷中当权，没有才能的人就会窃居要职。

【原文】

万乘之患，大臣太重；千乘之患，左右太信：此人主之所公患

也。且人臣有大罪，人主有大失，臣主之利相与异者也。何以明之哉？曰：主利在有能而任官，臣利在无能而得事；主利在有劳而爵禄，臣利在无功而富贵；主利在豪杰使能，臣利在朋党用私。是以国地削而私家富，主上卑而大臣重。故主失势而臣得国，主更称蕃臣，而相室剖符❶，此人臣之所以谲主便私也。故当世之重臣，主变势而得固宠者，十无二三。是其故何也？人臣之罪大也。臣有大罪者，其行欺主也，其罪当死亡也。智士者远见，而畏于死亡，必不从重人矣。贤士者修廉，而羞与奸臣欺其主，必不从重臣矣。是当涂者之徒属，非愚而不知患者，必污而不避奸者也。大臣挟愚污之人，上与之欺主，下与之收利侵渔，朋党比周，相与一口，惑主败法，以乱士民，使国家危削，主上劳辱，此大罪也。臣有大罪，而主弗禁，此大失也。使其主有大失于上，臣有大罪于下，索国之不亡者，不可得也。

【注释】

①相室剖符：此指君主的权力落在大臣手里。符：古代用作封爵或调兵遣将的凭证。

【译文】

大国的祸害在于大臣权势太重，

小国的祸害在于近臣太受宠信：这是君主的通病。况且臣下犯了大罪恶，就是君主有大的过失，这是君臣的利益相互不同的缘故。为什么这样说？君主的利益在于具有才能而任以官职，臣下的利益在于没有才能而得到重用；君主的利益在于具有功劳而授以爵禄，臣下的利益在于没有功劳还要得到富贵；君主的利益在于让豪杰效力，臣下的利益在于结党营私。因此国家土地减少了，但私家却更加富裕了，君主地位变得卑下而大臣权势更重。所以，君主失去权势而大臣得以控制国家，大臣掌握了政权，君主就会成为藩臣。这就是大臣欺骗君主谋取私利的原因。所以现在的重臣，君权更替而仍能受到宠信的为数很少。这是什么原因呢？这是他们的罪行太大了。臣子有大罪的，他们的行为是欺骗君主的，罪当处死。聪明人看得透彻，畏惧死亡，必定不会跟从；品德好的人耻于与奸臣共同欺骗君主，也必定不会跟从。因此，当权者的门徒党羽，都是些愚蠢而不知祸害的人，是腐败而不避奸邪的人。大臣与愚蠢腐败的人，一起欺骗君主，结帮拉派，相互勾结，用一个腔调说话，惑乱君主败坏法制，扰乱百姓，致使国家处于危难之中、君主忧劳受辱，这是不可饶恕的罪行。臣下犯了大罪，但君主却不禁止，这实在是大过失。如果君主有大过失，臣子犯了大罪，要使国家不灭亡，是不可能的。

说难

【导读】

“说难”即向君主进说的困难。战国后期，各诸侯国之间政治斗争、军事交战十分频繁，各种社会力量也十分活跃，各派别都想得到国君的支持，以推行自己的政治主张，他们以大臣身份或说客面目向君主进言，往往困难重重，甚至有时还会遇到危险，《说难》分析了这种危险，并指出取得成功的办法。

【原文】

凡说[1]之难：非吾知之，有以说之之难也，又非吾辩之，能明吾意之难也，又非吾敢横失[2]，而能尽之难也。凡说之难：在知所说之心，可以吾说当之。所说出于为名高者也，而说之以厚利，则见下节而遇卑贱，必弃远矣。所说出于厚利者也，而说之以名高，则见无心而远事情，必不收矣。所说阴为厚利而显为名高者也，而说之以名高，则阳收其身而实疏之；说之以

厚利，则阴用其言显弃其身矣。此不可不察也。

【注释】

①说（shuì）：进劝。

②横失：纵横如意，无所顾忌。失：通“佚”。

【译文】

进说的困难，不在于我的才智不够，也不在于我的口才不利，也不在于我没有胆气。进说的困难，主要在于了解君主的心意，以便用我的说法适应他。进说的君主追求高尚名声，却用厚利去说服他，就会被看作节操低下而得到卑微下贱的待遇，必会被疏远和抛弃。进说的君主追求厚利，却用美名去说服他，就会显得没有计谋而又脱离实际，必定不会被接受。进说的君主表面追求美名，实际上却追求厚利的，而用美名向他进说，他就会表面上接受，实际上疏远进说者；反之，用厚利向他进说，他就会表面疏远进说者，暗地采纳他的主张。这是不能不注意的。

【原文】

夫事以密成，语以泄败。未必其身泄之也，而语及所匿之事，如此者身危。彼显有所出事，而乃以成他故，说者不徒知所出而已矣，又知其所以为，如此者身危。规异

事而当，知者揣之外而得之，事泄于外，必以为己也，如此者身危。周泽未渥也，而语极知，说行而有功则德忘，说不行而有败则见疑，如此者身危。贵人有过端，而说者明言礼义以挑其恶，如此者身危。贵人或得计而欲自以为功，说者与知焉，如此者身危。强以其所不能为，止以其所不能已，如此者身危。故与之论大人❶则以为间己矣；与之论细人❷则以为卖重❸。论其所爱则以为借资，论其所憎则以为尝己也。径省其说则以为不智而拙之，米盐博辩则以为多而久之。略事陈意则曰怯懦而不尽，虑事广肆则曰

草野而倨侮④。此说之难，不可不知也。

【注释】

①大人：指大臣。

②细人：小人，指近侍。

③卖重：卖弄权势。此指炫耀自己的身价。

④倨侮：傲慢。

【译文】

事情由于保密而成功，因谈话泄密而失败。进说者本人未必有意泄露机密，而是谈话中触及君主心中隐藏的事，这样就会遭受危险。君主明面上做这件事，实际上却想借此办成别的事，进说者不但知道君主做什么事，还知道他为什么这么做，如此就有危险了。进说者谋划非常之事要符合君主心意，根据外部迹象，聪明人就能把这事猜测出来。事情泄漏，君主就认为是进说者所为，如此就会身处险境。君臣交谊未深，进说者所说的非常明智，如果主张行得通并获得成功，功德就会被君主忘记；如果行不通而失败，就会被君主怀疑，如此就会身遭危险。君主有过错，进说者用礼义来指正他的毛病，这样是会遭受危险的。君主有时计谋得当，能够成功，如果进说者知道并参与，也会身遭危险。强求君主做他没有能力做的事，阻止君主做他不肯罢休的事，如此就会身遭危险。所以，如果进说者和君主谈论大臣，君主就会认为是想离间他与大臣的关系；和君主谈论他的侍从，就被认为是想卖弄权势、炫耀自己。谈论君主喜爱的人，就被认为是拉关系，以作为自己的资助；谈论君主不喜欢的人，就被认为是搞试探。说话直截了当，就被认为是不聪明而且蠢笨；谈话繁琐，就认为是进言者太啰唆而抛弃他。简略地叙说事情，就被认为是胆小怕事；谋划时广泛放肆地陈述，就被认为是粗野傲慢。这些都是进说的困难，进言的人是不能不知道的。

【原文】

凡说之务，在知饰所说之所矜而灭其所耻。彼有私急也，必以公义示而强之。其意有下也，然而不能已，说者因为之饰其美而少其不为也。其心有高也，而实不能及，说者为之举其过而见其恶，而多其不行也。有欲矜以智能，则为之举异事之同类者，多为之地，使之资说于我，而佯不知也以资其智。欲内❶相存之言，则必以美名明之，而微见其合于私利也。欲陈危害之事，则显其毁诽而微见其合于私患也。誉异人与同行者，规异事与同计者。有与同污者，则必以大饰其无伤也;有与同败者,则必以明饰其无失也。彼自多其力,则毋以其难概之也;自勇其断,则无以其谪怒之;自智其计,则毋以其败穷之。大意无所拂悟❷,辞言无所系縻❸,然后极骋智辩焉。此道所得亲近不疑而得尽辞也。

【注释】

①内:同“纳”,进献。

②拂悟:违逆。拂:违背。悟:通“忤”。

③系縻:抵触,摩擦。

【译文】

进说的要领,在于懂得粉饰君主自鸣得意之事而掩盖他认为耻辱之事。君主有私人的急事,进说者一定要指明这合乎国家利益，并且劝勉他去做。君主有了卑下的念头，但是不能克制，进说者就替他把这种卑鄙的念头粉饰成美好的，而抱怨他不去做。君主有远大的理想，但实际不能达到，进说者就列举此事的缺点并揭示它的坏处，而称赞他没有去做。君主想炫耀自己的聪明才智，进说者就替他举出与它类同的其他事情，多给他提供根据，使他从我这里取得说话的材料，而我却假装不知道，这样来帮助他自夸才智。进说者想向君主进献保全君主私利的话，就必须用美好的名义阐明它，并暗示它合乎君主的利益。进说者想要进言有危害的事，明言它容易遭受毁谤，并暗示这样做它对君主也有害处。进说者称赞与君主同行为的人，谋划与君主所做的事有同样计策的其他事情。对于有和君主污行相同的，就必须对它大加粉饰，说它没有害处；有和君主相同败迹的，就必须明言掩饰，说他没有过失。君主自夸力量强大，就不要用他为难的事去挫伤他；君主自以为决断勇敢，就不要用他的过失去激怒他；君主自以为计谋高明，就不要用他的败绩让他难堪。进说的主要内容没有冒犯君主的地方，言辞也没有与君主抵触，然后就可以充分施展自己的口才了。通过这条途径，君主亲近不疑，从而能够畅所欲言。

【原文】

伊尹为宰，百里奚为虏，皆所以干其上也。此二人者，皆圣人也，然犹不能无役身以进，如此其污也。今以吾言为宰虏，而可以听用而振世，此非能仕之所耻也。夫旷日弥久，而周泽既渥，深计而不疑，引争而不罪，则明割❶利害以致其功，直指是非以饰❷其身，以此相持，此说之成也。

【注释】

①割：剖析。

②饰：通“饬”，端正。

【译文】

伊尹做过厨师，百里奚做过奴隶，都是为了求得君主重用。他们都是才智卓越的人，但不得不通过做低贱的事来求得进用，他们如此卑下！现在即使把我的言论看作是那样卑贱的人所讲的，而可以采纳来救世，智能之士并不以此为耻辱。时间久了，君臣交谊深厚，进说者可以深入谋划，据理力争不再会受到怀疑和治罪了，就可以明确剖析利害来成就君主的功业，直接指明是非来端正君主的言行，能这样相互对待，进说就成功了。

【原文】

昔者郑武公❶欲伐胡❷，故先以其女妻胡君以娱其意。因问于群臣："吾欲用兵，谁可伐者？"大夫关其思对曰："胡可伐。"武公怒而戮之，曰："胡，兄弟之国也。子言伐之，何也？"胡君闻之，以郑为亲己，遂不备郑，郑人袭胡，取之。

【注释】

①郑武公：名掘突，春秋初期郑国君主。

②胡：诸侯国名，位于今安徽阜阳。

【译文】

从前，郑武公想讨伐胡国，故意先把自己的女儿嫁给胡国国君来使他放松戒备。后来，他询问群臣："我想用兵，可以讨伐哪个国家呢？”大夫关其思回答：“胡国可以讨伐。”武公发怒而杀了他，说：“胡国是兄弟国家，你说讨伐它，是什么道理？”胡国君主听说了，认为郑国和自己友好，于是不再防备郑国。郑国偷袭胡国，并攻占了它。

【原文】

宋有富人，天雨墙坏，其子曰：“不筑，必将有盗。”其邻人之父亦云。暮而果大亡其财。其家甚智其子，而疑邻人之父。此二人说者皆当矣，厚者为戮，薄者见疑，则非知之难也，处知则难也。故绕朝之

言❶当矣，其为圣人于晋，而为戮于秦也，此不可不察。

【注释】

①绕朝之言：晋国大夫士会是个不可多得的人才，他逃到秦国后，晋国用计谋诱骗他回国。秦国大夫绕朝识破了晋国的计谋，劝秦康公不要让士会回去，秦康公不听。士会回到晋国后，因为惧怕绕朝的才能，就派人向秦康公进谗言陷害绕朝，秦康公便将绕朝杀了。

【译文】

宋国有个富人，下雨把墙淋塌了，他儿子说："不修的话，一定会有盗贼来偷东西。"邻居的老人也这么说。到了晚上，果然有大量财物被窃。这家富人认为儿子很聪明，却怀疑东西是老人偷的。关其思和这位老人的话都很正确，但严重的被杀，较轻的也被怀疑；这不是了解情况有困难，而是处理所了解的情况很困难。所以，绕朝的话是对的，在晋国被看成圣人，在秦国却遭杀害，这是必须注意的。

【原文】

昔者弥子瑕❶有宠于卫君❷。卫国之法，窃驾君车者罪刖❸。弥子瑕母病，人间往夜告弥子，弥子矫驾君车以出，君闻而贤之，曰：

“孝哉，为母之故，忘其刖罪。”异日，与君游于果园，食桃而甘，不尽，以其半啖④君，君曰：“爱我哉，忘其口味，以啖寡人。”及弥子色衰爱弛，得罪于君，君曰：“是固尝矫驾吾车，又尝啖我以余桃。”故弥子之行未变于初也，而以前之所以见贤，而后获罪者，爱憎之变也。故有爱于主则智当而加亲，有憎于主则智不当见罪而加疏。故谏说谈论之士，不可不察爱憎之主而后说焉。

【注释】

①弥子瑕：卫灵公的宠臣。

②卫君：卫灵公。

③刖（yuè）：砍掉脚的刑罚。

④啖（dàn）：吃。此指给人吃。

【译文】

弥子瑕受到卫国国君的宠信。卫国法令规定，偷着驾驭国君车子的，要处以刖刑。弥子瑕的母亲病了，有人抄近路连夜告知他，他就假托君主的命令使用国君的车子。卫君听说后，却认为他德行好，说："真孝顺啊！为了母亲，忘了自己会犯刖罪。"有一天，他和卫国国君在果园游览，吃桃子觉得很甜，没有吃完，就把剩下的半个给卫国国君。卫国国君说："这是多么爱我啊！不顾自己的口福来给我吃。"等到弥子瑕年老宠衰时，得罪了卫国国君，卫国国君说：

“这人曾假托君命私自使用我的车子，还把吃剩的桃子给我吃。”虽然弥子瑕的行为和当初并没什么不同，但以前被称为贤、后来却得以获罪，这是因为卫国国君的爱憎发生了变化。所以被君主宠爱时，才智就显得恰当而受到亲近；被君主憎恶时，才智就显得不恰当，遭到疏远和获罪。所以进说谈论的人一定要察看君主的爱憎，然后进说。

【原文】

夫龙之为虫也，柔可狎而骑也；然其喉下有逆鳞❶径尺，若人有婴❷之者，则必杀人。人主亦有

逆鳞，说者能无婴人主之逆鳞，则几矣。

【注释】

①逆鳞：倒长的鳞片。

②婴：通“撄（yīng）”，触动。

【译文】

龙作为一种动物，驯服时可以随便骑着玩；但它喉下有一尺来长的逆鳞，如果有人碰它，就会受到伤害。君主也有逆鳞，进说者能不触动君主的逆鳞，就可以算是成功了。

荀子

作品简介

《荀子》是战国时荀子和弟子们整理或记录他人言行的著作。《荀子》中的文章论题鲜明，结构严谨，说理透彻，有很强的逻辑性，且善用比喻，排比偶句较多，素有『诸子大成』的美称。

劝学

【导读】

本篇旨在劝勉人们勤奋学习。文章使用了大量比喻，说明后天努力和学习的重要性，指出学习贵在锲而不舍，长期积累，用心专一，无所旁顾。文章所论述的学习，不局限于学习书本知识，还包括修身等。

【原文】

君子曰：学不可以已。青，取之于蓝而青于蓝；冰，水为之而寒于

水。木直中❶绳，𫐓❷以为轮，其曲中规，虽有槁暴❸，不复挺者，𫐓使之然也。故木受绳则直，金就砺则利，君子博学而日参❹省乎己，则知明而行无过矣。

【注释】

①中（zhòng）：符合。

②𫐓（róu）：通"煣"，用微火熏烤木料使其弯曲。

③槁暴：晒干。

④参：通"三"。此指多次。

【译文】

君子说：学习不可以故步自封。靛青，是从蓼蓝中提取出来的，但比蓼蓝更青；冰，是水凝结而成的，但比水寒冷。木料笔直得合于墨线，但把它熏烤弯曲而做成车轮，它的弯曲度就与圆规画的相合，即使再烘烤暴晒，它也不会再变直了，这是熏烤弯曲使它这样的啊。所以木料受到墨线的弹划校正才能取直，金属制成的刀剑在磨刀石上磨过才能锋利，君子广泛地学习而又能多多反省自己，那就会见识高明而行为没有过错了。

【原文】

故不登高山，不知天之高也；不临深谿，不知地之厚也；不闻先王之遗言，不知学问之大也。干、越❶、夷❷、貉❸之子，生而同声，长

而异俗，教使之然也。《诗》曰：“嗟尔君子，无恒安息。靖共尔位，好是正直。神之听之，介尔景福。”神莫大于化道，福莫长于无祸。

【注释】

①干、越：指吴越地区。干：即吴国，古代干国被吴国吞并，故也用“干”称吴国。

②夷：古代对东方少数民族的称呼。

③貉（mò）：古代北方民族名。

【译文】

所以不登上高高的山峰，就不知道天空的高远；不俯视深深的山谷，就不知道大地的深厚；不懂得前代圣明帝王的遗教，就不知道学问的渊博。吴国、越国、夷族、貊族的孩子，生下来啼哭的声音都相同，长大了习俗却不同，这是教化使他们这样的啊。《诗经》说："唉，君子啊，不要常常歇息着。安心供奉你的职位，爱好正直行为。神明知道了这些，就会给你大福气。"精神修养没有比受道的教化更大的了，幸福没有比无灾无难更大的了。

【原文】

吾尝终日而思矣，不如须臾之所学也；吾尝跂❶而望矣，不如登高之博见也。登高而招，臂非加长也，而见者远；顺风而呼，声非加

疾也，而闻者彰。假舆马者，非利足也，而致千里；假舟楫者，非能水也，而绝②江河。君子生非异也，善假于物也。

【注释】

①跂（qǐ）：踮起脚。

②绝：渡过。

【译文】

我曾经整天思索，但不如学习片刻之所得；我曾经踮起脚远望，但不如登上高处所见之广阔。登上高处招手，手臂并没有加长，但远处的人能看得见；顺着风向呼喊，声音并没有加强，但听见的人觉得很清楚。借助车马的人，并不是善于走路，却能到达千里之外；借助舟船的人，并不是善于游泳，但能渡过江河。君子生性并非与人不同，只是善于借助外物罢了。

【原文】

南方有鸟焉，名曰蒙鸠❶，以羽为巢而编之以发，系之苇、苕。风至苕折，卵破子死。巢非不完也，所系者然也。西方有木焉，名曰射干❷，茎长四寸，生于高山之上而临百仞之渊；木茎非能长也，所立者然也。蓬生麻中，不扶而直。白沙在涅❸，与之俱黑。兰槐❹之根是为芷。其渐之滫❺，君子不近，庶人不

服，其质非不美也，所渐者然也。故君子居必择乡，游必就士，所以防邪僻而近中正也。

【注释】

①蒙鸠：即鹪鹩，又称巧妇鸟，将自己的巢建在芦苇上。

②射干：一种草，可入药。

③涅：黑泥，黑色染料。

④兰槐：香草名，即白芷。

⑤滫（xiǔ）：泔水，已酸臭的淘米水。

【译文】

南方有一种鸟，名叫蒙鸠，它用羽毛做窝，还用毛发把窝编结起来，把窝系在芦苇上。风吹来，苇秆折断，鸟蛋打破，小鸟摔死。它的窝不是不完善，是窝所系的地方使它这样的。西方有一种草，名叫射干，茎长四寸，生在高山之上，因而能俯临七百多尺的深渊。它的茎并非能长到这么高，是它所处的位置使它这样的。蓬草长在大麻中，不去扶持它也挺直；雪白的沙子混在黑泥中，就会和黑泥一样黑。兰槐的根就是芷，如果把它浸在酸臭的脏水中，君子就不再接近它，百姓也不再佩戴它。它的本质不是不美，而是所浸泡的酸臭的脏水使它这样的。所以君子居住时必须选择乡邻，外出交游时必须接近贤士，这是防止自己误入邪途而接近正道的方法。

【原文】

物类之起，必有所始。荣辱之来，必象其德。肉腐出虫，鱼枯生蠹。怠慢忘身，祸灾乃作。强自取柱❶，柔自取束。邪秽在身，怨之所构。施薪若一，火就燥也；平地若一，水就湿也。草木畴生❷，禽兽群焉，物各从其类也。是故质的❸张而弓矢至焉，林木茂而斧斤至焉，树成荫而众鸟息焉，醯酸而蚋聚焉。故言有召祸也，行有招辱也。君子慎其所立乎！

【注释】

①柱：通“祝”，折断。

②畴生：同类相聚。畴：同类。

③质的：箭靶。

【译文】

各种事物的兴起，一定有它的根源。荣誉或耻辱的来临，必定与一个人的德行相应。肉腐烂了就生蛆，鱼枯死了就生蛀。懈怠疏忽而忘记了自身，灾祸就会发生。刚强的东西自己招致折断，柔弱的东西自己招致约束。邪恶污秽的东西存在于自身，是怨恨集结的原因。铺开的柴草好像一样，但火总是向干燥的柴草烧去；平整的土地好像一样，但水总是向低湿的地方流去。草木按类生长，禽兽合群活动，万物都各自依附它们的同类。所以箭靶一竖起，弓箭就向这里射来了；森林的树木一茂盛，斧头就来这里砍伐了；树木一成荫，群鸟就来这里栖息了；醋一变酸，蚊子就汇集到这里了。所以说话有时会招来灾祸，做事有时会招致耻辱，君子要小心自己的立身行事啊！

【原文】

积土成山，风雨兴焉；积水成渊，蛟龙生焉；积善成德，而神明自得，圣心备焉。故不积跬步❶，无以致千里；不积小流，无以成江海。骐骥❷一跃，不能十步；驽马十驾❸，功在不舍。锲而舍之，朽木不折；锲而不舍，金石可镂。螾❹无爪牙

之利、筋骨之强，上食埃土，下饮黄泉，用心一也。蟹六跪❺而二螯❻，非蛇鳝❼之穴无可寄托者，用心躁也。是故无冥冥之志者无昭昭之明，无惛惛之事者无赫赫之功。行衢道者不至，事两君者不容。目不能两视而明，耳不能两听而聪。螣蛇❽无足而飞，鼫鼠❾五技❿而穷。《诗》曰："尸鸠⓫在桑，其子七兮。淑人君子，其仪一兮。其仪一兮，心如结兮。"故君子结于一也。

【注释】

①跬（kuǐ）步：半步。

②骐骥：千里马的别称。

③驾：马行一日，夜则休驾，故称一日

为一驾。

④螾（yǐn）：蚯蚓。

⑤跪：足。

⑥螯（áo）：蟹头上的二爪，形似钳子。

⑦鳝：鳝鱼。

⑧螣（téng）蛇：古代传说中一种能腾云驾雾的蛇。

⑨鼫（shí）鼠：鼯鼠一类的动物，也称“大飞鼠”。

⑩五技：指能飞不能过屋，能缘不能穷木，能游不能渡谷，能穴不能掩身，能走不能先人。

⑪尸鸠：布谷鸟。

【译文】

积聚泥土成了高山，风雨就会在

那里兴起；积蓄水流成了深潭，蛟龙就会在那里生长；积累善行成了有道德的人，自然会心智澄明，而圣人的思想境界也就具备了。所以不积累起一步两步的行程，就无法到达千里之外；不汇积细小的溪流，就不能成为江海。骏马一跃，不会超过十步；劣马跑十天也能跑完千里的路程，它的成功在于不停脚。雕刻东西，如果刻一下就把它放在一边，那就是腐烂的木头也不能刻断；如果不停地刻下去，那么金属和石头都能雕空。蚯蚓没有锋利的爪子和牙齿，也没有强壮的筋骨，但它能吃到地上的尘土，喝到地下的泉水，这是因为它用心专一；螃蟹有六只脚两只螯，但如果没有蛇、鳝的洞穴就无处栖身，这是因为它用心浮躁。所以没有潜心钻研的精神，就不会有洞察一切的聪明；没有坚定不移的行为，就不会有显赫卓著的功绩。徘徊于歧路的人到不了目的地，同时侍奉两个君主的人不能为双方所接受。眼睛不能同时看两个东西而全都看清楚，耳朵不能同时听两种声音而全都听明白。螣蛇没有脚却能飞行，鼫鼠有五种技能却陷入困境。《诗经》说："布谷鸟住在桑树上，七只小鸟它喂养。那些善人君子啊，坚持道义一个样。坚持道义真专一，思想就如磐石坚。"所以君子学习时总是把精神集中在一点上。

【原文】

昔者瓠巴[1]鼓瑟而流鱼出听，伯牙鼓琴而六马仰秣[2]。故声无小而不闻，行无隐而不形。玉在山而草木润，渊生珠而崖不枯。为善不积邪，安有不闻者乎？

【注释】

①瓠(hù)巴：古代传说中善鼓琴瑟者。

②仰秣：形容马仰首而听之状。

【译文】

从前瓠巴一弹瑟而沉没在水底的鱼都浮出水面来听，伯牙一弹琴而拉车的六匹马都抬起头来咧着嘴听。

所以声音没有小得听不见的，行动没有隐蔽得不显露的。宝玉蕴藏在山中，山上的草木都会滋润；深潭里生了珍珠，潭岸就不显得干枯。是不能坚持做好事因而善行没有积累起来吧！否则，哪有不被人知道的呢?

【原文】

学恶❶乎始?恶乎终?曰:其数则始乎诵经,终乎读《礼》;其义则始乎为士,终乎为圣人。真积力久则入,学至乎没❷而后止也。故学数有终,若其义则不可须臾舍也。为之,人也;舍之,禽兽也。故《书》者,政事之纪也;《诗》者,中声❸之所

止也;《礼》者,法之大分、类之纲纪也。故学至乎《礼》而止矣!夫是之谓道德之极。《礼》之敬文也,《乐》之中和也,《诗》《书》之博也,《春秋》之微也,在天地之间者毕矣。

【注释】

①恶:何处,哪里。

②没:通“殁”,死。

③中声:中和之声。

【译文】

学习从哪里开始?到哪里终结?答案是:从学习的方法来说,是从诵读《书》《诗》等经典开始,到阅读《礼》为止;从学习的意义来说,是从做一个读书人开始,到成为圣人为止。诚心积累，长期努力，就能深入，学到老死然后才停止。所以从学习的方法上说，诵读经典是可以中止的；但如果从学习的意义来说，那么学习是片刻也不能丢的。致力于学习，就成为人；放弃学习，就成了禽兽。《尚书》，是政事的记载；《诗》，是和谐的音乐所附丽的篇章；《礼》，是行为规范的要领、具体准则的总纲。所以学到《礼》就达到了最终目的，这可以叫作达到了道德的顶点。《礼》的肃敬而有文饰，《乐》的中正而又和谐，《诗》《书》的内容渊博，《春秋》的词意隐微，存在于天地之间的道理都包括在这些典籍中了。

【原文】

君子之学也，入乎耳，箸[1]乎心，布乎四体，形乎动静。端而言，蠕而动，一可以为法则。小人之学也，入乎耳，出乎口。口、耳之间则四寸耳，曷足以美七尺之躯哉？古之学者为己，今之学者为人。君子之学也，以美其身；小人之学也，以为禽犊[2]。故不问而告谓之傲，问一而告二谓之囋[3]。傲，非也；囋，非也；君子如向矣。

【注释】

①箸（zhù）：刻。

②禽犊：赠献之物。此处比喻卖弄。

③囋（zá）：多言，语声繁碎的样子。

【译文】

君子的学习，有益的东西进入耳中，记在心中，贯彻到全身，表现在举止上。所以他稍微说一句话，稍微动一动，都可以成为别人效法的榜样。小人的学习，只是从耳中听进去，从口中说出来。口、耳之间才不过四寸罢了，怎么能够靠它来完善七尺长的身躯呢？古代的学者学习是为了提高自己，现在的学者学习是为了给别人看。君子的学习，是用它来完善自己的身心；小人的学习，只是把学问当作家禽、小牛之类的礼物去讨人好评。所以别人没问就去告诉的叫作急躁，别人问一件事而告诉两件事的叫作唠叨。急躁，是不对的；唠叨，也是不对的；君子回答别人，就像回声应和原声一样。

【原文】

学莫便乎近其人。《礼》《乐》法而不说，《诗》《书》故而不切，《春秋》约而不速。方❶其人之习君子之说，则尊以遍❷矣，周于世矣。故曰：学莫便乎近其人。

【注释】

①方：效仿。

②尊以遍：养成崇高的品格，得到全面的知识。

【译文】

学习没有比接近贤师更便利的

了。《礼》《乐》记载法度而未加详细解说，《诗》《书》记载旧事而不切近现实，《春秋》文简辞约而不易迅速理解。仿效贤师而学习君子的学说，那就能养成崇高的品格并获得广博的知识，也能通晓世事了。所以说：学习没有比接近那理想的贤师更便利的了。

【原文】

学之经莫速乎好其人，隆礼次之。上不能好其人，下不能隆礼，安特将学杂识志，顺《诗》《书》而已耳，则末世穷年，不免为陋儒而已！将原先王，本仁义，则礼正其经纬蹊径❶也。若挈裘领，诎五指而顿

之，顺者不可胜数也。不道礼宪，以《诗》《书》为之，譬之犹以指测河也，以戈舂黍也，以锥餐壶❷也，不可以得之矣。故隆礼，虽未明，法士也；不隆礼，虽察辩，散儒❸也。

【注释】

①经纬蹊径：纵横道路。

②壶：古代储饭的器皿。

③散儒：不守礼法的儒士。

【译文】

学习的途径没有比心悦诚服地受教于贤师更迅速有效的了，尊崇礼法就比它差一等。如果上不能对贤师衷心悦服，下不能尊崇礼法，而只学些杂乱的知识，读通《诗》《书》，那么直到老死，也不过是个学识浅陋的书生罢了。至于想要追溯先王的道德，寻求仁义的根本，那么遵行礼法正是那四通八达的途径。这就好像提起皮衣的领子，然后弯着五个手指去抖动它一样，那数不清的裘毛就全理顺了。不遵行礼法，而只是依《诗》《书》来立身行事，就像用手指去测量河流的深浅，用长戈去舂捣黍子，用锥子代替筷子到饭壶中吃饭一样，是不可能达到目的的。所以尊崇礼法，即使对其精义领会得还不够透彻，不失为一个崇尚礼法的士人；不尊崇礼法，即使明察善辩，也不过是一个不守礼法的儒士。

【原文】

问楛[1]者勿告也，告楛者勿问也，说楛者勿听也，有争气者勿与辩也。故必由其道至，然后接之，非其道则避之。故礼恭而后可与言道之方；辞顺而后可与言道之理；色从而后可与言道之致。故未可与言而言谓之傲，可与言而不言谓之隐，不观气色而言谓之瞽[2]。故君子不傲，不隐，不瞽，谨顺其身。《诗》曰："匪交匪舒，天子所予。"此之谓也。

【注释】

①楛（kǔ）：恶。

②瞽（gǔ）：眼瞎。

【译文】

问粗野恶劣之事的人，就不要告诉他；告诉你粗野恶劣之事的人，就不要去问他；有人谈论粗野恶劣之事，就不要去听；有争强好胜脾气的人，就不要和他争辩。所以，必须遵循礼义之道来请教，然后才接待他；如果他不合乎礼义之道，就回避他。所以请教的人礼貌恭敬，然后才可以和他谈论有关道的学习方法；他说话和顺，然后才可以和他谈论有关道的具体内容；他的面色流露出谦虚顺从，然后才可以和他谈论有关道的最精深的意蕴。还不可以跟他说却说了，叫作急躁；可以跟他说却不说，叫作隐瞒；

不观察对方的气色就和他说了，叫作盲目。所以君子不急躁、不隐瞒、不盲目，谨慎地顺着那说话的对象来发言。《诗经》说："不急躁啊不怠慢，天子称是又赞叹。"说的就是这种情况。

【原文】

百发失一，不足谓善射；千里跬步不至，不足谓善御。伦类不通，仁义不一，不足谓善学。学也者，固学一之也。一出焉，一入焉，涂巷之人也。其善者少，不善者多，桀、纣、盗跖也。全之尽之，然后学者也。

【译文】

射出一百支箭，只要有一支没有

射中，就不能称为善于射箭；赶着车马走了一千里路程，即使还有一两步没能走完，就不能称为善于驾车。伦理规范不能贯通，仁义之道不能一心一意地奉行，就不能称为善于学习。学习，本来就要一心一意地坚持下去。一会儿不学习，一会儿学习，那是市井中的普通人；好的行为少，不好的行为多，那就成了夏桀、商纣、盗跖那样的坏人；全面地了解伦理规范与仁义之道，又完全地遵奉它，然后才是个真正的学者。

【原文】

君子知夫不全不粹之不足以

为美也，故诵数[1]以贯之，思索以通之，为其人以处之，除其害者以持养之，使目非是无欲见也，使耳非是无欲闻也，使口非是无欲言也，使心非是无欲虑也。及至其致好之也，目好之五色，耳好之五声，口好之五味，心利之有天下。是故权利不能倾也，群众不能移也，天下不能荡也。生乎由是，死乎由是，夫是之谓德操。德操然后能定，能定然后能应。能定能应，夫是之谓成人。天见其明，地见其光，君子贵其全也。

【注释】

①诵数：诵说。此指只能诵说其文，不能通晓其义。

【译文】

君子知道那学习礼义不全面不纯粹是不能够称为完美的，所以诵读群书以求融会贯通，思考探索以求领会通晓，效法良师益友来实践它，去掉自己有害的作风来保养它；使自己的眼睛不是正确的东西就不想看，使自己的耳朵不是正确的东西就不想听，使自己的嘴巴不是正确的东西就不想说，使自己的脑子不是正确的东西就不想考虑。等到了那极其爱好礼义的时候，就好像眼睛喜爱青、黄、赤、白、黑五种颜色，耳朵喜欢宫、商、角、徵、羽五种音调，嘴巴喜欢甜、咸、酸、苦、辣五种味道，心中所好，则远甚于拥有天下一样。因此权势利禄不能够使他倾倒，人多势众不能够使他变心，整个天下不能够使他动摇。活着遵循这礼义，就是死也是为了遵循这礼义，这就叫作道德操守。有了这样的道德操守，然后才能站稳脚跟；能够站稳脚跟，然后才能应付各种复杂的情况。能够站稳脚跟，又能够应付各种情况，这就叫作成熟完美的人。天显现出它的明亮，地显现出它的广阔，君子的可贵则在于他德行的完美无缺。

小墨香書

上架建议：大众读物
ISBN 978-7-5746-0534-3
9 787574 605343 >
定价：60.00元（全4册）

小墨香书·传世美文

战国作品（二）

纸贵满堂 编
朱宝荣 绘

湖南美术出版社
·长沙·

图书在版编目（CIP）数据
传世美文·战国作品 / 纸贵满堂编；朱宝荣绘.
长沙：湖南美术出版社，2025.1.--（小墨香书）.
ISBN 978-7-5746-0534-3
Ⅰ. I212.01
中国国家版本馆CIP数据核字第2024RF4042号

小墨香书
传世美文·战国作品
CHUANSHI MEIWEN · ZHANGUO ZUOPIN

出 版 人：黄　啸
编　　者：纸贵满堂
绘　　者：朱宝荣
责任编辑：范　琳
装帧设计：刘　畅
出版发行：湖南美术出版社（长沙市东二环一段622号）
印　　刷：廊坊市颖新包装装潢有限公司
开　　本：787 mm × 1092 mm　1/96
印　　张：12
版　　次：2025年1月第1版
印　　次：2025年1月第1次印刷
定　　价：60.00元（全4册）

如有倒装、破损、少页等印装质量问题，请与印刷厂联系调换。
联系电话：0316-2514166

目录

邹忌讽齐王纳谏

【导读】

本文旨在说明接受批评、广开言路在政治生活中的重要性。齐相邹忌身长八尺，相貌英俊，邹忌的妻、妾和宾客都说他比美男子徐公漂亮。恰好第二天徐公来访，邹忌觉得自己确实比徐公差了一截。邹忌从中受到启发，于是进谏齐威王，指出“王之蔽甚矣”。齐威王接受进谏，广开言路，使齐国政治修明，各国来朝。

【原文】

邹忌修八尺有余，而形貌昳丽❶。朝服衣冠，窥镜，谓其妻曰："我孰与城北徐公美？"其妻曰："君美甚，徐公何能及君也！"城北徐公，齐国之美丽者也。忌不自信，而复问其妾曰："吾孰与徐公美？"妾曰："徐公何能及君也！"旦日，客从外来，与坐谈，问之："吾与徐公孰美？"客曰："徐公不若君之美也！"明日，徐公来。孰视之，自以为不如。窥镜而自视，又弗如远甚。暮，寝而思之，曰："吾妻之美我者，私我也；妾之美我者，畏我也；客之美我者，欲有求于我也。"

【注释】

①昳（yì）丽：光艳美丽。

【译文】

邹忌身高八尺多，仪表俊美。早晨，他穿好衣服，戴好帽子，对着镜子端详，对他的妻子说：“我跟城北徐公比，谁美？”妻子说：“您太美了，徐公怎能比得上您呢！”城北徐公是齐国的美男子。邹忌不相信自己，又问他的妾说：“我跟徐公比，谁美？”妾说：“徐公怎么能比得上您呀！”第二天，来了一位客人，坐下交谈时，邹忌就问客人说：“我和徐公比，谁美？”客人回答说：“徐公可不如您美啊！”过了一天，徐公来了。

邹忌端详一番，自认为不如徐公；又对着镜子照了照，觉得相差很远。晚上，睡在床上，心里琢磨着说：“妻子说我美，是因为她偏爱我；妾说我美，是因为害怕我；客人说我美，是因为有求于我。”

【原文】

于是入朝见威王❶曰：“臣诚知不如徐公美，臣之妻私臣，臣之妾畏臣，臣之客欲有求于臣，皆以美于徐公。今齐地方千里，百二十城，宫妇左右，莫不私王；朝廷之臣，莫不畏王；四境之内，莫不有求于王。由此观之，王之蔽甚矣！”

【注释】

①威王：即齐威王田齐，齐桓公之子。

【译文】

于是，他上朝拜见齐威王，说：“我明明知道自己不如徐公美，我的妻偏爱我，我的妾害怕我，我的客人有求于我，他们便都说我比徐公美。现在齐国土地方圆千里，有一百二十个城邑，嫔妃、近臣都偏爱大王；朝廷大臣都害怕大王；全国民众都有求于大王。由此看来大王受蒙蔽实在太深了！”

【原文】

王曰：“善。”乃下令：“群臣吏

民，能面刺寡人之过者，受上赏；上书谏寡人者，受中赏；能谤议❶于市朝，闻寡人之耳者，受下赏。”令初下，群臣进谏，门庭若市。数月之后，时时而间进。期年之后，虽欲言，无可进者。燕、赵、韩、魏闻之，皆朝于齐。此所谓战胜于朝廷。

【注释】

①谤议：公开批评议论。

【译文】

威王说：“好。”于是下令：“文武大臣，官吏百姓，能当面指出我的错误的，给上赏；书面提出劝谏的，给中赏；在大庭广众之中议论批评我，传到我耳朵里的，给下赏。”命令刚刚宣布，文武百官纷纷前来提出批评意见，宫门好像市场和庙会那样拥挤。几个月以后，偶尔有人来提意见。过了一年，虽然有人想提意见，但是也提不出什么了。燕、赵、韩、魏四国听到这种情况，都来朝拜齐国。这就是所谓的在朝廷上战胜别国。

昭阳为楚伐魏

【导读】

公元前323年，楚将昭阳领兵攻魏，大获全胜，接着又移兵攻齐。齐王派陈轸劝说昭阳罢兵。陈轸抓住与昭阳利益息息相关的升迁问题，讲了一个“画蛇添足”的寓言，告诫其办事应掌握分寸，恰到好处，否则会招来杀身之祸，最终一无所有。

【原文】

昭阳❶为楚伐魏，覆军杀将得八城，移兵而攻齐。陈轸为齐王使，见昭阳，再拜贺战胜，起而问：“楚之法，覆军杀将，其官爵何也？”昭阳曰：“官为上柱国❷，爵为上执圭❸。”陈轸曰：“异贵于此者何也？”曰：“唯令尹耳。”

【注释】

①昭阳：名云，字阳，楚昭王的后代，

楚国“三户”（屈、景、昭）之一。楚怀王时率军伐魏，任楚军主将。后来担任楚国令尹、上柱国。

②上柱国：即大司马，楚国的最高武官。

③上执圭：楚国的最高爵位。

【译文】

楚国大将昭阳率楚军攻打魏国，击杀魏将，大破其军，占领了八座城池，又移师攻打齐国。陈轸充任齐王使者去见昭阳，拜了两拜之后祝贺楚军获胜，然后站起来问昭阳：“按照楚国的制度，灭敌杀将能得到什么官爵禄位？”昭阳答道：“官至上柱国，爵为上执圭。”陈轸接着又问：“比这更尊贵的还有什么？”昭阳说：“那只有令尹了。”

【原文】

陈轸曰：“令尹贵矣，王非置两令尹也，臣窃为公譬❶可也。楚有祠者，赐其舍人卮酒。舍人相谓曰：‘数人饮之不足，一人饮之有余。请画地为蛇，先成者饮酒。’一人蛇先成，引酒且饮之，乃左手持卮，右手画蛇，曰：‘吾能为之足。’未成，一人之蛇成，夺其卮曰：‘蛇固无足，子安能为之足？’遂饮其酒。为蛇足者，终亡其酒。今君相楚而攻魏，破军杀将得八城，不弱兵，欲攻齐，齐畏公甚。公以是为名亦足矣，

官之上非可重也。战无不胜而不知止者，身且死，爵且后归，犹为蛇足也。”昭阳以为然，解军而去。

【注释】

①譬：比喻。

【译文】

陈轸就说：“令尹的确是最显贵的官职，楚王不可能设两个令尹，请让我替将军打个比方。楚国有个贵族祭过祖先，把一杯酒赐给门客。门客互相商议：‘这酒，几个人喝不够，一个人享用却有余。让我们各在地上画一条蛇，先画成的请饮此酒。’有个门客率先完成，取过酒杯准备先喝，就左手持杯，右手又在地上画了起来，并说：‘我还可以为蛇添上脚呢。’蛇脚尚未画完，另一门客的蛇也画好了，于是夺过他手中的酒杯，说：‘蛇本无脚，你怎能给它硬添上脚呢？’便喝了那酒。而画蛇脚的那个人最终没有喝到酒。如今将军辅佐楚王攻打魏国，破军杀将，夺其八城，兵力不减之际，又移师向齐，齐人震恐。凭这些，将军足以立身扬名了，而在官位上是不可能再有什么加封的。如果战无不胜却不懂得适可而止，那么将会招致杀身之祸，该得的官爵将不为将军所有，正如画蛇添足一样！”昭阳认为他的话有道理，就撤兵回国了。

冯煖客孟尝君

【导读】

本文是冯煖的一篇人物传记。文章通过“弹铗而歌”“焚券贾义”“狡兔三窟”三个故事，将冯煖塑造成一个高瞻远瞩的谋士。文章使用对比与反衬、先抑后扬的手法，使得故事情节跌宕起伏，充满戏剧性。

【原文】

齐人有冯煖[1]者，贫乏不能自存，使人属[2]孟尝君，愿寄食门下。

孟尝君曰："客何好？"曰："客无好也。"曰："客何能？"曰："客无能也。"孟尝君笑而受之曰："诺。"左右以君贱之也，食以草具❸。

【注释】

①冯煖：也作"冯谖"，孟尝君的门客。

②属：嘱托，致意。

③草具：此指粗劣的食物。

【译文】

齐国有个名叫冯煖的人，家境贫困，难以养活自己，托人致意孟尝君，希望能到他门下做食客。孟尝君问来人："此人有什么爱好吗？"冯煖说："这人没有什么爱好。"孟尝君又问："此人有什么才能吗？"他说："也没有。”孟尝君笑了笑，接纳了他说：“好吧。”孟尝君身边的人因为主人不太在意冯煖，就拿粗劣的食物给他吃。

【原文】

居有顷，倚柱弹其剑，歌曰：“长铗❶归来乎！食无鱼。”左右以告。孟尝君曰：“食之，比❷门下之客。”居有顷，复弹其铗，歌曰：“长铗归来乎！出无车。”左右皆笑之，以告。孟尝君曰：“为之驾，比门下之车客。”于是乘其车，揭❸其剑，过其友曰：“孟尝君客我。”后有顷，复弹其剑铗，歌曰：“长铗归来乎！无以为家！”左右皆恶之，以为贪而不

知足。孟尝君问:“冯公有亲乎?”对曰:“有老母。”孟尝君使人给其食用,无使乏。于是冯煖不复歌。

【注释】

①铗(jiá):剑。

②比:参照。

③揭:高举。

【译文】

住了不久,冯煖就背靠柱子,弹剑而歌:“长剑呀,咱们回去吧!吃饭没有鱼。”左右把这件事告诉孟尝君。孟尝君吩咐说:“给他参照一般门客的待遇,让他吃鱼吧。”住了不久,冯煖又弹着他的剑,唱道:“长剑呀,我们还是回去吧!出门没有车坐。”

左右的人都讥笑他，把这件事告诉了孟尝君。孟尝君说："替他配上车，按照车客的待遇。"于是冯煖驾车举着剑，向他的朋友夸耀："孟尝君尊我为上客。"这样过了一段日子，冯煖复弹其剑，唱道："长剑呀，咱们回去吧！没有什么用来养家！"左右的人都厌恶他，认为他贪得无厌。孟尝君问道："冯先生有父母吗？"左右答道："有个老母亲。"孟尝君供给她衣食费用，不使她穷困。而冯煖从此不再唱牢骚歌了。

【原文】

后孟尝君出记❶，问门下诸

客："谁习计会，能为文收责❷于薛者乎？"冯煖署曰："能。"孟尝君怪之，曰："此谁也？"左右曰："乃歌夫'长铗归来'者也。"孟尝君笑曰："客果有能也，吾负之，未尝见也。"请而见之，谢曰："文倦于事，愦于忧，而性懧❸愚，沉于国家之事，开罪于先生。先生不羞，乃有意欲为收责于薛乎？"冯煖曰："愿之。"于是约车治装，载券契而行。辞曰："责毕收，以何市而反？"孟尝君曰："视吾家所寡有者。"

【注释】

①记：文告，通告。

②责：通"债"。

③㤘（nuò）：通“懦”。

【译文】

后来，孟尝君出了一张告示，问门下食客：“请问哪一位通晓账务会计，能替我到薛地收债呢？”冯煖署上名字说：“我能。”孟尝君看了很诧异，问左右随从：“这是谁呀？”左右答道：“就是那个唱‘长剑呀，我们回去吧’的人。”孟尝君笑道：“他果然有才能，我真对不起他，还未曾见过面呢。”于是请他来相见，道歉说：“田文每日为琐事所烦，心身俱累，被忧愁弄得神昏意乱，而且生来懦弱笨拙，只因政务缠身，怠慢了先生。好在先生不怪我，先生愿意替我到薛地收债吗？”冯煖说：“愿效微劳。”于是孟尝君替他备好车马行装，让他载着债券契约出发。辞别时，冯煖问：“收完债后，买些什么回来？”孟尝君回答：“先生看着办，买点我家缺少的东西吧。”

【原文】

驱而之薛，使吏召诸民当偿者，悉来合券[1]。券遍合，起矫命以责赐诸民，因烧其券。民称万岁。

【注释】

①合券：核验债券。古时的契约，借贷方各执一半，验证时核对这两半是否相合。

【译文】

冯煖赶着马车到薛地，派官吏把该还债的百姓都叫来核对债券。全部核对之后，冯煖站了起来，假托孟尝君的名义将债款赏给这些百姓，于是烧掉了那些券契文书。百姓感激地欢呼万岁。

【原文】

长驱到齐，晨而求见。孟尝君怪其疾❶也，衣冠而见之，曰："责毕收乎？来何疾也！"曰："收毕矣。""以何市而反？"冯煖曰："君云'视吾家所寡有者'。臣窃计，君宫中积珍宝，狗马实外厩，美人充

下陈❷。君家所寡有者以义耳！窃以为君市义。”孟尝君曰：“市义奈何？”曰：“今君有区区之薛，不拊❸爱子其民，因而贾利之。臣窃矫君命，以责赐诸民，因烧其券，民称万岁。乃臣所以为君市义也。”孟尝君不说，曰：“诺，先生休矣！”

【注释】

①疾：迅速。

②下陈：堂下陈放财物、站立婢妾的地方。

③拊（fǔ）：抚慰。

【译文】

冯煖又马不停蹄地返回齐国都城临淄，一大早求见孟尝君。孟尝君很奇怪他回来得这么快，穿好衣服接见他说："收完债了吗？怎么这么快就回来了？"冯煖答道："都收完了。""先生替我买了些什么回来？"冯煖说："您曾言'买些家中缺乏的东西'。我暗想，您宫中珠宝堆积，犬马满厩，美女成行。您家中所缺少的只有仁义了，因此我自作主张为您买了仁义回来。"孟尝君说："你怎么买仁义的？"冯煖答道："您只有一个小小的薛地，不但不好好体恤薛地的子民，反而像商人一样在他们身上榨取利益。我为您着想，私自假传您的命令，将所有的债款都赐给他们，并焚毁债券，百姓莫不欢呼万岁。这就是我给您买的仁义呀！”孟尝君很不高兴，说：“我知道了，先生退下休息吧。”

【原文】

后期年，齐王❶谓孟尝君曰：“寡人不敢以先王之臣为臣。”孟尝君就❷国于薛。未至百里，民扶老携幼，迎君道中，终日。孟尝君顾谓冯煖：“先生所为文市义者，乃今日见之。”冯煖曰：“狡兔有三窟，仅得免其死耳。今君有一窟，未得高枕而卧也。请为君复凿二窟。”孟尝君予车五十乘，金五百斤，西游于梁。谓惠王曰：“齐放其大臣孟尝君于诸侯，诸侯先迎之者，富

而兵强。”于是，梁王虚上位，以故相为上将军，遣使者，黄金千斤、车百乘，往聘孟尝君。冯煖先驱诫孟尝君曰：“千金，重币也；百乘，显使也。齐其闻之矣。”梁使三反，孟尝君固辞不往也。

【注释】

①齐王：指齐湣王田地，齐宣王之子。

②就：前往。

【译文】

过了一年，齐王对孟尝君说：“寡人不敢用先王的旧臣为臣。”孟尝君只好回到封地薛邑，还差百里未到，当地百姓就扶老携幼，在路旁迎接孟尝君，整天都是这样。孟尝君回头对冯煖说："先生为我买的'义'，今天方才看到。"冯煖对孟尝君接着进言说："狡兔三窟，才可得以免一死。如今您只有一穴，尚未能得以高枕无忧。我愿替您再凿两个洞穴。"孟尝君便给他五十辆车、五百斤黄金去游说梁国。冯煖西入大梁，对惠王说："齐国放逐了大臣孟尝君，诸侯谁先得到他，谁就能富国强兵。"于是梁王空出相位，让原来的相国做上将军，派出使节，以千斤黄金、百乘马车去聘孟尝君。冯煖先赶回薛地对孟尝君说："千斤黄金是极贵重的聘礼，百乘马车是极隆重的使节。咱们齐国该知道这件事了。"梁国使者接连跑了三趟，可孟尝君坚决推辞不去。

【原文】

齐王闻之，君臣恐惧，遣太傅赍❶黄金千斤，文车❷二驷，服剑❸一，封书谢孟尝君曰："寡人不祥，被于宗庙之祟，沉于谄谀之臣，开罪于君。寡人不足为也，愿君顾先王之宗庙，姑反国统万人乎！"冯煖诫孟尝君曰："愿请先王之祭器，立宗庙于薛。"庙成，还报孟尝君曰："三窟已就，君姑高枕为乐矣！"

【注释】

①赍（jī）：持物赠人。

②文车：绘有图案的车子。

③服剑：齐王的佩剑。

【译文】

齐王听到这个消息，君臣震恐，连忙派遣太傅带着一千斤黄金，两辆四匹马拉的彩饰车驾及齐王自佩的宝剑一把，外附书信一封向孟尝君道歉说："都是寡人不好，遭受祖宗降下的灾祸，听信谗言，得罪了先生。寡人无德，虽不值得您辅佐，但请先生顾念先王宗庙，暂且回国来治理百姓吧！"冯煖告诫孟尝君说："希望您向齐王请求先王的祭器，在薛邑建立宗庙。"宗庙落成，冯煖回报说："三窟已就，您可安心享乐了！"

【原文】

孟尝君为相数十年，无纤介❶之祸者，冯煖之计也。

【注释】

①纤介：细微的。

【译文】

孟尝君做了几十年齐相，没有丝毫的祸患，倚靠的正是冯煖的谋划啊。

孟尝君为从

【导读】

齐国将与韩、魏联合攻秦，孟尝君派门客公孙弘到秦国探听虚实。刚一见面，秦昭王就对孟尝君敢和他为难表示不满，公孙弘则提出孟尝君重视人才，门客数千，有的志行高洁，有的有治国之才，有的则凛然不屈，不惜用热血来捍卫自己的尊严。秦昭王听后，表示不再和孟尝君计较。

【原文】

孟尝君为从，公孙弘❶谓孟尝君曰："君不以使人先观秦王❷？意者秦王帝王之主也，君恐不得为臣，奚暇从以难之？意者秦王不肖之主也，君从以难之，未晚。"孟尝君曰："善，愿因请公往矣。"公孙弘敬诺，以车十乘之秦。

【注释】

①公孙弘：孟尝君的门客。

②秦王：此指秦昭王。

【译文】

孟尝君要组织合纵联盟，齐人公孙弘对孟尝君说：“您为何不派人先了解了解秦王的情况呢？如果秦王是英明的国君，您就是做臣子恐怕也不能够，还有什么条件组织合纵联盟，去与秦国对抗呢？如果秦王是无能的国君，您再组织合纵联盟去对抗，也不晚呀！”孟尝君说：“好，那就请您去跑一趟吧。”公孙弘遵命。他带了十辆兵车，便出使秦国。

【原文】

昭王闻之，而欲愧之以辞。公孙弘见，昭王曰：“薛公之地，大小几何？”公孙弘对曰：“百里。”昭王笑而曰：“寡人地数千里，犹未敢以有难也。今孟尝君之地方百里，而因欲难寡人，犹可乎？”公孙弘对曰：“孟尝君好人❶，大王不好人。”昭王曰：“孟尝君之好人也，奚如？”公孙弘曰：“义不臣乎天子，不友乎诸侯，得志不惭为人主，不得志不肯为人臣，如此者三人；而治可为管、商❷之师，说义听行，能致其如此者五人；万乘之严主也，辱其使者，退而自刎，必以其血洿

其衣，如臣者十人。”昭王笑而谢之，曰：“客胡为若此，寡人直与客论耳！寡人善孟尝君，欲客之必谕寡人之志也！”公孙弘曰：“敬诺。”

【注释】

①好人：此指尊重人才。

②管、商：管仲和商鞅。

【译文】

秦昭王听说公孙弘来到秦国，准备对他说一些侮辱孟尝君的话。公孙弘拜见了昭王，昭王说：“薛公田文的封地有多大呢？”公孙弘答道：“方圆一百里。”昭王笑了笑，说：“我有土地方圆千里，还不敢去为难别人。现在孟尝君的土地方圆不过一百里，就想来和我作对，这能行吗？”公孙弘回答说：“孟尝君尊重贤士，大王却不尊重贤士。”秦昭王说：“孟尝君尊重贤士，又怎么样？”公孙弘说：“只要合乎正义，即使不做天子之臣，不做诸侯之友，也在所不顾；得志，即使做人君，也当仁而不让；不得志，也不肯屈身做别人的臣子，像这样的人有三个。如果说到治理国家，可以做管仲、商鞅的老师，他们的主张君主照办；能使君主成就称霸称王的大业，像这样的人，有五个。如果大王身为令人敬畏的万乘之君，却侮辱外交使节，当场自杀，不惜血染衣裳，像我这样的，有十个。”昭王笑了笑，道歉说："您何必这样，我只不过和您说说而已。我很敬佩孟尝君，希望您在孟尝君面前转达我这番心意。"公孙弘说："可以。"

【原文】

公孙弘可谓不侵矣。昭王，大国也。孟尝，千乘[1]也。立千乘之义而不可凌，可谓足使矣。

【注释】

①千乘：此指千乘之臣。乘：一辆四匹马拉的战车。

【译文】

公孙弘可算得是不辱使命了。秦昭王是大国的君王，孟尝君是千乘之主。公孙弘维护了千乘之主的立场而又不受凌辱，可说是很有才能的使节啊！

颜斶说齐王

【导读】

本文叙写士人颜斶与齐宣王的对话，争论国君与士人谁尊谁卑的问题。颜斶论述“士贵耳，王者不贵”，并用历史事实进行证明，使齐宣王折服。在得到齐宣王的礼遇后，他拒绝了高官厚禄，体现了其自尊、自重且清高贞节的人格。

【原文】

齐宣王见颜斶[1]，曰："斶前！"斶亦曰："王前！"宣王不说。左右曰："王，人君也；斶，人臣也。王曰'斶前'，斶亦曰'王前'，可乎？"斶对曰："夫斶前为慕势，王前为趋士。与使斶为慕势，不如使王为趋士。"王忿然作色曰："王者贵乎？士贵乎？"对曰："士贵耳，王者不贵。"王曰："有说乎？"斶曰："有。昔者秦攻齐，令曰：'有敢去柳下季[2]垄[3]五十步而樵采者，死不赦。'令曰：'有能得齐王头者，封万户侯，赐金千镒。'由是观之，生王之头，曾不若死士之垄也。"

【注释】

①颜斶（chù）：齐国的隐士。

②柳下季：即柳下惠，鲁国人。食采邑于柳下，谥惠。

③垄：坟墓。

【译文】

齐宣王召见齐人颜斶，说："颜斶，上前来！"颜斶也说："大王，上前来！"宣王很不高兴。左右近臣说："大王是人君，你是人臣。大王说'颜斶，上前来！'，你也说'大王，上前来！'可以吗？"颜斶回答说："我上前是趋炎附势，大王上前是礼贤下士。与其让我得趋炎附势之恶名，不如让大王享礼贤天下士之美誉。"宣王怒容满面，说："是王尊贵，还是士尊贵？"颜斶回答说："士尊贵，王并不尊贵。"宣王说："可有什么说法吗？"颜斶说："有。从前秦国进攻齐国，秦王下令说：'有人敢在柳下季墓地五十步内砍柴的，判以死罪，不予赦免。'又下令说：'有人能砍下齐王的头的，封邑万户，赐金二万两。'由此看来，活王的头，还不如死士的墓。"

【原文】

宣王曰："嗟乎！君子焉可侮哉？寡人自取病耳！愿请受为弟子。且颜先生与寡人游❶，食必太牢❷，出必乘车，妻子衣服丽都❸。"

【注释】

①游：交往。

②太牢：祭祀时牛、羊、猪俱全为太牢。

③丽都：华丽。

【译文】

宣王说："唉！君子怎么能随便加以侮辱呢？我实在是自讨没趣啊！希望您就收下我这个学生吧，而且希望先生能与我交往，我将以上等宴席招待您，外出备有高级车马供您使用，妻子儿女穿着的服装也华贵。"

【原文】

颜斶辞去曰："夫玉生于山，制则破焉，非弗宝贵矣，然太璞❶不

完。士生乎鄙❷野，推选则禄焉，非不尊遂❸也，然而形神不全。斶愿得归，晚食以当肉，安步以当车，无罪以当贵，清静贞正以自虞❹。”则再拜而辞去。

【注释】

①璞：未雕琢的玉。

②鄙：边远之地。

③遂：显达。

④虞：通“娱”。

【译文】

颜斶辞谢而去，说：“璞玉生在深山中，经过玉匠加工，破璞而取玉，其价值并非不宝贵，然而本来的面貌已不复存在了；士人生于偏僻乡野之地，经过推举选拔而被任用，享有禄位，他并非不尊贵，不显赫，可是他的精神、本质已被伤害。我希望回到我的乡里，饿了再吃东西，就像吃肉一样有滋味，安闲踱步，就像乘车一样舒适，不会获罪可以算是富贵，内心纯洁，行为正直，自得其乐。”于是，他拜了两次后离去。

【原文】

君子曰：“斶知足矣，归真反❶璞，则终身不辱。”

【注释】

①反：通“返”，回归。

【译文】

君子说："颜斶可以说是懂得知足的了，他舍弃功名利禄，辞王而归，返于纯朴，就终身不受侮辱。"

王斗讽齐王好士

【导读】

王斗拜见齐宣王，要求齐宣王亲自迎接，并针对齐宣王提出的"当今之世无士"的观点进行批驳，批评了齐宣王不好士的错误做法。齐宣王最终认识到错误，重新选拔贤人治国，使齐国大治。

【原文】

先生王斗❶造门而欲见齐宣王。宣王使谒者❷延入。王斗曰："斗趋见王为好势，王趋见斗为好士。于王何如？"使者复还报。王曰："先生徐之，寡人请从。"宣王因趋而迎之于门，与入，曰："寡人奉先君之宗庙，守社稷，闻先生直言正谏不讳。"王斗对曰："王闻之过。斗生于乱世，事乱君，焉敢直言正谏？"宣王忿然作色，不说。

【注释】

①王斗：齐国的贤士。

②谒者：泛指传达、通报的近侍。

【译文】

王斗先生登门要拜见齐宣王，宣王派侍者去领王斗进来。王斗说："我拜见大王是爱慕权势，大王迎接我是礼贤下士。大王认为怎么样？"侍者汇报了王斗的话。宣王说："让先生等一会儿进来，我去迎接。"于是，宣王跑到门口去迎接王斗，与他一块儿进来。宣王说："我继承先王的大业，得以治理国家，听说先生能直言批评，无所忌讳。"王斗回答说："大王听错了。我生在乱世，又侍奉昏君，怎么敢直言批评呢？"宣王听后，怒形于色，很不高兴。

【原文】

有间，王斗曰："昔先君桓公所好者五，九合诸侯，一匡天下，天子受籍❶，立为大伯。今王有四焉。"宣王说，曰："寡人愚陋，守齐国，唯恐失抎❷之，焉能有四焉？"王斗曰："否。先君好马，王亦好马；先君好狗，王亦好狗；先君好酒，王亦好酒；先君好色，王亦好色。先君好士，是王不好士。"宣王曰："当今之世无士，寡人何好？"王斗曰："世无骐驎❸、騄耳❹，王驷已备矣；世无东郭逡❺、卢氏之狗❻，王之走狗已具矣；世无毛嫱、西施，王宫已充矣。王亦不好士也，何患无士？"

【注释】

①籍：位，此指天子封爵。

②抎（yǔn）：丧失。

③骐驎：良马名。

④騄（lù）耳：良马名，周穆王八骏之一。

⑤东郭逡（qūn）：东郭山上的兔子，以敏捷著称。

⑥卢氏之狗：韩国的名犬。

【译文】

过了一会儿，王斗说："从前先君齐桓公有五种爱好。后来他多次会盟诸侯，匡扶周室，天子授位，立为霸主。现在，大王有四种爱好。"宣王听了很高兴，说："我愚蠢寡闻，治理齐国，只担心失国，哪里有和先王相同的四种爱好呢？”王斗说：“不。先君喜好马，大王也喜好马；先君喜好狗，大王也喜好狗；先君喜好酒，大王也喜好酒；先君好色，大王也好色；先君礼贤下士，大王却不礼贤下士。”宣王说：“现在世上没有士，我又怎么去礼贤下士呢？”王斗说：“世上没有骐骥、騄耳这样的骏马，可是大王已经车马齐备；世上没有赛过狡兔东郭逡的韩卢之狗，可是大王已经有善跑的猎狗；世上没有像毛嫱、西施那样的美女，可是大王的后宫中充满了美女。大王只是不喜欢礼贤下士，怎么发愁世上没有士呢？”

【原文】

王曰："寡人忧国爱民，固愿得士以治之。"王斗曰："王之忧国爱民，不若王爱尺縠❶也。"王曰："何谓也？"王斗曰："王使人为冠，不使左右便辟而使工者，何也？为能之也。今王治齐，非左右便辟无使也，臣故曰不如爱尺縠也。"宣王谢曰："寡人有罪国家。"于是举士五人任官，齐国大治。

【注释】

①縠（hú）：有皱纹的纱。

【译文】

宣王说："寡人忧国忧民，心底里就盼望聘得贤士共治齐国。"王斗继续说："大王您忧国爱民还不如爱一尺绉纱。"宣王说："这是什么意思？"王斗说："大王要人做帽子，不要亲近宠爱的人去做，却要工匠去做，为什么？因为他们会做。现在，大王治理国家，不问才德，非亲不用，所以我说您忧国爱民不如爱一尺绉纱。"宣王内疚自责说："我对国家有罪。"于是，选拔了五名贤士就任要职，齐国因此被治理得很好。

赵威后问齐使

【导读】

赵威后即赵太后，她虽然年事已高，但对国家政治的清明有着清醒的认识，仅从国家对个别人才的褒贬任用上就指出了齐王治国的弊端。本文通过赵威后围绕"民"字提出的连续七问，体现其民贵君轻、重民爱才的民本思想。

【原文】

齐王❶使使者问赵威后❷。书

未发[3]，威后问使者曰："岁亦无恙耶？民亦无恙耶？王亦无恙耶？"使者不说，曰："臣奉使使威后，今不问王，而先问岁与民，岂先贱而后尊贵者乎？"威后曰："不然。苟无岁，何以有民？苟无民，何以有君？故有问舍本而问末者耶？"

【注释】

①齐王：指齐王田建，齐襄王之子。

②赵威后：赵惠文王的妻子。惠文王死后，其子孝成王立，因年幼由威后执政。

③发：启封。

【译文】

齐王派遣使者去问候赵威后。书

信还没有拆开，赵威后就问齐使说："今年的收成好吗？老百姓好吗？齐王好吗？"齐使不高兴，说："我奉齐王的使命，出使到威后您这里来，现在您不先问候齐王，反而先问收成和百姓的情况，岂不是把卑贱的放在前面，把尊贵的放在后面吗？"赵威后说："不是这样。假如没有收成，哪里会有百姓？假如没有百姓，哪里会有国君？所以哪里有不问根本而问末节的呢？"

【原文】

乃进而问之曰："齐有处士❶曰锺离子❷，无恙耶？是其为人也，

有粮者亦食，无粮者亦食；有衣者亦衣，无衣者亦衣。是助王养其民者也，何以至今不业也？叶阳子❸无恙乎？是其为人，哀鳏❹寡，恤孤独，振困穷，补不足。是助王息❺其民者也，何以至今不业也？

【注释】

①处士：有才能、有道德而隐居不出来做官的人。

②锺离子：齐国处士。锺离：复姓。子：古时对男子的尊称。

③叶(shè)阳子：齐国处士。叶阳：复姓。

④鳏(guān)：老而无妻。

⑤息：繁育。

【译文】

于是，赵威后进一步问齐使说：“齐国有个处士叫锺离子，他还好吗？这个人做人呀，有粮食的他给食物吃，没粮食的他也给食物吃；有衣服的他给衣服穿，没有衣服的他也给衣服穿。这是帮助国君抚养老百姓的人呀，为什么到今天还没有做官成就功业呢？叶阳子还好吗？这个人做人呀，怜悯那些鳏夫和寡妇，顾念抚恤那些无父无子的人，救济那些贫困潦倒的人，补助那些缺衣少食的人，这是帮助国君养育百姓的人，为什么到今天还没有做官成就功业呢？

【原文】

“北宫之女婴兒子❶无恙耶？撤其环瑱❷，至老不嫁，以养父母。是皆率民而出于孝情者也，胡为至今不朝也？此二士弗业，一女不朝，何以王齐国、子万民乎？於陵子仲❸尚存乎？是其为人也，上不臣于王，下不治其家，中不索交诸侯。此率民而出于无用者，何为至今不杀乎？”

【注释】

①婴兒子：复姓北宫名婴兒子，齐国的孝女。

②瑱（tiàn）：一种玉制的耳饰。

③於（wū）陵子仲：齐国的隐士。於

陵：今山东长山西南。

【译文】

“北宫家的女儿婴兒子还好吗？她摘掉珠玉首饰，到老不嫁，来奉养父母。这是带领百姓尽孝心的人，为什么到今天还不让她上朝给予封号呢？这样的两个处士没有成就功业，一个孝女还没上朝，靠什么来统治齐国、做百姓的父母呢？於陵的那个子仲还活着吗？这个人做人呀，对上不向国君称臣，对下不搞好他的家，也不愿同诸侯交往。这是带领百姓无所作为的人，为什么到今天还不杀掉他呢？”

燕攻齐取七十余城

【导读】

田单在即墨大破燕军，一举收复被燕军攻下的七十余城，唯有聊城久攻不下。面对难以攻克的顽敌，义士鲁仲连写信给燕将，晓之以理、动之以情，使燕将心服口服，退兵而去。

【原文】

燕攻齐，取七十余城，唯莒❶、即墨❷不下。齐田单❸以即墨破燕，杀骑劫。初，燕将攻下聊城，人或

谗之，燕将惧诛，遂保守聊城，不敢归。田单攻之岁余，士卒多死，而聊城不下。

【注释】

①莒（jǔ）：今山东莒县。

②即墨：今山东青岛即墨区。

③田单：齐人，因坚守即墨，用反间计使燕将乐毅奔赵，以火牛阵大破燕军，收复失地七十余城，被齐襄王拜为相国，封安平君。

【译文】

燕国攻打齐国，占领了七十多座城池，只有莒和即墨两地没有攻下来。齐将田单据守即墨大败燕军，杀死燕将骑劫。当初，有位燕将攻占了聊城，可是却被人在燕王那里进了谗言，这位燕将害怕会被处死，死守聊城不敢回国。田单攻打聊城，打了一年多，士兵们死伤累累，可聊城仍然攻不下来。

【原文】

鲁连乃书，约之矢以射城中，遗燕将曰："吾闻之：'智者不倍❶时而弃利，勇士不怯死而灭名，忠臣不先身而后君。'今公行一朝之忿，不顾燕王之无臣，非忠也；杀身亡聊城，而威不信❷于齐，非勇也；功废名灭，后世无称，非知也。故知者不再计，勇士不怯死。今死生

荣辱，尊卑贵贱，此其一时也。愿公之详计而无与俗同也。

【注释】

①倍：通“背”。

②信：通“伸”。

【译文】

鲁仲连写了一封信，绑在箭杆上，射到城内，信中对燕将说：“我听说：‘智者不做违背时势、有损利益的事，勇士不做害怕死亡而毁损名誉的事，忠臣不做先顾自己而后顾君王的事。’现在将军竟凭一时的激愤，不顾燕王失去一位大臣，这不是忠诚；牺牲自己，丢失聊城，威名不会在齐国传播，这不是勇敢；战功废弃，英名埋没，后世不会称颂，这不是智慧。因此，明智的人不会优柔寡断，勇敢的人不会贪生怕死。如今生死荣辱、尊卑贵贱，都取决于一时的当机立断，希望将军能够三思而行，不要与普通人一般。

【原文】

“且楚攻南阳，魏攻平陆，齐无南面之心，以为亡南阳之害，不若得济北❶之利，故定计而坚守之。今秦人下兵，魏不敢东面，横秦之势合，则楚国之形危。且弃南阳，断右壤，存济北，计必为之。今楚、魏交退，燕救不至，齐无天下之规❷，与聊城共据期年之弊，即臣见公之不能得也。齐必决之于聊城，公无再计。彼燕国大乱，君臣过计，上下迷惑，栗腹以百万之众，五折于外，万乘之国，被围于赵，壤削主困，为天下戮，公闻之乎？今燕王方寒心独立，大臣不足恃，国弊祸多，民心无所归。今公又以弊聊之民，距全齐之兵，期年不解，是墨翟之守也；食人炊骨，士无反北之心，是孙膑、吴起之兵也，能以见于天下矣！

【注释】

①济北：此指聊城。

②规：通“窥”，图谋。

【译文】

“况且楚国进攻南阳、魏国进逼平陆，齐国压根就没有分兵拒击的意思，认为失去南阳的害处，不及收复聊城的利益，所以决计要攻下聊城。如今秦王出兵助齐，魏国再不敢出兵平陆，秦、齐连横之势已定，楚国此刻岌岌可危。何况即便放弃南阳、失去平陆，只要能保全聊城，齐国也会想方设法实现这一计划。如今楚、魏先后退兵，可燕国的援军仍然毫无消息，天下诸侯没有哪家有窥伺齐国之心，您据守聊城一年多已经很疲敝了，恐怕很难再坚持下去。齐国必定在聊城与您决一胜负，将军您没有别的办法。现在燕国内乱，君臣失措，上下惶惑，燕相栗腹率领百万大军进攻赵国，却屡战屡败，燕国本是万乘强国，却被赵国围困。土地被掠夺，国君遭困厄，为天下诸侯所耻笑，您听说了吗？如今燕王正胆战心惊，大臣不足以倚仗，兵祸连连，国难深重，民心涣散。而您又指挥早已疲惫不堪的聊城百姓，抗拒整个齐国的兵马，足足一年也没有解围，将军确如墨翟一般善于守城；城里到了人吃人、用人骨当柴烧的地步，而士兵始终没有背弃您的想法，这是像孙膑、吴起所带出来的士兵，您的指挥才能已经显现于天下！

【原文】

“故为公计者，不如罢兵休士，全车甲，归报燕王，燕王必喜。士民见公如见父母，交游攘臂而议于世，功业可明矣。上辅孤主，以制群臣，下养百姓，以资说士，矫国革俗于天下，功名可立也。意者，亦捐燕弃世，东游于齐乎？请裂地定封，富比陶、卫❶，世世称孤寡，与齐久存，此亦一计也。二者显名厚实也，愿公熟计而审处一也。

【注释】

①陶、卫：陶朱公范蠡和卫人子贡，二人都以经商成为巨富。

【译文】

“所以我替您打算，不如停止战争，保全战车、武器，回国报答燕王，他一定会很高兴。燕国的百姓见到您，会如同见到父母一般敬爱热情，新朋故交会抓着你的胳膊赞扬将军的赫赫战功，这样将军就会名扬天下。将军上可辅佐国君，控制群臣，下可存恤百姓，奉养说客，矫正国弊，移风易俗，功名就可以建立了。如果将军不愿回去，是否能考虑一下抛弃世俗的成见，投奔齐国呢？我会请求齐王赐给您封地，和陶朱公范蠡、子贡一般富有，世居高位，与齐国长久共存，这是另一条出路。这两者都可以使名声显赫、利益厚重，希望你慎重考虑，选择其中一个。

【原文】

“且吾闻效小节者不能行大威，恶小耻者不能立荣名。昔管仲射桓公中钩，篡也；遗公子纠而不能死，怯也；束缚桎梏[1]，辱身也。此三行者，乡里不通也，世主不臣也。使管仲终穷抑，幽囚而不出，惭耻而不见，穷年没寿，不免为辱人贱行矣。然而管子并三行之过，据齐国之政，一匡天下，九合诸侯，为五伯首，名高天下，光照邻国。

【注释】

①桎(zhì)梏(gù)：古代的一种刑具，戴在手上的为梏，戴在脚上的为桎。

【译文】

“况且我还听说，过于看重小节难以建树大功，不堪忍受小辱难以成就威名。从前管仲弯弓射中桓公的带钩，这是篡逆作乱；抛弃公子纠而不能以死尽忠，这是贪生惜命；被戴上手铐、脚镣，这是奇耻大辱。有了这三种行径，同乡的人也不会与他交往，君主也不会任用他为臣。如果管仲因此穷困抑郁，幽居不再出门，惭愧羞耻而不见人，那么一直到死也免不了被世人认为是污浊的人做了卑劣的事。可是管仲却在身兼三种恶行的情况下，执掌齐国政事，辅佐齐桓公匡正天下，多次召集诸侯会盟，使桓公得以成为五霸之首，名满天下，光耀邻邦。

【原文】

“曹沫为鲁君将，三战三北，而丧地千里。使曹子之足不离陈❶，计不顾后，出必死而不生，则不免为败军禽❷将。曹子以败军禽将，非勇也；功废名灭，后世无称，非知也。故去三北之耻，退而与鲁君计也，曹子以为遭。齐桓公有天下，朝诸侯，曹子以一剑之任，劫桓公于坛位之上，颜色不变，而辞气不悖。三战之所丧，一朝而反之，天下震动惊骇，威信吴、楚，传名后世。若此二公者，非不能行小节，死小耻也，以为杀身绝世，功名不立，非知也。故去忿恚❸之心，而成终身之名，除感忿之耻，而立累世之功，故业与三王争流，名与天壤相敝也。公其图之！”

【注释】

①陈：通“阵”，战场。

②禽：通“擒”。

③忿恚（huì）：愤怒，怨恨。

【译文】

“曹沫是鲁国的将军，三战三

败，失地千里。如果曹沫发誓永远不离开战场，不顾后果一意孤行，他一定会战死沙场，那就免不了成为兵败被擒的将领而已。曹沫认为兵败被擒的将领，不能称为勇士；功名废弃，后世无人称道，不能算是聪明。因此曹沫能隐忍三战三败的耻辱，与鲁庄公重新谋划，他把这当作际遇。齐桓公威服天下之后，召集诸侯会盟，曹沫就凭着一柄剑，在祭坛之上劫持桓公，面不改色，从容不迫，义正词严。三次战败失去的土地，一天就全部收回，天下人都为之震动、惊恐，威信更远播吴、楚，而名声传于后世。以上说的管仲、曹沫两个人，并不是不能遵奉小节，为小耻而死，只是他们认为功名未立，壮志未酬就身死离世是不明智的做法。所以才决定抛弃愤恨之心成就一生的美名，忍受一时耻辱建立万世功业，所以他们的功业可与三王相比，声名可与天地并存。愿将军认真考虑！”

【原文】

燕将曰：“敬闻命矣。”因罢兵到椟❶而去。故解齐国之围，救百姓之死，仲连之说也。

【注释】

①罢兵到椟（dú）：指撤军。到：通“倒”。椟：箭筒。

【译文】

燕将答复鲁仲连说："我恭敬地听从您的命令。"于是，收拾兵器撤军回国。所以解除齐兵对聊城的围困，使百姓免遭刀兵之祸，全是鲁仲连游说的功劳呀！

燕攻齐齐破

【导读】

燕国攻打齐国，攻破齐都临淄。齐湣王死后，田单复齐，拥立齐襄王田法章即位。本文主要写齐襄王复国之后和田单之间的矛盾，穿珠者用自己的智慧和口才化解了一场君臣之间的危机，也使自己免去了杀身之祸。

【原文】

燕攻齐，齐破。闵王❶奔莒，淖齿❷杀闵王。田单守即墨之城，破燕兵，复齐墟。襄王为太子征。齐以破燕，田单之立疑，齐国之众，皆以田单为自立也。襄王立，田单相之。

【注释】

①闵王：即齐湣王。

②淖齿：楚国将领。淖齿奉楚顷襄王之命率军救援齐国，被齐湣王任命为相。后来淖齿杀了齐湣王，欲与燕国共分齐地，为齐人王孙贾所杀。

【译文】

燕国打败了齐国，临淄被攻破。齐闵王逃到莒地，齐相淖齿杀死了闵王。齐将田单守住即墨，以即墨的残兵，打败了燕军，收复了齐国的失地。当时齐襄王为太子，逃跑躲藏起来。后来齐国打败了燕国，齐人对田单要立谁为国君很疑惑，齐国人都认为田单想自立为国君。后来襄王被立为国君，田单做了相国。

【原文】

过菑水[1]，有老人涉菑而寒，出不能行，坐于沙中。田单见其寒，欲使后车分衣，无可以分者，单解

裘而衣之。襄王恶之，曰："田单之施，将欲以取我国乎？不早图，恐后之。"

【注释】

①菑水：即淄水。菑：通"淄"。

【译文】

一次，过淄水时，田单看见一个老人渡水，受不住寒冷，出水后不能行走，坐在沙滩上。他看见老人身体寒冷，便想让后车的人分给他一些衣服。可大伙分不出衣服来，田单就把自己的皮衣脱下来给老人穿。襄王听说后很不高兴，自言自语说："田单在笼络人，是想要篡夺国家的大权吗？如果不早点想办法，恐怕他会先下手。"

【原文】

左右顾无人，岩下有贯珠❶者，襄王呼而问之曰："女闻吾言乎？"对曰："闻之。"王曰："女以为何若？"对曰："王不如因以为己善。王嘉单之善，下令曰：'寡人忧民之饥也，单收而食之；寡人忧民之寒也，单解裘而衣之；寡人忧劳百姓，而单亦忧之，称寡人之意。'单有是善而王嘉之，善单之善，亦王之善已。"王曰："善。"乃赐单牛酒，嘉其行。

【注释】

①贯珠：穿珠。

【译文】

襄王看左右无人，只在殿岩下有一个串珠的匠人，便把匠人叫住，问他："你听到我的话了吗？"匠人回答说："听到了。"问："你认为怎么样？"回答说："大王不如因此把它作为自己的善行。大王您就嘉奖田单的行为，下令说：'我担心老百姓挨饿，田单便收养他们，给他们饭吃；我担心老百姓受冻，田单便脱下自己的皮衣给他们穿；我担心老百姓劳苦，田单也满腹忧心，很合我的心意。'田单有这些优点，大王嘉奖他。因此，嘉奖田单的优点，也就是称赞大王的圣德。"襄王说："好。"于是，赐给了田单牛肉和酒，嘉奖他的行为。

【原文】

后数日，贯珠者复见王曰：“王至朝日，宜召田单而揖之于庭，口劳之。乃布令求百姓之饥寒者，收谷之。”乃使人听于闾里❶，闻丈夫之相与语，举曰：“田单之爱人，嗟，乃王之教泽也！”

【注释】

①闾里：里巷，古代平民聚居之处。

【译文】

过了几天，串珠的匠人又来拜见襄王，说：“大王上朝时，应该召见田单，在大庭之中以礼相待，亲自慰劳他。然后发布命令，收容饥寒的百姓，供养他们。”这样做了之后，襄王又派人到百姓中去，打探他们的态度，他们都说：“田单爱护百姓，这是大王教导的结果啊！”

貂勃常恶田单

【导读】

田单是齐国名将，最初在临淄担任市掾，管理市场秩序。燕国将军乐毅率领五国联军攻打齐国，攻下齐国七十余城。齐国生死存亡之际，田单坚守即墨，以火牛阵大破燕军，收复失地，被齐襄王拜为相国，封安平君。当无端受到貂勃的污蔑时，他凭借自己的聪明才智，举荐貂勃，化敌为友。后来，通过貂勃的劝谏，齐襄王打消了对田单的怀疑。

【原文】

貂勃常恶田单，曰："安平君，小人也。"安平君闻之，故为酒而召貂勃，曰："单何以得罪于先生，故常见誉于朝？"貂勃曰："跖[1]之狗吠尧，非贵跖而贱尧也，狗固吠非其主也。且今使公孙子贤，而徐子不肖。然而使公孙子与徐子斗，徐子之狗，犹时攫公孙子之腓[1]而

噬之也。若乃得去不肖者，而为贤者狗，岂特攫其腓而噬之耳哉？”安平君曰：“敬闻命！”明日，任之于王。

【注释】

①跖（zhí）：即盗跖，相传为春秋时的大盗。

②腓（féi）：胫骨后的肉，即腿肚子。

【译文】

齐人貂勃常说田单的坏话，他说：“安平君田单是个小人。”田单听说后，特地备了宴席，请貂勃赴宴，田单说：“我有什么得罪了先生的，为什么先生常常在朝廷上‘夸奖’我？”貂勃说：“盗跖的狗向尧狂叫，并不是狗尊重盗跖，鄙视尧帝，狗本来是向不是他主人的人狂叫的。如果我说公孙子贤能，徐子无能，让他们互相争斗起来，徐子的狗还是会去抓公孙子的小腿肚子，去咬他的。如果让那只狗离开无能的人，寻找贤能的人当它的主人，那岂止仅仅是咬小腿肚子呢？”安平君说：“我明白您的意思了。”第二天，他上朝便向齐王推荐了貂勃。

【原文】

王有所幸臣九人之属，欲伤❶安平君，相与语于王曰：“燕之伐齐之时，楚王使将军将万人而佐齐。今国已定，而社稷已安矣，何不使

使者谢于楚王？”王曰：“左右孰可？”九人之属曰：“貂勃可。”

【注释】

①伤：中伤。

【译文】

齐王有九个宠爱的大臣，他们想中伤安平君，就互相在齐王面前说：“燕国进攻齐国时，楚王派将军带领了一万大军援助齐国。现在国家已经安定，为什么不派使臣去酬谢楚王呢？”齐王说：“派谁去合适呢？”这九个宠臣说：“貂勃可以。”

【原文】

貂勃使楚，楚王受而觞之，数

日不反。九人之属相与语于王曰：“夫一人身，而牵留万乘者，岂不以据势也哉？且安平君之与王也，君臣无礼，而上下无别。且其志欲为不善。内牧百姓，循抚❶其心，振穷❷补不足，布德于民；外怀戎翟、天下之贤士，阴结诸侯之雄俊豪英。其志欲有为也。愿王之察之。”

【注释】

①循抚：安抚。

②振穷：救助穷困的人。

【译文】

貂勃便奉命出使楚国，楚王接待了他，并且设宴款待他，好几天过去了，他没有回国。这九个宠臣又一同在齐王面前说："貂勃这个普通的人，被万乘之君楚王挽留，这难道不是因为他仗着国内田单的势力吗？况且安平君对待大王，不遵君臣之礼，没有上下之别。他内心是想要图谋不轨啊！您看他，对内笼络百姓，收买人心，救济穷人，补助困难户，给民众以小恩小惠；对外怀柔外族及天下贤士，暗地里交结诸侯中的英雄豪杰。他的志向可不小啊！希望大王仔细审查。"

【原文】

异日，而王曰："召相单来。"田单免冠、徒跣❶、肉袒而进，退而请死罪。五日，而王曰："子无罪于寡

人，子为子之臣礼，吾为吾之王礼而已矣。”

【注释】

①徒跣（xiǎn）：赤足。

【译文】

第二天，齐王忽然下令：“要丞相田单来。”田单没有戴帽子，没有穿鞋子，赤裸着上半身，惶恐地去请罪，退出时又请求死罪。五天以后，齐王说：“你没有罪，你还是行你的臣子之礼，我还是行我的国君之礼，就这样吧！”

【原文】

貂勃从楚来，王赐诸前。酒

酣，王曰：“召相田单而来。”貂勃避席稽首曰：“王恶得此亡国之言乎？王上者孰与周文王？”王曰：“吾不若也。”貂勃曰：“然，臣固知王不若也。下者孰与齐桓公？”王曰：“吾不若也。”貂勃曰：“然，臣固知王不若也。然则周文王得吕尚以为‘太公’；齐桓公得管夷吾以为‘仲父’；今王得安平君而独曰‘单’。且自天地之辟，民人之治，为人臣之功者，谁有厚于安平君者哉？而王曰‘单，单’。恶得此亡国之言乎？且王不能守先王之社稷，燕人兴师而袭齐墟，王走而之城阳❶之山中。安平君以惴惴之即墨，三里之城，五里之郭，敝卒七千，禽其司马，而反千里之齐，安平君之功也。当是时也，阖城阳而王，城阳、天下莫之能止。然而计之于道，归之于义，以为不可，故为栈道木阁，而迎王与后于城阳山中，王乃得反，子临百姓。今国已定，民已安矣，王乃曰'单'。且婴儿之计不为此。王不亟❷杀此九子者以谢安平君。不然，国危矣！"王乃杀九子而逐其家，益封安平君以夜邑万户。

【注释】

①城阳：今山东青岛城阳区。

②亟（jí）：急切。

【译文】

貂勃从楚国回到了齐国，齐王设宴款待他。当酒兴正浓时，齐王说：“去叫丞相田单也来。”貂勃连忙离开座席，行大礼参拜，说：“大王怎么说出这种亡国的话来呢？大王跟周文王相比，怎么样呢？”齐王说：“我不如。”貂勃说：“我本来就知道您不如。那么，跟齐桓公比又怎么样呢？”齐王说：“我不如。”貂勃说：“我本来就知道您不如。那么，周文王得到了吕尚，尊他为‘太公’；齐桓公得到了管夷吾，尊他为‘仲父’；现在大王得到了安平君，却直呼其名叫他‘单’。从开天辟地有人类以来，治理百姓，做臣子的功劳，谁能胜过安平君呢？可是，大王竟然叫他‘单、单’，怎能说出这种亡国的话来啊？而且当初大王不能保住自己的国家，燕人出兵侵犯齐国，您逃到城阳山中。安平君凭着区区即墨的三里之城，五里之郭，带领着七千疲惫的士卒，俘获了燕将司马，收复了千里的失地，这都是安平君的功劳。在那时，如果他关上城阳的大门，自立为王，城阳、天下诸侯也不能阻止他。可是，安平君完全从道义出发，认为不能这样做，所以修筑栈道，从城阳山中迎接了大王和王后，您这才能返回国都，治理国家。现在国家已经安定，您却直呼安平君的名字'单'，就是小孩子也不会这样做的。大王不如赶快杀掉这九个宠臣，向安平君谢罪。不然的话，国家前途就危险了。"齐王于是杀掉了九个宠臣，驱逐他们全家，又把夜邑万户之地加封给安平君。

威王问于莫敖子华

【导读】

楚威王询问莫敖子华楚国是否有不为爵禄而忧患国事的社稷之臣，莫敖子华列举了令尹子文、叶公子高、莫敖大心、棼冒勃苏、蒙穀等为代表的五种忧患国事的社稷之臣，同时揭示了国君喜好忠臣才能罗致忠臣的道理。

【原文】

威王问于莫敖❶子华❷曰："自从先君文王以至不穀之身，亦有不为爵劝、不为禄勉，以忧社稷者乎？"莫敖子华对曰："如章不足知之矣。"王曰："不于大夫，无所闻之。"莫敖子华对曰："君王将何问者也？彼有廉其爵，贫其身，以忧社稷者；有崇其爵，丰其禄，以忧社稷者；有断脰❸决腹，一瞑而万世不视，不知所益，以忧社稷者；有劳

其身，愁其志，以忧社稷者；亦有不为爵劝，不为禄勉，以忧社稷者。”王曰：“大夫此言，将何谓也？”

【注释】

①莫敖：楚国官名，地位仅次于令尹、司马。

②子华：人名，字章。

③脰（dòu）：脖子。

【译文】

楚威王问莫敖子华，说：“从先君文王到我这一辈为止，真有不追求爵位俸禄，而忧虑国家安危的大臣吗？”莫敖子华回答说：“这些事情，非子华所能回答。”威王说：“我要是不问您，更无从知道。”莫敖子华回答说：“君王您问的是哪一类大臣呢？有为官清廉，安于贫困，而忧虑国家安危的；有为了提高其爵位，增加其俸禄，忧虑国家安危的；有不怕断头，不怕剖腹，视死如归，不顾个人利益，而忧虑国家安危的；有劳其筋骨，苦其心志，而忧虑国家安危的；也有既不追求爵位，又不追求俸禄，而忧虑国家安危的。”威王说：“您这些话，说的都是谁呢？”

【原文】

莫敖子华对曰：“昔令尹子文，缁帛之衣以朝，鹿裘以处。未明而立于朝，日晦而归食。朝不谋夕，无

一月之积。故彼廉其爵，贫其身，以忧社稷者，令尹子文是也。昔者叶公子高❶，身获于表薄❷，而财于柱国❸；定白公之祸，宁楚国之事；恢先君以掩方城之外，四封不侵，名不挫于诸侯。当此之时也，天下莫敢以兵南乡。叶公子高，食田六百畛❹。故彼崇其爵，丰其禄，以忧社稷者，叶公子高是也。”

【注释】

①叶公子高：姓沈，名诸梁，字子高，封于叶邑（今河南叶县），故称叶公。

②表薄：草野之地。

③柱国：官名。

④畛（zhěn）：量词，用于田亩。

【译文】

莫敖子华回答说："从前令尹子文上朝时，身穿朴素的黑丝绸长衫，在家时，穿着简朴的鹿皮衣。黎明即起，就去上朝；太阳落山，才回家吃饭。家里穷得朝不保夕，连一月的粮食也没有积存。所以，我说的那个为官清廉、安于贫困，而忧虑国家安危的，就是令尹子文。从前楚国叶公子高，出身微贱，而有柱国之才；平定了白公之乱，使楚国得以安定；发扬了先君的遗德，影响到方城之外，四境诸侯都不敢来犯，使楚国的威名在诸侯中未受损伤。在这个时候，诸侯都不敢出兵南侵。叶公子高的封地有六百畛。所以，我说的那个为了提高爵位，增加俸禄，而忧虑国家安危的，就是叶公子高。”

【原文】

“昔者吴与楚战于柏举❶，两御之间夫卒交。莫敖大心抚其御之手，顾而大息曰：‘嗟乎子乎，楚国亡之日至矣！吾将深入吴军，若扑一人，若捽❷一人，以与大心者也，社稷其为庶几乎？’故断脰决腹，一瞑而万世不视，不知所益，以忧社稷者，莫敖大心是也。

【注释】

①柏举：此处指今湖北麻城东北。

②捽（zuó）：揪住，捉住。

【译文】

“从前，吴、楚两国在柏举交战，双方对垒，士卒已经短兵相接。莫敖大心拉着驾车战士的手，回头叹息道：‘唉！楚国亡国的日子就要到了！我要深入吴军，如果能打倒一个敌人，或者捉住一个敌人，就和大心我的命相当了。如果楚国人都能这样，那么我们楚国也许还不至于灭亡！’所以，我说的那个不怕断头，不怕剖腹，视死如归，不顾个人利益，而忧虑国家安危的，就是莫敖大心。

【原文】

“昔吴与楚战于柏举，三战入郢，寡君身出，大夫悉属，百姓离散。棼冒勃苏❶曰：‘吾被坚执锐，赴强敌而死，此犹一卒也，不若奔诸侯。’于是嬴粮潜行，上峥山❷，逾深溪，跖穿膝暴，七日而薄秦王之朝。雀立不转，昼吟宵哭。七日不得告。水浆无入口，瘨❸而殚闷，旄❹不知人。秦王闻而走之，冠带不相及，左奉其首，右濡其口，勃苏乃苏。秦王身问之：‘子孰谁也？’棼冒勃苏对曰：‘臣非异，楚使新造盩❺棼冒勃苏。吴与楚人战于柏举，三战入郢。寡君身出，大夫悉

属，百姓离散。使下臣来告亡，且求救。’秦王顾令不起：‘寡人闻之，万乘之君，得罪一士，社稷其危，今此之谓也。’遂出革车千乘，卒万人，属之子满与子虎，下塞以东，与吴人战于浊水而大败之，亦闻于遂浦。故劳其身，愁其思，以忧社稷者，棼冒勃苏是也。”

【注释】

①棼（fén）冒勃苏：申包胥。此为楚语。

②峥山：险峻的高山。

③瘨（diān）：晕倒。

④旄：通“眊（mào）”，昏迷。

⑤新造盩：罪臣。盩：应为“盭（lì）”，“戾”的古字，罪。

【译文】

“从前，吴、楚两国在柏举交战，吴军连攻三次，攻入楚都。楚君逃亡，大夫跟随，百姓流离失所。棼冒勃苏说：‘我如果身披铠甲，手执武器与强敌作战，不幸战死，其作用也只像一个普通士卒而已，还不如向诸侯去求援。’于是，他背着干粮秘密出发，越过高山峻岭，渡过深水溪谷，鞋子穿烂了，脚掌磨破了，裤子破了，露出了膝盖，走了七天，到了秦王的朝廷。他踮着脚翘望，希望得到秦王的帮助；日夜哭泣，希望得到秦王的同情。经过七昼夜，也未能面告秦王。他就这样，滴水不进，以致头昏眼花，气绝晕倒，不省人事。秦王知道后来不及系好衣帽就跑来看他，左手捧着他的头，右手给他灌水，勃苏才慢慢苏醒过来。秦王亲自问他：‘你是什么人？’棼冒勃苏回答说：‘我不是别人，是楚王派来的因不死于国难新获罪的棼冒勃苏。吴、越两国现在柏举交战，吴国连攻三次，进入楚都。楚君逃亡，大夫跟随，百姓流离失所。敝国君王特派我来报告楚国面临的亡国大祸，并且请求援救。’秦王一再要他起身，他一直不起。秦王说：‘我听说，万乘大国的君王，如果得罪了志士，国家就会危险，如今就是这样。’于是，秦王派出战车千辆，兵士万人，让公子满和公子虎带领，出边关，向东挺进，与吴军战于浊水之上，大败吴军，又听说还在遂浦作战。所以，我说的那个劳其筋骨，苦其心志，而忧虑国家安危的，就是棼冒勃苏。”

【原文】

“吴与楚战于柏举，三战入郢。君王身出，大夫悉属，百姓离散。蒙穀❶给斗于宫唐之上，舍斗奔郢曰：‘若有孤，楚国社稷其庶几乎！’遂入大宫，负离次之典❷以浮于江，逃于云梦之中。昭王反郢，五官失法，百姓昏乱。蒙穀献典，五官得法，而百姓大治。此蒙穀之功，多与存国相若，封之执圭，田六百畛。蒙穀怒曰：‘穀非人臣，社稷之臣。苟社稷血食[3]，余岂患无君乎？’遂自弃于磨山之中，至今无胄[4]。故不为爵劝，不为禄勉，以忧社稷者，蒙穀是也。”

【注释】

①蒙穀：人名，楚将。

②离次之典：散乱的典籍。一说楚国法典名。

③血食：享受祭品。古代杀牲取血以祭，故称。

④胄（zhòu）：子孙。

【译文】

“吴、楚两国在柏举交战，吴国连攻三关，攻入楚都。楚君逃亡，大夫跟随，百姓流离失所。楚臣蒙穀在宫唐与吴军遭遇，这时楚王生死未卜，蒙穀撇开吴军跑到楚都，说：‘如果有嗣君可以继位，楚国大概可免遭灭亡。’于是，他来到楚宫，没见到嗣君，就背上楚国的离次大典，乘船浮游于江上，逃到云梦地区。后来楚昭王返回楚都，百官无法可依，百姓混乱。蒙穀献出了离次大典，百官便有法可依，百姓得以治理。相形之下，蒙穀立了大功，可与使楚国得以保全相比。于是，楚王封他执圭的爵位，给他封田六百畛。蒙穀生气地说：'我并不是一般贪图爵禄的大臣。我是忧虑国家安危的大臣。国家平安无事，我难道会去忧虑个人有无官做吗？'于是他隐居磨山之中，至今仍无做官的子孙。所以，我说的那个既不追求爵位，也不追求俸禄，而忧虑国家安危的，就是蒙穀啊！"

【原文】

王乃大息曰："此古之人也。今之人，焉能有之耶？"莫敖子华对曰："昔者先君灵王好小要❶，楚士约食，冯❷而能立，式❸而能起。食之可欲，忍而不入；死之可恶，然而

不避。章闻之，其君好发者，其臣抉拾❹。君王直不好，若君王诚好贤，此五臣者，皆可得而致之。”

【注释】

①要：通“腰”。

②冯：通“凭”，依靠。

③式：通“轼”。

④抉拾：指射箭。抉：扳指。拾：套在左臂上的臂衣。

【译文】

楚王叹息道：“这些都是古人，现在还有这样的人吗？”莫敖子华回答说：“从前，楚灵王喜欢细腰女子，楚国的人便少吃饭，使自己的腰都细起来，以致要靠着东西才能站住，扶着东西才能起立。虽然想吃东西，但总是忍着饿不吃；这样饿下去，就有死的危险，可是人们无所畏惧。我听说：国君喜好射箭，大臣也会去学习射箭。大王您只是不喜好贤臣而已，如果真是喜好贤臣，上述这五种贤臣，都是可以被大王搜罗来的。”

楚襄王为太子之时

【导读】

楚襄王做太子时曾在齐国做人质，其父楚怀王死后，襄王要求回国即位，齐王趁机要挟其割让土地。襄王听从老师慎子的意见，暂时答应了齐王的要求。楚襄王即位后，采纳慎子多管齐下的计谋，既不失信于人，又保全了楚地。

【原文】

楚襄王为太子之时，质于齐。怀王薨，太子辞于齐王❶而归。齐王隘❷之："予我东地五百里，乃归子。子不予我，不得归。"太子曰："臣有傅，请追而问傅。"傅慎子❸曰："献之地，所以为身也。爱地不送死父，不义。臣故曰，献之便。"太子入，致命齐王曰："敬献地五百里。"齐王归楚太子。

【注释】

①齐王：此指齐湣王。

②隘：阻拦。

③慎子：即慎到，法家代表人物之一，著有《慎子》。

【译文】

楚襄王做太子时，在齐国做人质。他父亲怀王死了，太子便向齐王提出要回楚国去。齐王阻拦说："你要给我割让东地五百里，我才放你回去；否则，不放你回去。"太子说："我有个师傅，让我找他问一问。"太子的师傅慎子说："您答应给齐国割让东地五百里吧，土地是为了安身的。因为舍不得土地，而不为父亲送葬，这是不道义的。所以，我说还是献地。”太子便答复齐王，说：“我敬献出东地五百里。”齐王这才放太子回国。

【原文】

太子归，即位为王。齐使车五十乘，来取东地于楚。楚王告慎子曰：“齐使来求东地，为之奈何？”慎子曰：“王明日朝群臣，皆令献其计。”上柱国子良入见。王曰：“寡人之得求反，王坟墓、复群臣、归社稷也，以东地五百里许齐。齐令使来求地，为之奈何？”子良曰：“王不可不与也。王身出玉声，许强万乘之齐而不与，则不信，后不

可以约结诸侯。请与而复攻之。与之信，攻之武，臣故曰与之。”

【译文】

太子回到楚国，即位为王。齐国派了兵车五十辆，来楚国索取东地五百里。楚王告诉慎子，说：“齐国派使臣来索取东地，该怎么办呢？”慎子说：“大王明天召见群臣，让大家来想办法吧。”上柱国子良来拜见楚王，楚王说：“我能够回到楚国来办父亲的丧事，又能和群臣再次见面，使国家恢复正常，是因为我答应了给齐国割让东地五百里。现在齐国派使臣办理交接手续，这可怎么办呢？”子良说：“大王不能不给，您说话一字千金，既然亲口答应了万乘的强齐，却又不肯割地，这就失去了信用，将来您很难和诸侯各国谈判结盟。应该先答应给齐国割让东地，然后再出兵攻打齐国。割地，是守信用；攻齐，是不示弱。所以我觉得应该割地。”

【原文】

子良出，昭常入见。王曰：“齐使来求东地五百里，为之奈何？”昭常曰：“不可与也。万乘者，以地大为万乘。今去东地五百里，是去战国之半也，有万乘之号而无千乘之用也，不可。臣故曰勿与。常请守之。”

计告慎子曰："子良见寡人曰：'不可不与也，与而复攻之。'常见寡人曰：'不可与也，常请守之。'鲤见寡人曰：'不可与也，虽然，楚不能独守也，臣请索救于秦。'寡人谁用于三子之计？"慎子对曰："王皆用之。"王怫然❶作色曰："何谓也？"

【注释】

①怫（fú）然：愤怒的样子。

【译文】

景鲤出朝后，慎子进去。楚王把三个大夫出的主意都告诉了慎子，说："子良说'不能不给，给了以后再出兵去进攻齐国'。昭常说：'不能给，我愿去守卫东地。'景鲤说：'不能给，既然楚国不能单独守住东地，我愿意去求救于秦国。’我不知道他们三个人出的主意，到底采用谁的好？”慎子回答说：“大王都采用。”楚王怒容满面地说：“这是什么意思？”

【原文】

慎子曰：“臣请效其说，而王且见其诚然也。王发上柱国子良车五十乘，而北献地五百里于齐。发子良之明日，遣昭常为大司马，令往守东地。遣昭常之明日，遣景鲤车五十乘，西索救于秦。”王曰：“善。”乃遣子良北献地于齐。遣子良之明日，立昭常为大司马，使守

东地，又遣景鲤西索救于秦。

【译文】

慎子说："请让我说出我的道理，大王将会知道确实如此。大王您先派遣上柱国子良带上兵车五十辆，到齐国去进献东地五百里；在派遣子良的第二天，又任命昭常为大司马，要他去守卫东地；在派遣昭常的第二天，又派景鲤带领战车五十辆，往西去秦国求救。"楚王说："好"。于是派子良到齐国去献地，在派子良的第二天，又立昭常为大司马，要他去守卫东地，还派遣景鲤去秦国求救。

【原文】

子良至齐，齐使人以甲受东地。昭常应齐使曰："我典主❶东地，且与死生。悉五尺❷至六十❸，三十余万弊甲钝兵，愿承下尘。"齐王谓子良曰："大夫来献地，今常守之何如？"子良曰："臣身受命弊邑之王，是常矫也。王攻之。"齐王大兴兵，攻东地，伐昭常。未涉疆，秦以五十万临齐右壤，曰："夫隘楚太子弗出，不仁；又欲夺之东地五百里，不义。其缩甲则可，不然，则愿待战。"齐王恐焉，乃请子良南道楚，西使秦，解齐患。士卒不用，东地复全。

【注释】

①典主：掌管，负责。

②五尺：指幼童。

③六十：指老人。

【译文】

子良到了齐国，齐国派军队来接受东地。昭常对齐国使臣说："我是主管东地的大司马，要与东地共存亡，我已动员了从小孩到六十岁的老人全部入伍，共三十多万人，虽然我们的铠甲破旧，武器鲁钝，但愿意奉陪到底。"齐王对子良说："您来献地，昭常却守卫东地，这是怎么回事？"子良说："我是受了敝国大王之命来献东地的。昭常守卫东地，这是他假传王命，大王可以进攻他。”齐王大举进攻东地，讨伐昭常。当大军还未到达东地边界，秦国已经派了五十万大军进逼齐国的西境，说：“你们扣押了楚太子，不让回国，这是不讲仁义；又想抢夺楚国东地五百里，这是不讲正义。你们如果收兵则罢；不然，我们决战一场。”齐王听了害怕，就请求子良去告诉楚国，两国讲和。又派人出使秦国，声明不进攻楚国，从而解除了齐国的战祸。楚国不用一兵一卒，竟保全了东地。

张仪之楚

【导读】

张仪到楚国受到冷遇，处境困窘，他充分抓住楚怀王好色的特点，假装要离开楚国去韩国，以韩国美女诱惑楚怀王，楚怀王果然上当，赠其珠玉。楚怀王的宠姬郑袖听说此事后，担心失宠，用重礼贿赂张仪。张仪借与楚王饮酒之机，大赞南后与郑袖之美，既交了差，又让众人皆大欢喜。老谋深算的张仪用一个小小的骗局就将楚怀王等人玩弄于股掌之间，令人啼笑皆非。

【原文】

张仪之楚，贫，舍人怒而归。张仪曰：“子必以衣冠之敝，故欲归。子待我为子见楚王。”当是之时，南后❶、郑袖贵于楚。张子见楚王，楚王不说。张子曰：“王无所用臣。臣请北见晋君❷。”楚王曰：“诺。”张子曰：“王无求于晋国乎？”王曰：“黄金、珠玑、犀象出于楚，寡人无求于晋国。”张子曰：“王徒不好色耳？”王曰：“何也？”张子曰；“彼郑❸、周之女，粉白黛黑，立于衢闾，非知而见之者，以为神。”楚王

曰："楚，僻陋之国也，未尝见中国之女如此其美也。寡人之独何为不好色也？"乃资之以珠玉。

【注释】

①南后：楚怀王的王后。

②晋君：指韩王。一说魏王。

③郑：指韩国。

【译文】

张仪来到楚国，处境贫困，他的随从很不高兴，想要回去。张仪说："你一定是因为衣冠破烂，才要回去吧。你等着，让我替你去拜见楚王。"那时，南后和郑袖很受楚王宠爱，在楚国地位尊贵。张仪前去拜见楚王，楚王不高兴。张仪说："大王不用我，我就到北方去见晋王。”楚王说：“好吧！”张仪说：“难道大王对晋国没有什么需求吗？”楚王说：“黄金、珍珠、玑珠、犀革、象牙都出自楚国，我对晋国没有什么需求。”张仪说：“大王不好女色吗？”楚王说：“什么意思？”张仪说：“那郑国和周国的女子，打扮得十分漂亮，站在大街巷口，如果不知情，初次见她的还以为是仙女下凡。”楚王说：“楚国是一个偏僻的国家，从来没有见过中原的女子这样美丽，我怎么就不好色呢？”于是赠送给张仪珍珠、玉器。

【原文】

南后、郑袖闻之大恐，令人谓张子曰：“妾闻将军之晋国，偶有金千斤，进之左右，以供刍秣❶。”郑袖亦以金五百斤。

【注释】

①刍（chú）秣：马食用的草料。

【译文】

南后和郑袖知道此事后大为吃惊，南后派人对张仪说：“我们听说将军要到晋国去，我这里有金千斤，送给您作为养马的草料钱。”郑袖也给了张仪金石五百斤。

【原文】

张子辞楚王曰："天下关闭不通，未知见日也，愿王赐之觞。"王曰："诺。"乃觞之。张子中饮，再拜而请曰："非有他人于此也，愿王召所便习①而觞之。"王曰："诺。"乃召南后、郑袖而觞之。张子再拜而请曰："仪有死罪于大王。"王曰："何也？"曰："仪行天下遍矣，未尝见人如此其美也。而仪言得美人，是欺王也。"王曰："子释之。吾固以为天下莫若是两人也。"

【注释】

①便习：君主左右受宠幸的近臣、后妃。

【译文】

张仪辞别楚王时，说："诸侯相互阻隔，道路不通，不知何时再能见到大王，希望能与大王饮酒作别。"楚王说："很好。"于是设宴与张仪对饮。酒至半酣，张仪一拜再拜，请求说："这里没有外人，希望大王邀集左右亲近一块畅饮。"楚王说："好。"于是找来南后和郑袖，一起饮酒。张仪又拜了两次请罪，说："我对大王犯有死罪。"楚王说："这是为什么？"张仪说："我走遍天下，从来没有见过像南后、郑袖二位这样的美人，我却说要为您找美人，这简直是欺骗大王啊！"楚王说："您就不必挂心了。我本来就认为天下的美女谁也比不上她们俩。”

魏王遗楚王美人

【导读】

郑袖是楚怀王的宠姬，她妒忌魏国新来的美女，先是装作对新人关心呵护，骗取对方的信任，接着又蒙蔽楚怀王，骗取了他的信任。最后，她口蜜腹剑，两面三刀，设下陷阱借楚怀王之手除掉了对手。郑袖的行为阴险狠毒，令人发指。

【原文】

魏王遗楚王美人，楚王说❶之。夫人郑袖知王之说新人也，甚爱新人。衣服玩好，择其所喜而为之；宫室卧具，择其所善而为之。爱之甚于王。王曰：“妇人所以事夫者，色也；而妒者，其情也。今郑袖知寡人之说新人也，其爱之甚于寡人，此孝子之所以事亲、忠臣之所以事君也。”

【注释】

①说：同“悦”。

【译文】

魏王赠给楚王一个美女，楚王很喜欢。夫人郑袖知道楚王宠爱新妾，所以表面上也很爱护新妾。衣服首饰都挑她喜欢的送去；房间和家具也选她喜欢的给她用，似乎比楚王更喜欢她。楚王说："女人靠美色来博取丈夫欢心，而嫉妒也是人之常情。郑袖明知寡人爱魏女，可她爱魏女比寡人还多，如同孝子侍奉双亲，忠臣侍奉君主。"

【原文】

郑袖知王以己为不妒也，因谓新人曰："王爱子美矣。虽然，恶子之鼻。子为见王，则必掩子鼻。"新人见王，因掩其鼻。王谓郑袖曰："夫新人见寡人，则掩其鼻，何

也？”郑袖曰：“妾知也。”王曰：“虽恶，必言之。”郑袖曰：“其似恶闻君王之臭也。”王曰：“悍哉！”令劓❶之，无使逆命。

【注释】

①劓（yì）：割去鼻子。

【译文】

郑袖知道楚王认为她没有嫉妒之心，就对魏女说：“君王爱你的美貌。虽然这样，但讨厌你的鼻子。你见了君王，定要捂住鼻子。”从此魏女见到楚王就捂住鼻子。楚王对郑袖说：“魏女看见寡人，就捂住鼻子，这是为什么？”郑袖回答：“我知道。”楚王说：“即使再难听的话，你也要说出来。”郑袖说：“她像是讨厌君王身上的气味。”楚王说：“真是个悍妇！”命人割掉美女的鼻子，不许违抗命令。

庄辛论幸臣

【导读】

楚襄王宠信佞臣，不理国政。庄辛进谏指出这样下去楚国必危，却遭到楚襄王的怒斥。不久，秦国攻破楚国都城，楚襄王逃到陈地，派人去请庄辛。庄辛用一系列比喻说明居安思危的道理，终使楚襄王幡然醒悟，改弦易辙，稳定了局势，继续和秦国对峙。本文由小及大，由物到人，环环相扣，层层递进，具有很强的感染力和说服力。

【原文】

臣闻鄙语①曰：“见兔而顾犬，未为晚也；亡羊而补牢②，未为迟也。”臣闻昔汤、武以百里昌，桀、纣以天下亡。今楚国虽小，绝长续短，犹以数千里，岂特百里哉？

【注释】

①鄙语：俗话。

②牢：养牲畜的圈。此指羊圈。

【译文】

臣下听俗话说："见到兔子再放出猎犬，还不算晚；丢掉了羊再修补羊圈，还不算迟。"我听说从前商汤和周武王最初只是百里小国的诸侯，终于能昌盛起来；夏桀和殷纣虽然富有天下，却终遭灭亡。现在，楚国虽小，如果截长补短，也有方圆数千里，何止是百里之地呢？

【原文】

王独不见夫蜻蛉❶乎？六足四翼，飞翔乎天地之间，俯❷啄蚊虻而食之，仰承甘露而饮之，自以为无患，与人无争也，不知夫五尺童

子，方将调饴❸胶丝，加己乎四仞❹之上，而下为蝼蚁食也。

【注释】

①蜻蛉（líng）：即蜻蜓。

②俯：低头。

③饴（yí）：用麦芽制成的糖浆。

④仞（rèn）：八尺为一仞。

【译文】

大王就不曾见过蜻蜓吗？它有六只脚，四只翅膀，飞翔在天空中，下俯可以吃蚊蝇，上仰可以饮甘露，它自以为无忧无虑，与人无争。没料到，那五尺高的儿童用糖浆粘网丝捕捉它，蜻蜓正在离地面四仞的空中飞着，却被网丝加在身上，粘住了它，结果掉了下来，被蝼蚁吃掉了。

【原文】

夫蜻蛉其小者也，黄雀因是以。俯噣❶白粒，仰栖茂树，鼓翅奋翼，自以为无患，与人无争也。不知夫公子王孙，左挟弹，右摄丸，将加己乎十仞之上，以其类为招。昼游乎茂树，夕调乎酸咸，倏忽❷之间，坠于公子之手。

【注释】

①噣（zhuó）：同“啄”。

②倏（shū）忽：突然。

【译文】

蜻蜓还算小的，黄雀也像这样，

遭到与蜻蜓同样的命运。它在地上，啄食白米，飞往高处，栖息在树上；扑扇翅膀，自由飞翔，自以为无忧无虑，与人无争。没料到，公子哥儿左手拿着弹弓，右手拿着弹丸，当黄雀在十仞的高空飞翔时，他们却把它当作活靶子。黄雀白天还在茂密的树丛中游玩，晚上就被人调上酸咸佐料，做成了菜肴，转眼之间就丧命于公子哥儿之手。

【原文】

夫雀其小者也，黄鹄❶因是以。游于江海，淹乎大沼，俯噣鳝鲤，仰啮蔆衡❷，奋其六翮❸，而凌

清风，飘摇乎高翔。自以为无患，与人无争也。

【注释】

①黄鹄（hú）：天鹅。

②薐衡：菱叶和荇菜。薐：同“菱”。

③六翮（hé）：代指鸟翅膀。鸟翅的主羽一般为六根。

【译文】

黄雀还算小的，天鹅也像这样，遭到与黄雀同样的命运。它在江海中游荡，在池沼边休息，低头啄食鳝鱼、鲤鱼，仰头咀嚼菱叶和荇菜，乘风而振翅高飞，翱翔于高空之上，自以为无忧无虑，与人无争。

【原文】

不知夫射者，方将修其碆卢❶，治其矰缴❷，将加己乎百仞之上。被䃸❸磻，引微缴，折清风而抎矣。故昼游乎江湖，夕调乎鼎鼐❹。

【注释】

①碆（bō）卢：用弓发射打鸟的石箭头。

②矰（zēng）缴（zhuó）：系着丝绳的箭。

矰：射鸟的箭。缴：系在箭上的丝绳。

③䃸（jiān）：锐利。

④鼐：大鼎。

【译文】

没料到，猎人准备好黑色的强弓和箭头，又拿上系着丝绳的利箭，在百仞的高空中射中它，它带着锐利的箭头，拖着细丝绳，随风从半空中坠落。白天它还自由自在地在江湖中遨游，晚上却成了锅里清炖的美味。

【原文】

夫黄鹄其小者也，蔡灵侯❶之事因是以。南游乎高陂，北陵❷乎巫山，饮茹溪流，食湘波之鱼，左抱幼妾，右拥嬖❸女，与之驰骋乎高蔡❹之中，而不以国家为事。不知夫子发❺方受命乎宣王，系己以朱丝而见之也。

【注释】

①蔡灵侯：春秋时蔡国国君，公元前531年被楚灵王诱杀。

②陵：登。

③嬖（bì）：宠爱。

④高蔡：今河南上蔡。

⑤子发：楚国令尹。

【译文】

天鹅还算小的，蔡灵侯之事也是这样，遭到与天鹅同样的命运。他南游于高陂，北登上巫山，马饮茹溪之水，人食湘江之鱼，左手抱着年轻貌美的妾，右手搂着如花似玉的宠妃，和他们游逛于高蔡之中，而不管国家大事，没料到，楚宣王命令子发进兵包围蔡国，拿着红绳子将他捆来相见。

【原文】

蔡灵侯之事其小者也，君王之事因是以。左州侯，右夏侯，辇从鄢陵君与寿陵君，饭封禄之粟，而载方府❶之金，与之驰骋乎云梦之中，而不以天下国家为事。而不知夫穰侯方受命乎秦王，填黾塞❷之内，而投己乎黾塞之外。

【注释】

①方府：国库。

②黾（méng）塞：今河南信阳东南的平靖关。

【译文】

蔡灵侯之事还算小的，君王您的事也像这样，您左有宠臣州侯，右有宠臣夏侯，鄢陵君与寿陵君始终随着君王的车辆，吃的是得自采邑的粮食，载的是国库四方之金，游乐于云梦泽中，而不管天下国家的大事。不料，穰侯接受秦王的命令，已出兵占领黾塞之内，而把大王您驱逐到黾塞之外去了。

楚考烈王无子

【导读】

本文记叙了一场惊心动魄的楚国宫廷斗争。楚国四公子之一的春申君，由于丧失警惕，不知不觉掉进美人计的圈套，成为野心家李园夺取楚国大权的一枚棋子。楚考烈王无子，李园欲将其妹献进宫中，又恐怕无子而失宠，他就先求做春申君的舍人，作为进身之阶。接着，他把妹妹献给春申君，妹妹怀孕后，又与其妹合谋，由春申君将其妹转献给楚考烈王，生子后立为太子。不久，楚考烈王去世，国舅李园埋伏杀手刺杀了春申君。太子即位，是为楚幽王。李园的妹妹成为太后，楚国大权落入李园手中。

【原文】

楚考烈王❶无子，春申君患之，求妇人宜子者进之，甚众，卒

无子。赵人李园[2]，持其女弟，欲进之楚王，闻其不宜子，恐又无宠。李园求事春申君为舍人。已而谒归[3]，故失期。还谒，春申君问状。对曰：“齐王遣使求臣女弟[4]，与其使者饮，故失期。”春申君曰：“聘入乎？”对曰：“未也。”春申君曰：“可得见乎？”曰：“可。”于是园乃进其女弟，即幸于春申君。知其有身，园乃与其女弟谋。

【注释】

①楚考烈王：熊完，楚顷襄王之子。

②李园：春申君的门客。

③谒归：告假回家。

④女弟：自己的妹妹。

【译文】

楚考烈王没有儿子，相国春申君为此甚为忧愁，寻求宜于生子的妇人进献给考烈王，虽然进献了许多妇人，却始终没能生儿子。这时赵国李园想把自己妹妹献给考烈王，又担心自己的妹妹不能怀孕，将来得不到考烈王的宠幸。李园就请求做春申君的舍人，当上舍人不久，请假回家，又故意晚回。回来见到春申君，春申君问他为什么迟到。李园回答说："齐王派人来娶我的妹妹，我和使者喝酒，结果耽误了回来的时间。"春申说："送过聘礼了吗？"李园说："还没有。"春申君说："可以让我见一下令妹吗？”李园说：“可以的。”于是李园就把妹妹献给了春申君，得到春申君的宠爱。当李园知道妹妹有了身孕，就和妹妹商量了一个计谋。

【原文】

园女弟承间❶说春申君曰：“楚王之贵幸君，虽兄弟不如。今君相楚王二十余年，而王无子，即百岁后将更立兄弟。即楚王更立，彼亦各贵其故所亲，君又安得长有宠乎？非徒然也，君用事久，多失礼于王兄弟，兄弟诚立，祸且及身，奈何以保相印、江东之封❷乎？今妾自知有身矣，而人莫知。妾之

幸君未久，诚以君之重而进妾于楚王，王必幸妾。妾赖天而有男，则是君之子为王也，楚国封尽可得，孰与其临不测之罪乎？”春申君大然之，乃出园女弟，谨舍而言之楚王。楚王召入，幸之。遂生子男，立为太子，以李园女弟立为王后。楚王贵李园，李园用事。

【注释】

①承间：趁机会。

②江东之封：春申君初封淮北十二县，后徙封吴（今江苏苏州）。

【译文】

李园的妹妹向春申君说：“君王宠信你，就连兄弟也不过如此。现在你当楚国相国已经二十多年，可是楚王还没有儿子。等到楚王死后，必然拥立他的兄弟为王。楚国王位更换，新君必然重用自己的亲信，您又怎么能长久得到宠信呢？不仅如此，您出任相国的时间又长，难免对大王的兄弟有许多失礼得罪之处。将来大王的兄弟如果真能登上王位，您定会身受大祸，又怎能保全相印和江东的封地呢？现在臣妾已经知道自己怀有身孕，旁人却谁也不知道。臣妾受你的宠爱还不算久，假如能凭你的高贵身份而把臣妾献给楚王，那楚王必然会宠爱臣妾。万一臣妾能得上天保佑生个儿子，那岂不是你的儿子做了楚王，到那时楚国的一切不尽在你的掌握之中吗？这和面对着不可猜测的罪过相比，哪一个更好呢？”春申君认为这话很对，就把李园的妹妹迁到一个秘密的地方，并向楚王说进献李园的妹妹。楚王把李园的妹妹召来后就非常喜欢她。后来李园的妹妹生了一个男孩，而且被立为太子，她被立为王后。考烈王重用李园，因而李园也就掌控了朝政。

【原文】

李园既入其女弟为王后，子为太子，恐春申君语泄而益骄，阴养死士❶，欲杀春申君以灭口，而国

人颇有知之者。

【注释】

①死士：杀手。

【译文】

李园既已把妹妹献给了楚王，并被封为王后，所生的儿子又立为太子，就更加骄横，但又怕春申君把真相泄露出去，于是暗中豢养了刺客，准备杀掉春申君灭口。楚国国都中已经有些人知道了这件事。

【原文】

春申君相楚二十五年，考烈王病。朱英❶谓春申君曰："世有无妄之福，又有无妄之祸。今君处无妄

之世,以事无妄之主,安不有无妄之人乎?"春申君曰:"何谓无妄之福?"曰:"君相楚二十余年矣,虽名为相国,实楚王也。五子皆相诸侯。今王疾甚,旦暮且崩,太子衰弱,疾而不起,而君相少主,因而代立当国,如伊尹、周公。王长而反政,不,即遂南面称孤,因而有楚国。此所谓无妄之福也。"春申君曰:"何谓无妄之祸?"曰:"李园不治国,王之舅也。不为兵将,而阴养死士之日久矣。楚王崩,李园必先入,据本议制断君命,秉权而杀君以灭口。此所谓无妄之祸也。"春申君曰:"何谓无妄之人?"曰:"君先仕臣为郎中❷，君王崩，李园先入，臣请为君劗❸其胸杀之。此所谓无妄之人也。”春申君曰：“先生置之，勿复言已。李园，软弱人也，仆又善之，又何至此？”朱英恐，乃亡去。

【注释】

①朱英：春申君的门客。

②郎中：王宫中的侍卫。

③劗（chōng）：刺。

【译文】

春申君在楚国出任相国已经二十五年，考烈王病倒了。朱英对春申君说：“世上有意外之福，又有不测之祸；现在您处在非常之世，而侍奉非常之主，怎么能没有一个非常之人呢?”春申君说:“何谓意外之福?”回答说:“您在楚国出任相国二十多年,虽然名义上是相国,但实际上是楚王。五个儿子都辅佐诸侯。现在楚王病重,早晚要死,太子体弱,楚王一病不起,您就要辅助少主,因此可以代行国君大权,像伊尹、周公那样。少主年长了,您再还政,否则,干脆南面称王,完全据有楚国。这就是所谓意外之福。”春申君说:“何谓不测之祸?”回答说:“李园不理国家大事,又是异姓大夫,他不掌握兵权,可是长期以来,暗地里豢养了刺客。楚王死后,李园必然进宫,按照他既定的计谋,假传楚王之命,独揽大权,杀害您灭口,这就是所谓不测之祸。”春申君说：“何谓非常之人呢？”回答说：“您先任命我为宫中侍卫之臣，楚王死了，李园先进宫，我就愿意为您用刀刺入他的胸膛，把他杀死。这就是所谓非常之人啊！”春申君说：“先生，您就放弃这种想法吧！不要再提起这种事了。李园是一个软弱的人，我对他很友好，他怎么会这样做呢？”朱英害怕有大祸临头，就潜逃了。

【原文】

后十七日，楚考烈王崩，李园果先入，置死士，止于棘门❶之内。春申君后入，止棘门。园死士夹刺

春申君，斩其头，投之棘门外。于是使吏尽灭春申君之家。而李园女弟，初幸春申君有身，而入之王所生子者，遂立为楚幽王也。是岁，秦始皇立九年矣。嫪毐❷亦为乱于秦，觉，夷三族，而吕不韦废。

【注释】

①棘门：宫门名。

②嫪（lào）毐（ǎi）：秦相吕不韦的门客，后得到赵姬赵太后的宠幸，被封为长信侯，因叛乱被杀。

【译文】

过了十七天，楚考烈王死了。李园果然先进宫，在棘门内安排了刺客。春申君后入宫，来到棘门，刺客对春

申君两面夹攻，刺死了春申君，割下他的头，扔到棘门之外。在这时，李园又派人把春申君满门杀绝。而李园的妹妹——当初与春申君同居怀了孕，又做了楚王后——所生的儿子就立为楚幽王。这一年，正是秦始皇九年，嫪毐在秦国作乱，被发觉，灭了三族，而秦相吕不韦也被罢黜。

晋阳之战

【导读】

本文围绕晋国四卿尤其是知氏与赵氏两家的军事斗争及知氏覆亡

的过程展开。最终，知伯刚愎自用，走向灭亡；赵襄子、张孟谈君臣一心，在敌强我弱的形势下，争取到韩、魏两家反戈一击，转败为胜。

【原文】

知伯[1]帅赵、韩、魏而伐范、中行氏[2]，灭之。休数年，使人请地于韩。韩康子[3]欲勿与，段规[4]谏曰："不可。夫知伯之为人也，好利而骜愎[5]，来请地不与，必加兵于韩矣。君其与之。与之彼狃[6]，又将请地于他国，他国不听，必乡之以兵。然则韩可以免于患难，而待事之变。"康子曰："善。"使使者致万家之邑一于知伯。知伯说，又使人请地于魏。魏宣子❼欲勿与。赵葭❽谏曰："彼请地于韩，韩与之。请地于魏，魏弗与，则是魏内自强，而外怒知伯也。然则其错兵于魏必矣。不如与之。"宣子曰："诺。"因使人致万家之邑一于知伯。知伯说，又使人之赵，请蔺❾、皋狼❿之地，赵襄子⓫弗与。知伯因阴结韩、魏，将以伐赵。

【注释】

①知伯：名瑶，晋国六卿之一。知：一作智。

②范、中行氏：即范吉射和中行寅，晋国六卿之一，后败亡。

③韩康子：韩庄子之子，晋国六卿之一。

④段规（guī）：韩康子的谋臣。

⑤鸷（zhì）愎（bì）：凶残而固执。愎：固执。

⑥狃（niǔ）：惯，纵容。

⑦魏宣子：又作魏桓子，晋国六卿之一。

⑧赵葭（jiā）：魏宣子的谋臣。

⑨蔺（lìn）：古地名，今山西省境内。

⑩皋狼：古地名，今山西省境内。

⑪赵襄子：名毋恤（一作“无恤”），赵简子之子，晋国六卿之一。

【译文】

知伯带领赵、韩、魏三家的军队进攻范氏和中行氏，并把他们灭掉了。休整了几年之后，知伯便派人到韩国去索地。韩康子想不给，谋臣段规奉劝韩康子说："不行，知伯为人，贪利而凶残，他来索地，如果不给，一定会向我们出兵。您还是给他吧。如果满足了他的要求，惯坏了他的凶性，他还会贪得无厌，又到别国去索地，别国不从，又必定向这个国家出兵。这样，我们就可以免受战祸，等待形势的变化。"韩康子说："好吧。"就派使者送给知伯一个万户大的县邑。知伯很高兴，又派人到魏国索地，魏宣子想不给，大臣赵葭奉劝魏宣子说："知伯向韩氏索地，韩康子给了；向魏氏索地，魏氏不给。魏氏自恃强大，可是对外却激怒了知伯。这样，知伯一定会出兵向我们进攻，您不如还是给他。”魏宣子说：“好吧。”就派人送给知伯一个万户的大县。知伯很高兴，又派人到赵国，要求得到蔺和皋狼两地，赵襄子不给。知伯就秘密和韩、魏结盟，要共同进攻赵氏。

【原文】

赵襄子召张孟谈❶而告之曰：“夫知伯之为人，阳亲而阴疏，三使韩、魏，而寡人弗与焉，其移兵寡人必矣。今吾安居而可？”张孟谈曰：“夫董阏安于❷，简主❸之才臣也，世治晋阳❹，而尹泽❺循之，其余政教犹存，君其定居晋阳。”君

曰："诺。"乃使延陵生❻将车骑先之晋阳，君因从之。至，行城郭，案府库，视仓廪，召张孟谈曰："吾城郭之完，府库足用，仓廪实矣，无矢奈何？"张孟谈曰："臣闻董子之治晋阳也，公宫之垣，皆以狄❼蒿苦❽楚廧❾之，其高至丈余，君发而用之。"于是发而试之，其坚则箘簬❿之劲不能过也。君曰："足矣。吾铜少若何？"张孟谈曰："臣闻董子之治晋阳也，公宫之室，皆以炼铜为柱质，请发而用之，则有余铜矣。"君曰："善。"号令以定，备守以具。

【注释】

①张孟谈：赵襄子的谋臣。

②董阏安于：赵简子的家臣。

③简主：即赵简子，名鞅。他奠定了建立赵国的基础。

④晋阳：今山西太原。

⑤尹泽：赵简子的家臣。

⑥延陵生：赵襄子的家臣。

⑦狄：即"荻"。

⑧苦：即"楛"，荆一类的植物，茎可作箭杆。

⑨廧（qiáng）：同"墙"，筑墙。

⑩箘（jùn）簬（lù）：竹名，可作箭杆。

【译文】

赵襄子召见他的大臣张孟谈说："知伯为人，表面亲热，内心却疏远，他三次派人和韩、魏联系，而跟我毫不通气，看样子他转向我们进攻，是毫无疑问的了。现在我可怎么对付呢？”张孟谈说：“董阏安于是先君赵简子的干练大臣，世代治理晋阳，后来赵简子家臣尹泽又遵循董阏安于的办法治理晋阳，他们的传统仍然保存到现在，您就定居在晋阳吧。”赵襄子说：“行。”于是派延陵生率领车骑先到晋阳，赵襄子也随后就去。他到了晋阳，巡视了城防，查验了府库，检查了粮仓，然后召见张孟谈，说：“我们的城郭已很完善，府库也很充足，粮食也很富裕，就是没有箭，可怎么办呢？”张孟谈说：“我听说董阏安于治理晋阳时，官署的垣墙都是用荻蒿、楛、荆加固了的，高达丈余，您可以把它们取出来用啊！”于是把它们都取了出来，真是很坚实，连箘簬这些制作箭杆的材料也超不过它们。赵襄子说：“箭足够了，我还缺少铜，可怎么办？”张孟谈说：“我听说董阏安于治理晋阳时，官署室内都用炼铜做柱子的根基，您就取出它们来用，这样就会有足够的铜了。”赵襄子说：“好。”号令已经发出，防御的器具已经齐备。

【原文】

三国之兵乘晋阳城，遂战。三月不能拔，因舒军而围之，决晋

水[1]而灌之。围晋阳三年，城中巢居而处，悬釜而炊，财食将尽，士卒病羸。襄子谓张孟谈曰："粮食匮，财力尽，士大夫病，吾不能守矣。欲以城下，何如？"张孟谈曰："臣闻之，亡不能存，危不能安，则无为贵知士也。君释此计，勿复言也。臣请见韩、魏之君。"襄子曰："诺。"

【注释】

①晋水：晋水流经晋阳城南。

【译文】

知伯、韩、魏三家的大军已逼近晋阳城，于是和他们开战。过了三个月三家也没攻下，因此，三家把兵散开，包围了晋阳城，决开晋水，淹灌城内。三家包围晋阳城已整整三年，城内的人在树上搭巢居住，挂起锅来煮饭，钱财和粮食快用完了。士卒疲弱。赵襄子对张孟谈说："粮食吃光了，财物用尽了，士卒、大夫们疲困劳苦不堪，我守不住了，想去投降。您看怎么办？"张孟谈说："我听说，国家将要灭亡，却不能保存它；国家有了危险，却不能去安定它，那何必尊重有才智的人呢？您就放弃这种打算吧，不要再说这些了。我要求去见韩康子、魏宣子。"赵襄子说："行。"

【原文】

张孟谈于是阴见韩、魏之君

曰："臣闻唇亡则齿寒，今知伯帅二国之君伐赵，赵将亡矣，亡则二君为之次矣。"二君曰："我知其然。夫知伯为人也，粗中而少亲，我谋未遂而知，则其祸必至，为之奈何？"张孟谈曰："谋出二君之口，入臣之耳，人莫之知也。"二君即与张孟谈阴约三军，与之期日，夜，遣入晋阳。张孟谈以报襄子，襄子再拜之。

【译文】

于是张孟谈秘密地会见韩康子和魏宣子，说："我听说唇亡则齿寒，现在知伯带领你们两家进攻赵氏，赵氏将要灭亡了。赵氏亡了，就必然轮到你们头上。”韩、魏二君说：“我们也知道会这样。知伯为人，内心粗暴而又不仁，如果我们的计谋没有成功而被他知道，那么必然大祸临头，那可怎么办呢？”张孟谈说：“计谋出于你们两位之口，进入我一人之耳，没有任何人知道。”韩康子、魏宣子于是就与张孟谈秘密订立了军事盟约，约定举事的日期。当天晚上，派张孟谈返回晋阳城，把这事报告了赵襄子。赵襄子一再拜谢张孟谈。

【原文】

张孟谈因朝知伯而出，遇知过❶辕门❷之外。知过入见知伯曰：

"二主殆将有变。"君曰:"何如?"对曰:"臣遇张孟谈于辕门之外,其志矜,其行高。"知伯曰:"不然。吾与二主约谨矣,破赵三分其地,寡人所亲之,必不欺也。子释之,勿出于口。"知过出见二主,入说知伯曰:"二主色动而意变,必背君,不如令杀之。"知伯曰:"兵箸晋阳三年矣,旦暮当拔之而飨其利,乃有他心?不可,子慎勿复言。"知过曰:"不杀则遂亲之。"知伯曰:"亲之奈何?"知过曰:"魏宣子之谋臣曰赵葭,康子之谋臣曰段规,是皆能移其君之计。君其与二君约,破赵则封二子者各万家之县一,如是

则二主之心可不变，而君得其所欲矣。”知伯曰：“破赵而三分其地，又封二子者各万家之县一，则吾所得者少，不可。”知过见君之不用也，言之不听，出，更其姓为辅氏，遂去不见。

【注释】

①知过：知伯的族人兼谋臣，一作知果。

②辕门：领兵将帅的营门。

【译文】

张孟谈去朝见知伯，出来以后，在军门外遇见了知伯的大臣知过。知过进去拜见知伯，说：“韩、魏二主必将叛变。”知伯问：“何以见得？”知过回答说：“我在军门外遇见赵襄子的大臣张孟谈，他的神情傲慢，趾高气扬。”知伯说：“不会这样，我和韩、魏二主已经订立了盟约，消灭了赵氏，我们三家将瓜分其地，这是我亲自和他们订立的盟约，一定不会背叛我的。您就放心吧，别再说了。”知过出来后，碰上了韩、魏二主，又进去劝说知伯：“韩康子、魏宣子二人神情不正常，一定会反叛，不如现在就杀掉他们。”知伯说：“大军围困晋阳已经整整三年，早晚要攻下晋阳城，分享其利，怎么会又生外心呢？不能这样，您千万别再说起这事。”知过说：“如果不杀掉他们，那就要对他们亲善。”知伯说：“怎么亲善呢？”知过说："魏宣子的谋臣叫赵葭，韩康子的谋臣叫段规，他们都是能够改变国君计谋的人，您就和他们约定，灭赵后，给他们各封一个万户的县邑。这样，韩、魏二主之心可以不叛变，您就能够得到您想要得到的一切。"知伯说："灭赵而三家平分其地，又各封给韩、魏两个谋臣各人一个万户的县邑，那么，我所得的就少了。不行。"知过见知伯不用他的计策，说的话也不听，出来以后，改姓辅氏，就到了别处，再也不见知伯了。

【原文】

张孟谈闻之，入见襄子曰："臣

遇知过于辕门之外，其视有疑臣之心，入见知伯，出更其姓。今暮不击，必后之矣。”襄子曰：“诺。”使张孟谈见韩、魏之君曰：“夜期杀守堤之吏，而决水灌知伯军。”知伯军救水而乱，韩、魏翼而击之，襄子将卒犯其前，大败知伯军而禽知伯。知伯身死，国亡地分，为天下笑，此贪欲无厌也。夫不听知过，亦所以亡也。知氏尽灭，唯辅氏存焉。

【译文】

张孟谈听说后，进去拜见赵襄子，说：“我在军门外遇到知过，看样子他对我起了疑心。他进去见了知伯，出来以后就改了姓氏。今天晚上如果不出兵攻打知伯，就会失去先下手的良机。”赵襄子说：“行。”就派张孟谈去对韩康子、魏宣子说：“约定就在今夜杀掉守堤的小吏，放水淹灌知伯的军队。”知伯的军队因为被淹而去救水，一片混乱，韩康子和魏宣子从两边夹攻，赵襄子带兵从正面进攻，大败知伯之军，活捉了知伯。知伯身死国亡，地被瓜分，被天下诸侯所耻笑，乃是他贪得无厌的缘故。他不听知过的计谋，也是造成灭亡的原因。知氏被灭族了，只有辅氏保存了下来。

武灵王平昼闲居

【导读】

公元前302年，赵武灵王决定在赵国实行胡服骑射。胡服是把过去衣裳连体，一直拖到地面的服装，改为上穿短衣、下着分裆裤的衣服；骑射则是用跨马射箭的骑兵代替笨重迟缓的战车。实行胡服骑射后，赵国走上了军事强兵之路，连续击败北边的林胡、楼烦，几年后就灭掉中山……

【原文】

武灵王平昼闲居，肥义❶侍坐，曰："王虑世事之变，权甲兵之用，念简、襄❷之迹，计胡、狄❸之利乎？"王曰："嗣立不忘先德，君之道也；错质❹务明主之长，臣之论❺也。是以贤君静而有道❻民便事之教，动有明古先世之功。为人臣者，穷有弟❼长辞让之节，通有补民益主之业。此两者，君臣之分也。今吾欲继襄主之业，启胡、翟❽之乡，而卒世不见也。敌弱者，用力少而功多，可以无尽百姓之劳，而享往古之勋。夫有高世之功者，必负遗俗之累；有独知之虑者，必被

庶人之恐。今吾将胡服骑射以教百姓，而世必议寡人矣。”

【注释】

①肥义：赵武灵王的大臣，后为赵惠文王的相国。

②简、襄：即赵简子、赵襄子，赵武灵王的先人。

③胡、狄：北方少数民族。

④错质：犹“委质”，委身为臣。

⑤论：通“伦”。

⑥道：通“导”。

⑦弟：通“悌”。

⑧翟：通“狄”。

【译文】

赵武灵王平日里闲坐的时候，肥

义在旁边陪待，说："大王您是不是在考虑目前时事的变化，权衡兵力的合理使用，思念简子、襄子的光辉业绩，盘算如何从胡、狄那里得到好处呢？"赵武灵王回答说："继承君位不忘祖先的功德，这是做君王应遵循的原则；委身于君，致力于光大君主的长处和功绩，这是做臣子的本分。所以贤明的君王在平时就要教育老百姓为国出力，战时则要争取建立继往开来的功业。做臣子的，在不得志时要保持尊敬长辈、谦虚退让的品行，地位显达以后要做出有益于百姓和君王的事业。这两个方面，是做君王和臣下的应尽职责。现在我想继承襄主的事业，开发胡、狄居住的地区，但是我担心一辈子也没有人理解我的用心。敌人的力量薄弱，我们付出不多，就会取得非常大的成果，不使百姓疲惫，就会得到像简子、襄子那样的功勋。建立了盖世功勋的人，必然要遭受一些世俗小人的责难；而有独到见解的人，也必然会招惹众人的怨恨。现在我准备教导民众穿着胡服练习骑马射箭，这样一来，国内一定会有人非议我。”

【原文】

肥义曰：“臣闻之，疑事无功，疑行无名。今王即定负遗俗之虑，

殆毋顾天下之议矣。夫论至德者，不和于俗，成大功者，不谋于众。昔舜舞有苗❶，而禹袒入裸国❷，非以养欲而乐志也，欲以论德而要功也。愚者暗于成事，智者见于未萌，王其遂行之。”

【注释】

①舜舞有苗：相传舜跳有苗的舞蹈，苗人归服。

②禹袒入裸国：相传大禹赤身进入裸国，裸国投降。

【译文】

肥义说：“我听说，做事情犹豫不决就不可能成功，行动在即还顾虑重重就绝不会成名。现在大王既然下定决心背弃世俗偏见，那就一定不要顾虑天下人的非议了。凡是追求最高道德的人都不会去附和俗人的意见；成就伟大功业的人都不会去与众人商议。从前舜跳有苗的舞蹈，禹光着身子进入裸身的部落，他们并不是想放纵情欲，怡乐心志，而是想借此宣扬道德，建立功业，求取功名。愚蠢的人在事情发生以后还看不明白，而聪明的人却能在事情未发生之前就有所察觉，大王您还是马上按您的想法去付诸实施吧。”

【原文】

王曰：“寡人非疑胡服也，吾恐

天下笑之。狂夫之乐，知音哀焉；愚者之笑，贤者戚焉。世有顺我者，则胡服之功未可知也。虽驱世以笑我，胡地、中山吾必有之。”

【译文】

赵武灵王说：“我不是对改穿胡服这件事有什么顾虑，而是担心天下人笑话我。狂猾的人所高兴的事，有理智的人会为此感到悲哀；愚蠢的人所高兴的事，贤明者却对此担忧。如果有人支持我的话，那么改穿胡服的功效就不可估量。即使举世的百姓都讥笑我，北方胡人和中山国的地方我也一定会得到手。”

【原文】

王遂胡服。使王孙绁[1]告公子成[2]曰："寡人胡服，且将以朝，亦欲叔之服之也。家听于亲，国听于君，古今之公行也；子不反亲，臣不逆主，先王之通谊也。今寡人作教易服，而叔不服，吾恐天下议之也。夫制国有常，而利民为本；从政有经，而令行为上。故明德在于论贱，行政在于信贵。今胡服之意，非以养欲而乐志也。事有所出，功有所止。事成功立，然后德且见也。今寡人恐叔逆从政之经，以辅公叔之议。且寡人闻之，事利国者行无邪，因贵戚者名不累。故寡人愿募

公叔之义，以成胡服之功。使绁谒之叔，请服焉。”

【注释】

①王孙绁（xiè）：赵国的大臣。

②公子成：赵武灵王的叔父。

【译文】

赵武灵王于是改穿胡人的服装，并派王孙绁去转告公子成自己的意思，说：“我已经改穿胡服了，而且将要穿着它上朝，我希望王叔也改穿胡服。在家里听命于父母，在朝廷要听命于君王，这是自古至今公认的道理；子女不能违背父母，臣子不许抗拒君王，这是先王定下的通则。现在我下令改穿胡服，如果王叔您不穿它，我担心天下的人对此会有所议论。治理国家要有一定的原则，但要以有利于民众为出发点；处理政事有一定的法则，但首先的是政令能够顺利施行。所以，要想修明朝廷的德政，必须考虑普通民众的利益，要想执掌国家的政权，首先要使贵族接受君命。现在我改穿胡服的目的，并不是想纵情恣欲只顾自己享乐。事情一旦开了头，就有成功的基础，等到事情成功以后，政绩才能显现出来。现在我担心王叔违背从政的原则，以至助长贵族们对我的非议。何况我曾听说过，只要你做的事情有利于国家，你的行为就不会出现偏差；依靠贵族来办事，就不会遭人非议。所以我希望仰仗王叔的威望，促成改穿胡服这件事的成功。我派王孙继特地来禀告您，希望您也穿上胡服。”

【原文】

公子成再拜曰：“臣固闻王之胡服也，不佞❶寝疾，不能趋走，是以不先进。王今命之，臣固敢竭其愚忠。臣闻之：中国者，聪明睿知之所居也，万物财用之所聚也，贤圣之所教也，仁义之所施也，诗书礼乐之所用也，异敏技艺之所试也，远方之所观赴也，蛮夷之所义行❷也。今王释此，而袭远方之服，变古

之教，易古之道，逆人之心，畔❸学者，离中国，臣愿大王图之。”

【注释】

①不佞：不才，谦称。

②义行：即“仪行”，效法。

③畔：通“叛”，违背。

【译文】

公子成再三拜谢说：“我原本已经听说大王改穿胡服这件事了，只是因我卧病在床，行动不便，因此没能尽快去拜见大王，当面陈述我的意见。现在大王您既然通知了我，我就理应大胆地尽我的一点愚忠。我听说，中原地区是聪明而有远见的人士居住的地方，是各种物资和财富聚集的地方，是圣贤对人进行教化的地方，是德政仁义普遍施行的地方，是读《诗》《书》《礼》《乐》并加以运用的地方，是各种奇巧技艺得以施展的地方，是各国诸侯不远千里前来观摩的地方，是四方落后少数民族效仿学习的地方。现在大王却舍弃这些优秀文化，因袭落后部族的服装，这是改变传统教育，更换自古以来的准则，违背众人的心意，从而使学习的人背离了先王之道，抛弃了中原的先进文化。我希望大王您慎重地考虑这件事。”

【原文】

使者报王。王曰：“吾固闻叔之

病也。”即之公叔成家，自请之曰：“夫服者，所以便用也；礼者，所以便事也。是以圣人观其乡而顺宜，因其事而制礼，所以利其民而厚其国也。祝发❶文身，错臂❷左衽❸，瓯越❹之民也。黑齿雕题❺，鳀冠❻秫缝❼，大吴之国也。礼服不同，其便一也。是以乡异而用变，事异而礼易。是故圣人苟可以利其民，不一其用；果可以便其事，不同其礼。儒者一师而礼异，中国同俗而教离，又况山谷之便乎？故去就之变，知者不能一；远近之服，贤圣不能同。穷乡多异，曲学多辨。不知而不疑，异于己而不非者，公于求善也。

【注释】

①祝发：断发。吴越一带的风俗。

②错臂：以丹青刺绘于手臂作为装饰。

③左衽（rèn）：衣襟向左掩。衽：衣襟。

④瓯（ōu）越：古代越族的一支，分布在今浙江、福建一带。

⑤雕题：在额上刺花纹。题：额头。

⑥鳀（tí）冠：用鳀鱼皮制成的帽子。

⑦秫（shù）缝：用长针缝纫，谓针线粗拙。

【译文】

王孙绁把公子成的话报告给赵武灵王。武灵王说："我就知道王叔反对这件事。"于是马上就去公子成家里，亲自向他阐述自己的观点："大凡衣服是为了便于穿用，礼制是为了便于办事。因此圣贤之人观察当地的习俗然后制定与之相适应的措施，根据具体的情况来制定礼法，这样做既有利于民众，也有益于国家。剪掉头发，在身上刺花纹，两臂交错站立，衣襟向左掩，这是瓯越民众的风俗。染黑牙齿，在额上刺花纹，头戴鱼皮帽子，身穿缝纫粗拙的衣服，这是吴国的风俗。礼制和服式虽然不同，但求其利国便民却是一致的。因此，地方不同，所采用的器物就不一样，情况不同，使用的礼制也有所改变。因此，圣贤的君主只制定有利于百姓的政策，但并不统一他们的器物用度；

如果可以方便行事，礼制完全可以不相同。儒生虽都师从同一老师，可是传下来的礼法却各不相同；中原地区风俗相同，但各国的政教不同，更何况地处偏僻山区，难道不更应该考虑便宜行事吗？所以说对于风俗礼制的取舍变化多端，即使聪明人也无法统一；不同地区的服饰，即使圣贤君主也难以使其一致。偏僻的地方人们少见而多怪，孤陋寡闻的人喜欢争辩，不熟悉的事情不要轻易怀疑，对和自己不同的意见不非议，这才是无私地追求真理的态度。

【原文】

"今卿之所言者，俗也。吾之所言者，所以制俗也。今吾国东有河、薄洛之水❶，与齐、中山同之，而无舟楫之用。自常山以至代、上党，东有燕、东胡❷之境，西有楼烦❸，秦、韩之边，而无骑射之备。故寡人且聚舟楫之用，求水居之民，以守河、薄洛之水；变服骑射，以备其参胡、楼烦、秦、韩之边。且昔者简主不塞晋阳，以及上党，而襄王兼戎取代，以攘诸胡，此愚知之所明也。先时中山负齐之强兵，侵掠吾地，系累吾民，引水围鄗❹，非社稷之神灵，即鄗几不守。先王忿之，其

怨未能报也。今骑射之服，近可以备上党之形，远可以报中山之怨。而叔也顺中国之俗以逆简、襄之意，恶变服之名，而忘国事之耻，非寡人所望于子！”

【注释】

①薄洛之水：漳水的别称。

②东胡：古代少数民族，因居于匈奴之东而得名。

③楼烦：古代北方部族名，善于骑射。

④鄗：同“镐”，今河北柏乡北。

【译文】

“现在王叔您所说的是有关因袭传统的意见。我所说的则是如何改变旧的传统。现在，我国东面的黄河、漳水，是和齐国、中山共同拥有的，却没有战船守御它。从常山到代郡、上党郡，东面与燕国和东胡接壤，西面与楼烦、秦国、韩国紧紧相邻，但我们没有骑兵部队防守。所以我准备制造战船，招募习于水战的人，让他们来防守黄河、漳水；改穿胡服，练习骑马射箭，防守与燕国、东胡、楼烦、秦国、韩国接壤的边境。从前简子不把自己限于晋阳和上党两个地方，襄子兼并了戎族，占领代郡，以抵御胡人。这些道理不论是愚笨之人还是聪明之人都明白。过去，中山国依仗齐国强大的军队的支持，侵犯掠夺我国的土地，掳掠囚禁我国的民众，引水围灌鄗城，假若不是祖宗神灵的保佑，鄗城几乎被攻破。先王对这事非常气愤，直到今天，他们的仇还没有报。现在我们推行‘胡服骑射’的政策，从近处说，可以扼守上党这样形势险要的地方；从远处说，可以报中山侵略先王的仇恨。可王叔您却偏偏要因袭中原的旧俗，违背简子和襄子的遗愿，憎恶改变服饰的做法，却忘记了国家曾遭受的耻辱，这绝不是我期望您做的啊！”

【原文】

公子成再拜稽首曰：“臣愚不达于王之议，敢道世俗之闻。今欲

继简、襄之意，以顺先王之志，臣敢不听令。”再拜。乃赐胡服。赵文[1]进谏曰：“农夫劳而君子养焉，政之经也。愚者陈意而知者论焉，教之道也。臣无隐忠，君无蔽言，国之禄也。臣虽愚，愿竭其忠。”王曰：“虑无恶扰，忠无过罪，子其言乎。”赵文曰：“当世辅俗，古之道也。衣服有常，礼之制也。修法无愆，民之职也。三者，先圣之所以教。今君释此，而袭远方之服，变古之教，易古之道，故臣愿王之图之。”

【注释】

①赵文：赵国的大臣。

【译文】

公子成听了，对武灵王行大礼参拜谢罪说："我太愚蠢了，竟没有体会到大王的良苦用心，所以才冒昧地说了一些世俗的言论。现在大王想要继承简子、襄子的意愿，实现先王的遗志，我怎么敢不服从命令呢！"公子成又拜了两拜。于是赵武灵王就赐给他胡服。赵文劝谏武灵王说："农夫辛勤耕作以供养君子，这是治理国家的根本；愚笨的人表达意见，明智的人加以决策，这是进行教育的方法；做臣子的不隐瞒自己的意见，做君王的不阻塞言路，这是国家的福分。我虽然愚笨，但还是希望竭尽自己的忠心。”武灵王说：“替别人着想的人不应该苛求，竭尽忠心的人不能指责他的错误，您就直言吧。”赵文说：“适应时势顺从当地民俗，这是自古以来的法则；衣服有一定的款式这是礼法的规定；遵守法纪，不犯错误，这是老百姓的职责，这三个方面，都是古代圣贤教导的。现在大王您对这些都弃之不顾，反而去改穿远方胡人的衣服，改变古人的教化，改变古人的章程，因此我希望大王认真地考虑考虑。”

【原文】

王曰：“子言世俗之间。常民溺

于习俗，学者沉于所闻。此两者，所以成官而顺政也，非所以观远而论始也。且夫三代不同服而王，五伯不同教而政。知者作教，而愚者制焉。贤者议俗，不肖者拘焉。夫制于服之民，不足与论心；拘于俗之众，不足与致意。故势与俗化，而礼与变俱，圣人之道也。承教而动，循法无私，民之职也。知学之人，能与闻迁；达于礼之变，能与时化。故为己者不待人，制今者不法古。子其释之。”

【译文】

武灵王说：“你所说的只是世俗的见解。普通民众只是一味地沉溺于习惯世俗之中，而书呆子又总是拘泥于书本上的东西。这两种人，他们只能谨守职责，遵守法令而已，不能和他们一道谋长远的事业，建立开创之功。夏、商、周三个朝代虽然服装不同却能统一天下；春秋五霸政教各异却能治理好国家。聪明人制定法令，愚蠢的人被法令制约；贤达的人改革习俗，而愚笨的人却拘泥于旧风陋俗。因此那些受世俗礼法制约的人，没必要和他们交流思想；那些拘泥于旧风陋俗的人，没必要向他们说明你的意图。所以习俗随时势而变，而礼法和这一变化了的习俗相统一，这才是圣人治国的根本原则啊！接到国家的政令就马上行动，遵守法制而抛弃个人私念，这才是老百姓的天职。真正有学问的人能听从意见而改变观点，真正通晓礼法的人能跟着时代的变化而变化。因此有主见的人不会追随他人，要改变时势就不能完全效法古代。您就放弃那些想法吧！”

【原文】

赵造❶谏曰：“隐忠不竭，奸之属也。以私诬国，贱之类也。犯奸者身死，贱国者族宗。反此两者，先圣之明刑，臣下之大罪也。臣虽愚，愿尽其忠，无遁其死。”王曰：“竭意不讳，忠也。上无蔽言，明也。忠不

辟危，明不距人，子其言乎。”

【注释】

①赵造：赵国的大臣。

【译文】

赵造也去劝谏赵武灵王，他说：“隐匿忠心，知而不言，这是奸臣一样的行为；为了私利而危害国家，这是贼子的做法。犯了奸佞罪的人处以死刑，危害国家的人诛灭宗族。这两点是上古圣王制定的刑法，也是作臣子的人所犯的最重的罪。我虽然愚笨，但愿尽自己的忠心，绝不逃避死亡。”武灵王说：“毫不保留地说出自己的想法而不加任何隐讳，这就是忠臣；不阻塞言路，虚心接受意见，这就叫明主。忠臣不畏惧危险，明主不拒绝臣子发表意见，您就坦然地说吧！”

【原文】

赵造曰：“臣闻之，圣人不易民而教，知者不变俗而动。因民而教者，不劳而成功；据俗而动者，虑径而易见也。今王易初不循俗，胡服不顾世，非所以教民而成礼也。且服奇者志淫，俗辟❶者乱民，是以莅国者不袭奇辟之服，中国不近蛮夷之行。非所以教民而成礼者也。且循法无过，修礼无邪，臣愿王之图之。”

【注释】

①辟：通"僻"，邪僻。

【译文】

赵造说："我听说过，圣贤之人不去变更民众的习俗而去教化他们，聪明的人不改变习俗而治理国家。根据民意进行教化，不费多大力气就能收到成效；根据不同的习俗治理国家，考虑问题简捷方便，做起来容易见到效果。现在大王您改变原来的服饰而不遵循习俗，改穿胡服而不顾世人的议论，这不是按照礼仪法则教化民众的方式。而且穿着奇装异服，会使人心思不正，习俗怪僻会扰乱民心。所以做国君的人不应穿奇异怪僻的衣服，中原地区的民众不应效法蛮夷的生活方式，这不是按礼法要求来教化百姓的途径。况且遵循以往的法令不会出差错，按照旧有的礼节行事就不会偏离正道。我希望大王慎重考虑这件事情。”

【原文】

王曰：“古今不同俗，何古之法？帝王不相袭，何礼之循？宓戏❶、神农❷教而不诛，黄帝、尧、舜诛而不怒。及至三王，观时而制法，因事而制礼，法度制令，各顺其宜，衣服器械，各便其用。故治世不一道，便国不必法古。圣人之兴也，不相袭而王；夏、殷之衰也，不易礼而灭。然则反古未可非，而循礼未足多也。且服奇而志淫，是邹、鲁无奇行也；俗辟而民易，是吴、越无俊民也。是以圣人利身之谓服，便事之谓教，进退之谓节，衣服之制，所以齐常民，非所以论贤者也。故圣与俗流，贤与变俱。谚曰：'以书为御者，不尽于马之情；以古制今者，不达于事之变。'故循法之功，不足以高世；法古之学，不足以制今。子其勿反也。"

【注释】

①宓（fú）戏：即伏羲，传说中的古代三皇之一。

②神农：传说中的古代三皇之一。

【译文】

武灵王说："自古至今，习俗都不同，我们要效法哪一个时候的呢？帝王的礼法也不是世代相承的，我们要遵循谁的礼法呢？伏羲和神农，对民众只是进行教化，而不诛杀；黄帝、尧、舜，虽然有了死刑，但并不过分，不会愤怒。到了夏、商、周的三代圣王，就观察当时的形势来建立法制，根据具体情况来制定礼俗。法度、政令都因时制宜，衣服器用都方便使用。所以治理国家不一定要走同一条路，只要对国家有利，不一定要效法古代。圣人的兴起，不是因为承袭前代才兴旺的；夏朝和殷朝的衰亡，不会因为改变礼法而不灭亡。这样说来，不沿袭古法，不一定就要斥责，谨守旧礼陋俗也未必值得称赞。再说，如果服饰奇异就会使人心思不正的话，那么服饰正统的邹国和鲁国就不会有行为怪僻的人了；如果习俗怪僻就会使民众变坏的话，那么吴、越地区就不会出现出类拔萃的人才了。所以说圣人把便于穿着的叫衣服，把方便行事的就叫教化。行为举止上的一些礼节，服饰上的规定，只是用来让普通百姓取得一致，而不是用来衡量贤明与否的。因此，圣明的人能适应任何习俗，有才能的人能紧随时势的变化。有句谚语说：‘按照书本来驾车的人，就不能充分发挥马的实际能力；采用古代的礼法来治理当今的国家，就不能符合当今社会的实际。’所以，遵循现成的制度建立的功业不可能超过当世，效法古人的做法，就不能够管理好现在的国家。您还是不要反对吧。”

秦攻赵于长平

【导读】

长平之战，赵国惨败，秦国趁机向赵王索取六座城池作为讲和的条件。楼缓为秦国游说，想叫赵王拱手献上秦军在战场上得不到的东西。虞卿则指出求和的危害与后果，要求捍卫赵国的领土完整，最终说服赵王联齐抗秦。

【原文】

秦攻赵于长平，大破之❶，引兵而归❷，因使人索六城于赵而讲。赵计未定。楼缓新从秦来❸，赵王❹与楼缓计之曰："与秦城何如？不与何如？"楼缓辞让曰："此非人臣之所能知也。"王曰："虽然，试言公之私。"楼缓曰："王亦闻夫公甫文伯❺母乎？公甫文伯官于鲁，病死，妇人为之自杀于房中者二八。其母闻之，不肯哭也。相室曰：'焉有子死而不哭者乎？'其母曰：'孔子，贤人也，逐于鲁，是人不随。今死。而妇人为死者十六人。若是者，其于长者薄，而于妇人厚？'故从母言之，之为贤母也；从妇言之，必不免为妒妇也。故其言一也，言者异，则人心变矣。今臣新从秦来，而言勿与，则非计也；言与之，则恐王以臣之为秦也。故不敢对。使臣得为王计之，不如予之。"王曰："诺。"

【注释】

①秦攻赵于长平，大破之：公元前260年，秦、赵在长平大战，秦将白起

坑杀赵降卒四十多万人。长平：今山西高平西北。

②引兵而归：秦相范雎嫉妒白起的功劳，鼓动秦昭王召其回国。

③楼缓新从秦来：楼缓原为赵武灵王的大臣，后入秦，担任过秦昭王的丞相。长平之战后，楼缓入赵诱赵王献城求和。

④赵王：即赵孝成王，名丹。

⑤公甫文伯：春秋时期鲁国大夫季悼子之孙。

【译文】

秦军在长平进攻赵军，大败了赵军，便撤军返回秦国。随后派人到赵国去，要求割让六个城邑才与赵国讲和。赵国还没有决策，楼缓刚从秦国来，赵王与楼缓商量，说："割城给秦国，还是不割，哪个有利呢？"楼缓推辞说："这可不是处在我这种地位的人所能了解的。"赵王说："即使这样，也请您谈谈个人的想法吧。"楼缓说："大王可曾听说过鲁大夫公甫文伯的母亲吗？公甫文伯在鲁国做官，病死了，他房中有十六个妇人为他自杀，他母亲听说后，不肯哭。管家说：'哪有自己的儿子死了不哭的呢？'他母亲说：'孔子是贤人，在鲁国被逐，可是公甫文伯不跟随孔子去。现在他死了，他房中有十六个妇人为他自杀。像这样，他是对待长者情薄，却对待妇人情重。’这话出于母亲之口，她乃是一位贤良的母亲；要是出于妇人之口，一定被人称为忌妒的女人。由此看来，同样一句话，因为说话的人不同，别人的看法也不同。我现在刚从秦国来，如果说‘不割’，那不是好办法；如果说‘割’，又怕您认为我在替秦国讲话，所以，我不敢回答。如果要我为大王考虑，不如割城给秦国。”赵王说：“好吧！”

【原文】

虞卿❶闻之，入见王，王以楼缓言告之。虞卿曰：“此饰说❷也。”王曰：“何谓也？”虞卿曰：“秦之攻

赵也，倦而归乎？王以其力尚能进，爱王而不攻乎？”王曰：“秦之攻我也，不遗余力矣，必以倦而归也。”虞卿曰：“秦以其力攻其所不能取，倦而归。王又以其力之所不能攻以资之，是助秦自攻也。来年秦复攻王，王无以救矣。”

【注释】

①虞卿：虞氏，名已失传，游说之士，以布衣之身进谏赵孝成王，被任为上卿，故称。

②饰说：虚饰之辞。

【译文】

辩士虞卿听说后，就去见赵王，赵王把楼缓的话告诉了虞卿。虞卿说："这不过是花言巧语而已。"赵王说："为什么这么说？"虞卿说："秦国进攻赵国是因为兵力疲惫才撤回呢，还是有余力进攻，只因为怜惜您才不进攻呢？"赵王说："秦国进攻我国，不遗余力，他们一定是因为打得疲倦才撤回去的。"虞卿说："秦国极力进攻赵国，而又一无所得，打疲倦了才撤回，可大王又把秦国力不能得的城邑送给它，这简直是在帮助秦国来攻打自己。明年，秦国再进攻大王，您就会无法挽救了。"

【原文】

王又以虞卿之言告楼缓。楼缓

曰:“虞卿能尽知秦力之所至乎?诚知秦力之不至,此弹丸之地,犹不予也,令秦来年复攻王,得无割其内而媾[1]乎?”王曰:“诚听子割矣,子能必来年秦之不复攻我乎?”楼缓对曰:“此非臣之所敢任也。昔者三晋之交于秦,相善也,今秦释韩、魏而独攻王,王之所以事秦必不如韩、魏也。今臣为足下解负亲之攻,启关通币,齐交韩、魏。至来年而王独不取于秦,王之所以事秦者,必在韩、魏之后也。此非臣之所敢任也。”

【注释】

①媾(gòu):讲和。

【译文】

赵王又把虞卿的这番话告诉了楼缓。楼缓说："虞卿能够完全了解秦国兵力能打到哪里吗？确知秦军力量不够，这点弹丸之地如果还不给，假使秦军明年再来进攻，您割的地岂不是不止六城，才能与秦国讲和吗？"赵王说："果真听从您的意见割让六城，您能保证明年秦军不再来进攻了吗？"楼缓答道："这不是我所敢保证的。从前，韩、赵、魏三国与秦国邦交友好，如今秦国不攻韩、魏，独攻大王，看来您孝敬秦国必定不如韩、魏好。现在我为您做些调解，以打开关塞，疏通滞阻，好使赵、秦邦交处于韩、魏与秦那样的状况。到了明年，大王还不能与秦友好，那肯定是您孝敬秦国落在韩、魏后面了。这些事也不是我所敢担保的。”

【原文】

王以楼缓之言告。虞卿曰：“楼缓言不媾，来年秦复攻王，得无更割其内而媾。今媾，楼缓又不能必秦之不复攻也，虽割何益？来年复攻，又割其力之所不能取而媾也，此自尽之术也，不如无媾。秦虽善攻，不能取六城；赵虽不能守，而不至失六城。秦倦而归，兵必罢。我以五城收天下以攻罢秦，是我失之

于天下，而取偿于秦也，吾国尚利，孰与坐而割地，自弱以强秦？今楼缓曰：‘秦善韩、魏而攻赵者，必王之事秦不如韩、魏也。’是使王岁以六城事秦也，即坐而地尽矣。来年秦复求割地，王将予之乎？不与，则是弃前贵而挑秦祸也；与之，则无地而给之。语曰：‘强者善攻，而弱者不能自守。’今坐而听秦，秦兵不敝而多得地，是强秦而弱赵也。以益愈强之秦，而割愈弱之赵，其计固不止矣。且秦虎狼之国也，无礼义之心。其求无已，而王之地有尽。以有尽之地，给无已之求，其势必无赵矣。故曰：此饰说也。王必勿与。”王曰：“诺。”

【译文】

赵王把楼缓的话告诉给虞卿。虞卿说：“楼缓说，不和秦国讲和，明年秦军再来进攻，大王岂不要割让更多的城邑，才能同秦国讲和了吗？现在同秦国讲和，楼缓又不能保证秦军必不再来进攻，这样，即使赵国给秦割让六城，又有何益呢？明年秦军再来进攻，若又割给他们力不能得的城邑，与其讲和，这样做简直是自取灭亡，还不如不同秦国讲和。秦国虽然善攻，但也不可能同时夺得六城，赵国虽然不能守，但也不致一下子失去六城，秦军攻倦而归，必会休兵。我们再拿出五城去联合诸侯，进攻疲困的秦军，这样，我们在诸侯那里失去的，就可从秦国得到补偿。我们还是有利。这同坐等割地削弱自己、增强秦国，哪个好些呢？现在楼缓说：'秦国对韩、魏友好，却进攻赵国，一定是大王孝敬秦国不如韩、魏好。'这简直是要大王每年拿出六城去讨好秦国，依此说来，赵地眼看就会丧失殆尽了。明年秦军再要求割地，大王准备给他吗？若不给，那么前功尽弃，又招来秦兵的战祸；给他，就没地可给了。常言说：'强者善攻，弱者不能自守'。现在坐等受命于秦，秦军不劳攻战就可多得土地，这简直是

强而乘弱'。今赵兵困于秦，天下之贺战者，则必尽在于秦矣。故不若亟割地求和，以疑天下，慰秦心。不然，天下将因秦之怒，乘赵之敝而瓜分之。赵且亡，何秦之图？王以此断之，勿复计也。"

【译文】

楼缓得知虞卿的话后，又去拜见赵王，赵王又把虞卿的话告诉他，楼缓说："不对，虞卿只知其一，不知其二。秦、赵交战，诸侯都高兴，这是为什么？回答是'我们要借助强者的力量去欺凌弱者'。现在赵军被秦军所困，诸侯中庆贺胜利的人，必定都在秦国。所以，您不如赶快割地求和，以迷惑诸侯，安定秦国。否则，诸侯们将借助秦国的强大，对赵国趁火打劫，来瓜分赵国。赵国就快灭亡了，哪里还能对付秦国呢？大王就这样决定吧，不要再考虑了。”

【原文】

虞卿闻之，又入见王曰：“危矣，楼子之为秦也！夫赵兵困于秦，又割地为和，是愈疑天下，而何慰秦心哉？是不亦大示天下弱乎？且臣曰勿予者，非固勿予而已也。秦索六城于王，王以五城赂齐。齐，秦之深仇也，得王五城，并力而西击秦也，齐之听王，不待辞之毕也。

是王失于齐而取偿于秦，一举结三国之亲，而与秦易道也。”赵王曰：“善！”因发虞卿东见齐王❶，与之谋秦。虞卿未反，秦之使者已在赵矣。楼缓闻之，逃去。

【注释】

①齐王：此指齐王田建。

【译文】

虞卿听说后，又去拜见赵王，说：“楼缓完全是在为秦国打算，这太危险了！赵军已被秦军所困，还要割地言和，这只会使诸侯更加怀疑赵国的力量，怎能安抚秦国的野心呢？这不也在诸侯面前公开暴露自己软弱吗？而且我说不割，不是简单地不割。秦国向大王索取六城，大王把五城送给齐国。齐国是秦国的大敌，得了您的五城，不等把话说完，定会与您联合攻秦，听命于您。这样，大王在齐国失去的，就能从秦国得到补偿，您一举而与齐、魏、韩三国结成友好联盟，从而改变了以前跟秦国的形势对比。”赵王说：“很好。”于是派虞卿去拜见齐王，与他策划，共同谋秦。虞卿还没有从齐国返回，秦国使者已到赵国。楼缓听说后，便从赵国逃跑了。

鲁仲连义不帝秦

【导读】

长平之战后，秦国围困赵国都城邯郸，赵王君臣犹豫是否尊秦为帝的关键时刻，鲁仲连坚持正义，力主抗秦，反对投降，并和魏国派到赵国的“亲秦派”辛垣衍展开一场激烈的辩论。鲁仲连用大量史事论述了帝秦对赵、魏两国的危害，最终使辛垣衍心服口服，也坚定了赵国抗秦的决心与信心。恰逢信陵君魏无忌率援军赶到，邯郸之围遂解。

【原文】

秦围赵之邯郸。魏安釐王❶使将军晋鄙救赵。畏秦，止于荡阴❷，不进。

【注释】

①魏安釐（xī）王：名圉（yǔ），魏昭王的儿子，信陵君魏无忌的异母哥哥。

②荡阴：赵、魏两国交界的地方，今河南汤阴。

【译文】

秦军围困了邯郸。魏安釐王派将军晋鄙营救赵国。他们畏惧秦军，驻扎在荡阴，不敢前进。

【原文】

魏王使客将军❶辛垣衍❷间入❸邯郸，因❹平原君❺谓赵王曰："秦所以急围赵者，前与齐闵王❻争强为帝，已而复归帝，以齐故。今齐闵王益弱。方今唯秦雄天下，此非必贪邯郸，其意欲求为帝。赵诚发使尊秦昭王为帝，秦必喜，罢兵去。"平原君犹豫未有所决。

【注释】

①客将军：其他国家人在本国做将军的称为客将军。

②辛垣衍：人名。辛垣：复姓。

③间入：潜入，从小路悄悄进入。

④因：经由，通过。

⑤平原君：即赵胜，封平原君。他是赵孝成王的叔父，时任赵相。

⑥齐闵王：即齐湣王。

【译文】

魏王派客将军辛垣衍从小路潜入邯郸，通过平原君跟赵王说："秦军之所以急于围攻赵国，是因为以前和齐湣王争强称帝，不久又取消了帝号，是因为齐取消了帝号。如今齐国更加衰弱，当今只有秦国称雄天下，这次围城并不是贪图邯郸，他的意图是求取帝号。赵国果真能派遣使臣尊奉秦昭王为帝，秦王必定很高兴，就会撤兵离去。"平原君心中犹豫，不能决断。

【原文】

此时鲁仲连❶适游赵，会秦围赵，闻魏将欲令赵尊秦为帝，乃见平原君，曰："事将奈何矣？"平原君曰："胜也何敢言事？百万之众折于外，今又内围邯郸而不去。魏王使客将军辛垣衍令赵帝秦，今其人在是，胜也何敢言事？"鲁连曰："始吾以君为天下之贤公子也，吾乃今然后知君非天下之贤公子也。梁❷客辛垣衍安在？吾请为君责而归之。"平原君曰："胜请为召而见之于先生。"

【注释】

①鲁仲连：齐国的隐士，又名鲁连。

②梁：即魏。魏迁都大梁（今河南开封）后又称梁。

【译文】

这时，鲁仲连恰巧在赵国游历，正赶上秦军围困邯郸，听说魏国想要让赵国尊奉秦昭王称帝，就去见平原君说：“这件事打算怎么办？”平原君说：“我哪里还敢对这样的大事发表意见呢？百万大军挫败在外，而今秦军打到国内围困邯郸不撤军。魏王派客将军辛垣衍来让赵国尊奉秦昭王称帝，眼下那个人还在这里。我怎么敢谈论这样的大事？”鲁仲连说：“以前我认为您是天下贤明的公子，今天我才知道您并不是天下贤明的公子。

魏国的客人辛垣衍在哪里？请让我替您去责问他，打发他回去。”平原君说：“请让我召他来跟先生相见。”

【原文】

平原君遂见辛垣衍曰：“东国有鲁连先生，其人在此，胜请为绍介而见之于将军。”辛垣衍曰：“吾闻鲁连先生，齐国之高士❶也。衍，人臣也，使事有职。吾不愿见鲁连先生也。”平原曰：“胜已泄之矣。”辛垣衍许诺。

【注释】

①高士：道德品行高尚而不做官的读书人。

【译文】

平原君就去见辛垣衍说："齐国有位鲁仲连先生，如今他就在这里，我请求替您介绍，让他来见将军。"辛垣衍说："我听说过鲁仲连先生，他是齐国志行高尚的人。我是魏王的臣子，奉命出使，身负职责。我不愿见鲁仲连先生。"平原君说："我已经把您在这里的消息透露了。"辛垣衍只好答应了。

【原文】

鲁连见辛垣衍而无言。辛垣衍曰："吾视居此围城之中者，皆有求于平原君者也。今吾视先生之玉

貌，非有求于平原君者，曷为❶久居此围城之中而不去也？”鲁连曰：“世以鲍焦❷无从容而死者，皆非也。今众人不知，则为一身。彼秦，弃礼义、上首功之国也。权使其士，虏使其民，彼则肆然而为帝，过而遂正于天下，则连有赴东海而死耳，吾不忍为之民也！所为见将军者，欲以助赵也。”辛垣衍曰：“先生助之奈何？”鲁连曰：“吾将使梁及燕助之。齐、楚固助之矣。”辛垣衍曰：“燕则吾请以从矣。若乃梁，则吾乃梁人也，先生恶能使梁助之耶？”鲁连曰：“梁未睹秦称帝之害故也！使梁睹秦称帝之害，则必助赵矣。”

【注释】

①曷（hé）为：为什么。

②鲍焦：春秋时的隐士，相传他不满时政，遁入山林，以砍柴及拾橡实为生，后抱木饿死。

【译文】

鲁仲连见到辛垣衍却一言不发。辛垣衍说："我看留在这座围城中的，都是有求于平原君的人。现在我看先生的尊容，不像是有求于平原君的人，为什么久留在这围城之中而不离去呢？"鲁仲连说："世人认为鲍焦是因为没有博大的胸怀而自杀，这种看法都错了。一般人不了解他耻居浊世的心意，认为他是为了自身一人而死。那秦国是个抛弃礼仪而只崇尚战功的国家，用权诈之术役使士卒，像对待奴隶一样役使百姓。如果让秦王无所忌惮地恣意称帝，甚至统治天下，那么，我只有跳进东海而死，我不能忍受做它的臣民。我之所以来见将军，是打算帮助赵国啊。”辛垣衍说：“先生怎么帮助赵国呢？”鲁仲连说：“我要请魏国和燕国帮助它，齐、楚两国本来就帮助赵国了。”辛垣衍说：“燕国嘛，我相信会听从您的。至于魏国，我就是魏国人，先生怎么能够让魏国帮助赵国呢？”鲁仲连说：“魏国是因为没看清秦王称帝的害处，才没帮助赵国！假如魏国看清秦王称帝的害处后，就一定会帮助赵国。”

【原文】

辛垣衍曰：“秦称帝之害将奈何？”鲁仲连曰：“昔齐威王尝为仁义矣，率天下诸侯而朝周，周贫且微，诸侯莫朝，而齐独朝之。居岁余，周烈王崩，诸侯皆吊，齐后往。周怒，赴于齐曰：‘天崩地坼❶，天子下席。东藩之臣田婴齐后至，则斫❷之！’威王勃然怒曰：‘叱嗟❸！而❹母婢也！’卒为天下笑。故生则朝周，死则叱之，诚不忍其求也。彼天子固然，其无足怪。”

【注释】

①坼（chè）：裂开。

②斫（zhuó）：斩。

③叱嗟：怒斥声。

④而：你。

【译文】

辛垣衍说："秦王称帝会有什么害处呢？"鲁仲连说："从前，齐威王曾经奉行仁义，率领天下诸侯朝拜周天子。当时，周天子贫困又弱小，诸侯们没有谁去朝拜，唯有齐国去朝拜。过了一年多，周烈王逝世，诸侯都去奔丧，齐王去迟了。新继位的周显王很生气，派人到齐国报丧说：'天子逝世，如同天崩地裂般的大事，新继位的天子也得离开宫殿居丧守孝，睡在草席上。东方属国之臣田婴齐竟然敢迟到，当斩。’齐威王听了，勃然大怒，骂道：‘呸！你母亲原先还是个婢女呢！’结果成了天下笑柄。齐威王之所以在周天子活着的时候去朝拜，死了就破口大骂，实在是忍受不了新天子的苛求啊。那周天子本来就是这个样子，他随便作威作福也没什么值得奇怪的。”

【原文】

辛垣衍曰：“先生独未见夫仆乎？十人而从一人者，宁力不胜，智不若邪？畏之也！”鲁仲连曰：“然

梁之比于秦若仆邪？”辛垣衍曰：“然！”鲁仲连曰：“然则吾将使秦王烹醢❶梁王。”辛垣衍怏然不说，曰：“嘻！亦太甚矣，先生之言也！先生又恶能使秦王烹醢梁王？”鲁仲连曰：“固也！待吾言之。昔者，鬼侯、鄂侯、文王，纣之三公也。鬼侯有子而好，故入之于纣，纣以为恶，醢鬼侯。鄂侯争之急，辨之疾，故脯❷鄂侯。文王闻之，喟然❸而叹，故拘之于牖里❹之库百日，而欲令之死。曷为与人俱称帝王，卒就脯醢之地也？

【注释】

①烹醢（hǎi）：古时的两种酷刑。烹：

煮死。醢：剁成肉酱。

②脯（fǔ）：肉干。此指制成肉干。

③喟（kuì）然：叹息的样子。

④牖（yǒu）里：也作羑里，今河南汤阴北。

【译文】

辛垣衍说："先生难道没见过奴仆吗？十个奴仆听从一个主人，难道是力气赶不上、才智比不上他吗？是害怕他啊。"鲁仲连说："唉！魏王和秦王相比，魏王像仆人吗？"辛垣衍说："是。"鲁仲连说："那么，我就让秦王烹杀魏王，把他剁成肉酱。"辛垣衍很不高兴，不服气地说："咳！先生的话也太过分了！先生又怎么能让秦王烹杀魏王，把他剁成肉酱呢？”鲁仲连说：“当然能够，我说给您听。从前，鬼侯、鄂侯、周文王是殷纣的三公。鬼侯有个女儿长得娇美，把她献给殷纣，殷纣认为她长得丑陋，把鬼侯剁成肉酱。鄂侯刚直诤谏，激烈辩白，殷纣又把鄂侯做成了肉干。周文王听到这件事，只是长叹了一声，殷纣又把他囚禁在牖里监牢内一百天，还想要杀死他。为什么和人家同样称帝称王，最终落到被剁成肉酱、做成肉干的地步呢？

【原文】

“齐闵王将之鲁，夷维子执

策❶而从，谓鲁人曰：‘子将何以待吾君？’鲁人曰：‘吾将以十太牢❷待子之君。’夷维子曰：‘子安取礼而来待吾君？彼吾君者，天子也。天子巡狩，诸侯避舍，纳管键❸，摄衽❹抱几，视膳❺于堂下，天子已食，退而听朝也。’鲁人投其籥❻，不果纳，不得入于鲁。将之薛，假涂于邹。当是时，邹君死，闵王欲入吊，夷维子谓邹之孤曰：‘天子吊，主人必将倍殡柩❼，设北面于南方，然后天子南面吊也。’邹之群臣曰：‘必若此，吾将伏剑而死！’故不敢入于邹。邹、鲁之臣，生则不得事养，死则不得饭含❽。然且欲行天子之礼于邹、鲁之臣，不果纳。今秦万乘之国，梁亦万乘之国，俱据万乘之国，交有称王之名。睹其一战而胜，欲从而帝之，是使三晋❾之大臣不如邹、鲁之仆妾也。且秦无已而帝，则且变易诸侯之大臣；彼将夺其所谓不肖，而予其所谓贤；夺其所憎，而予其所爱；彼又将使其子女谗妾为诸侯妃姬，处梁之宫，梁王安得晏然而已乎？而将军又何以得故宠乎？”

【注释】

①策：马鞭。

②太牢：牛、羊、猪各一。此代指接待诸侯的最高礼仪。

③管键：钥匙和锁。

④摄衽：整饬衣衽，表示庄敬。

⑤视膳：侍候别人吃饭。

⑥籥（yuè）：通“钥”，锁钥。

⑦倍殡柩：把灵柩掉个方向，由原来的坐北朝南，换成坐南朝北，因为天子要面向南面。倍：通“背”。

⑧饭含：把粟米放在死人口中称饭，把玉放在死人口中叫含。

⑨三晋：指赵、魏、韩三国，由晋国分裂而成的诸侯国。

【译文】

“齐湣王前往鲁国，夷维子拿着马鞭驾车随行，他对鲁国官员们说：‘你们准备怎样接待我们的国君？’

鲁国官员们说：‘我们打算分别杀十头牛、羊、猪来接待您的国君。’夷维子说：‘你们这是按照哪里来的礼仪接待我们的国君呢？我们的国君，是天子啊。天子出来巡视狩猎，诸侯们应迁出宫室，移居别处，交出锁和钥匙，掖起衣襟，捧起几案，在厅堂阶下伺候天子进食。等天子吃完后，才可以告退，处理政务。’鲁国官员听了，就闭关上锁，不让齐湣王入境。齐湣王不能进入鲁国，打算向邹国借道。正当这时，邹国国君去世，齐湣王打算入境吊丧，夷维子对邹国国君的儿子说：‘天子吊丧，丧主一定要背对灵柩，让灵柩头朝北，设在南边，然后天子面向南来吊丧。’邹国大臣们说：‘如果一定要这样，我们宁愿拔剑自杀。’所以齐滑王不敢进入邹国。邹、鲁两国的臣子，国君生前不能够好好地侍奉，国君死后得不到隆重的葬礼，然而齐滑王想要在邹、鲁行天子之礼，结果被他们拒绝。如今，秦国是拥有万辆战车的国家，魏国也是拥有万辆战车的国家，都是万乘大国，又各有称王的名分，只看秦国打了一次大胜仗，就要顺从地尊秦王为帝，这是三晋的大臣比不上邹、鲁的奴婢了。再说，秦王贪心不足，果真称帝，那么就会更换诸侯的大臣。他将要罢免他认为无能的，换上他认为贤能的人；剥夺他憎恶的人的权利，而给予他所喜爱的人；还要让他的女儿和喜欢搬弄是非的女人嫁给诸侯做妃子、姬妾，住在魏王的宫廷里，魏王怎么能够安宁呢？而将军您又怎么能够得到原先的尊荣地位呢？”

【原文】

于是，辛垣衍起，再拜谢曰：“始以先生为庸人，吾乃今日而知先生为天下之士也！吾请去，不敢复言帝秦！”

【译文】

于是，辛垣衍站起来，向鲁仲连连拜两次谢罪说：“当初我以为先生是个普通的人，我今天才知道先生是天下杰出的高士。我请求告辞，再不敢说尊秦王为帝的事了。”

【原文】

秦将闻之，为却军❶五十里。适会公子无忌❷夺晋鄙军以救赵击秦，秦军引❸而去。于是平原君欲封鲁仲连，鲁仲连辞让者三，终不肯受。平原君乃置酒，酒酣，起前以千金为鲁连寿。鲁连笑曰：“所贵于天下之士者，为人排患、释难、解纷乱而无所取也。即有所取者，是商贾之人也，仲连不忍为也！”遂辞平原君而去，终身不复见。

【注释】

①却军：退兵。

②无忌：即信陵君魏无忌，魏国公子。

③引：退却。

【译文】

秦军主将听到这个消息，为此把军队后撤了五十里。恰好魏公子无忌夺得了晋鄙的军权，率领军队来援救赵国攻击秦军，秦军也就撤军回去了。于是平原君要封赏鲁仲连，鲁仲连再三辞让，始终不肯接受。平原君就设宴招待他，喝到高兴时，平原君起身走到鲁仲连面前，献上千金为鲁仲连祝寿。鲁仲连笑着说："天下之士之所以可贵，是因为他们能替人排忧解难，消除祸患，解决纠纷而不取报酬。如果收取酬劳，那就成了商人了，我鲁仲连不愿意那样做。”于是，他辞别平原君走了，终生不再相见。

触詟说赵太后

【导读】

公元前265年，秦国趁赵国政权交替之际，大举攻赵，占领了赵国三座城池。赵国向齐国求援，齐国要求用赵太后的小儿子长安君做人质，才肯出兵。赵太后溺爱长安君，执意不肯。老臣触詟忠心为国，采用迂回战术，先从身边的生活琐事谈起，不知不觉中打消了赵太后的怒气，终于说服她送长安君到齐国做人质，争取到齐国的援助，解除了国家的危难。

【原文】

赵太后❶新用事❷，秦急攻之。赵氏求救于齐，齐曰："必以长安君❸为质，兵乃出。"太后不肯，大臣强谏。太后明谓左右："有复言令长安君为质者，老妇必唾其面！"

【注释】

①赵太后：赵惠文王的妻子，即赵威后。

②用事：掌权。

③长安君：赵太后的幼子。

【译文】

赵太后刚执政，秦国就加紧进攻赵国。赵国向齐国请求救兵，齐国提出条件说：“必须拿长安君做人质，才派出援兵。”赵太后不肯，大臣们一再劝说。太后明确地告诉她的左右侍臣说：“有谁再说让长安君去做人质的，我一定吐他一脸唾沫！”

【原文】

左师触讋[1]愿见。太后盛气而揖[2]之。入而徐趋[3]，至而自谢[4]，曰：“老臣病足，曾不能疾走，不得见久矣。窃自恕，而恐太后玉体之有所郄[5]也，故愿望见。”太后曰：

“老妇恃辇而行。”曰：“日食饮得无衰乎？”曰：“恃鬻❻耳。”曰：“老臣今者殊不欲食，乃自强步，日三四里，少益嗜食，和于身。”太后曰：“老妇不能。”太后之色少解。

【注释】

①触詟（zhé）：赵国的左师（官名）。据《史记·赵世家》和长沙马王堆汉墓出土的帛书《战国策纵横家书》，触詟又作“触龙”。

②揖：应为“胥”，通“须”，等待。

③趋：快步走。

④谢：谢罪。

⑤郄（xì）：通“隙”，空隙，缺陷。此指身体不适。

⑥鬻（zhōu）：通“粥”。

【译文】

左师公触詟要求拜见太后，太后怒气冲冲地等着他。他走进门，很吃力地快走几步，到了太后跟前请罪说：“我的脚有毛病，根本不能快走，所以很久没有来拜见您了。虽然我私下原谅自己，但又惦记着太后贵体是不是有什么不适，所以想要来看望太后。”太后说：“我只能依靠辇车走动走动。”左师公问：“您每天饮食还没减少吧？”太后回答说：“只能吃点稀粥罢了。”左师公说：“我最近特别不想吃东西，就勉强自己散散步，每天走上三四里，稍微增进了食欲，这对身体是有好处的。”太后说：“我可不行。”这时太后的脸色稍微缓和了些。

【原文】

左师公曰：“老臣贱息[1]舒祺，最少，不肖。而臣衰，窃爱怜之。愿令得补黑衣[2]之数，以卫王宫，没死以闻。”太后曰：“敬诺。年几何矣？”对曰：“十五岁矣。虽少，愿及未填沟壑而托之。”太后曰：“丈夫亦爱怜其少子乎？”对曰：“甚于妇人。”太后笑曰：“妇人异甚。”对曰：“老臣窃以为媪[3]之爱燕后[4]贤于长安君。”曰：“君过矣，不若长安君之甚。”左师公曰：“父母之爱子，则

为之计深远。媪之送燕后也，持其踵为之泣，念悲其远也，亦哀之矣。已行，非弗思也，祭祀必祝之，祝曰：'必勿使反。'岂非计久长，有子孙相继为王也哉？"太后曰："然。"

【注释】

①贱息：对自己儿子的谦称。

②黑衣：当时卫士穿黑衣，此借指宫廷侍卫。

③媪（ǎo）：对老年妇女的敬称。

④燕后：赵太后的女儿，因嫁给燕王，故称。

【译文】

左师公说："老臣我有个儿子叫舒祺，年龄最小，不成材。我已经年老体衰了，私下里很疼爱他。我希望他能充当一名王宫卫士，来保卫王宫。因此我冒死来向太后提出这一请求。”太后说：“好吧。他今年多大了？”左师公答道：“十五岁了。虽然年纪尚小，老臣还是想趁着自己没死把他托付给您。”太后说：“男子汉也疼爱自己的小儿子吗？”左师公答道：“比妇人家还厉害。”太后笑着说：“妇人家疼爱小儿子才特别厉害呢。”左师公说：“老臣私下里还认为您疼爱燕后要超过长安君呢。”太后说：“你错了，我疼爱燕后远不如疼爱长安君厉害。”左师公说：“为人父母的疼爱子女，就应该替他们做长远打算。您送别燕后时，抓住她的脚后跟，为她掉泪，因为您想到她要离家远嫁，也真够哀怜她的。燕后走了以后，您并不是不想念她，可祭祀时总是要替她祷告说：‘千万别叫她回来。’这难道不是替她做长远打算，希望她的子孙世代为王吗？”太后说：“正是这样。”

【原文】

左师公曰：“今三世❶以前，至于赵之为赵，赵王之子孙侯者，其继有在者乎？”曰：“无有。”曰：“微独❷赵，诸侯有在者乎？”曰：“老妇不闻也。”曰：“此其近者祸及

身，远者及其子孙。岂人主之子孙则必不善哉？位尊而无功，奉❸厚而无劳，而挟重器多也。今媪尊长安之位，而封以膏腴之地，多予之重器，而不及今令有功于国。一旦山陵崩❹，长安君何以自托于赵？老臣以媪为长安君计短也，故以为其爱不若燕后。"太后曰："诺。恣❺君之所使之。"于是为长安君约❻车百乘质于齐，齐兵乃出。

【注释】

①三世：三代。

②微独：不仅。

③奉：通"俸"，俸禄。

④山陵崩：国君或王后之死的讳称。

⑤恣：任凭。

⑥约：准备。

【译文】

左师公问："从现在起，上推到三代以前，甚至推到赵氏立国的时候，赵王子孙被封侯的，他们的后代还有在侯位的吗？"太后答道："没有。"左师公又问："不只是赵国，就是其他诸侯的子孙，其后代还有在侯位的吗？"太后答道："我没听说过。"左师公就说："这些封君们，有些是自己取祸而亡，有些是祸患延及子孙而亡。难道说国君的子孙们都不好吗？而因为他们地位尊贵却无功于国，俸禄丰厚但没有为国出力，而拥有大量的金玉珍玩。现在您使长安君的地位很尊贵，又封给他肥沃的土地，给他很贵重的金玉珍玩，却不让他趁此为国立功。有朝一日太后您不幸去世，长安君将依仗什么在赵国安身立命呢？老臣认为您替长安君打算得不够长远，所以说疼爱长安君不如疼爱燕后。”太后说：“好吧，那就任凭您怎样安排他吧！”于是为长安君准备一百辆随行的车辆，送他到齐国当人质，齐国这才出兵援救赵国。

【原文】

子义❶闻之曰：“人主之子也，骨肉之亲也，犹不能恃无功之尊，

无劳之奉，而守金玉之重❷也，而况人臣乎！”

【注释】

①子义：赵国的贤士。

②金玉之重：指富贵的地位。

【译文】

子义听说了这件事，感叹道：“君主的儿子，是骨肉之亲，尚且不能倚仗没有功勋的高位、没有劳绩的俸禄，来长期守住他们的金玉珍玩，更何况是做臣子的呢！”

香小
書墨

上架建议：大众读物
ISBN 978-7-5746-0534-3
9 787574 605343 >
定价：60.00元（全4册）

目录

魏公叔痤病

【导读】

魏惠王时，魏国国势由盛转衰，主要原因在于魏惠王不重用人才，排斥人才，逼使人才出走，最典型的事例即是他无视魏相公叔痤临终时劝谏其重用公孙鞅的建议。本文记叙的便是此事。

【原文】

魏公叔痤[1]病，惠王[2]往问之，曰："公叔病，即不可讳，将奈社稷

何？”公叔痤对曰：“痤有御庶子❸公孙鞅❹，愿王以国事听之也。为弗能听，勿使出竟❺。”王弗应，出而谓左右曰：“岂不悲哉！以公叔之贤，而谓寡人必以国事听鞅，不亦悖乎！”

【注释】

①公叔痤（cuó）：魏国人，曾在魏武侯、魏惠王时任相国。

②惠王：即魏惠王，名罃（yīng），亦作“婴”“莹”。因迁都大梁，又称梁惠王。

③御庶子：战国时相国等的侍从家臣。

④公孙鞅：卫人，本姓公孙，又称卫鞅。后入秦辅佐秦孝公变法，封于商，号为“商君”，又称“商鞅”。

⑤竟：通“境”。

【译文】

魏相公叔痤病重，魏惠王去探问他，说：“公叔病重，如果有什么不幸，国家大事可怎么办呢？”公叔痤回答说：“我手下有一个家臣叫公孙鞅，希望大王能把国家大事交给他。如果您不愿意交给他，就别让他离开魏国。”惠王没有吭声，出来就对左右的大臣说：“难道不可悲吗？以公叔痤这样的贤能，却让我把国家大事交给公孙鞅，这不太糊涂了吗？”

【原文】

公叔痤死，公孙鞅闻之，已

葬，西之秦，孝公❶受而用之。秦果日以强，魏日以削。此非公叔之悖也，惠王之悖也。悖者之患，固以不悖者为悖。

【注释】

①孝公：即秦孝公，名渠梁。

【译文】

公叔痤死了，公孙鞅听到这个消息，在公叔痤下葬之后，就向西跑到秦国。秦孝公接待了他，并且任用了他。秦国果然渐渐强盛起来，魏国渐渐衰弱下去。这不是公叔痤糊涂，而是惠王糊涂啊！糊涂人的毛病，就是把不糊涂的人当作糊涂人。

魏武侯与诸大夫浮于西河

【导读】

吴起是战国时期杰出的军事家、政治家。魏武侯派他镇守西河，他成功地挡住了秦军东进的道路。本文写魏武侯乘船游历西河，盛赞魏国山川险要，认为凭借河山之险就可以高枕无忧，大夫王错随声附和，企图博得魏武侯的欢心。吴起尖锐地指出河山之险并不足恃，并以桀、纣等都因恃险而亡的史事进行论证，提出政治的好坏才是决定国家存亡的关键。

【原文】

魏武侯❶与诸大夫浮于西河❷，称曰："河山之险，岂不亦信固哉？"王错侍坐，曰："此晋国之所以强也。若善修之，则霸王之业具矣。"吴起对曰："吾君之言，危国之道也；而子又附之，是重危也！"武侯忿然曰："子之言有说乎？"

【注释】

①魏武侯：魏文侯之子，名击。

②西河：黄河流经魏国西部由北向南的一段。

【译文】

魏武侯与诸位大夫乘船游于西河之上，武侯赞叹说：“河山形势这样险阻，难道不真是坚不可摧了吗？”王错陪坐在旁，说：“这正是魏国强盛的原因。如果好好地治理，那么成就霸王之业的条件就具备了。”吴起接话说：“我们国君的话，是把国家引向危险的道路啊；而您又附和他，这就更加危险了。”武侯怒容满面地说：“你这话作何解释？”

【原文】

吴起对曰：“河山之险，不足保也；伯王之业，不从此也。昔者三苗之居，左彭蠡[1]之波，右有洞庭[2]之水，文山[3]在其北，而衡山[4]在其南。恃此险也，为政不善，而禹放逐之。夫夏桀之国，左天门[5]之阴，而右天谿[6]之阳，庐、睪[7]在其北，伊、洛出其南。有此险也，然为政不善，而汤伐之。殷纣之国，左孟门而右漳、釜[8]，前带河，后被山。有此险也，然为政不善，而武王伐之。且君亲从臣而胜降城，城非不高也，人民非不众也，然而可得并者，政恶故也。从是观之，地形险阻，奚足以霸王矣！”武侯曰：“善。吾乃今日闻圣人之言也！西河之政，专委之子矣。”

【注释】

①彭蠡：古泽名，即今江西鄱阳湖。

②洞庭：湖名，在今湖南北部。

③文山：即岷山，在今四川松潘北。

④衡山：古称南岳，在今湖南衡阳北。

⑤天门：即天井关，在今山西晋城南。

⑥天谿：指黄河和济水。

⑦庐、睪：二山名，在今山西太原、交城一带。

⑧漳、釜：二水名。漳水在今河南、河北二省分界处。釜：应作“滏”，即今河北南部的滏阳河。

【译文】

吴起回答说：“河山形势险阻，实在不能依靠，而霸王的功业并非由此产生的啊。从前三苗所居之地，左有鄱阳湖，右有洞庭湖，文山在其北，衡山在其南。依靠这样险要的形势，国家却治理得不好，结果禹把他消灭了。夏桀的国都，左有天门，右有黄河和济水，庐、睪两山在北，伊、洛二水在南。有这样险阻的形势，可是国家治理得不好，结果商汤王把它消灭了。殷纣的国都，左有孟门险隘，右有漳、釜二水，前有黄河环绕，后有太行遮蔽。有这样险阻的形势，可是国家治理得不好，结果周武王把它消灭了。而且君王亲自率领我们战胜敌人，攻下敌城。敌人的城墙并非不高，民众并非不多啊，可是我们能够兼并他们，就是因为敌国政治腐败。由此看来，依靠地形险阻，怎么能够成就称霸的功业呢？”魏武侯说：“说得好。我今天算是听到圣人的言论了。西河郡的政务，就都委托给你了。”

齐、魏战于马陵

【导读】

马陵之战，魏国惨败，太子被杀。魏惠王恼羞成怒，想发动全国军队和齐国决一死战。相国惠施沉着冷静地劝谏魏惠王放下架子，屈尊朝齐，让齐、楚相斗。魏惠王采纳了惠施的建议，使魏国摆脱困境，并借用楚国的力量报了魏国的大仇。

【原文】

齐、魏战于马陵❶，齐大胜魏，杀太子申，覆十万之军。魏王召惠施而告之曰："夫齐，寡人之仇也，怨之至死不忘。国虽小，吾常欲悉起兵而攻之，何如？"对曰："不可。臣闻之，王者得度，而霸者知计。今王所以告臣者，疏于度而远于计。王固先属怨于赵，而后与齐战。今战不胜，国无守战之备，王又欲悉起而攻齐，此非臣之所谓也。王若欲报齐乎，则不如因变服折节而朝

齐，楚王必怒矣。王游人而合其斗，则楚必伐齐，以休楚而伐罢齐，则必为楚禽矣。是王以楚毁齐也。"魏王曰："善。"乃使人报于齐，愿臣畜而朝。

【注释】

①马陵：今河北大名东南。

【译文】

齐、魏在马陵作战，齐军大胜魏军，杀死魏太子申，歼灭魏国十万大军。这时魏王把宰相惠施找来说："齐国是寡人的仇敌，这种仇恨终身难忘。魏国虽小，但是寡人想动员全国兵力攻打齐国，不知你以为如何？"惠施回答说："不可以。臣听说，以德治天下的要守法度，以力制天下的要常用计谋。现在君王告诉臣下的，既不合乎法度，又计谋不当。君王本来是先和赵国结怨，然后派兵攻打齐国。如今战败，国家没有防御措施，可是君王又想动员全国兵力伐齐，这就不是臣所说的守法度和用计谋了。假如君王要报齐国之仇，还不如脱下王服，卑躬屈膝地去朝拜齐国，如此楚王必然大怒。这时君王再派游说之士，挑拨楚、齐两国交战，那楚国必然攻打齐国，凭休整的楚国来攻打疲惫的齐国，齐国必然败于楚国，这就等于是君王用楚来征服齐。”魏惠王说："好计策！"于是就派使者前往齐国，表示愿意对齐王尽臣子之礼来朝贡。

【原文】

田婴❶许诺。张丑❷曰："不可。战不胜魏，而得朝礼，与魏和而下楚，此可以大胜也。今战胜魏，覆十万之军而禽太子申，臣万乘之魏而卑秦、楚，此其暴戾定矣。且楚王之为人也，好用兵而甚务名，终为齐患者，必楚也。"田婴不听，遂内魏王，而与之并朝齐侯再三。赵氏丑之。楚王怒，自将而伐齐，赵应之，大败齐于徐州。

【注释】

①田婴：齐威王少子，孟尝君之父，封

于薛地，称“薛公”，号“靖郭君”。

②张丑：齐国大臣。

【译文】

齐相田婴当即接受。可是张丑却说：“不可以接受魏国的朝贺。假如齐国没有战胜魏国，互相朝见，跟魏讲和之后再共同攻楚，那必然可以大败楚国。可是现在齐国已经战胜魏国，击溃魏国十万大军，杀了魏太子申，征服了拥有万辆兵车的魏国，连秦、楚两国都甘拜下风，齐君的暴戾是一定的了。况且楚王的为人是喜好用兵而又爱好名誉，所以最后成为齐国忧患的必然是楚国。”田婴没有采纳张丑的建议，而是接受魏惠王的请求，一连几次与魏惠王一起去朝见齐威王。赵王感到羞辱。楚王更是勃然大怒，亲自率兵攻打齐国，赵国也派兵响应，结果大败齐军于徐州。

庞葱与太子质于邯郸

【导读】

本章是说理性寓言。庞葱预料到自己陪太子到赵国做人质，会有不少人在魏王面前说他的坏话，于是用“三人成虎”作比喻，给魏王打预防针。然而，明枪易躲，暗箭难防，庞葱的担心不幸变成了现实。

【原文】

庞葱与太子质于邯郸，谓魏王曰："今一人言市有虎，王信之乎？"王曰："否。""二人言市有虎，王信之乎？"王曰："寡人疑之矣。""三人言市有虎，王信之乎？"王曰："寡人信之矣。"

【译文】

庞葱和魏国太子要到赵国做人质。庞葱对魏惠王说："现在有一个人说市场上有老虎，大王相信吗？"魏王说："不信。""有两个人说市场上有老虎，大王相信吗？"魏王说："寡人就有些怀疑了。""有三个人说市场上有老虎，大王相信吗？"魏王说："寡人相信了。”

【原文】

庞葱曰：“夫市之无虎明矣，然而三人言而成虎。今邯郸去大梁也远于市，而议臣者过于三人矣。愿王察之矣。”王曰：“寡人自为知。”于是辞行，而谗言先至。后太子罢质，果不得见。

【译文】

庞葱说：“集市上没有老虎是很明显的，可是三个人说有老虎，就像真的有老虎了。现在邯郸离大梁比街市远得多，而议论臣下的人要远远超过三个人。希望大王能对此明察。”魏王说："寡人自己知道分辨。"于是庞葱辞别上路，而庞葱还在途中时，毁谤他的话已传到魏王那里。后来太子不做人质回魏了，庞葱果然没能再得到魏王的信任。

鲁共公择言

【导读】

本文是一篇祝酒词。公元前344年，鲁、卫、宋、郑的君主到魏国朝见。鲁国国君在宴会上"避席择言"，引述历史，劝谏魏王不要贪图美酒、美味、美女、美景，以免导致亡国之祸。

【原文】

梁王魏婴❶觞❷诸侯于范台，酒酣，请鲁君举觞。鲁君兴，避席择言❸曰："昔者，帝女❹令仪狄作酒而美，进之禹，禹饮而甘之，遂疏仪狄，绝旨酒，曰：'后世必有以酒亡其国者。'

【注释】

①梁王魏婴：即魏惠王。

②觞：古代饮酒器。此处指宴饮。

③避席择言：这是外交礼节，类似于春秋时的盟会赋诗。

④帝女：相传为夏禹的女儿，一说是尧、舜的女儿。

【译文】

梁惠王魏婴在范台宴请各诸侯。当酒兴正浓时，梁惠王请鲁共公举杯。鲁君很高兴，站起来，离开座席，恭敬地祝酒说："从前，尧帝的女儿仪狄造酒，味道很美，进献给大禹。大禹喝了感到味道甘美，就疏远了仪狄，并戒绝美酒，说：'后世必有因嗜酒而亡国的。'

【原文】

"齐桓公夜半不嗛❶，易牙乃煎、敖、燔、炙❷，和调五味而进之。桓公食之而饱，至旦不觉，曰：'后世必有以味亡其国者。'

【注释】

①嗛：通“慊（qiè）”，满足。

②燔（fán）、炙：烧、烤。

【译文】

“齐桓公半夜感到饿了，易牙就煎、熬、烧、烤，做出五味调和的菜肴献给齐桓公。桓公吃了感到很满足，一直睡到第二天早晨还没有醒来，他说：‘后世必有因贪味而亡国的。’

【原文】

“晋文公得南之威❶，三日不听朝，遂推南之威而远之，曰：‘后世必有以色亡其国者。’

【注释】

①南之威：即“南威”，美女名。

【译文】

“晋文公得到美女南之威，一连三天因迷恋美色不理朝政，他就推开南之威，疏远了她，说：‘后世必有因好色而亡国的。’

【原文】

“楚王登强台❶而望崩山❷，左江而右湖，以临彷徨，其乐忘死，遂盟强台而弗登，曰：‘后世必有以高台、陂池亡其国者。’

【注释】

①强台：即章华台，在今湖北监利西北。

②崩山：巫山。

【译文】

楚王登上强台，远望崩山，俯瞰左边是长江，右边是洞庭，流连徘徊，快乐至极，于是他发誓不再登上强台，说：'后世必有因陶醉于高台、美池而亡国的。'

【原文】

"今主君之尊，仪狄之酒也；主君之味，易牙之调也；左白台而右闾须，南威之美也；前夹林而后兰台，强台之乐也。有一于此，足以亡其国。今主君兼此四者，可无戒与？"梁王称善相属。

【译文】

“现在主君的杯子里，装的是像仪狄酿的美酒；吃的都是像易牙烹调的美味佳肴；左手抱着美女白台，右手搂着美女闾须，都是像南之威那样美丽；您前面有夹林，后边有兰台，都是像强台那样的乐苑。只要有其中之一，就足以亡国。现在主君同时拥有这四种，能不引以为戒吗？”梁惠王很称赞鲁君这一番议论，并告诉在座的诸侯要引以为戒。

秦败魏于华

【导读】

公元前259年，秦国在华阳击败魏军；并派宜阳令许绾诱劝魏王去朝见秦王。大臣周䜣用宋学者名其母的寓言故事和入渊殉鼠首的比喻，劝阻魏王。魏王犹豫不决。大臣支期知道相国长信侯和秦相应侯关系友好，于是先恐吓长信侯，再让魏王装病，促使长信侯出面做应侯的工作，取消魏王朝见秦王的行程。

【原文】

秦败魏于华❶，魏王❷且入朝于秦。周䜣❸谓王曰："宋人有学者，三年反而名其母。其母曰：'子学三年，反而名我者，何也？'其子曰：'吾所贤者，无过尧、舜，尧、舜名。吾所大者，无大天地，天地名。今母贤不过尧、舜，母大不过天地，是以名母也。'其母曰：'子之于学者，将尽行之乎？愿子之有以易名母也。子之于学也，将有所不行乎？愿子之且以名母为后也。'今王之事秦，尚有可以易入朝者乎？愿王之有以易之，而以入朝为后。"

【注释】

①华：即华阳，在今河南郑州南。

②魏王：即魏安釐王。

③周䜣（xīn）：魏国大臣。

【译文】

秦国在华阳战败了魏国，魏王准备朝拜秦王。周䜣对魏王说："宋国有个人出外求学，三年后回家，直呼他母亲的名字。他母亲说：'你求学三年，回来反而叫我的名字，为什么呢？'他说：'我所认为的贤人，没有超过尧、舜的，可是人们都直呼尧、舜之名。我认为最伟大的，没有超过天、地的，人们也都直呼天、地之名。如今母亲的贤德超不过尧、舜，母亲的伟大超不过天、地，所以我直呼母亲的名字。'他母亲说：'你对你所学的，准备都实行吗？那就希望你用别的称呼来称呼母亲的名字。你对你所学的，准备有不实行的吗？那就希望你晚一点直呼母亲的名字。'现在大王去侍奉秦王，如果还有可以代替'朝拜秦王'这个办法的，那就希望大王换一种办法，把'朝拜秦王'放晚一点。"

【原文】

魏王曰："子患寡人入而不出邪？许绾为我祝曰：'入而不出，请殉寡人以头。'"周䜣对曰："如臣之贱也，今人有谓臣曰：'入不测之渊而必出，不出，请以一鼠首为女殉者。’臣必不为也。今秦不可知之国也，犹不测之渊也；而许绾之首，犹鼠首也。内王于不可知之秦，而殉王以鼠首，臣窃为王不取也。且无梁孰与无河内[1]急？”王曰：“梁急。”“无梁孰与无身急？”王曰：“身急。”曰：“以三者，身，上也；河内，其下也。秦未索其下，而王效其上，可乎？”

【注释】

①河内：今河南黄河以北地区。

【译文】

魏王说：“你担心我进入秦国就出不来吗？臣子许绾给我发誓说：‘到了秦国而不能返回魏国，就割下我的脑袋。’”周䜣回答说：“像我这样卑贱的人，如果有人对我说：‘进入不可测量的深渊，一定会出来，如果出不来，就割下一只老鼠的脑袋。’我一定不会这样做。现在秦国是个难以预料的国家，就像不可测量的深渊一样；而许绾的脑袋就像老鼠的脑袋一样。把大王送进不可预料的秦国，去赌一只老鼠的脑袋，我实在不敢苟同。况且失掉大梁和失掉河内，哪个更紧要呢？”魏王说：“失掉大梁紧要。”周䜣说：“失掉大梁和失掉生命哪个更紧要呢？”魏王说：“失掉生命更紧要。”周䜣：“这三者，生命最要紧，河内则最不要紧。

秦国还没有要求最不要紧的，而大王却献上最要紧的，可以吗？”

【原文】

王尚未听也。支期❶曰：“王视楚王。楚王入秦，王以三乘先之；楚王不入，楚、魏为一，尚足以捍秦。”王乃止。王谓支期曰：“吾始已诺于应侯矣，今不行者欺之矣。”支期曰：“王勿忧也。臣使长信侯❷请无内王，王待臣也。”

【注释】

①支期：魏国大臣。

②长信侯：魏相，与应侯范雎关系友好。

【译文】

魏王还在犹豫不决。大臣支期对魏王说："大王看看楚王。楚王如果到秦国去，大王就乘三辆轻便使车，抢在楚王的前头；楚王如果不到秦国去，楚国和魏国团结一致，还可以对抗秦国。"魏王这才没有动身。魏王对支期说："我当初已经答应秦相国应侯范雎了，现在不去，是欺骗他了。"支期说："大王不必担忧。我要长信侯去请求不让大王去秦国，大王等着我的消息吧。"

【原文】

支期说于长信侯曰："王命召

相国。”长信侯曰：“王何以臣为？”支期曰：“臣不知也，王急召君。”长信侯曰：“吾内王于秦者，宁以为秦邪？吾以为魏也。”支期曰：“君无为魏计，君其自为计。且安死乎？安生乎？安穷乎？安贵乎？君其先自为计，后为魏计。”长信侯曰：“楼公①将入矣，臣今从。”支期曰：“王急召君，君不行，血溅君襟矣。”

【注释】

①楼公：楼缓。

【译文】

支期游说长信侯说：“魏王派我来邀请相国。”长信侯说：“魏王要我去干什么？”支期说：“我不知道，请你赶快去。”长信侯说：“我送大王到秦国去，难道是为了秦国吗？我是为了魏国呀。”支期说：“您不要为魏国打算，还是先为您自己打算。您是打算死还是活，打算贫贱还是打算富贵？您还是先为自己打算，然后再为魏王打算吧。”长信侯说：“楼缓要来，等楼公来了，一同去见魏王。”支期说：“大王急着召您去，您要不去，鲜血就要溅到你的衣襟上了。”

【原文】

长信侯行，支期随其后。且见王，支期先入谓王曰："伪病者乎而见之。臣已恐之矣。"长信侯入见

王，王曰："病甚奈何！吾始已诺于应侯矣，意虽道死，行乎？"长信侯曰："王毋行矣！臣能得之于应侯，愿王无忧。"

【译文】

长信侯这才走，支期跟在他的后面。将要见魏王时，支期先进去，对魏王说："您假装有病，呻吟着去见他。我已经吓唬了他一番。"当长信侯进来拜见魏王时，魏王说："我病得厉害，怎么办呢？我当初已经答应应侯了，可就是死在半路上，还得去呀！"长信侯说："大王不必去了！我能让应侯谅解您，可以不入秦，希望大王不必忧虑。"

秦将伐魏

【导读】

公元前283年，秦国准备派大军攻打魏国，魏昭王因形势危急，连夜召见离开齐国到魏国担任相国的孟尝君，询问对策。孟尝君提出必须寻求诸侯的救援，于是魏王派他出使燕、赵两国。孟尝君用唇齿相依作比喻，告诉燕、赵两国的国君说魏国如落入秦国之手，燕、赵失去屏蔽，将会出门见敌，对他们极其不利。燕、赵两国国君都被他说动，立即出兵救魏，迫使秦军撤走。

【原文】

秦将伐魏。魏王❶闻之，夜见孟尝君，告之曰："秦且攻魏，子为寡人谋，奈何？"孟尝君❷曰："有诸侯之救，则国可存也。"王曰："寡人愿子之行也。"重为之约车百乘。

【注释】

①魏王：即魏昭王。

②孟尝君：即田文，此时离开齐国，在魏国担任相国。

【译文】

秦国准备攻打魏国，魏王听说以后，连夜召见了相国孟尝君，告诉他说：“秦国准备攻打魏国，您为我出谋划策，该怎么办？”孟尝君说：“如果有诸侯的救援，那么国家可以保全。”魏王说：“我希望您为我走一趟。”并郑重地为他准备好一百辆战车。

【原文】

孟尝君之赵，谓赵王曰：“文愿借兵以救魏。”赵王曰：“寡人不能。”孟尝君曰：“夫敢借兵者，以忠王也。”王曰：“可得闻乎？”孟尝君曰：“夫赵之兵，非能强于魏之兵；魏之兵非能弱于赵也。然而赵之地不岁危，而民不岁死；而魏之地岁危，而民岁死者，何也？以其西

为赵蔽也。今赵不救魏，魏歃盟❶于秦，是赵与强秦为界也，地亦且岁危，民亦且岁死矣。此文之所以忠于大王也。”赵王许诺，为起兵十万，车三百乘。

【注释】

①歃（shà）盟：歃血（古人盟会时，嘴唇涂上牲畜的血，表示诚意）结盟。

【译文】

孟尝君来到赵国，对赵王说：“我希望借兵来救魏国。”赵王说：“我不能借。”孟尝君说：“敢来向大王借兵的，是忠于大王的人啊。”赵王说：“可以听听你的道理吗？”孟尝君说：“赵军并不比魏军强，魏军并不比赵军弱。可是赵国年年太平无事，百姓也不见年年大量死亡；相反魏国年年战乱，百姓年年大量死亡，这是为什么呢？因为魏国在西边成了赵国的屏障。如果赵国不救魏国，魏国就要与秦国结盟。这样，赵国就等于直接和强秦为邻。赵国将年年有战乱，百姓将年年大量死亡。这就是我所说的‘忠于大王’啊。”赵王答应借兵，于是为魏国派兵十万，战车三百辆。

【原文】

又北见燕王❶曰；“先日公子常约两王之交矣。今秦且攻魏，愿大王之救之。”燕王曰：“吾岁不熟

二年矣，今又行数千里而以助魏，且奈何？”田文曰：“夫行数千里而救人者，此国之利也。今魏王出国门而望见军，虽欲行数千里而助人，可得乎？”燕王尚未许也。

【注释】

①燕王：即燕昭王，名平，一说名职，燕王哙庶子。

【译文】

孟尝君又到北边去拜见燕王，说：“以前公子常曾邀约魏国和燕国结为盟国。现在秦国准备攻打魏国，希望大王能救援魏国。”燕王说：“我们连着两年收成不好，如果又要行军数千里去援助魏国，可怎么办呢？”孟尝君田文说：“行军数千里去救人，这是国家的大利。现在，魏王一出国门就可以看见秦军，即使想要行军数千里去救人，可能吗？”燕王还未答应借兵。

【原文】

田文曰：“臣效便计于王，王不用臣之忠计，文请行矣。恐天下之将有大变也。”王曰：“大变可得闻乎？”曰：“秦攻魏，未能克之也，而台已燔，游已夺矣。而燕不救魏，魏王折节割地，以国之半与秦，秦必去矣。秦已去魏，魏王悉韩、魏之兵，又西借秦兵，以因赵之众，以四

国攻燕，王且何利？利行数千里而助人乎？利出燕南门而望见军乎？则道里近而输又易矣，王何利？”燕王曰：“子行矣，寡人听子。”乃为之起兵八万，车二百乘，以从田文。魏王大说，曰：“君得燕、赵之兵甚众且亟矣。”秦王大恐，割地请讲于魏。因归燕、赵之兵，而封田文。

【译文】

田文说：“我献给大王有利的计谋，可大王不用我的忠心计策，那么我只得请求离开。我担心天下将要发生大的变化呀。”燕王说：“我能够听听有什么大变化吗？”田文说：“秦国攻打魏国，还没能战胜魏国，游观的高台就已经被焚烧了，国君宴乐射猎的离宫也被占领了。如果燕国不援救魏国，魏王就会割地屈膝求和，以半个魏国献给秦国，秦军一定会撤退。秦军从魏国撤退以后，魏王率领韩、魏大军，又从西边借来秦军，再联合赵军，用四国联军去攻打燕国，大王还有什么好处呢？当魏、秦、韩、赵四国联军兵临城下之时，到底是‘行数千里去助人’有利呢？还是出燕都南门就看见四国联军有利呢？四国兵临城下，燕国和四国相距已很近了，运输也方便，这个时候，大王又有什么好处呢？”燕王说：“您可以走了，我听从您的。”于是为魏国派兵八万，战车二百辆，随着田文。魏王非常高兴，说："您借来燕、赵军队很多，而且又快。"秦王十分害怕，便向魏国割地求和。于是魏国归还燕、赵的军队，并加封了田文。

魏王欲攻邯郸

【导读】

魏王想要攻打邯郸，大臣季梁为了劝阻魏王，给他讲了一个"南辕北辙"的寓言故事，告诉魏王攻打邯郸就像去楚国而往北走一样，只会离目标越来越远。

【原文】

魏王欲攻邯郸，季梁闻之，中道而反，衣焦❶不申❷，头尘不浴，往见王曰："今者臣来，见人于大行，方北面而持其驾，告臣曰：'我欲之楚。'臣曰：'君之楚，将奚为北面？'曰：'吾马良。'臣曰：'马虽良，此非楚之路也。'曰：'吾用多。'臣曰：'用虽多，此非楚之路也。'曰：'吾御者善。'此数者愈善，而离楚愈远耳。

【注释】

①焦：卷。

②申：通"伸"，平展。

【译文】

魏王想要攻打邯郸，季梁听说

后，半路上就返回来了，衣服的皱褶没来得及舒展，头上的尘土没来得及洗去，就前去拜见魏王说：“臣今天回来的时候，在大路上看见一个人，正朝着北方赶他的车，并告诉臣说：‘我要到楚国去。’臣说：‘您要到楚国去，为什么往北走？’他说：‘我的马好。’臣说：‘马虽好，可这根本不是去楚国的路啊。’他说：‘我的路费多。’臣说：‘路费虽多，这毕竟不是去楚国的路啊。’他又说：‘我的车夫驾车技术好。’这几样越好，离楚国就越远了。

【原文】

“今王动欲成霸王，举欲信❶于天下，恃王国之大，兵之精锐，而攻邯郸，以广地尊名，王之动愈数，而离王愈远耳，犹至楚而北行也。”

【注释】

①信：通“伸”，伸张。

【译文】

“现在大王的一举一动都想成就霸业，使魏国在天下得到伸张，然而依仗大王国土之大，武器精良，想去攻打邯郸，从而扩展土地提高名声，大王的行动越频繁，离称王的事业就越远，就好像要去楚国却往北走一样啊。”

唐雎说信陵君

【导读】

魏国公子信陵君窃符救赵，解除了邯郸之围。本文写的是唐雎在信陵君即将受到赵王的隆重欢迎时，对他提出的忠告。唐雎的话颇有启发意义，如“人之有德于我也，不可忘也；吾有德于人也，不可不忘也”。

【原文】

信陵君杀晋鄙，救邯郸，破秦人，存赵国，赵王自郊迎。

【译文】

信陵君魏无忌杀死晋鄙，夺得军权，领兵援救邯郸，击破了秦军，保存了赵国，赵王亲自到邯郸郊外迎接他。

【原文】

唐雎[1]谓信陵君曰："臣闻之曰：'事有不可知者，有不可不知者；有不可忘者，有不可不忘者。'"信陵君曰："何谓也？"对曰："人之憎我也，不可不知也；吾憎人也，不可得而知也。人之有德于我也，不可忘也；吾有德于人也，不可不忘也。今君杀晋鄙，救邯郸，破秦人，

存赵国，此大德也。今赵王自郊迎，卒然❷见赵王，愿君之忘之也。"信陵君曰："无忌谨受教。"

【注释】

①唐雎：魏国人。

②卒然：同"猝然"，突然。

【译文】

唐雎对信陵君说："我听说过这样的话：'事情有不能知道的，也有不能不知道的；有不能忘记的，也有不能不忘记的。'"信陵君说："你这番话是什么意思？"唐雎回答说："别人憎恨我，我不能不知道；我憎恨别人，就不可以让别人知道。别人对我有恩德，我不能忘掉；我对别人有恩德，我不能不忘掉。如今您杀死晋鄙，援救邯郸，击破秦军，保存了赵国，这是大恩大德。现在赵王要亲自到郊外迎接您，突然见到赵王，我希望您千万忘掉自己对赵国的恩德。”信陵君说：“我恭敬地接受您的教导。”

唐雎不辱使命

【导读】

秦王想通过易地的方式吞并安陵，安陵君不答应，派唐雎出使秦国，与秦王展开面对面的斗争。唐雎不卑不亢，针锋相对，终于折服了盛气凌人的秦王，出色地完成了使命。文章内容精彩，语言犀利，引人入胜，人物塑造栩栩如生。

【原文】

秦王❶使人谓安陵君❷曰："寡人欲以五百里之地易安陵，安陵君其许寡人！"安陵君曰："大王加惠，以大易小，甚善。虽然，受地于先王，愿终守之，弗敢易！"秦王不说。安陵君因使唐雎使于秦。

【注释】

①秦王：即秦王嬴政。

②安陵君：魏国的附属国安陵国的国君。战国时，魏襄王封其弟为安陵

君，此为安陵君的后裔。安陵：今河南鄢陵西北。

【译文】

秦王派人对安陵君说："我想要用方圆五百里的土地来换安陵，安陵君一定要答应我啊！"安陵君说："大王给予恩惠，用大片的土地交换小的土地，很好。即使如此，我从先王那里继承了封地，希望能永远守卫它，实在不敢用来交换啊！"秦王不高兴。于是，安陵君派遣唐雎出使秦国。

【原文】

秦王谓唐雎曰："寡人以五百里之地易安陵，安陵君不听寡人，

何也？且秦灭韩亡魏，而君以五十里之地存者，以君为长者，故不错意❶也。今吾以十倍之地，请广❷于君，而君逆寡人者，轻寡人与？”唐雎对曰：“否，非若是也。安陵君受地于先王而守之，虽千里不敢易也，岂直❸五百里哉？”

【注释】

①错意：放在心上。错：通“措”。

②广：扩充。

③岂直：何止。

【译文】

秦王对唐雎说：“我拿方圆五百里的土地来换安陵，安陵君不听从我，这是为什么呢？况且秦国已经灭了韩国、魏国，而安陵君却凭借方圆五十里的土地幸存下来，是因为我把安陵君当作忠厚的长者，所以才不打他的主意。现在我用十倍于安陵的土地，让安陵君扩大领土，但是他违背我的意愿，岂不是轻视我吗？”唐雎回答说：“不，不像你说的这样。安陵君从先王那里继承了封地并且保卫它，即使是方圆千里的土地也不敢交换，何况仅仅是五百里呢？”

【原文】

秦王怫然怒，谓唐雎曰："公亦尝闻天子之怒乎？"唐雎对曰："臣未尝闻也。"秦王曰："天子之怒，伏

尸百万，流血千里。”唐雎曰：“大王尝闻布衣之怒乎？”秦王曰：“布衣之怒，亦免冠徒跣，以头抢地耳。”唐雎曰：“此庸夫之怒也，非士之怒也。夫专诸❶之刺王僚也，彗星袭月。聂政❷之刺韩傀也，白虹贯❸日。要离❹之刺庆忌也，仓鹰击于殿上。此三子者，皆布衣之士也，怀怒未发，休祲❺降于天，与臣而将四矣。若士必怒，伏尸二人，流血五步，天下缟素❻，今日是也。”挺剑而起。

【注释】

①专诸：春秋时吴国勇士。吴国公子光想杀吴王僚自立，派专诸把匕首

藏在鱼肚子里，借献鱼之机刺死了王僚。

②聂政：战国时齐国勇士。韩国大夫严仲子同相国韩傀有仇，请聂政刺杀了韩傀。

③贯：穿。

④要离：春秋时吴国勇士。吴王僚死后，其子庆忌逃到卫国，公子光派要离去把他刺杀了。

⑤休祲（jìn）：征兆。休：吉兆。祲：凶兆。

⑥缟（gǎo）素：白色的丧服。

【译文】

秦王勃然大怒，对唐雎说："你可曾听说过天子发怒的情形吗？"唐雎回答说："我未曾听说过。"秦王说：

“天子发怒，倒下的尸体有百万具，血流千里。”唐雎说：“大王曾经听说过老百姓发怒的情形吗？”秦王说：“老百姓发怒，也不过是摘掉帽子，光着脚，把头往地上撞罢了。”唐雎说：“这是平庸无能的人发怒，不是有才能、有胆识的人发怒。从前专诸刺杀吴王僚的时候，彗星的尾巴横扫月亮。聂政刺杀韩傀的时候，白色长虹横穿太阳。要离刺杀庆忌的时候，苍鹰搏击在宫殿上。这三个人都是出身平民的有胆识的人，心里的愤怒还没发作出来，上天就降下了征兆。现在，专诸、聂政、要离，加上我就要成为四个人了。如果有才能和胆识的人一定要发怒的话，横在地上的尸体不过两具，流血不过五步，可是天下百姓都得穿白色的丧服，今天就是这样。”说完拔出宝剑，挺身而起。

【原文】

秦王色挠❶，长跪而谢之曰：“先生坐！何至于此！寡人谕矣。夫韩、魏灭亡，而安陵以五十里之地存者，徒以有先生也！”

【注释】

①挠：屈服。

【译文】

秦王脸色沮丧下来，直身而跪向唐雎道歉说：“先生请坐！哪里会到这种地步！我明白了。韩国、魏国灭亡，然而安陵却凭借五十里的土地生存下来的原因，只是因为有先生您啊！”

申子请仕其从兄官

【导读】

申不害是法家代表人物之一，主张以法治国，尚贤任能，论功行赏，却为自己的堂兄向韩昭侯求官，结果被拒绝了。韩昭侯批评申不害的言行和行为自相矛盾，申不害为自己的行为感到后悔，马上承认了错误。

【原文】

申子❶请仕其从兄官，昭侯❷不许也。申子有怨色。昭侯曰："非所谓学于子者也。听子之谒，而废子之道乎？又亡其行子之术，而废子之谒乎？子尝教寡人循功劳，视次第。今有所求，此我将奚听乎？"申子乃辟舍❸请罪，曰："君真其人也！"

【注释】

①申子：申不害，法家代表人物，郑国人，韩昭侯时任相国。

②昭侯：即韩昭侯，名武。

③辟舍：避居在外。此指不敢进入正室。辟：同"避"。

【译文】

韩相国申不害为他的堂兄向韩昭侯求官做，韩昭侯不同意。申不害脸上有怨气。韩昭侯说："我这还不是从您那儿学的吗？我是答应您的要求而废弃您的主张呢，还是实行您的主张而不答应您的请求呢？您曾教我，根据功劳的大小授予不同的奖赏，根据能力的强弱委任不同的官职。现在您有所求，这将使我无所适从了。"申不害不敢进入正室，请求惩处，说："您真是我要找的好国君啊！"

韩傀相韩

【导读】

本文叙写的是聂政刺杀韩相韩傀的故事。韩王的宠臣严遂与相国韩傀发生了严重的冲突，严遂害怕被诛杀，逃离了韩国，伺机寻访刺客。严遂听说齐人聂政是勇士，重金结交他，但被聂政以有老母要奉养为由拒绝了。聂政的母亲死后，他为了报答严遂的恩情，刺杀了韩傀，并用刀毁容自杀。聂政的姐姐为了让弟弟死后留名，指认了暴尸于街市的弟弟，并自杀身亡。

【原文】

韩傀❶相韩，严遂❷重于君，二人相害也。严遂政议直指，举韩傀之过。韩傀以之叱之于朝。严遂拔剑趋之，以救解。于是严遂惧诛，亡去游，求人可以报韩傀者。

【注释】

①韩傀：即侠累，韩烈侯的叔父，担任韩国相国。

②严遂：字仲子，韩烈侯的宠臣。

【译文】

韩傀担任韩国相国的时候，严遂也受到了韩王的重用，两个人相互攻击。严遂严正批评、直接指斥韩傀，列举韩傀的过失。韩傀于是就在朝廷上呵斥严遂。严遂拔出宝剑追杀韩傀，韩傀由于众人出手相救才解了围。事后，严遂害怕被韩傀杀害，逃出韩国，游荡在外，四处寻找可以帮他向韩傀报仇的人。

【原文】

至齐，齐人或言：“轵❶深井里❷聂政，勇敢士也。避仇隐于屠者之间。”严遂阴交于聂政，以意厚之。聂政问曰：“子欲安用我乎？”严遂曰：“吾得为役之日浅，事今薄，奚敢有请？”于是严遂乃具酒，

觞聂政母前。仲子奉黄金百镒，前为聂政母寿。聂政惊，愈怪其厚，固谢严仲子。仲子固进，而聂政谢曰："臣有老母，家贫，客游以为狗屠，可旦夕得甘脆以养亲。亲供养备，义不敢当仲子之赐。"严仲子辟人，因为聂政语曰："臣有仇，而行游诸侯众矣。然至齐，闻足下义甚高。故直进百金者，特以为夫人粗粝之费，以交足下之欢，岂敢以有求邪？"聂政曰："臣所以降志辱身，居市井者，徒幸而养老母。老母在，政身未敢以许人也。"严仲子固让，聂政竟不肯受。然仲子卒备宾主之礼而去。

【注释】

①轵（zhǐ）：古邑名，位于今河南济源。

②深井里：轵的里巷名。

【译文】

到了齐国，齐国有个人跟严遂说："轵地深井里的聂政，是一个勇士。他为了躲避仇人隐藏在屠夫中间。"严遂暗中与聂政交往，有意厚待他。聂政问严遂："您想让我干什么？"严遂说："我有幸能为您效劳的日子还很短，侍奉您也不够，怎敢有所求呢？"严遂准备酒菜，向聂政母亲敬酒。严遂又拿出百镒黄金，为聂政母亲祝寿。聂政很吃惊，更加奇怪他何以厚礼相待，坚决谢绝了严遂的厚礼。严遂坚持进献，聂政推辞说："我有老母亲，家中贫寒，流落他乡以杀狗为业，能够早晚得到些可口的食物奉养老母。母亲的供养已经够用，实在不敢接受您的赠赐。"严遂于是避开旁人，对聂政说："我有仇要报，曾游访过许多诸侯国。到了齐国，听说您很讲义气。所以直接送上百金，也只不过是作为老夫人平时粗茶淡饭的费用，好让足下高兴，怎敢有所求呢？"聂政说："我之所以降低志向，辱没身份，隐居在市井之中，只是为奉养老母。老母活着，我的生命不敢许诺给别人。"严遂坚持赠送厚礼，聂政始终不肯接受。然而严遂还是完成了宾主之礼才离开。

【原文】

久之，聂政母死，既葬，除服。聂政曰："嗟乎！政乃市井之人，鼓刀以屠，而严仲子乃诸侯之卿相也，不远千里，枉车骑而交臣，臣之所以待之至浅鲜矣，未有大功可以称者。而严仲子举百金为亲寿，我虽不受，然是深知政也。夫贤者以感忿睚眦❶之意，而亲信穷僻之人，而政独安可嘿然❷而止乎？且前日要政，政徒以老母。老母今以天年终，政将为知己者用。"

【注释】

①睚（yá）眦（zì）：怒目而视，借指细小的怨恨。

②嘿然：沉默。

【译文】

过了很久，聂政的母亲死了，安葬完毕，守孝期满脱去丧服。聂政说："唉！我只是个市井平民，动刀屠狗为生罢了，而严遂却是诸侯的卿相，他不远千里屈尊来结交我，我对待他的情分太浅薄了，没有可以称道的大功劳回报他。而严遂却拿出百金为我的母亲祝寿，我虽然没有接受，然而他是非常赏识我的人。贤德的人因为心中的怨恨而亲近信任我这穷乡僻壤的人，我怎么可以沉默不语就完了呢？况且严遂以前约请我，我只是因为有老母在没答应他。如今老母已享尽天年，我将为知己者效力了。”

【原文】

遂西至濮阳，见严仲子曰：“前所以不许仲子者，徒以亲在。今亲不幸，仲子所欲报仇者为谁？”严仲子具告曰：“臣之仇，韩相傀。傀又韩君之季父❶也，宗族盛，兵卫设，臣使人刺之，终莫能就。今足下幸而不弃，请益具车骑壮士，以为羽翼。”政曰：“韩与卫，中间不远，今杀人之相，相又国君之亲，此其

势不可以多人。多人不能无生得失，生得失则语泄，语泄则韩举国而与仲子为仇也，岂不殆哉！”遂谢车骑人徒，辞，独行仗剑至韩。

【注释】

①季父：叔父。

【译文】

于是，聂政向西到了濮阳，见到严遂说：“从前没有答应您，只是因为老母还在。如今老母不幸去世，请问您想报仇的人是谁？”严遂把全部情况都告诉聂政说：“我的仇人是韩国相国韩傀。此人是韩王的叔父，家族势力很大，住处又有士兵守卫，我曾派人刺杀他，一直没能成功。现在有幸蒙您不弃，请让我为您多准备车马、壮士作为帮手。”聂政说：“韩国与卫国之间相距不远，如今去杀人家的相国，相国又是韩王的至亲，在这种形势下不可以多带人。人多了不能保证不出差错，出了差错就会泄露秘密，泄露秘密就会使韩国举国上下与您为仇，那样岂不是很危险！”于是谢绝了车马随从，告辞而去，独自持剑来到韩国。

【原文】

韩适有东孟❶之会，韩王及相皆在焉，持兵戟而卫者甚众。聂政直入，上阶刺韩傀。韩傀走而抱列

侯，聂政刺之，兼中列侯，左右大乱。聂政大呼，所杀者数十人。因自皮面抉眼，自屠出肠，遂以死。韩取聂政尸于市，县购之千金。久之莫知谁子。政姊闻之，曰："弟至贤，不可爱妾之躯，灭吾弟之名，非弟意也。"乃之韩，视之曰："勇哉！气矜之隆。是其轶贲、育❷而高成荆❸矣。今死而无名，父母既殁矣，兄弟无有，此为我故也。夫爱身不扬弟之名，吾不忍也。"乃抱尸而哭之曰："此吾弟轵深井里聂政也。"亦自杀于尸下。

【注释】

①东孟：即酸枣，今河南延津西南。

②贲、育：战国时的勇士孟贲（一作孟奔）、夏育。

③成荆：古代勇士。

【译文】

恰逢韩国在东孟举行盛会，韩王和相国韩傀都在那里，手持武器护卫的人很多。聂政径直闯入，冲上台阶刺杀韩傀。韩傀逃跑时抱住了韩烈侯，聂政用剑刺他，同时刺中了韩烈侯，左右的人大乱。聂政大声呼喊，杀死了几十个人。最后聂政自己刺烂脸面，挖出眼珠，剖腹流出肠子，很快就死了。韩国把聂政的尸体扔在市场上，悬赏千金想知道刺客的名字。过了很久，没人知道他是谁。聂政的姐姐听说这件事后，说："我的弟弟非常贤能，我不该吝惜自己的身躯，而泯灭了弟弟的名声，虽然这不是弟弟的本意。"于是她来到韩国，看到聂政的尸体说："勇敢啊！浩气雄壮。这样壮烈的行为超过了孟贲、夏育，高过了成荆。现在弟弟死了，却没留下名字，父母已经去世，又没有其他兄弟，弟弟这样做是为了不牵连我啊。爱惜自己的性命而不传扬弟弟的名声，我不忍心这样做。"她抱着聂政的尸体哭着说："这是我的弟弟，轵地深井里的聂政。"说完也自杀在聂政的尸体旁。

【原文】

晋、楚、齐、卫闻之，曰："非独政之能，乃其姊者，亦列女也。"聂政之所以名施于后世者，其姊不避菹醢之诛，以扬其名也。

【译文】

晋、楚、齐、卫等国的人听说后，都说："不只是聂政勇敢，他的姐姐也是一个刚烈的女子。"聂政之所以能名传后世，是因为他的姐姐不怕自己被剁成肉酱而传扬他的名声。

燕文公时

【导读】

齐国趁燕国举行丧礼时攻占了燕国十座城池，苏秦为燕国游说齐王，一见面先祝贺再吊唁，齐王怒问其故。苏秦剖析了秦、齐、燕三国之间的利益关系，秦国可以联燕攻齐，并指出归还十座城池才会转祸为福。齐王被苏秦说动，欣然同意。

【原文】

燕文公时，秦惠王以其女为燕

太子妇。文公卒，易王立。齐宣王因燕丧攻之，取十城。武安君苏秦为燕说齐王，再拜而贺，因仰而吊。齐王按戈而却❶曰："此一何庆吊相随之速也？"对曰："人之饥所以不食乌喙❷者，以为虽偷充腹，而与死同患也。今燕虽弱小，强秦之少婿也。王利其十城，而深与强秦为仇。今使弱燕为雁行，而强秦制其后，以招天下之精兵，此食乌喙之类也。"

【注释】

①却：责问。

②乌喙（huì）：中药附子的别称。

【译文】

燕文公时，秦惠王把他的女儿嫁

给燕太子做妻。燕文公死后，太子易王即位。齐宣王趁燕国遇有国丧便派兵进攻，占领了十座城。武安君苏秦为燕国游说齐王，拜了两拜表示庆贺，接着又抬头表示吊唁。齐王按戈责备说："为什么庆贺和吊唁接连这么快呀？"苏秦回答说："人在饥饿时之所以不愿吃毒药附子，这是因为它虽然可以暂时解除饥饿，但毒死和饿死是同样的痛苦。现在燕国虽然弱小，可也是强秦的女婿之邦。大王贪图十城，却和强秦结下了深仇。如果让弱小的燕国打前锋，而强秦做后盾，来召集天下的精兵，这就等于齐国吃了毒药附子一样。"

【原文】

齐王曰："然则奈何？"对曰："圣人之制事也，转祸而为福，因败而为功。故桓公负妇人❶而名益尊；韩献开罪而交愈固❷。此皆转祸而为福，因败而为功者也。王能听臣，莫如归燕之十城，卑辞以谢秦。秦知王以己之故归燕城也，秦必德王。燕无故而得十城，燕亦德王。是弃强仇而立厚交也。且夫燕、秦之俱事齐，则大王号令天下皆从。是王以虚辞附秦，而以十城取天下也。此霸王之业矣。所谓转祸为福，因败成功者也。"齐王大说，乃归燕城，以金千斤谢其后，顿

首涂中，愿为兄弟而请罪于秦。

【注释】

①桓公负妇人：指齐桓公休了妃子蔡姬一事。

②韩献开罪而交愈固：春秋时晋国的韩献子韩厥曾处罚了大臣赵盾的手下，而没有被赵盾怪罪。

【译文】

齐王说："那可怎么办呢？"苏秦回答说："圣人处理事情，可以把灾祸转变为吉利，可以把失败转变为成功。所以，齐桓公虽然有女色的牵累，但名声更加崇高；韩献子得罪了赵盾，可是赵盾和他的交情更加巩固。这些都是转祸为福、转失败为成功的事例。大王如能听从我的意见，不如归还燕国的十城，谦卑地向秦国致歉。秦王知道大王是因为秦国而归还燕国十城，他一定会感激大王。燕国在没有发生任何事变的情况下收回了十城，燕王也会感激大王。这就是舍弃强大的仇敌，建立友好的邦交。而且燕国和秦国如果都和齐国建立了友好关系，大王的号令，诸侯就都会听从了。这样，大王虽然是谦卑地向秦国致歉，顺从秦国，却以十城换来了天下人心的实效。这是建立霸王的事业。也就是所谓转祸为福，转失败为成功呀。”齐王听了非常高兴，于是归还燕国十城，随后拿出黄金千斤来谢罪，谦卑地希望和秦国结为兄弟之邦，并向秦国请罪。

人有恶苏秦于燕王者

【导读】

本文写苏秦为燕国出使齐国，收回了被夺去的十座城池，却在国内受到谗言的中伤，使其在返燕后受到燕王的冷遇。苏秦以曾参之孝、伯夷之廉、尾生之信为例，说明这些高尚的品行并不能为君王所用，而自己追求的是积极进取之道，却因忠信得罪了君王。他接着又用忠心而遭受笞打的侍妾为例，希望燕王能详察内情。苏秦的辩词立意新颖，论证独特，环环相扣，首尾照应。

【原文】

人有恶苏秦于燕王❶者，曰："武安君，天下不信人也。王以万乘下之，尊之于廷，示天下与小人群也。"武安君从齐来，而燕王不馆也。谓燕王曰："臣，东周之鄙人也，见足下身无咫尺之功，而足下迎臣于郊，显臣于廷。今臣为足下使，利得十城，功存危燕，足下不听臣者，人必有言臣不信，伤臣于王者。臣之不信，是足下之福也。使臣信

如尾生❷，廉如伯夷，孝如曾参❸，三者天下之高行，而以事足下，可乎？”燕王曰：“可。”曰：“有此，臣亦不事足下矣。”

【注释】

①燕王：即燕昭王。

②尾生：相传他与一名女子相约在桥下见面，到了约定的时候女子没来，河水暴涨，他抱着桥柱溺亡。

③曾参：字子舆，孔子的学生，以孝著称，相传《孝经》为其所著。

【译文】

有人在燕昭王面前毁谤苏秦说：“武安君是天下最不可信赖的人。君王以万乘之尊去俯就他，在朝廷上推崇他，这是向天下诸侯表示燕王和小人为伍。”苏秦从齐国回来，燕昭王竟不准备馆舍招待。因而苏秦对燕昭王说：“臣是东周乡野小民，第一次晋见君王时，没有一点儿功劳，而君王却到郊外来迎接，在朝廷上表彰臣招待臣。现在臣为君王出使齐国，为燕国收回十城之地，有挽救弱燕危亡命运之功，君王反而不相信臣，一定是有人在君王面前说臣不讲信用，在大王面前诽谤臣。臣若不讲信用，那倒是君王的福气。假如臣像尾生一般守信，像伯夷一般廉洁，像曾参一般孝顺，用这三人的美德来侍奉君王好不好呢？”燕昭王说：“好啊。”苏秦说："假如臣是有这三种美德的人，那臣也就不会来服侍您了。"

【原文】

苏秦曰："且夫孝如曾参，义不离亲一夕宿于外，足下安得使之之齐？廉如伯夷，不取素餐，污武王之义而不臣焉，辞孤竹之君，饿而死于首阳之山。廉如此者，何肯步行数千里，而事弱燕之危主乎？信如尾生，期而不来，抱梁柱而死。信至如此，何肯扬燕、秦之威于齐而取大功乎哉？且夫信行者，所以自为也，非所以为人也。皆自覆之术，非进取之道也。且夫三王代兴，五霸迭盛，皆不自覆也。君以自覆为可乎？则齐不出于营丘[1]，足下不逾楚境，不窥于边城之外。且臣有老母于周，离老母而事足下，去自覆之术而谋进取之道。臣之趣固不与足下合者。足下皆自覆之君也，仆者进取之臣也，所谓以忠信得罪于君者也。”

【注释】

①营丘：即临淄（今山东淄博临淄区）。

【译文】

苏秦说：“臣要像曾参一般孝顺，连一夜都不肯离开父母，那君王还能派臣出使齐国吗？廉洁如伯夷，不肯白吃饭，认为周武王不义就不做他的臣子，辞去孤竹君不做，宁肯活活饿死在首阳山。像这样廉洁之士，又怎么肯步行几千里来侍奉危亡的燕国君主呢？守信义如尾生，和女人约会而对方未来，他竟抱着桥柱不走被洪水淹死。像这样守信义的行为，又怎么肯到齐国去宣扬燕、秦的威势来建立大功呢？况且守信用的行为，乃是为了自己，并不是为了别人，都是安于现状的方法，根本不是进取的策略。况且三王相继兴起，五霸轮流强盛，都是不满足现状。君王认为安于现状是应该的吗？那齐国就不能进兵营丘，而您也不能越过楚国的边界，更不能向边城之外窥探。况且我在周有老母，离开老母而来侍奉您，放弃安于现状的观念而寻求进取的策略，我的目的本来就跟君王不相合的。您是安于现状的君主，而我是力求进取的臣子，这就是由于忠信却得罪君王。”

【原文】

燕王曰：“夫忠信，又何罪之有也？”对曰：“足下不知也。臣邻家有远为吏者，其妻私人。其夫且归，其私之者忧之。其妻曰：‘公勿忧也，吾已为药酒以待之矣。’后二日，夫至。妻使妾奉卮酒进之。妾知其药酒也，进之则杀主父，言之则逐主母，乃阳僵①弃酒。主父大怒而笞之。故妾一僵而弃酒，上以活主父，下以存主母也。忠至如此，然不免于笞，此以忠信得罪者也。臣之事，适不幸而有类妾之弃酒也。且臣之事足下，亢②义益国，今乃得罪，臣恐天下后事足下者，莫敢自必也？且臣之说齐，曾不欺之也。使之说齐者莫如臣之言也，虽尧、舜之智，不敢取也。”

【注释】

①阳僵：假装摔倒。

②亢：高。

【译文】

燕昭王说：“忠信，又有什么过

错呢？”苏秦回答说：“您可能不明白这种道理。臣有一个邻居到远方做官，在家的妻子和人通奸。当丈夫要回家时，奸夫感到很忧虑。这时奸妇对奸夫说：‘你不必担心，我已经准备好毒酒等他回来。’过了两天，丈夫回来了。妻子叫侍妾端毒酒给他喝。侍妾知道这是一杯毒酒，男主人喝了就会被毒死，可是说出来女主人就会被赶走，因此侍妾就假装跌倒把毒酒弄翻，不料男主人竟然大怒而鞭打侍妾。所以侍妾故意把毒酒弄翻，对上救了男主人一命，对下保全了女主人在家中的地位。侍妾忠贞到如此程度，然而竟逃不过男主人的鞭打，这就叫作‘以忠信而获罪’。我今天的所作所为，不幸恰好有些类似这侍妾故意把酒弄泼。况且我侍奉您，是为了提高燕国的地位，希望对燕国能有所帮助。不料我竟因此而获罪，我恐怕以后来侍奉君王的天下士子，都会丧失信心。再说我前往齐国游说，并不是用欺骗手段。只不过其他国家使者到齐国游说的，没有谁像我说得那么婉转变通。即使他们像尧、舜一般明智，齐国也不会采纳他们的话。”

燕昭王收破燕后即位

【导读】

本文记载了燕昭王复国后，面对残破的燕国，励精图治、招贤纳士，最后报仇雪耻的故事。作者重点记叙了燕昭王问计并礼遇郭隗一事。“昭王延郭隗，遂筑黄金台”，各国贤士闻风而至。经过多年的发展，燕国实力大增，最终乐毅率五国联军攻破齐国，一雪前耻，完成了昭王复仇的心愿。

【原文】

燕昭王收破燕后即位，卑身厚币，以招贤者，欲将以报仇。故往见郭隗[1]先生曰：“齐因孤国之乱，而袭破燕。孤极知燕小力少，不足以报。然得贤士与共国，以雪先王之耻，孤之愿也。敢问以国报仇者奈何？”

【注释】

①郭隗：燕国的贤士，纵横家代表人物之一。

【译文】

燕昭王收拾了残破的燕国之后，登上了王位。他谦卑恭敬，以厚礼重金招聘贤才，准备依靠他们报仇雪耻。于是，他去见郭隗先生说："齐国趁我国内乱，发动突然袭击，打败了燕国。我深知国小力弱，不可能报仇。但如果能得到有才干的人，与他们共同管理国家，来洗雪先王的耻辱，这是我的愿望。请问要报国家的大仇，应该怎么办？"

【原文】

郭隗先生对曰："帝者与师处，王者与友处，霸者与臣处，亡国与役处。诎指而事之，北面而受学，则百己者至。先趋而后息，先问而后嘿❶，则什己者至。人趋己趋，则若己者至。冯❷几据杖，眄视❸指使，则厮役之人至。若恣睢❹奋击，呴籍❺叱咄❻，则徒隶之人至矣。此古服道致士之法也。王诚博选国中之贤者，而朝其门下，天下闻王朝其贤臣，天下之士必趋于燕矣。”

【注释】

①嘿：通“默”。

②冯：凭。

③眄（miàn）视：斜视。

④恣睢（suī）：放纵暴戾。

⑤呴籍：脚踏地跳跃的样子。

⑥叱咄：大声吼叫。

【译文】

郭隗先生回答说：“成就帝业的国君以贤者为师，成就王业的国君以贤者为友，成就霸业的国君以贤者为臣，亡国的国君以贤者为奴仆。折节屈尊侍奉贤者，面向老师接受教导，那么，才干超过自己百倍的人就会到来。先于别人去劳役，后于别人去休息，先于别人向人求教，别人已经不求教了，自己还求教不止，那么，才干超过自己十倍的人就会到来。别人去学习，自己也跟着，那么和自己才能差不多的人就来了。靠着几案，拄着手杖，颐指气使，指手画脚，那么，干杂活、服苦役的人就会到来。如果对人暴虐粗野，随便发怒，任意呵斥，那么，只有唯唯诺诺、惟命是从的犯人和奴隶会到来了。这些都是古代施行王道、招揽人才的办法。大王如果能够广泛选拔国内的人才，亲自登门拜访，天下人听说大王亲自拜访贤臣，天下的贤士就一定都会奔赴燕国。”

【原文】

昭王曰：“寡人将谁朝而可？”郭隗先生曰：“臣闻古之君人，有以千金求千里马者，三年不能得。涓人❶言于君曰：‘请求之。’君遣之。三月得千里马，马已死，买其首五百金，反以报君。君大怒曰：‘所求者生马，安事死马而捐五百金？’涓人对曰：‘死马且买之五百金，况生马乎？天下必以王为能市马，马今至矣。’

于是不能期年，千里之马至者三。今王诚欲致士，先从隗始。隗且见事，况贤于隗者乎？岂远千里哉？"

【注释】

①涓人：亲近的侍从。

【译文】

昭王说："我应当拜访谁才合适呢？"郭隗先生说："我听说古代有个君王，想以千金求购千里马，三年也没有买到。宫中有个内臣对国君说：'请让我去买吧。'国君就派他去。三个月后他找到了千里马，可是马已经死了，就以五百金买了那匹死马的头，回来报告国君。国君大怒，说：'我要找的是活马，死马有什么用？还白白花了五百金。’内臣回答说：‘死马尚且肯花五百金，更何况活马呢？天下人由此一定会认为大王喜欢买千里马，那么千里马就会来到。’于是不到一年，千里马多次被送上门来。现在大王果真想招揽人才，就先从我开始吧。像我这样的人尚且被任用，何况比我更有才干的人呢？难道他们还会嫌千里为远而不到燕国来吗？”

【原文】

于是昭王为隗筑宫而师之。乐毅❶自魏往，邹衍❷自齐往，剧辛❸自赵往，士争凑燕。燕王吊死问生，与百姓同其甘苦。二十八年，燕国殷富，士卒乐佚轻战。于是遂以乐毅为上将军，与秦、楚、三晋合谋以伐齐。齐兵败，闵王出走于外。燕兵独追北，入至临淄，尽取齐宝，烧其宫室宗庙。齐城之不下者，唯独莒❹、即墨❺。

【注释】

①乐毅：中山国人，魏将乐羊的后裔，入燕后被封为上将军（燕国最高军事统帅）。

②邹衍：齐人，稷下学宫的著名学者。

③剧辛：赵国的贤人。

④莒：今山东莒县。

⑤即墨：今山东平度东南。

【译文】

燕昭王于是专为郭隗修建了宫

宅，并且尊他为师。不久，乐毅从魏国来了，邹衍从齐国来了，剧辛从赵国来了，有才干的人都争先恐后地聚集到燕国。燕昭王悼念死去的人，安慰活着的人，同老百姓同甘共苦。二十八年后，燕国殷实富裕了，士兵生活安适，都乐意为国而战。于是，燕昭王就任命乐毅为上将军，与楚、秦、赵、魏、韩等国合谋讨伐齐国。齐国大败，齐湣王逃往国外。燕国的军队单独追击败逃的齐军，攻下齐都临淄，把那里的宝物全部掠去，烧毁了齐国的宫殿、宗庙。齐国的城邑没有被攻下的，只有莒和即墨两处。

苏代为燕说齐

【导读】

苏秦死后，苏秦的弟弟苏代继承了苏秦的事业，开始活跃在战国后期的政治舞台上。由于初出茅庐，苏代急需名人的推荐、赏识。他为燕国游说齐王之前，先拜见淳于髡，借卖马人求助伯乐提高马价的寓言故事，将自己比喻为千里马，将淳于髡比作伯乐，希望借助淳于髡的推荐抬高自己的身份，同时献上一份丰富的“马食”。苏代因淳于髡的推荐得到了齐王的欢心。

【原文】

苏代为燕说齐，未见齐王❶，先说淳于髡❷曰："人有卖骏马者，比❸三旦立市，人莫之知。往见伯乐曰：'臣有骏马，欲卖之，比三旦立于市，人莫与言。愿子还而视之，去而顾之，臣请献一朝之贾。'伯乐乃还而视之，去而顾之，一旦而马价十倍。今臣欲以骏马见于王，莫为臣先后者，足下有意为臣伯乐❹乎？臣请献白璧一双，黄金千镒，以为马食。"

【注释】

①齐王：即齐威王。

②淳于髡：齐国稷下学士，以博学著

称，滑稽善辩，多次劝谏齐王。

③比：接连地。

④伯乐：相传为春秋时善于相马的人。

【译文】

苏代为燕国去游说齐国，没有见齐威王之前，先对淳于髡说道："有一个卖骏马的人，接连三天早晨都守候在市场里，也无人知道他的马是匹骏马。卖马人很着急，于是去见伯乐说：'我有一匹骏马，想要卖掉它，可是接连三天早晨去市场，也没有哪个人来问一下。希望先生您能绕着我的马看一下，离开时回头再瞅一眼，这样我愿意给您一天的费用。'伯乐于是就绕着马看了看，离去时又回头看了一眼，结果马的身价一个早晨竟然涨了十倍。现在我想把‘骏马’送给齐王看，可是没有替我前后周旋的人，先生有意做我的伯乐吗？我愿送给您白璧一双，黄金千镒，以此作为您的酬劳。”

【原文】

淳于髡曰：“谨闻命矣。”入言之王而见之，齐王大说❶苏子。

【注释】

①说：同“悦”。

【译文】

淳于髡说：“愿意听从您的吩咐。”于是淳于髡进宫向齐王推荐了苏代，齐王接见了苏代，非常喜欢他。

乐毅报燕王书

【导读】

燕昭王去世后，燕惠王即位，他猜忌上将军乐毅，用骑劫取代了乐毅的职位。乐毅走投无路，被迫投奔赵国。后来齐国大败燕国，杀死骑劫。燕惠王担心赵国重用乐毅，趁燕国疲敝的时候攻打燕国，于是派人责备乐毅，斥责他忘恩负义。乐毅写信加以反驳，并表明自己对燕昭王的一片赤忱之心。

【原文】

昌国君乐毅为燕昭王合五国之兵而攻齐，下七十余城，尽郡县之以属燕。三城❶未下，而燕昭王死。惠王即位，用齐人反间，疑乐毅，而使骑劫代之将。乐毅奔赵，赵封以为望诸君。齐田单❷诈骑劫，卒败燕军，复收七十城以复齐。

【注释】

①三城：指莒、即墨、聊城。

②田单：齐人，因坚守即墨，用反间计使燕将乐毅奔赵，以火牛阵大破燕军，收复失地七十城，被齐襄王拜为相国，封安平君。

【译文】

昌国君乐毅为燕昭王联合五国大军一起攻打齐国，先后攻占了七十多座城池，并把这些城池全部改作郡县，使其归属燕国。在还有三座城池尚未攻下的时候，燕昭王薨逝。燕惠王继承王位，齐国人运用反间计，使燕惠王对乐毅心生疑虑，于是燕惠王派大将骑劫取代乐毅担任燕军大帅。乐毅逃奔到了赵国，被赵王封为望诸君。后来，齐国大将田单又用计谋诈降骑劫，终于大败燕国，连连收复七十座城池，使齐国重新复兴。

【原文】

燕王悔，惧赵用乐毅乘燕之敝以伐燕。燕王乃使人让乐毅，且谢之曰："先王举国而委将军，将军为燕破齐，报先王之仇[1]，天下莫不振动，寡人岂敢一日而忘将军之功哉？会先王弃群臣，寡人新即位，左右误寡人。寡人之使骑劫代将军，为将军久暴露于外，故召将军且休计事。将军过听，以与寡人有隙，遂捐[2]燕而归赵。将军自为计则可矣，而亦何以报先王之所以遇将军之意乎？"

【注释】

①先王之仇：指齐国曾趁燕国发生子

之之乱而攻破燕国之事。

②捐：抛弃。

【译文】

燕惠王十分后悔，他害怕赵国重用乐毅，进而乘燕国疲敝之时攻打燕国。所以燕惠王就派使者前去谴责乐毅，同时又向其致歉，说：“先王将燕国全权托付给了将军，将军为燕国攻占了齐国，为先王报了大仇，天下人莫不为此震惊，我怎么敢有一刻忘了将军的功勋呢？后来恰逢先王遗弃群臣撒手西去，我又刚刚即位，受到左右大臣的误导。我让骑劫取代你的职位，是考虑到将军风餐露宿长期奔波在外，所以想把你召回来共商国是。

结果将军误信他人谗言，以为和我产生了嫌隙，抛弃燕国投奔了赵国。将军如果以为自己这样可行，那又打算如何报答先王对将军的知遇之恩呢？”

【原文】

望诸君乃使人献书报燕王曰：“臣不佞❶，不能奉承先王之教，以顺左右之心，恐抵斧质之罪❷，以伤先王之明，而又害于足下之义，故遁逃奔赵。自负以不肖之罪，故不敢为辞说。今王使使者数之罪，臣恐侍御者之不察先王之所以畜幸臣之理，而又不白于臣之所以

事先王之心，故敢以书对。

【注释】

①不佞：不才，谦称。

②斧质之罪：杀身之罪。斧质：斩人的刑具。

【译文】

望诸君乐毅于是就派人向燕惠王上呈自己的回信，说："我不才，不能奉承先王的教诲，无法顺从左右大臣的心思，担心遭受杀头之罪，从而损伤先王的知人之明，也使您蒙受不义的罪名，所以我选择逃奔赵国。我情愿自己担负不忠的罪名，也不敢为自己争辩。现在，您既然派人来数落我的罪过，我又担心您无法了解先王器重我的缘由，无法了解我对先王的耿耿忠心，所以斗胆写信答复您。

【原文】

“臣闻贤圣之君，不以禄私其亲，功多者授之；不以官随其爱，能当者处之。故察能而授官者，成功之君也；论行而结交者，立名之士也。臣以所学者观之，先王之举错❶，有高世之心，故假节于魏王❷，而以身得察于燕。先王过举，擢❸之乎宾客之中，而立之乎群臣之上，不谋于父兄，而使臣为亚卿❹。臣自以为奉令承教，可以幸无罪矣，故受命而不辞。

【注释】

①举错：举措。错：通“措”。

②假节于魏王：凭着魏王使节的身份来到燕国。

③擢（zhuó）：提拔。

④亚卿：仅次于上卿的官位。

【译文】

“我听说，贤能英明的君主，绝不会将爵位和俸禄授予自己偏爱的人，而是将它们赐给有大功劳的人；绝不会随意任用自己偏爱的人，只会任用称职的人。所以，先考察臣下的才能，然后再授予职位，这样做的才是能建功立业的君主；以品行优劣为标准选择朋友，这样的人才是能树立美名的士子。我凭借我的学识进行观察，先王的种种举措都表明他有高于世俗之人的远见卓识，所以我假借为魏王出使的机会来到燕国进行考察。承蒙先王厚爱，把我从众多宾客中选拔出来，让我位列群臣之上，又不与宗室协商便让我担任亚卿。我自以为只要奉行先王的命令，秉承先王的教诲，就可以侥幸免于刑罚，所以我就接受了先王的任命而没有谢辞。

【原文】

“先王命之曰：‘我有积怨深怒于齐，不量轻弱，而欲以齐为事。’臣对曰：‘夫齐，霸国之余教而骤

胜❶之遗事也，闲❷于兵甲，习于战攻。王若欲攻之，则必举天下而图之。举天下而图之，莫径于结赵矣。且又淮北、宋地，楚、魏之所同愿也。赵若许，约楚、魏、宋尽力，四国攻之，齐可大破也。’先王曰：‘善。’臣乃口受令，具符节，南使臣于赵。顾反命，起兵随而攻齐。以天之道、先王之灵，河北之地，随先王举而有之于济上。济上之军，奉令击齐，大胜之。轻卒锐兵，长驱至国。齐王逃遁走莒，仅以身免。珠玉财宝，车甲珍器，尽收入燕，大吕陈于元英，故鼎反于历室❸，齐器设于宁台。蓟丘❹之植，植于汶篁❺。自

五伯以来，功未有及先王者也。先王以为顺于其志，以臣为不顿❻命，故裂地而封之，使之得比乎小国诸侯。臣不佞，自以为奉令承教，可以幸无罪矣，故受命而弗辞。

【注释】

①骤胜：多次战胜。

②闲：同“娴”，熟悉。

③历室：燕国宫殿。

④蓟（jì）丘：燕国都城，在今北京。

⑤汶篁（huáng）：齐国汶水边的竹田。

⑥顿：耽误。

【译文】

“先王告诉我：‘我对齐国心怀怨恨，不管实力强弱，我都要攻打齐国。’我回答说：‘齐国之前曾称霸诸侯，至今仍有教化遗存，又因屡打胜仗而威严尚存。他们善于用兵，精于作战。大王如果要讨伐齐国，就必须与其他诸侯国联合用兵来谋取它。而要与天下诸侯结盟伐齐，没有比结交赵国更合适的了。况且，对于齐国的淮北和宋地，楚国和魏国都垂涎已久。赵国如果同意与燕国结盟，再有楚国、魏国、宋国的倾力相助，四国联合攻打，攻占齐国，指日可待。’先王听后说：‘好。’于是我就接受了先王的口头授命，准备好符节，向南出使赵国。回来复命之后，接着就联合各国起兵攻打齐国。托苍天神助和先王英明，黄河以北燕国的失地随着军队的前行尽数收回，而我军也直打到济水之滨。进驻济水之滨的燕军，奉命渡河继续攻击齐军，随后大获全胜。燕国的轻装精锐部队长驱直入，一直攻进齐国国都。齐王孤身逃奔到了莒地，才幸免一死。齐国的珍珠玉石、车马甲胄以及珍贵宝器，全部被燕国收入国库。齐国的国宝大吕钟被陈列在元英殿，曾被齐国掠走的燕国大鼎重新被摆在了历室，齐国的珍玩宝器被陈列在宁台，燕国蓟丘的植物被移植到了汶水之滨。自从春秋五霸之后，尚未有人的功劳能赶得上先王。先王认为这样已经达成了他的心愿，认为我也没有辱没使命，所以就划分土地赏赐给我，使我的地位堪比一个小国诸侯。我不才，认为只要奉行先王的命令，秉承先王的教诲，就能幸免于罪，所以就欣然接受而没有推辞。

【原文】

“臣闻贤明之君，功立而不废，故著于春秋[1]；蚤[2]知之士，名成而不毁，故称于后世。若先王之报怨雪耻，夷万乘之强国，收八百岁[3]之蓄积，及至弃群臣之日，遗令诏后嗣之余义。执政任事之臣，所以能循法令、顺庶孽[4]者，施及萌隶[5]，皆可以教于后世。

【注释】

①春秋：泛指史书。

②蚤：通“早”。

③八百岁：指齐国历经八百年。

④庶孽（niè）：妾生的儿子。

⑤萌隶：百姓。

【译文】

“我听说，贤能的君主建立了功业就不会使它废弃，所以能载入史册；有先见之明的士人，成就了功名之后就不会轻易损毁，所以能留青名于后世。像先王这样报了大仇，平定了强大的敌国，收缴了齐国八百年来积蓄的财富，直至自己遗弃群臣撒手西去的时候，仍不忘留下遗命诏告后人遵从遗训。执政任事的大臣，遵循先王遗旨和法令，慎重地处理先王后嗣，并推恩于百姓，这些都可传示后世。

【原文】

“臣闻善作者，不必善成；善始者，不必善终。昔者伍子胥说听乎阖闾，故吴王远迹至于郢。夫差弗是也，赐之鸱夷❶而浮之江。故吴王夫差不悟先论❷之可以立功，故沉子胥而弗悔；子胥不蚤见主之不同量❸，故入江而不改。夫免身全功，以明先王之迹者，臣之上计也。离❹毁辱之非，堕❺先王之名者，臣之所大恐也。临不测之罪，以

幸为利者，义之所不敢出也。

【注释】

①鸱（chī）夷：皮革制的口袋。

②先论：预见。

③量：气量。

④离：通“罹”，遭受。

⑤堕：败坏。

【译文】

“我听说，善于耕作的人不一定有好的收成，好的开端不一定有好的结果。从前，吴王阖闾因为采纳伍子胥之计，所以他能远征至楚国郢都。而吴王夫差不是这样，他将伍子胥装入皮囊投入水中。吴王夫差因为不能参悟伍子胥的主张能助他成就功业，所以将伍子胥沉江之后毫无悔意。而伍子胥也因为不能及早明白夫差与阖闾的差别，所以直至被投入江中依然不改初衷。能幸免于杀戮，且能保全自身，证明先王知人之明，是我的上计。遭受诽谤、侮辱和非难，使先王的英明有所损毁，则是我所恐惧的。面临无法预测的罪责，想要侥幸从中牟利，这种背信弃义的事情是我不愿做的。

【原文】

“臣闻古之君子，交绝不出恶声；忠臣之去也，不洁其名。臣虽不佞，数奉教于君子矣。恐侍御者❶

之亲左右之说，而不察疏远②之行也，故敢以书报，唯君之留意焉。”

【注释】

①侍御者：侍候您的人。此指燕惠王。

②疏远：被疏远的人，乐毅自指。

【译文】

“我听说古代的君子，即使和对方断绝了交情也不会讲对方的坏话；忠臣蒙冤离开自己的国家，也不会为自己的名声辩解。我虽然不才，却也曾多次聆听君子的教诲。深恐大王轻信左右之人的谗言，不体察我这被疏远的人，所以，我才冒昧地以书信作答，希望您能费神阅览。”

赵且伐燕

【导读】

赵国将要攻打燕国，苏代为燕国出使赵国，他用“鹬蚌相争，渔翁得利”的寓言故事劝谏赵惠文王，说赵国和燕国长期对抗会导致双方国力衰弱，最终使秦国得利。赵惠文王听后改变了主意，双方避免了一场兵祸。

【原文】

赵且伐燕，苏代为燕谓惠王❶曰：“今者臣来，过易水，蚌方出

曝❷，而鹬❸啄其肉，蚌合而拑其喙。鹬曰：'今日不雨，明日不雨，即有死蚌。'蚌亦谓鹬曰：'今日不出，明日不出，即有死鹬。'两者不肯相舍，渔者得而并禽之。今赵且伐燕，燕赵久相支以弊大众，臣恐强秦之为渔父也。故愿王之熟计之也。"惠王曰："善。"乃止。

【注释】

①惠王：赵惠文王。

②曝（pù）：晒。

③鹬（yù）：一种生活在水边或田野中的鸟。

【译文】

赵国准备攻打燕国，苏代为燕

国去劝谏赵惠文王说："今天我来的时候，经过易水，看见一只河蚌正从水里出来晒太阳，一只鹬飞来啄它的肉，河蚌马上合起壳紧紧夹住了鹬的喙。鹬说：'今天不下雨，明天不下雨，就会有一只死河蚌了。'河蚌对鹬说：'今天不放你，明天不放你，就会有一只死鹬了。'它俩为此谁也不肯放开谁，一个渔夫走过来，把它俩一块捉走了。现在赵国将要攻打燕国，燕赵如果长期相持不下，老百姓就会劳苦贫困，我担心强大的秦国就要成为那渔翁了。所以希望大王仔细考虑出兵之事。"赵惠文王说："好吧。"于是就停止出兵攻打燕国。

燕太子丹质于秦

【导读】

荆轲刺秦王的故事脍炙人口，千古传诵。本文对这一故事作了详细记载，主要突出了三件事：一是荆轲向樊於期借头；二是易水送别；三是刺杀秦王时惊心动魄的场面。文章波澜壮阔，充满了悲剧色彩。

【原文】

燕太子丹❶质于秦，亡归。见秦且灭六国，兵以临易水，恐其祸

至。太子丹患之，谓其太傅鞫武❷曰：“燕、秦不两立，愿太傅幸而图之。”武对曰：“秦地遍天下，威胁韩、魏、赵氏，则易水以北，未有所定也。奈何以见陵之怨，欲排其逆鳞❸哉？”太子曰：“然则何由？”太傅曰：“请入，图之。”

【注释】

①燕太子丹：燕王喜之子。

②鞫（jū）武：燕国太子太傅。

③逆鳞：倒生的鳞片。此指触怒君王。

【译文】

燕太子丹在秦国做人质，后来逃回了燕国。他看到秦国将要吞并六国，如今秦军已逼近易水，唯恐灾祸降临。太子丹心里十分忧虑，于是对太傅鞫武说："燕、秦势不两立，希望太傅帮忙想想办法才好。"鞫武回答说："秦国的土地遍布天下，威胁着韩、赵、魏三国，那么易水以北的土地还不知落入谁手。何必因在秦遭受凌辱的怨恨，就去触犯残暴的秦国呢？"太子丹说："那可怎么办好呢？"太傅说："请您先回宫，让我好好考虑考虑。"

【原文】

居之有间，樊将军❶亡秦之燕，太子容之。太傅鞫武谏曰："不可。夫秦王之暴，而积怨于燕，足为寒

心，又况闻樊将军之在乎！是以委肉当饿虎之蹊❷，祸必不振❸矣！虽有管、晏，不能为谋。愿太子急遣樊将军入匈奴以灭口。请西约三晋，南连齐、楚，北讲于单于，然后乃可图也。”太子丹曰：“太傅之计，旷日弥久，心惛然，恐不能须臾。且非独于此也。夫樊将军困穷于天下，归身于丹，丹终不迫于强秦，而弃所哀怜之交置之匈奴，是丹命固卒之时也。愿太傅更虑之。”鞫武曰：“燕有田光❹先生者，其智深，其勇沉，可与之谋也。”太子曰：“愿因太傅交于田先生，可乎？”鞫武曰：“敬诺。”出见田光，道太子曰：

"愿图国事于先生。"田光曰:"敬奉教"。乃造焉。

【注释】

①樊将军:即樊於期,因得罪秦王逃到燕国。

②蹊:小路。

③振:挽救。

④田光:燕国侠士。

【译文】

过了一些时候,樊将军从秦国逃到燕国,太子丹收留了他。太傅进谏劝告太子说:"不能这样做啊。秦王残暴,又对燕国一直怀恨在心,已经让人够胆战心惊了,更何况他知道樊将军在这里!这就好比把肉丢在饿虎经过的小路上，灾祸难以避免了。即使管仲和晏婴这样的人，也无力回天。太子您还是赶紧打发樊将军到匈奴去，以消除秦国进攻我国的借口。请让我到西边去联合三晋，到南边去联合齐、楚，到北边去和匈奴讲和，然后就可以对付秦国了。”太子丹说：“太傅的计划旷日持久，我心里昏乱，忧虑得要死，恐怕片刻也不能等了。况且问题还不仅仅在这里。樊将军走投无路，才来投奔我，我怎么能因为秦国的威胁，就抛弃这个可怜的朋友，把他打发到匈奴那里去呢，这真是我命该绝的时候了。太傅您得另想办法才好。”鞠武说：“燕国有一位田光先生，此人深谋远虑，勇敢沉着，您不妨跟他商量商量。”太子丹说：“希望通过太傅您结交田光先生，好吗？”鞠武说：“好吧。”于是鞠武去见田光，说：“太子希望和先生一起商议国家大事。”田光说：“遵命。”于是就去拜见太子。

【原文】

太子跪而逢迎，却行为道，跪地拂席。田先生坐定，左右无人，太子避席而请曰：“燕、秦不两立，愿先生留意也。”田光曰：“臣闻骐骥❶盛壮之时，一日而驰千里，至其衰也，驽马先之。今太子闻光壮盛之

时，不知吾精已消亡矣。虽然，光不敢以乏国事也。所善荆轲❷，可使也。”太子曰：“愿因先生得愿交于荆轲，可乎？”田光曰：“敬诺。”即起，趋出。太子送之至门，曰：“丹所报，先生所言者，国大事也，愿先生勿泄也。”田光俯而笑曰：“诺。”

【注释】

①骐骥：千里马。

②荆轲：相传荆轲本是齐国庆氏的后裔，后迁居卫国，卫人称“庆卿”。秦灭卫，荆轲逃到燕国，燕人称“荆卿”“荆叔”。

【译文】

太子跪地迎接田光，倒退着走为

他引路，又跪下来替田光拂拭座位。等田光坐下，左右人都退下后，太子就离席向田光请教道：“燕、秦势不两立，希望先生尽力想想办法。”田光说：“我听说好马在壮年的时候，一天可以飞奔千里，等到它衰老力竭的时候，连劣马也能跑在它的前面。现在太子听说的是我壮年时的名声，却不知道如今我的精力已经衰竭了。即使这样，我不敢因此耽误国事。我的好朋友荆轲可以任用。”太子说：“希望能通过先生与荆轲结识，可以吗？”田光说：“好的。”说完起身就走了出去。太子把他送到门口，告诫他说：“我刚才和您说的都是国家大事，希望先生不要泄露出去。”田光俯身笑了笑说：“好的。”

【原文】

偻行见荆轲，曰：“光与子相善，燕国莫不知。今太子闻光壮盛之时，不知吾形已不逮也，幸而教之曰：‘燕、秦不两立，愿先生留意也。’光窃不自外，言足下于太子，愿足下过太子于宫。”荆轲曰：“谨奉教。”田光曰：“光闻长者之行，不使人疑之，今太子约光曰：‘所言者，国之大事也，愿先生勿泄也。’是太子疑光也。夫为行使人疑之，非节侠士也。”欲自杀以激荆轲，

曰："愿足下急过太子，言光已死，明不言也。"遂自刭❶而死。

【注释】

①自刭（jǐng）：用刀割脖子。刭：割颈。

【译文】

田光弯腰曲背地去见荆轲，对他说："我和您交情很深，燕国没有人不知道。现在太子只听说我壮年时的名声，却不知道我的身体已大不如当年了。承蒙他赐教说：'燕、秦势不两立，希望先生尽力想想办法。'我从来就没把您当外人，于是把你举荐给太子，希望您进宫去见见太子。"荆轲说："遵命。"田光又说："我听说，忠厚老实之人的所作所为，不使人产生怀疑，如今太子和我约定说：‘所说的都是国家大事，希望先生不要泄露出去。’这是太子对我不放心。为人做事让人怀疑，就不是有节操的侠士。”田光想用自杀来激励荆轲，接着又说道：“希望您马上去拜见太子，说我已经死了，以此表明我决不会泄露秘密。”说完就自刎而死。

【原文】

轲见太子，言田光已死，明不言也。太子再拜而跪，膝行流涕，有顷，而后言曰：“丹所请田先生无言者，欲以成大事之谋，今田先生以死明不泄言，岂丹之心哉？”荆

轲坐定，太子避席顿首曰："田先生不知丹不肖，使得至前，愿有所道，此天所以哀燕不弃其孤也。今秦有贪饕❶之心，而欲不可足也。非尽天下之地，臣海内之王者，其意不餍❷。今秦已虏韩王❸，尽纳其地，又举兵南伐楚，北临赵。王翦将数十万之众临漳、邺，而李信出太原、云中。赵不能支秦，必入臣。入臣，则祸至燕。燕小弱，数困于兵，今计举国不足以当秦。诸侯服秦，莫敢合从。丹之私计，愚以为诚得天下之勇士，使于秦，窥以重利，秦王贪其贽，必得所愿矣。诚得劫秦王，使悉反诸侯之侵地，若曹沫❹之与齐桓公，则大善矣；则不可，因而刺杀之。彼大将擅兵于外，而内有大乱，则君臣相疑。以其间诸侯，诸侯得合从，其偿破秦必矣。此丹之上愿，而不知所以委命，唯荆卿留意焉。”

【注释】

①贪饕（tāo）：贪得无厌。

②餍（yàn）：满足。

③韩王：韩王安。公元前230年，秦灭韩，俘虏了韩王安。

④曹沫：春秋时期鲁国大力士。鲁庄公与齐桓公在柯地会盟时，曹沫持匕首胁迫齐桓公归还了齐国占领的鲁国失地。

【译文】

荆轲见到太子，告诉他田光已经自杀身亡，以此来表明不会泄露秘密。太子拜了两拜，双腿跪行，泪流满面，过了好一会儿才说道："我之所以请田先生不要泄密，是想办成这件大事罢了。现在田先生用死来表明他决不会泄密，这哪里是我的本意呢？"荆轲坐定后，太子离席给荆轲叩头，说："田先生不嫌弃我不贤能，让您来到我面前，希望您多加指教。这真是上天怜悯燕国，不抛弃它的后代。如今秦国贪得无厌，野心十足，如果不把天下的土地全部吞并，不使各诸侯全部成为自己的臣下，它是不会满足的。现在秦国已经俘虏韩王，占领了韩地，又发兵向南攻打楚国，向北进逼赵国。王翦的大军已逼近漳水、邺城，而李信又出兵太原、云中。赵国不能抵抗秦国的攻势，一定会投降。赵国向秦称臣，大祸就落到燕国头上了。燕国国小力弱，多次遭受兵祸，现在就算发动全国的军队也不可能抵挡住秦军。诸侯都屈服于秦国，没有谁敢和燕国联合。我私下谋划，认为如果能得到天下最勇敢的人出使秦国，用重利引诱秦王，秦王贪图这份厚礼，我们就一定能如愿以偿了。如果能劫持秦王，让他归还侵占的全部诸侯土地，就像当年曹沫劫持齐桓公那样，那就太好了；如果秦王不答应，那就杀死他。秦国的大将在国外征战，而国内又大乱起来，那么君臣必定会相互猜疑。趁这个机会诸侯就可以联合起来，那么必定能击破秦国。这是我最大的愿望，不知道把这个使命托付给谁，只有让您费心了。”

【原文】

久之，荆轲曰：“此国之大事，臣驽下，恐不足任使。”太子前顿首，固请无让。然后许诺。于是尊荆轲为上卿，舍上舍，太子日日造问，供太牢异物，间进车骑美女，恣荆轲所欲，以顺适其意。

【译文】

过了很久，荆轲说：“这是国家大事，我才能低下，恐怕不能胜任。”太子上前叩头，坚决请求荆轲不要推辞。荆轲这才答应下来。于是，太子尊荆轲为上卿，让他住在上等的宾馆，太子每天前去问候，供给他丰盛的宴席，备办奇珍异宝，不断地进献车马和美女，尽量满足荆轲的欲望，以便让他称心如意。

【原文】

久之，荆轲未有行意。秦将王翦破赵，虏赵王❶，尽收其地，进兵北略地，至燕南界。太子丹恐惧，

乃请荆卿曰:“秦兵旦暮渡易水,则虽欲长侍足下,岂可得哉?”荆卿曰:“微太子言,臣愿得谒之。今行而无信,则秦未可亲也。夫今樊将军,秦王购之金千斤,邑万家。诚能得樊将军首,与燕督亢❷之地图献秦王,秦王必说见臣,臣乃得有以报太子。”太子曰:“樊将军以穷困来归丹,丹不忍以己之私,而伤长者之意,愿足下更虑之。”

【注释】

①赵王:赵王迁。公元前228年,秦国俘虏了赵王迁。

②督亢:今河北涿州东。

【译文】

过了很久，荆轲还没有出发的意思。这时，秦将王翦攻破赵国，俘虏了赵王，占领了赵国全部土地，又挥军向北攻城略地，一直打到燕国南部边境。太子丹非常恐惧，就请求荆轲说："秦国军队早晚要渡过易水，我虽然想长久地侍奉您，又哪里可能呢？"荆轲说："即使太子不说，我也想向您请求行动了。现在我去秦国如果没有信物，那么秦王就不会亲近我。秦王正用千斤黄金和万户封邑来悬赏缉拿樊将军。如果能得到樊将军的首级和燕国督亢的地图献给秦王，秦王必定乐意接见我，这样我就有机会报效太子了。”太子丹说：“樊将军因为走投无路来投奔我，我又怎么忍心为了自己的私事而伤害长者，希望您另想个办法。”

【原文】

荆轲知太子不忍，乃遂私见樊於期曰：“秦之遇将军，可谓深矣。父母宗族，皆为戮没。今闻购将军之首，金千斤，邑万家，将奈何？”樊将军仰天太息流涕曰：“吾每念，常痛于骨髓，顾计不知所出耳。”

【译文】

荆轲知道太子不忍心，于是就私下里去见樊於期说：“秦王对将军您可以说太狠毒了，父母和同家族的人都被杀害了。现在又听说秦王悬赏千斤黄金和万户封邑来求您的头颅，您打算怎么办呢？”樊将军仰天长叹，泪流满面地说：“我每次想到这些，就痛入骨髓，考虑再三，只是想不出什么好办法报仇罢了。”

【原文】

轲曰：“今有一言，可以解燕国之患，而报将军之仇者，何如？”樊於期乃前曰：“为之奈何？”荆轲曰：“愿得将军之首以献秦，秦王必喜而善见臣，臣左手把其袖，而右手揕❶其胸，然则将军之仇报，而

燕国见陵之耻除矣。将军岂有意乎?”樊於期偏袒扼腕而进曰:“此臣日夜切齿拊心❷也,乃今得闻教。”遂自刎。太子闻之,驰往,伏尸而哭,极哀。既已,无可奈何,乃遂收盛樊於期之首,函封之。

【注释】

①揕(zhèn):用刀、剑等刺。

②拊(fǔ)心:捶胸,表示非常痛心。

【译文】

荆轲说:“我现在有一句话对你说,不但可以解除燕国的祸患,而且可以为您报仇,怎么样?”樊於期走上前说:“该怎么办?但说无妨。”荆轲说:“希望能得到将军的首级,进献秦

王，秦王必定很高兴，愿意接见我，到那时我左手抓住他的衣袖，右手用匕首刺进他的胸膛。这样，您的大仇可报，燕国遭受欺凌的耻辱也可以洗刷了。将军愿意这样做吗？”樊於期袒露出一条臂膀，一只手握住另一只手的手腕，激动地上前说：“这是我日夜咬牙捶胸都愤慨的事情，现在终于听到您的指教。”说完就自杀了。太子听说后，赶紧驾车奔去，趴在樊於期的尸体上痛哭起来，非常悲伤。事情既然无可挽回，于是就只好收敛樊於期的头颅，用匣子封装起来。

【原文】

于是，太子预求天下之利匕首，得赵人徐夫人之匕首，取之百金，使工以药淬❶之，以试人，血濡缕❷，人无不立死者。乃为装遣荆轲。燕国有勇士秦武阳❸，年十二，杀人，人不敢与忤视❹。乃令秦武阳为副。荆轲有所待，欲与俱，其人居远未来，而为留待。顷之未发。太子迟之，疑其有改悔，乃复请之曰："日以尽矣，荆卿岂无意哉？丹请先遣秦武阳。"荆轲怒，叱太子曰："今日往而不反者，竖子也！今提一匕首入不测之强秦，仆所以留者，待吾客与俱。今太子迟之，请辞决矣。"遂发。

【注释】

①淬：浸染。

②濡缕：沾湿一缕。

③秦武阳：燕国贤将秦开之孙，以勇武著称。一作秦舞阳。

④忤（wǔ）视：正面看。

【译文】

这时候，太子已经预先寻到天下最锋利的匕首，那是从赵国徐夫人手里用一百金买下来的。太子让工匠用毒药水浸染匕首，拿它在人身上试验，只要流出一点儿血，那人就会立刻死去。于是准备行装，送荆轲动身。燕国有个勇士叫秦武阳，十二岁时就杀过人，别人都不敢正眼看他。于是太子就派秦武阳做荆轲的助手。荆轲还在等待另一个人，想跟他一起去，那人住得远，还没有赶到，荆轲就等他来。过了一段时间，荆轲还没有出发，太子嫌他延误了时间，怀疑他改变了主意，于是又去请求他说：“时间已经很紧了，你难道不打算去了吗？请让我先派秦武阳出发吧。”荆轲生气了，斥责太子说：“今天去了而不能好好回来复命的，那是没用的人！如今我拿着一把匕首到吉凶难测的秦国去，之所以停留，是要等我的朋友一起去。现在您既然认为我故意延误时间，那我就告辞吧！”于是就动身出发了。

【原文】

太子及宾客知其事者，皆白衣冠以送之。至易水上，既祖，取道。高渐离❶击筑❷，荆轲和而歌，为变徵❸之声，士皆垂泪涕泣。又前而为歌曰："风萧萧兮易水寒，壮士一去兮不复还。"复为慷慨羽声，士皆瞋目，发尽上指冠。于是荆轲遂就车而去，终已不顾。

【注释】

①高渐离：燕国乐师，荆轲的好友。

②筑：古代的一种弦乐器，形似琴，有十三根弦。

③徵（zhǐ）：古代五音之一。

【译文】

太子和知道这件事的门客，都身穿白衣、头戴白帽来为荆轲送行。到了易水岸边，祭祀完路神，就要上路。这时，高渐离击起了筑乐，荆轲和着曲调唱起歌来，声音凄厉悲壮，在场的人都流下了眼泪，暗暗地抽泣。荆轲又走上前唱道："风萧萧啊易水寒，壮士一去啊不复还！"接着奏起慷慨激昂的乐调，在场的人怒目圆瞪，怒发冲冠。于是荆轲登上马车飞驰而去，始终没有回头看一眼。

【原文】

既至秦，持千金之资币物，厚遗秦王宠臣中庶子❶蒙嘉。嘉为先言于秦王曰："燕王诚振畏慕大王之威，不敢兴兵以拒大王，愿举国为内臣，比诸侯之列，给贡职如郡县，而得奉守先王之宗庙。恐惧不敢自陈，谨斩樊於期头，及献燕之督亢之地图，函封，燕王拜送于庭，使使以闻大王。唯大王命之。"

【注释】

①中庶子：官名，掌诸侯、卿大夫庶子的教育与管理工作。

【译文】

荆轲来到秦国以后，带上价值千

金的礼物去见秦王的宠臣中庶子蒙嘉。蒙嘉替他事先在秦王面前美言道："燕王确实畏惧大王的威势，不敢发兵和大王对抗，愿意率领全国人来做您的臣民，和其他降服的诸侯一样，并像秦国的郡县一样纳贡，只求能够保全先王的宗庙。燕王非常害怕，不敢亲自来向大王陈述，特地斩下樊於期的头，并献上燕国督亢的地图，都封装在匣子里。燕王又亲自在朝廷送行，派来使者向大王禀告，听候大王的命令。"

【原文】

秦王闻之，大喜。乃朝服，设九

宾❶，见燕使者咸阳宫。荆轲奉樊於期头函，而秦武阳奉地图匣，以次进至陛下。秦武阳色变振恐，群臣怪之。荆轲顾笑武阳，前为谢曰："北蛮夷之鄙人，未尝见天子，故振慑，愿大王少假借❷之，使毕使于前。"

【注释】

①九宾：设立九位礼宾人员，属于隆重的外交礼节。

②假借：宽容。

【译文】

秦王听了，十分高兴。于是换上朝服，设置九宾之礼，在咸阳宫接见燕国使者。荆轲捧着封藏樊於期头颅的匣子，秦武阳捧着装地图的匣子，按次序走到宫殿的台阶下。秦武阳脸色陡变，极度惊恐，秦国大臣们感到奇怪。荆轲回过头朝秦武阳笑了笑，走上前向秦王谢罪说："他是北方荒野之地的粗鄙之人，从没见过天子，所以吓得发抖，希望大王稍加宽容，让他能在大王面前完成使命。"

【原文】

秦王谓轲曰："起，取武阳所持图。"轲既取图奉之。发图，图穷而匕首见。因左手把秦王之袖，而右手持匕首揕之。未至身，秦王惊，自引而起，绝袖。拔剑，剑长，掺❶其

室❷。时怨急，剑坚，故不可立拔。荆轲逐秦王，秦王还柱而走。群臣惊愕，卒起不意，尽失其度。而秦法，群臣侍殿上者，不得持尺兵。诸郎中执兵，皆陈殿下，非有诏不得上。方急时，不及召下兵，以故荆轲逐秦王，而卒惶急无以击轲，而乃以手共搏之。是时侍医夏无且，以其所奉药囊提❸轲。秦王之方还柱走，卒惶急不知所为，左右乃曰："王负剑！王负剑！"遂拔以击荆轲，断其左股。荆轲废，乃引其匕首提秦王，不中，中柱。秦王复击轲，被八创。轲自知事不就，倚柱而笑，箕踞❹以骂曰："事所以不成者，乃

欲以生劫之，必得约契以报太子也。”左右既前斩荆轲，秦王目眩良久。

【注释】

①掺（shǎn）：握。

②室：剑鞘。

③提（dǐ）：投掷。

④箕（jī）踞：张开双腿坐着，形似簸箕。

【译文】

秦王对荆轲说：“起来，把秦武阳拿的地图送上来。”荆轲就取过地图献上。秦王打开地图，地图展到最后时露出了匕首。荆轲顺势左手拉住秦王的衣袖，右手抓过匕首就刺向秦王。可惜没能刺中，秦王大吃一惊，从座位上跳了起来，挣断了衣袖。秦王赶忙伸手拔剑，剑身太长，只握住了剑鞘。当时情况紧急，剑又竖着卡得太紧，所以不能立刻拔出来。荆轲追赶秦王，秦王只好绕着宫殿的柱子逃。群臣都惊慌失措，由于事发突然，出乎意料，一个个都失去了常态。而且按照秦国的法律，大臣在殿上侍奉君王时不得携带任何兵器，守卫宫禁的郎中虽然带着武器，但都站在殿外，没有秦王的命令不能上殿。正在危急的时候，秦王来不及召唤殿下的郎中，因此荆轲追赶秦王的时候，大臣们在仓猝之间惊慌失措，没有什么东西还击荆轲，只好空手和他搏斗。

这时御医夏无且用他身上带着的药袋向荆轲投去。秦王正绕着柱子跑，不知怎么办好，趁这个机会身边的人对他大喊："大王把剑背过去！快推到背后！"秦王这才拔出剑来砍荆轲，一下子砍断了他的左腿。荆轲重伤倒地，于是举起匕首向秦王投去，没有击中，刺在了柱子上。秦王又砍荆轲，荆轲被砍中了八处。荆轲自知事情不能成功，就靠着柱子大笑起来，张开双腿大骂道："事情之所以没有成功，无非是我想活捉你，必能订立契约回报太子。"身边的大臣们一拥而上，把荆轲杀了，秦王头昏目眩了好久。

【原文】

而论功赏群臣及当坐者，各有差。而赐夏无且黄金二百镒，曰：“无且爱我，乃以药囊提轲也。”

【译文】

后来秦王对群臣论功行赏，处罚也根据情况分别对待。秦王赏赐夏无且黄金二百镒，说：“无且真是爱护我，才用药袋击向荆轲啊。”

【原文】

于是，秦大怒燕，益发兵诣赵，诏王翦军以伐燕。十月而拔燕蓟城。燕王喜、太子丹等，皆率其精兵东保于辽东❶。秦将李信追击

燕王，王急，用代王嘉②计，杀太子丹，欲献之秦。秦复进兵攻之。五岁而卒灭燕国，而虏燕王喜。秦兼天下。

【注释】

①辽东：今辽宁东南部。

②代王嘉：秦灭赵，俘虏了赵王迁，公子嘉自立为代王。

【译文】

此事之后，秦对燕国十分愤恨，增派军队赶往赵国，命令王翦的部队去攻打燕国。这年十月攻陷燕都蓟城。燕王喜、太子丹等率领精锐部队退守辽东。秦将李信追击燕王，燕王急了，只好采用代王赵嘉的主意，杀了太子丹，打算献给秦王。但秦军仍旧继续进攻，五年后终于灭掉了燕国，俘虏了燕王喜。秦国兼并了天下。

【原文】

其后荆轲客高渐离以击筑见秦皇帝，而以筑击秦皇帝，为燕报仇，不中而死。

【译文】

后来，荆轲的好友高渐离因为善于击筑受到秦始皇的召见，趁机用筑袭击秦始皇，想为燕国报仇，结果没有击中，反被杀死。

公输般为楚设机

【导读】

公输般为楚国制造云梯攻打宋国，墨子听说后，跋山涉水去见公输般，三言两语就将其说得心悦诚服。公输般只好引墨子去见楚王，墨子用一个患了盗窃病的人的故事设喻，说服楚王放弃了攻打宋国的打算。

【原文】

公输般❶为楚设机，将以攻宋。墨子❷闻之，百舍❸重茧，往见

公输般，谓之曰："吾自宋闻子。吾欲藉子杀人。"公输般曰："吾义固不杀人。"墨子曰："闻公为云梯，将以攻宋。宋何罪之有？义不杀人而攻国，是不杀少而杀众。敢问攻宋何义也？"公输般服焉，请见之王。

【注释】

①公输般：即鲁班，春秋末期鲁国著名工匠。

②墨子：名翟，春秋末期鲁国人，墨家学派的创始人。

③百舍：百里一舍，形容路程遥远。

【译文】

公输般为楚国制造攻城机械，准备用来攻打宋国。墨子听说后，万里迢迢，长途跋涉，脚底都磨出了老茧，去见公输般，对他说：“我在宋国就听说了您的大名，我想请您帮我杀个人。”公输般说：“我的原则是不杀人。”墨子说：“听说您制造云梯，准备用来攻打宋国，宋国有什么罪呢？你不随便杀人却要攻打一个国家，这不是少杀人，而是多杀人。请问打宋国依据的是什么呢？”公输般心悦诚服，就将他引荐给楚王。

【原文】

墨子见楚王❶曰：“今有人于此，舍其文轩，邻有弊舆而欲窃之；舍其锦绣，邻有短褐❷而欲窃之；

舍其梁肉❸，邻有糟糠而欲窃之。此为何若人也？”王曰：“必为有窃疾矣。”

【注释】

①楚王：楚惠王，楚昭王之子，名章。

②短褐：粗布短衣。

③梁肉：美味佳肴。

【译文】

墨子拜见楚王，说：“假设这里有一个人，舍弃自己华美的车子，见邻居有辆破车就想偷来；舍弃自己华丽的服饰，见邻居有粗布衣服就想偷来；舍弃自己的美味佳肴，见邻居有糟糠就想偷来。这是什么样的人呢？”楚王说：“他一定是患有偷窃病了。”

【原文】

墨子曰："荆之地方五千里，宋方五百里，此犹文轩之与弊舆也；荆有云梦，犀、兕、麋鹿盈之，江汉鱼、鳖、鼋①、鼍②为天下饶，宋所谓无雉、兔、鲋鱼者也，此犹粱肉之与糟糠也。荆有长松、文梓、楩③、楠、豫樟，宋无长木，此犹锦绣之与短褐也。臣以王吏之攻宋为与此同类也。"王曰："善哉！请无攻宋。"

【注释】

①鼋（yuán）：大鳖。

②鼍（tuó）：扬子鳄。

③楩（pián）：黄楩木。

【译文】

墨子说："楚国的国土方圆有五千里，宋国的国土方圆只有五百里，这如同华美的车子跟破车相比一样；楚国有云梦泽、犀牛、野牛、麋鹿等珍稀动物到处都是，长江和汉水中的鱼、鳖、鼋、鼍是天下最富饶的，宋国是一个连野鸡、兔子、鲋鱼都没有的地方，这如同美味佳肴和糟糠相比一样；楚国有长松、文梓、楩、楠木、樟木等珍贵树木，宋国没有成材的好木，这如同华丽的服饰与粗布衣服相比一样。我认为楚王要公输般制造机械攻打宋国，与此同类啊。"楚王说："你说得对！我不攻打宋国了。"

墨子

作品简介

《墨子》是战国时期的哲学著作，由墨子自著和弟子记述墨子言论两部分组成。该书提倡兼爱、非攻、尚贤、尚同、节葬、节用等，涉及哲学、逻辑学、军事学、工程学、力学等。

所染

【导读】

本篇以染丝为喻，说明天子、诸侯、大夫、士必须正确选择自己的亲信和朋友，以取得良好的熏陶和积极的影响。影响的好坏不同关系着事业的成败、国家的兴亡，国君对此必须谨慎。

【原文】

子墨子❶见染丝者而叹曰：染于苍则苍，染于黄则黄。所入者变，

其色亦变。五入必❷，而已则为五色矣。故染不可不慎也！

【注释】

①子墨子：即墨子。古人称自己的老师时，要在姓氏前加“子”字。《墨子》一书多是墨家弟子所记录，所以称“子墨子”。

②必：通“毕”，都。

【译文】

墨子见人染丝就长叹说：丝染了青颜料就变成青色，染了黄颜料就变成黄色。染料不同，丝的颜色也跟着变化。放入五种颜色，丝就变为五种颜色了。所以“染”这件事是不可不谨慎的。

【原文】

非独染丝然也，国亦有染。舜染于许由❶、伯阳❷，禹染于皋陶❸、伯益❹，汤染于伊尹❺、仲虺❻，武王染于太公、周公。此四王者所染当，故王天下，立为天子，功名蔽天地。举天下之仁义显人，必称此四王者。

【注释】

①许由：尧时的隐士。相传许由为躲避尧的让位，逃到箕山下农耕而食。尧又召他为九州的长官，他跑到颍水边洗耳，表示不愿听闻。

②伯阳：尧、舜时的贤臣。

③皋陶：舜时掌管刑罚的官员。

④伯益：禹的大臣，曾帮助大禹治水。

⑤伊尹：相传伊尹最初是汤的妻子有莘氏的陪嫁奴仆，背着做饭的锅和砧板做厨子。后来，伊尹用做菜的道理阐述自己的政治见解，被汤重用。

⑥仲虺（huī）：汤的左相。

【译文】

不仅染丝如此，国家也有“染”。舜为许由、伯阳所染，禹为皋陶、伯益所染，汤为伊尹、仲虺所染，武王为太公、周公所染。这四位君王因为所染得当，所以能称王于天下，被立为天子，功盖天地。凡是提起天下著名的仁义之人，必定要称颂这四王。

【原文】

夏桀染于干辛❶、推哆❷，殷纣染于崇侯❸、恶来❹，厉王染于厉公长父❺、荣夷终❻，幽王染于傅公夷、祭公敦。此四王者所染不当，故国残身死，为天下僇。举天下不义辱人，必称此四王者。

【注释】

①干辛：夏桀手下的奸臣。

②推哆：夏桀的力士。

③崇侯：即崇侯虎，纣王手下的佞臣。

④恶来：纣王的力士。

⑤厉公长父：周厉王朝中的奸臣。

⑥荣夷终：周厉王的宠臣，曾以利诱惑厉王。

【译文】

夏桀为干辛、推哆所染，殷纣被崇侯、恶来所染，周厉王为厉公长父、荣夷终所染，周幽王为傅公夷、祭公敦所染。这四位君王因为所染不当，结果身死国亡，遗羞于天下。凡是提起天下不义可耻之人，必定要提到这四王。

【原文】

齐桓染于管仲、鲍叔，晋文染于舅犯❶、郭偃❷，楚庄染于孙叔❸、沈尹❹，吴阖闾染于伍员、文义，越勾践染于范蠡、大夫种。此五君者所染当，故霸诸侯，功名传

于后世。

【注释】

①舅犯：即子犯，晋文公的舅舅，曾跟随他出逃，并辅佐他回国，治国称霸。

②郭偃：即卜偃，晋国大夫。

③孙叔：即孙叔敖，楚国的贤相。

④沈尹：即沈尹茎，曾向楚庄王推荐孙叔敖。

【译文】

齐桓公被管仲、鲍叔牙所染，晋文公被舅犯、郭偃所染，楚庄王被孙叔敖、沈尹茎所染，吴王阖闾被伍员、文义所染，越王勾践被范蠡、文种所染。这五位君主因为所染得当，所以能称霸诸侯，功名传于后世。

【原文】

范吉射❶染于长柳朔、王胜，中行寅❷染于籍秦、高彊，吴夫差染于王孙雒、太宰嚭，知伯摇❸染于智国、张武，中山尚❹染于魏义、偃长，宋康❺染于唐鞅、佃不礼。此六君者所染不当，故国家残亡，身为刑戮，宗庙破灭，绝无后类，君臣离散，民人流亡。举天下之贪暴苛扰者，必称此六君也。

【注释】

①范吉射：春秋后期晋国范氏的首领，晋国六卿之一，后被灭亡。

②中行寅：春秋后期晋国中行氏的首领，晋国六卿之一，后被灭亡。

③知伯摇：晋国六卿之一，后为韩、赵、魏三家所灭。知：一作智。摇：应为“瑶”。

④中山尚：春秋时期鲜虞国君。

⑤宋康：春秋时宋国末代国君，后为齐国所灭。

【译文】

范吉射为长柳朔、王胜所染，中行寅为籍秦、高彊所染，吴王夫差为王孙雒、太宰嚭所染，智伯瑶为智国、张武所染，中山尚为魏义、偃长所染，宋康王为唐鞅、佃不礼所染。这六位君主因为所染不当，所以国破家亡，身受刑戮，宗庙毁灭，子孙灭绝，君臣离散，百姓逃亡。凡是提起天下贪暴苛刻的人，必定说起这六君。

【原文】

凡君之所以安者，何也？以其行理也。行理性于染当。故善为君者，劳于论人而佚于治官。不能为君者，伤形费神，愁心劳意，然国逾危，身逾辱。此六君者，非不重其国、爱其身也，以不知要故也。不知要者，所染不当也。

【译文】

大凡人君之所以能够安定，是什么原因呢？是因为他们行事合理，而行事合理源于所染得当。所以善于做国君的，用心致力于选拔人才，而放松对官吏的管理。不善于做国君的，劳神伤身，用尽心思，然而国家更危险，自己更受屈辱。上述这六位国君，并非不重视他们的国家、不爱惜他们的身体，而是因为他们不知道治国要领的缘故。所谓不知道治国要领，即是所染不得当。

【原文】

非独国有染也，士亦有染。其友皆好仁义，淳谨畏令，则家日益，身日安，名日荣，处官得其理矣，则段干木❶、禽子❷、傅说❸之徒是也。其友皆好矜奋❹，创作比周❺，则家日损，身日危，名日辱，处官失

其理矣，则子西❻、易牙、竖刁之徒是也。诗曰“必择所堪，必谨所堪”者，此之谓也。

【注释】

①段干木：子夏的学生，以品行高洁著称。

②禽子：即禽滑釐，墨子的弟子。

③傅说：本是在傅岩筑墙的奴隶，因有才能被武丁任命为相。

④矜奋：骄傲自负。

⑤创作比周：胡作非为而又营私结党。创作：胡作非为。比周：结党。

⑥子西：即楚国令尹公子申，他曾任用白公胜，后来白公胜叛乱，他反而被杀。

【译文】

不仅国家有染，士也有受人熏染的问题。一个人所交的朋友都爱好仁义，都淳朴谨慎，慑于法纪，那么他的家道就日益兴盛，自身日益平安，名声日益光耀，居官治政也合于正道了，如段干木、禽子、傅说等人即属此类朋友。一个人所交的朋友若都不安分守己，结党营私，那么他的家道就日益衰落，自身日益危险，名声日益降低，居官治政也不得其道，如子西、易牙、竖刁等人即属此类朋友。《诗经》上说“必须选好染料，必须谨慎地浸染”，正是这个意思。

法仪

【导读】

“法仪”即法度、准则。墨子认为，做任何事情都要有法度，天子、诸侯治理国家必须以天为法，以天意为归。而所谓天意，实际就是墨家学派所主张的兼爱兼利原则。文中以古代圣王和暴君为正反两方面的例子，指出“爱人利人”即可得福，“恶人贼人”必然招祸。

【原文】

子墨子曰：天下从事者，不可以无法仪。无法仪而其事能成者，无有也。虽至士之为将相者，皆有法；虽至百工❶从事者，亦皆有法。百工为方以矩，为圆以规，直以绳，正以县❷。无巧工不巧工，皆以此五者❸为法。巧者能中之，不巧者虽不能中，放依❹以从事，犹逾己。故百工从事，皆有法所度。

【注释】

①百工：从事各种行业的工匠。

②县：同“悬”，即用悬垂的方法来测是否垂直于地面。

③五者：文中只提到了四种，据《考工

记》，还有"平以水"一种。

④放依：仿效。放：模仿。

【译文】

墨子说：天底下办事的人，不能没有法则；没有法则而能把事情做好，是从来没有的事。即使士人做了将相，他也必须有法度。即使从事于各种行业的工匠，也都有法度。工匠们用矩画成方形，用圆规画圆形，用绳墨画成直线，用悬垂定好偏正。不论是巧匠还是一般工匠，都要以这五者为法则。巧匠能切合五者的标准，一般的工匠虽达不到这样的水平，但仿效五者去做，还是要胜过自身的能力。所以工匠们制造物件时，都有法则可循。

【原文】

今大者治天下，其次治大国，而无法所度，此不若百工辩也。然则奚以为治法而可？当❶皆法其父母奚若？天下之为父母者众，而仁者寡。若皆法其父母，此法不仁也。法不仁，不可以为法。当皆法其学❷奚若？天下之为学者众，而仁者寡，若皆法其学，此法不仁也。法不仁，不可以为法。当皆法其君奚若？天下之为君者众，而仁者寡。若皆法其君，此法不仁也。法不仁，不可以为法。故父母、学、君三者，

莫可以为治法。

【注释】

①当：倘若。

②学：指老师。

【译文】

现在大的如治天下，其次如治大国，却没有法则，这是不如工匠们能明辨事理。那么，用什么作为治理国家的法则才行呢？假若以自己的父母为法则会怎样呢？天下做父母的很多，但仁爱的少。倘若人人都以自己的父母为法则，这实为效法不仁。效法不仁，这自然是不可以的。假若以自己从学的师长为法会怎样呢？天下做师长的很多，但仁爱的少。倘若人人都以自己的师长为法则，这实为效法不仁。效法不仁，这自然是不可以的。假若以自己的国君为法则会怎样呢？天下做国君的很多，但仁爱的少。倘若人人都以自己的国君为法则，这实为效法不仁。效法不仁，这自然是不可以的。所以父母、师长和国君三者，都不可以作为治理国家的法则。

【原文】

然则奚以为治法而可？故曰：莫若法天。天之行广而无私，其施厚而不德，其明久而不衰，故圣王法之。既以天为法，动作有为，必度于天。天之所欲则为之，天所不欲

则止。然而天何欲何恶者也？天必欲人之相爱相利，而不欲人之相恶相贼也。奚以知天之欲人之相爱相利，而不欲人之相恶相贼也？以其兼而爱之、兼而利之也。奚以知天兼而爱之、兼而利之也？以其兼而有之、兼而食之也。

【译文】

那么用什么作为治理国家的法则才行呢？最好是以天为法则。天的运行广大无私，它施恩深厚而不自居，它的光耀永远不衰，所以圣王以它为法则。既然以天为法则，行动做事就必须依天而行。天所希望的就去做，天所不希望的就应停止。那么天希望什么不希望什么呢？天肯定希望人相爱相利，而不希望人相互厌恶和残害。怎么知道天希望人相爱相利，而不希望人相互厌恶和残害呢？这是因为天对人是全爱和全利的缘故。怎么知道天对人是全爱和全利呢？因为人类都为天所有，天全部供给他们吃的。

【原文】

今天下无大小国，皆天之邑也。人无幼长贵贱，皆天之臣也。此以莫不犓❶牛羊、豢❷犬猪，洁为酒醴粢盛❸，以敬事天，此不为兼而有之、兼而食之邪？天苟兼而有食之，夫奚说以不欲人之相爱相利

也。故曰："爱人利人者，天必福之；恶人贼人者，天必祸之。"曰："杀不辜者，得不祥焉。"夫奚说人为其相杀而天与祸乎？是以知天欲人相爱相利，而不欲人相恶相贼也。

【注释】

①犓（chú）：饲养牲畜。

②豢（huàn）：养。

③酒醴粢（zī）盛：指祭品。粢：祭祀用的谷物。

【译文】

现在天下不论大国小国，都是天的国家。人不论长幼贵贱，都是天的臣民。因此人无不喂牛羊、养猪狗，洁净地准备好酒食祭品，用来诚敬事天。这难道不是容纳所有的人和供给所有的人吗？天既然容纳所有的人和供给所有的人，为何能说天不要人相爱相利呢？所以说："爱人利人的人，天必定给他降福；相互厌恶和残害人的人，天必定给他降祸。"所以说："杀害无辜的人，会得到不祥后果。"为何说人若相互残杀，天就降祸于他呢？这是因为知道天希望人相爱相利，而不希望人相互厌恶和残害。

【原文】

昔之圣王禹汤文武❶，兼爱天下之百姓，率以尊天事鬼。其利人多，故天福之，使立为天子，天下诸

侯皆宾❷事之。暴王桀纣幽厉❸，兼恶天下之百姓，率以诟天侮鬼，其贼人多，故天祸之，使遂失其国家，身死为僇于天下。后世子孙毁之，至今不息。故为不善以得祸者，桀纣幽厉是也；爱人利人以得福者，禹汤文武是也。爱人利人以得福者有矣，恶人贼人以得祸者亦有矣。

【注释】

①禹汤文武：即夏禹、商汤、周文王、周武王，夏、商、周三代的开国贤君。

②宾：尊敬。

③桀纣幽厉：即夏桀、商纣、周幽王、周厉王，夏、商、周三代的暴君。

【译文】

以前的圣王禹、汤、周文王、周武王，对天下百姓全都爱护，带领他们崇敬上天，侍奉鬼神。他们给人带来的利益多，所以天降福给他们，使他们被立为天子。天下的诸侯，都恭敬地奉事他们。暴虐的君王桀、纣、周幽王、周厉王，对于天下的百姓全部厌恶、憎恨，带领他们咒骂上天，侮辱鬼神。他们残害的人多，所以天降祸给他们，使他们丧失了国家，身死还要受辱于天下。后代子孙责骂他们，至今不休。所以做坏事而得祸的，桀、纣、周幽王、周厉王即是这类；爱人利人而得福的，禹、汤、周文王、周武王即是这类。爱人利人而得福的是有的，厌恶人残害人而得祸的也是有的。

尚贤上

【导读】

“尚贤”即尊重有才德的人。本篇主要探讨尚贤与政治的关系，墨子提出尚贤是“为政之本”，主张统治者打破封建社会的等级观念，要求“举义不辟贫贱”“举义不辟亲疏”“举义不辟远近”，从各阶层中选拔有真才实学的人。这对当时广大平民争取政治权利的斗争无疑有着现实意义和理论指导意义。

【原文】

子墨子言曰:“今者王公大人为政于国家者,皆欲国家之富,人民之众,刑政之治。然而不得富而得贫,不得众而得寡,不得治而得乱,则是本失其所欲,得其所恶,是其故何也?”

【译文】

墨子说:“现在王公大人治理国家,都希望国家富强,百姓众多,刑法与政治都井井有条。然而结果却是国家不能富强反而贫困了,人口不能增加反而减少了,不能得到安定反而变得混乱了，从根本上失去所希望的，而得到所厌恶的，这是什么原因呢？”

【原文】

子墨子言曰：“是在王公大人为政于国家者，不能以尚贤事❶能为政也。是故国有贤良之士众，则国家之治厚；贤良之士寡，则国家之治薄。故大人之务，将在于众贤而已。”

【注释】

①事：使用。

【译文】

墨子说：“这是因为王公大人治理国家不能做到尊贤使能。在一个国家中，如果贤良之士多，那么国家的治绩就大；如果贤良之士少，那么国家的治绩就小。所以王公大人的急务，将是如何使贤人增多。”

【原文】

曰:“然则众贤之术将奈何哉?”

子墨子言曰:“譬若欲众其国之善射御之士者,必将富之、贵之、敬之、誉之,然后国之善射御之士,将可得而众也。况又有贤良之士,厚乎德行,辩乎言谈,博乎道术者乎!此固国家之珍,而社稷之佐也,亦必且富之、贵之、敬之、誉之,然

后国之良士，亦将可得而众也。”

【译文】

有人问道：“那么，使贤人增多的方法是什么呢？”

墨子说：“譬如要使一个国家的善于射御之人增多，就必须使他们富裕，使他们显贵，尊敬他们，赞誉他们，之后国家善于射御的人就可以增多了。何况还有贤良之士，德行醇厚、言谈善辩，使道术宏博呢！他们确实是国家的珍宝、社稷的良佐呀！也必须使他们富裕，使他们显贵，尊敬他们，赞誉他们，之后国家的良士也就可以增多了。”

【原文】

是故古者圣王之为政也，言曰："不义不富，不义不贵，不义不亲，不义不近。"是以国之富贵人闻之，皆退而谋曰："始我所恃者，富贵也，今上举义不辟[1]贫贱，然则我不可不为义。"亲者闻之，亦退而谋曰："始我所恃者，亲也，今上举义不辟疏，然则我不可不为义。"近者闻之，亦退而谋曰："始我所恃者，近也，今上举义不辟远，然则我不可不为义。"远者闻之，亦退而谋曰："我始以远为无恃，今上举义不辟远，然则我不可不为义。"逮至远鄙郊外之臣、阙庭庶子[2]、国❸中之众、四鄙之萌❹人闻之，皆竞为义。是其故何也？曰：上之所以使下者，一物也；下之所以事上者，一术也。譬之富者，有高墙深宫，墙立既谨，上为凿一门，有盗人入，阖其自入而求之，盗其无自出。是其故何也？则上得要也。

【注释】

①辟：通“避”。

②阙庭庶子：在宫中侍卫的公族及卿大夫的庶子，因为他们住在内外朝与门庭之间，故称。

③国：城邑。

④萌：同“氓”，农民。

【译文】

所以古时圣王为政，说道："不义的人不使富裕，不义的人不使显贵，不义的人不使相亲，不义的人不使接近。"所以国中富贵的人听到了，都退下来商议说："当初我所依靠的是富贵，现在上面举义而不避贫贱，那我不可不为义。"与国君有亲属关系的人听到了，也退回来商议说："当初我所倚仗的是与上有亲，现在上面举义而不避亲疏，那我不可不为义。"君主身边的人听到了，也退回来商议说："当初我所倚仗的是与上相近，现在上面举义而不避亲疏，那我不可不为义。"与君主疏远的人听了，也退回来商议说："当初我以为与上面太疏远而无所倚仗，现在上面举义而不避远，那我不可不为义。"一直到边鄙郊外的臣僚、宫廷宿卫人员、城邑的民众、四野的农民听到，都争先为义，这是什么缘故呢？这是因为君上用来支使臣下、臣下用来侍奉君上均使用"道义"这一统一的标准。这好比富人有高墙深宫，墙已经立好了，仅只在上面开一扇门，有强盗进来了，关掉他进入的那扇门来捉拿，强盗就无从出去了。这是什么原因呢？这是君主得到了用人的要领。

【原文】

故古者圣王之为政，列德而尚贤。虽在农与工肆之人，有能则举之。高予之爵，重予之禄，任之以事，断予之令。曰：爵位不高，则民弗敬；蓄禄不厚，则民不信；政令不断，则民不畏。举三者授之贤者，非为贤赐也，欲其事之成。故当是时，以德就列，以官服事，以劳殿[1]赏，量功而分禄。故官无常贵而民无终贱。有能则举之，无能则下之。举公义，辟私怨，此若言之谓也。

【注释】

①殿：评定。

【译文】

所以古时圣王为政，任德尊贤，即使是从事农业或手工、经商的人，有能力的就选拔他，给他高爵，给他厚禄，给他任务，给他权力。即是说，如果爵位不高，民众对他就不会敬重；俸禄不厚，民众对他就不信任；如果权力不大，民众对他就不畏惧。拿这三种东西给贤人，并不是对贤人予以赏赐，而是要把事情办成。所以在这时，根据德行任官，根据官职授权，根据功劳定赏，衡量各人功劳而分予禄位。因此做官的不会永远富贵，而民众不会永远贫贱。有能力的就举用他，没有能力的就罢黜他。举公义，避私怨，说的就是这个意思。

【原文】

故古者尧举舜于服泽❶之阳，授之政，天下平。禹举益于阴方❷之中，授之政，九州成。汤举伊尹于庖厨❸之中，授之政，其谋得。文王举闳夭、泰颠❹于罝❺罔之中，授之政，西土服。故当是时，虽在于厚禄尊位之臣，莫不敬惧而施❻；虽在农与工肆之人，莫不竞劝而尚意。

【注释】

①服泽：古地名，即濩泽，在今山西。

②阴方：古地名，位置不详。

③庖厨：厨房。

④闳(hóng)夭、泰颠：周文王的贤臣。
⑤罝(jū)：捕兔的网。
⑥施：当作“不施”。施即“弛”。

【译文】

所以古时尧把舜从服泽之阳拔举出来，授予他政事，结果天下大治；禹把益从阴方之中拔举出来，授予他政事，结果天下统一；汤把伊尹从庖厨之中拔举出来，授予他政事，结果计谋得行；文王把闳夭、泰颠从狩猎者中拔举出来，授予他政事，结果西土大服。在这些时候，即使处在厚禄尊位的大臣，没有不兢兢业业的，且都不敢松弛懈怠，即使处在农业与手工、经商地位的，也没有不争相勉励而崇尚道德的。所以贤士是用来作为辅佐和接替的人选的。

【原文】

故士者，所以为辅相承嗣也。故得士则谋不困，体不劳，名立而功成，美章而恶不生，则由得士也。是故子墨子言曰："得意，贤士不可不举；不得意，贤士不可不举。尚❶欲祖述尧舜禹汤之道，将不可以不尚贤。夫尚贤者，政之本也。"

【注释】

①尚：即"傥"，倘若。

【译文】

因此，得到了士，计谋就不会困

乏，身体也不会劳苦，名立而功成，美的更加彰著，恶的不会产生。这都是因为得到贤士。所以墨子说道："天下太平之时不可不举用贤士，天下不太平之时也不可不举用贤士。如果想继承尧、舜、禹、汤的大道，就不可不崇尚贤士。崇尚贤士是政治的根本所在。"

兼爱中

【导读】

"兼爱"是墨家学派最有代表性的理论之一。所谓兼爱，本质是要求人们爱人如己，彼此之间不要存在血缘与等级差别的观念。墨子认为，不相爱是当时社会混乱最大的原因，只有通过“兼相爱，交相利”才能达到社会安定的状态。这种理论具有反抗贵族等级观念的进步意义，但同时也带有强烈的理想色彩。

【原文】

子墨子言曰：仁人之所以为事者，必兴天下之利，除去天下之害，以此为事者也。然则天下之利何也？天下之害何也？子墨子言曰：今若国之与国之相攻，家之与家之相篡❶，人之与人之相贼❷，君臣不惠忠，父子不慈孝，兄弟不和调，

此则天下之害也。

【注释】

①篡（cuàn）：用强力夺取。

②贼：杀害。

【译文】

墨子说：仁人处理事务的原则，一定是为天下兴利除害，以此原则来处理事务。既然如此，那么天下的利是什么，而天下的害又是什么呢？墨子说：现在如国与国之间相互攻伐，家族与家族之间相互掠夺，人与人之间相互残害，君臣之间不相互施惠、效忠，父子之间不相互慈爱、孝敬，兄弟之间不相互融洽、协调，这就都是天下之害。

【原文】

然则崇❶此害亦何用生哉？以不相爱生邪？子墨子言：以不相爱生。今诸侯独知爱其国，不爱人之国，是以不惮举其国以攻人之国。今家主独知爱其家，而不爱人之家，是以不惮举其家以篡人之家。今人独知爱其身，不爱人之身，是以不惮举其身以贼人之身。是故诸侯不相爱，则必野战；家主不相爱，则必相篡；人与人不相爱，则必相贼；君臣不相爱，则不惠忠；父子不相爱，则不慈孝；兄弟不相爱，则不和调。天下之人皆不相爱，强必执弱，富必侮贫，贵必敖❷贱，诈必欺

愚。凡天下祸篡怨恨，其所以起者，以不相爱生也，是以仁者非之。

【注释】

①崇：应为“祟”，同“察”。

②敖：同“傲”。

【译文】

既然如此，那么考察这些公害又是因何产生的呢？是因不相爱产生的吗？墨子说：是因不相爱产生的。现在的诸侯只知道爱自己的国家，不爱别人的国家，所以毫无忌惮地发动自己国家的力量，去攻伐别人的国家。现在的家族宗主只知道爱自己的家族，而不爱别人的家族，因而毫无忌惮地发动自己家族的力量，去掠夺别人的家族。现在的人只知道爱自己，而不爱别人，因而毫无忌惮地运用全身的力量去残害别人。所以诸侯不相爱，就必然发生战争；家族宗主不相爱，就必然相互掠夺；人与人不相爱，就必然相互残害；君与臣不相爱，就必然不相互施惠、效忠；父与子不相爱，就必然不相互慈爱、孝敬；兄与弟不相爱，就必然不相互融洽、协调。天下的人都不相爱，强大的就必然控制弱小的，富足的就必然欺侮贫困的，尊贵的就必然傲视卑贱的，狡猾的就必然欺骗愚笨的。举凡天下祸患、掠夺、埋怨、愤恨产生的原因，都是由不相爱而产生的。所以，仁者认为它不对。

【原文】

既以非之，何以易之？子墨子言曰：以兼相爱、交相利之法易之。然则兼相爱、交相利之法将奈何哉？子墨子言：视人之国若视其国，视人之家若视其家，视人之身若视其身，是故诸侯相爱，则不野战；家主相爱，则不相篡；人与人相爱，则不相贼；君臣相爱，则惠忠；父子相爱，则慈孝；兄弟相爱，则和调。天下之人皆相爱，强不执弱，众不劫寡，富不侮贫，贵不敖贱，诈不欺愚。凡天下祸篡怨恨可使毋起

者，以相爱生也，是以仁者誉之。

【译文】

既已认为不相爱不对，那用什么去改变它呢？墨子说道：用人们全都相爱、交互得利的方法去改变它。既然这样，那么人们全都相爱、交互得利应该怎样做呢？墨子说道：看待别人国家就像自己的国家，看待别人的家族就像自己的家族，看待别人之身就像自己之身。所以诸侯之间相爱，就不会发生战争；家族宗主之间相爱，就不会发生掠夺；人与人之间相爱就不会相互残害；君臣之间相爱，就会相互施惠、效忠；父子之间相爱，就会相互慈爱、孝敬；兄弟之间相爱，就会相互融洽、协调。天下的人都相爱，强大者就不会控制弱小者，人多者就不会强迫人少者，富足者就不会欺侮贫困者，尊贵者就不会傲视卑贱者，狡诈者就不会欺骗愚笨者。举凡天下的祸患、掠夺、埋怨、愤恨可以不使它产生的原因，是人们产生了相爱之心。所以仁者称赞它。

【原文】

然而今天下之士君子曰："然！乃若兼则善矣。虽然，天下之难物于故❶也。"子墨子言曰："天下之士君子，特不识其利、辩其故也。今若夫攻城野战，杀身为名，此天下

百姓之所皆难也。若君说之，则士众能为之。况于兼相爱、交相利，则与此异。夫爱人者，人必从而爱之；利人者，人必从而利之；恶人者，人必从而恶之；害人者，人必从而害之。此何难之有！特上弗以为政，士不以为行故也。”

【注释】

①于故：应作“迂故”，即迂阔之事。

【译文】

然而现在天下的士君子们说：“对！兼爱固然是好的。即使如此，它也是天下一件难办又迂阔的事。”墨子说道：“天下的士君子们，只是不能辨明兼爱的益处、辨明兼爱的缘故。

现在例如攻城野战，为成名而杀身，这都是天下的百姓难于做到的事。但假如君主喜欢，那么士众就能做到。而兼相爱、交相利与之相比，则是完全不同的。凡是爱别人的人，别人也随即爱他；有利于别人的人，别人也随即有利于他；憎恶别人的人，别人也随即憎恶他；损害别人的人，别人随即损害他。实行这种兼爱有什么困难呢？只是由于居上位的人不用它行之于政，士人不用它实之于行的缘故。”

【原文】

昔者晋文公好士之恶衣，故文公之臣，皆牂羊❶之裘，韦以带

剑，练帛之冠，入以见于君，出以践于朝。是其故何也？君说之，故臣为之也。昔者楚灵王好士细要[2]，故灵王之臣，皆以一饭为节，胁息[3]然后带，扶墙然后起。比期年，朝有黧黑[4]之色。是其故何也？君说之，故臣能之也。昔越王勾践好士之勇，教驯其臣，和合之，焚舟失火，试其士曰："越国之宝尽在此！"越王亲自鼓其士而进之。其士闻鼓音，破碎乱行，蹈火而死者，左右百人有余，越王击金而退之。是故子墨子言曰："乃若夫少食、恶衣，杀身而为名，此天下百姓之所皆难也。若苟君说之，则众能为

之。况兼相爱、交相利，与此异矣！夫爱人者，人亦从而爱之；利人者，人亦从而利之；恶人者，人亦从而恶之；害人者，人亦从而害之。此何难之有焉？特上不以为政，而士不以为行故也。”

【注释】

①牂（zāng）羊：母羊。

②要：通“腰”。

③胁息：吸气。人一吸气小腹收缩则腰变细。

④黧（lí）黑：形容人的脸色黑。

【译文】

从前晋文公喜欢士人穿不好的衣服，所以文公的臣下都穿着母羊皮缝的裘，围着牛皮带来挂佩剑，头戴素色的布制作的帽子，这身打扮进可以参见君上，出可以往来于朝廷。这是什么缘故呢？因为君主喜欢这样，所以臣下就这样做。从前楚灵王喜欢细腰之人，所以灵王的臣下就吃一顿饭来节食，收着气然后才系上腰带，扶着墙然后才站得起来。等到一年之后，朝廷之臣都饥瘦得面有深黑之色。这是什么缘故呢？因为君主喜欢这样，所以臣下能做到这样。从前越王勾践喜爱士兵勇猛，训练他的臣下时，先把他们集合起来，然后放火烧船，考验他的将士说："越国的财宝全在这船里。"越王亲自擂鼓，让将士前进。将士听到鼓声，争先恐后，打乱了队伍，蹈火而死的人、近臣达一百人有余。越王于是鸣金让他们退下。所以墨子说道："像少吃饭、穿坏衣、杀身成名，这都是天下百姓难于做到的事。假如君主喜欢它，那么士众就能做到。何况兼相爱、交相利是与此不同的。爱别人的人，别人也随即爱他；有利于别人的人，别人也随即有利于他；憎恶别人的人，别人也随即憎恶他；损害别人的人，别人也随即损害他。这种兼爱有什么难实行的呢？只是居上位的人不用它行之于政，而士人不用它实之于行的缘故。"

【原文】

然而今天下之士君子曰："然！乃若兼则善矣。虽然，不可行之物也。譬若挈太山越河济也。"子墨子言："是非其譬也。夫挈太山而越河济，可谓毕劫有力矣。自古及今，未有能行之者也。况乎兼相爱、交相利，则与此异，古者圣王行之。何以知其然？古者禹治天下，西为西河渔窦，以泄渠孙皇之水。北为防原泒，注后之邸、呼池之窦❶，洒为底柱❷，凿为龙门，以利燕代胡貉❸与西河之民。东为漏大陆，防孟诸之泽，洒为九浍，以楗东土之水，以利冀州之民。南为江汉淮汝，东流之，注五湖之处，以利荆楚干④越与南夷之民。此言禹之事，吾今行兼矣。昔者文王之治西土，若日若月，乍光于四方于西土。不为大国侮小国，不为众庶侮鳏寡，不为暴势夺穑人黍稷狗彘。天屑临⑤文王慈，是以老而无子者，有所得终其寿；连独无兄弟者，有所杂于生人之间；少失其父母者，有所放依而长。此文王之事，则吾今行兼矣。昔者武王将事泰山，隧传曰：泰山有道，曾孙周王有事。大事既获，仁人尚作，以祗⑥商夏，蛮夷丑貉⑦。虽有周亲，不若仁人。万方有罪，维予一人。此言武王之事，吾

今行兼矣。”

【注释】

①呼池之窦：即呼沱河。窦：沟渠。

②洒为底柱：在砥柱山被分流。洒：分流。底柱：即砥柱山。

③胡貉（mò）：北方与东北地区的游牧民族，分布在今内蒙古南部。

④干：即吴国，古代干国被吴国吞并，故也用“干”称吴国。

⑤盾临：青睐。

⑥祇：拯救。

⑦丑貉：即九貉。丑：形容众多。

【译文】

然而现在天下的士君子们说：“对！兼爱固然是好的。即使如此，也不可能行之于事，就像要举起泰山越过黄河、济水一样。”墨子说道：“这比方得不对。举起泰山而越过黄河、济水，可以说是强劲有力的了，但自古及今，没有人能做得到。而兼相爱、交相利与此相比则是完全不同的可行之事。古时的圣王曾做到过。怎么知道是这样呢？古时大禹治理天下，西边疏通了西河、渔窦，用来排泄渠水、孙水和湟水；北边疏通防水、原水、泒水，使之注入昭余祁和呼沱河，在黄河中的砥柱山分流，凿开龙门以有利于燕、代、胡、貉与西河地区的人民。东边穿泄大陆的迂水，拦入孟诸泽，分为九条河，以此限制东土的洪水，用来利于冀州的人民。南边疏通长江、汉水、淮河、汝水，使之东流入海，以此灌注五湖之地，以利于荆楚、吴越和南夷的人民。这是大禹的事迹，我们现在要用这种精神来实行兼爱。从前周文王治理西土，像太阳像月亮一样，射出的光辉照耀四方和西周大地。他不倚仗大国而欺侮小国，不倚仗人多而欺侮鳏寡孤独，不倚仗强暴势力而掠夺农夫的粮食牲畜。上天眷顾文王的慈爱，所以年老无子的人得以寿终，孤苦无兄弟的人可以安聚于人们中间，幼小无父母的人有所依靠而长大成人。这是文王的事迹，我们现在应当用这种精神实行兼爱。

从前武王将祭祀泰山，于是陈述说：泰山！有道曾孙周王有祭事。现在伐纣的大事已成功，太公、周、召一批仁人起而相助，用以拯救夏商遗民及四方少数民族。即使是至亲，也不如仁人。万方之人有罪，由我一人承当。这是说周武王的事迹，我们现在应当用这种精神实行兼爱。”

【原文】

是故子墨子言曰：“今天下之士君子，忠实欲天下之富，而恶其贫；欲天下之治，而恶其乱，当兼相爱、交相利。此圣王之法，天下之治道也，不可不务为也。”

【译文】

所以墨子说道："现在天下的君子，如果内心确实希望天下富足，而厌恶其贫穷；希望天下治理好，而厌恶其混乱，那就应当全都相爱、交互得利。这是圣王的常法，天下的治道，不可不努力去做。"

节用上

【导读】

"节用"是墨家学说的一个重要内容。墨子认为，古代圣人治政，宫室、衣服、饮食、舟车只要适用就够了，而当时的统治者却在这些方面穷奢极欲，大量耗费百姓的民力财力，使百姓生活陷入困境。因此，他主张凡不利于实用，不能给百姓带来利益的，应一概取消。

【原文】

圣人为政一国，一国可倍也。大之为政天下，天下可倍也。其倍之，非外取地也，因其国家去其无用之费，足以倍之。圣王为政，其发令兴事、使民用财也，无不加用而为者，是故用财不费，民德❶不劳，其兴利多矣。

【注释】

①德：同“得”。

【译文】

圣人在一国施政，一国的财利可以加倍增长。大到施政于天下，天下的财利可以加倍增长。这种财利的加倍，并不是向外掠夺土地，而是根据国家情况省去无用之费，因而足以加倍。圣王施政，他发布命令、举办事业、使用民力和财物，没有不是有益于实用才去做的，所以使用财物不浪费，民众能不劳苦，他兴起的利益就多了。

【原文】

其为衣裘何以为？冬以圉❶寒，夏以圉暑。凡为衣裳之道：冬加温，夏加凊者，芊䱉❷不加者去之。其为宫室何以为？冬以圉风寒，夏以圉暑雨，凡为宫室❸加固者，芊䱉不加者去之。其为甲盾五兵何以为？以圉寇乱盗贼。若有寇乱盗贼，有甲盾五兵者胜，无有不胜。是故圣人作为甲盾五兵。凡为甲盾五兵加轻以利，坚而难折者，芊䱉不加者去之。其为舟车何以为？车以行陵陆，舟以行川谷，以通四方之利。凡为舟车之道，加轻以利者，芊䱉不加者去之。凡其为此物也，无

不加用而为者。是故用财不费，民德不劳，其兴利多矣。

【注释】

①圄（yǔ）：抵御。

②芊䱉：应为“鲜祖”之误，即鲜艳好看。下均同。

③凡为宫室：此四字原作“有盗贼”三字，当为涉下之衍文。

【译文】

他们制造衣裘是为了什么呢？冬天用以御寒，夏天用以防暑。凡是缝制衣服的原则，冬天能增加温暖，夏天能增加凉爽，就增益它；反之，只是漂亮而不能增加这一特性的，就去掉。他们建造房子是为了什么呢？冬天用以抵御风寒，夏天用以防御炎热和下雨。有盗贼侵入能够增加防守之坚固的，就增益它；反之，不能增加的，就去掉。他们制造铠甲、盾牌和戈矛等五种兵器是为了什么呢？用以抵御外寇和盗贼。如果有外寇盗贼，拥有铠甲、盾牌和五种兵器的就胜利，没有的就失败。所以圣人制造铠甲、盾牌和五种兵器。凡是制造铠甲、盾牌和五种兵器，能增加轻便锋利、坚而难折的，就增益它；不能增加的，就去掉。他们制造车、船是为了什么呢？车用来行陆地，船用来行水道，以此沟通四方的利益。凡是制造车、船的原则，能增加轻快便利的，就增益它；

不能增加的，就去掉。凡是他们制造这些东西，无一不是有益于实用才去做的。所以用财物不浪费，民众不劳乏，他们兴起的利益就多了。

【原文】

有❶去大人之好聚珠玉、鸟兽、犬马，以益衣裳、宫室、甲盾、五兵、舟车之数，于数倍乎！若则不难。故孰为难倍？唯人为难倍。然人有可倍也。昔者圣王为法曰："丈夫年二十，毋敢不处家；女子年十五，毋敢不事人。"此圣王之法也。圣王既没，于民次❷也，其欲蚤处家者，有所二十年处家；其欲晚

处家者，有所四十年处家。以其蚤与其晚相践❸，后圣王之法十年。若纯三年而字，子生可以二三计矣。此不惟使民蚤处家，而可以倍与。且不然已。

【注释】

①有：同“又”。

②次：即“恣”。

③践：通“翦”，减。

【译文】

又去掉王公大人所爱好搜集的珠玉、鸟兽、犬马，用来增加衣服、房屋、兵器、车船的数量，使之增加一倍！这也是不难的。什么是难以倍增的呢？只有人是难以倍增的。然而人也有可以倍增的办法。古代圣王制定法则，说道：“男子年到二十，不许不成家，女子年到十五，不许不嫁人。”这是圣王的法规。圣王既已去世，听任百姓放纵自己，那些想早点成家的，有时二十岁就成家，那些想迟点成家的，有时四十岁才成家。拿早的与晚的相减，与圣王的法则差了十年。如果婚后都三年生一个孩子，就可多生两三个孩子了。这不仅仅是使百姓早些成家，也是让人口成倍增加的方法。然而现在执政的人不这样做罢了。

【原文】

今天下为政者，其所以寡人之道多。其使民劳，其籍敛厚，民财不足、冻饿死者，不可胜数也。且大人惟毋兴师以攻伐邻国，久者终年，速者数月。男女久不相见，此所以寡人之道也。与居处不安，饮食不时，作疾病死者，有与侵就㑴橐❶，攻城野战死者，不可胜数。此不令为政者所以寡人之道、数术而起与？圣人为政特无此。不❷圣人为政，其所以众人之道，亦数术而起与？

故子墨子曰："去无用，之圣王之道，天下之大利也！"

【注释】

①侵就僾橐：应为“侵掠俘虏”。

②不：应为“夫”。

【译文】

现在执政的人，他们使人口减少的缘故很多。他们使百姓劳乏，他们收重的税收。百姓因财用不足而冻饿死的，不可胜数。而且大人们兴师动众去攻打邻国，时间久的要一年，快的要数月，男女夫妇很久不相见，这就是减少人口的根源。再加上居住不安定，饮食不按时，生病而死的，以及被掳掠俘虏，攻城野战而死的，也不可胜数。这是不善于治政的人使人口减少的缘故，即他们自己采取多种手段而造成的吧！圣人施政绝对没有这种情况，圣人施政，他使人口众多的方法，也是多种手段造成的。

所以墨子说："除去那些无益于实用的东西，实行圣王之道，这就是天下的大利啊！"

非攻上

【导读】

"非攻"是墨家针对春秋战国时诸侯间的兼并战争提出的反战理论。本文是一篇极为典型的墨子论说文，全文围绕论点反复设喻，层层论述，结构严密。

【原文】

今有一人，入人园圃❶，窃其桃李。众闻则非之，上为政者得则罚之。此何也？以亏人自利也。至攘人犬豕鸡豚者，其不义又甚入人园圃窃桃李。是何故也？以亏人愈多，其不仁兹甚，罪益厚。至入人栏厩，取人马牛者，其不仁义又甚攘人犬豕鸡豚。此何故也？以其亏人愈多。苟亏人愈多，其不仁兹甚，罪益厚。至杀不辜人也，扡❷其衣裘，取戈剑者，其不义又甚入人栏厩取人马牛。此何故也？以其亏人

愈多。苟亏人愈多，其不仁兹甚矣，罪益厚。当此天下之君子皆知而非之，谓之不义。今至大为攻国，则弗知非，从而誉之，谓之义。此可谓知义与不义之别乎？

【注释】

①园圃：果园。

②扡（tuō）：同“拖”。

【译文】

现在假如有一个人，进入别人的园圃，偷窃他家的桃子、李子。众人听说后就指责他，上边执政的人抓到后就要处罚他。这是为什么呢？因为他损人利己。至于盗窃别人的鸡狗猪，他的不义又超过到别人的园圃里去偷桃李。这是什么缘故呢？因为他损人更大，他的不仁也更突出，罪过也更深重。至于进入别人的牛栏马厩内，偷取别人的牛马，他的不仁不义，又比盗窃别人鸡狗猪的更甚。这是什么缘故呢？因为他损人更大。一旦损人更大，他的不仁也更突出，罪过也更深重。至于妄杀无辜之人，夺取他的皮衣戈剑，则这人的不义又甚于进入别人的牛栏马厩盗取别人牛马的。这是什么缘故呢？因为他损人更大。一旦损人更大，那么他的不仁也更突出，罪过也更深重。对此，天下的君子都知道指责他，称他为不义。现在至于大规模地攻伐别人的国家，却不知指责其错误，反而跟着去赞誉他，称之为义。这可以算是明白义与不义的区别吗？

【原文】

杀一人谓之不义，必有一死罪矣。若以此说往，杀十人十重不义，必有十死罪矣；杀百人百重不义，必有百死罪矣。当此，天下之君子皆知而非之，谓之不义。今至大为不义攻国，则弗知非，从而誉之，谓之义，情❶不知其不义也，故书其言以遗后世。若知其不义也，夫奚说书其不义以遗后世哉？

【注释】

①情：的确。

【译文】

杀掉一个人，叫作不义，必定有一项死罪。假如按照这种说法类推，杀掉十个人，有十倍不义，则必然有十重死罪了；杀掉百个人，有百倍不义，则必然有百重死罪了。对这种（罪行），天下的君子都知道指责它，称它不义。现在至于攻伐别人的国家这种大为不义之事，却不知道指责其错误，反而跟着称赞它为义举。他们确实不懂得那是不义的，所以记载那些称赞伐别攻国的话传给后代。倘若他们知道那是不义的，又有什么理由解释记载这些不义之事，用来传给后代呢？

【原文】

今有人于此，少见黑曰黑，多见黑曰白，则以此人不知白黑之辩❶矣；少尝苦曰苦，多尝苦曰甘，则以此人为不知甘苦之辩矣。今小为非，则知而非之；大为非攻国，则不知非，从而誉之，谓之义。此可谓知义与不义之辩乎？是以知天下之君子也，辩义与不义之乱也。

【注释】

①辩：通“辨”。

【译文】

假如现在这里有一个人，看见少

许黑色就说是黑的，看见很多黑色却说是白的，那么人们就会认为这个人不懂得白和黑的区别。稍微尝一点苦味就说是苦的，多尝些苦味却说是甜的，那么人们就会认为这个人不懂得苦和甜的区别。现在小范围内做不对的事，人们就都知道指责其错误；大范围内做，却不知道指责其错误，反而跟着称赞他的行为为义举。这可以算是懂得义与不义的区别吗？所以我由此知道天下的君子，把义与不义的区别弄得很混乱了。

公输

【导读】

本篇记述公输盘制造云梯，准备帮助楚国进攻宋国，墨子从鲁国起身，到楚国制止公输盘、楚王进攻宋国的故事。全文生动地表现了墨子“兼爱”“非攻”的主张，从故事中，我们也可以看到墨子不辞辛苦维护正义的品格和机智、果敢的才能。

【原文】

公输盘❶为楚造云梯之械，成，

将以攻宋。子墨子闻之，起于②，齐③行十日十夜而至于郢，见公输盘。

【注释】

①公输盘：《史记》记载为公输般，即鲁班，春秋末期鲁国的能工巧匠。

②起于：后应补一“鲁”字。

③齐：即“疾”。

【译文】

公输盘为楚国制造攻城的云梯，造成后，将用它攻打宋国。墨子听说了，就从鲁国起身，行走了十天十夜才到楚国国都郢，会见公输盘。

【原文】

公输盘曰：“夫子何命焉为？”

子墨子曰："北方有侮臣，愿藉子杀之。"公输盘不说。子墨子曰："请献十金。"公输盘曰："吾义固不杀人。"子墨子起，再拜曰："请说之。吾从北方闻子为梯，将以攻宋。宋何罪之有？荆国有余于地，而不足于民，杀所不足，而争所有余，不可谓智；宋无罪而攻之，不可谓仁；知而不争，不可谓忠；争而不得，不可谓强；义不杀少而杀众，不可谓知类。"公输盘服。子墨子曰："然乎？不已乎？"公输盘曰："不可，吾既已言之王矣。"子墨子曰："胡不❶见我于王？"公输盘曰："诺。"

疾矣。”子墨子曰：“荆之地方五千里，宋之地方五百里，此犹文轩之与敝舆也；荆有云梦❶，犀兕麋鹿满之，江汉之鱼鳖鼋鼍为天下富，宋所为无雉兔狐狸❷者也，此犹粱肉之与糠糟也；荆有长松、文梓、楩楠、豫章，宋无长木，此犹锦绣之与短褐也。臣以三事之攻宋也，为与此同类。”王曰：“善哉！虽然，公输盘为我为云梯，必取宋。”

【注释】

①云梦：云梦泽，古代的大湖。

②狐狸：应为“鲋鱼”，即鲫鱼。

【译文】

墨子见了楚王，说：“现在这里

有一个人，舍弃他的豪华彩车，邻居有一辆破车，却打算去偷；舍弃他的华丽的丝织品，邻居有一件粗布的短衣，却打算去偷；舍弃他的美食佳肴，邻居只有糟糠，却打算去偷。这是怎么样的一个人呢？”楚王回答说：“这人一定患了偷窃病。”墨子说：“楚国的地方，方圆五千里；宋国的地方，方圆五百里，这就像彩车与破车相比。楚国有云梦泽，犀、兕、麋鹿充满其中，长江、汉水中的鱼、鳖、鼋、鼍富甲天下；宋国却连野鸡、兔子、鲫鱼都没有，这就像美食佳肴与糟糠相比。楚国有巨松、梓树、楩楠、樟树等名贵木材；宋国连棵大树都没有，这就像华丽的丝织品与粗布短衣相比。从这三方面的事情看，我认为楚国进攻宋国，与有偷窃病的人是同一种类型。”楚王说：“说得好啊！即使这样，公输盘已经给我造了云梯，一定要攻取宋国。”

【原文】

于是见公输盘。子墨子解带为城，以牒❶为械，公输盘九设攻城之机变，子墨子九距之。公输盘之攻械尽，子墨子之守圉有余。公输盘诎，而曰：“吾知所以距子矣，吾不言。”子墨子亦曰：“吾知子之所以距我，吾不言。”楚王问其故，

子墨子曰：“公输子之意，不过欲杀臣。杀臣，宋莫能守，可攻也。然臣之弟子禽滑釐等三百人，已持臣守圉之器，在宋城上而待楚寇矣。虽杀臣，不能绝也。”楚王曰：“善哉！吾请无攻宋矣。”

【注释】

①牒：筷子。

【译文】

于是又叫来公输盘见面。墨子解下腰带，围作一座城的样子，用筷子作为守备的器械。公输盘九次陈设攻城用的机巧多变的器械，墨子九次抵挡了他的进攻。公输盘攻战用的器械用尽了，墨子的守御战术还绰绰有余。

公输盘受挫了，却说：“我知道用什么办法对付你了，但我不说。”墨子也说：“我知道你用什么办法对付我，但我也不说。”楚王问原因。墨子回答说：“公输盘的意思，不过是杀了我。杀了我，宋国没有人能防守了，就可以进攻。但是，我的弟子禽滑釐等三百人，已经手持我守御用的器械，在宋国的都城上等待楚国侵略军呢。即使杀了我，守御的人却是杀不尽的。”楚王说：“好啊！我不攻打宋国了。”

【原文】

子墨子归，过宋。天雨，庇其闾❶中，守闾者不内❷也。故曰：“治

于神者，众人不知其功；争于明者，众人知之。”

【注释】

①闾：里巷的门。

②内：同“纳”。

【译文】

墨子从楚国归来，经过宋国。天下着雨，他到里巷去避雨，守门的人却不接纳他。所以说：“运用神机的人，众人不知道他的功劳；而于明处争斗不休的人，众人却都知道他。”

小墨書香

上架建议：大众读物

ISBN 978-7-5746-0534-3

9 787574 605343 >

定价：60.00元（全4册）

小墨香书·传世美文

战国作品（一）

纸贵满堂 编

朱宝荣 绘

湖南美术出版社
·长沙·

图书在版编目（CIP）数据

传世美文·战国作品 / 纸贵满堂编；朱宝荣绘.

长沙：湖南美术出版社，2025.1.--（小墨香书）.

ISBN 978-7-5746-0534-3

Ⅰ. I212.01

中国国家版本馆CIP数据核字第2024RF4042号

小墨香书

传世美文·战国作品

CHUANSHI MEIWEN · ZHANGUO ZUOPIN

出 版 人：黄　啸

编　　者：纸贵满堂

绘　　者：朱宝荣

责任编辑：范　琳

装帧设计：刘　畅

出版发行：湖南美术出版社（长沙市东二环一段622号）

印　　刷：廊坊市颖新包装装潢有限公司

开　　本：787 mm × 1092 mm　1/96

印　　张：12

版　　次：2025年1月第1版

印　　次：2025年1月第1次印刷

定　　价：60.00元（全4册）

导读

《小墨香书·传世美文·战国作品》以清代吴楚材、吴调侯编选的《古文观止》中战国时期作品为底本，以散文作品为主体，择取人们耳熟能详的本历史阶段代表人物的经典作品，如《邹忌讽齐王纳谏》《冯煖客孟尝君》《鲁仲连义不帝秦》《唐雎不辱使命》《逍遥游》《齐物论》《得道多助，失道寡助》《孤愤》

《说难》《劝学》等。

编者在每篇文章均设置了导读、原文、注释、译文四个板块，注释详尽，译文语言通俗易懂，没有文言文基础的古典文学爱好者都能读懂。

目录

吕氏春秋

作品简介

《吕氏春秋》是吕不韦召集诸门客集体编纂的一部著作。该书兼收并蓄，以儒家为主流，以道家为基础，旁采名、法、墨、兵、农、阴阳诸家之长，初步形成了包括政治、经济、哲学、军事等各方面内容的理论体系，同时保存了医学、音乐、天文历法及农业等方面的宝贵资料。

本生

【导读】

“本生”就是把保全生命作为根本。作者认为外物既可以养生，又可以伤生，而保全生命的方法在于对外物采取正确的处理方式，即“利于性则取之，害于性则舍之”。在作者看来，富贵之人对物质享受贪求不已，多为外物所惑，如果不能正确处理自己与外物的关系，必然会导致伤生亡国。

【原文】

始生之者，天也；养成之者，人也。能养天之所生而勿撄❶之谓天子。天子之动也，以全天为故者也。此官之所自立也。立官者，以全生也。

【注释】

①撄（yīng）：触犯。

【译文】

最初产生万物的，是天；养成万物的，是人。能养成天所产生的万物而不触犯它的，是天子。天子的一举一动都是为了保全天下苍生的生命。这就是设立职官的原因。设立职官是为了保全天下苍生的生命。

【原文】

今世之惑主，多官而反以害生，则失所为立之①矣。譬之若修兵者，以备寇也。今修兵而反以自攻，则亦失所为修之矣。

【注释】

①所为立之：设立职官的目的。

【译文】

当世糊涂的君主，滥设职官反涂炭生灵，这就失去了设立职官的本来意义。就好像建立军队本来是为了防备寇贼。如今建立军队反用来攻击自己，就失去建立军队的意义。

【原文】

夫水之性清，土者抇❶之，故不得清。人之性寿，物者抇之，故不得寿。物也者，所以养性也，非所以性养也。今世之人，惑者多以性养物，则不知轻重也。不知轻重，则重者为轻，轻者为重矣。若此，则每动无不败。以此为君，悖；以此为臣，乱；以此为子，狂。三者国有一焉，无幸必亡❷。

【注释】

①抇（gǔ）：搅乱。

②无幸必亡：无可幸免，必定灭亡。

【译文】

水本来是清澈的，但因为泥土混

杂在水里，所以才不清澈。人本来是可以长寿的，但因为身外之物不断搅扰他，所以就不能长寿。外界的东西是用来修养生命的，而不是用生命去追求的。现今的人们，糊涂的大多用生命去追求外界的东西，这就是不知道轻重了。不知道轻重，就会把重的当作轻的，把轻的当作重的。如果像这样，那么一举一动没有不失败的。持这种态度做君主，就会昏庸悖谬；持这种态度做臣子，就会乱纲乱纪；持这种态度做儿子，就会狂妄自大。一个国家有以上三种情况之一的，就势必要灭亡，不可幸免。

【原文】

今有声于此，耳听之必慊❶已，听之则使人聋，必弗听。有色于此，目视之必慊已，视之则使人盲，必弗视。有味于此，口食之必慊已，食之则使人喑❷，必弗食。是故圣人之于声色滋味也，利于性则取之，害于性则舍之，此全性之道也。世之贵富者，其于声色滋味也，多惑者。日夜求，幸而得之则遁焉。遁焉，性恶得不伤？

【注释】

①慊（qiè）：满足，惬意。

②喑（yīn）：哑。

【译文】

假如有这样一种声音，耳朵听了后必会满足，但听了就会使人聋，那就一定不要听。有一种颜色，眼睛看了必会满足，但看了就会使人盲，那就一定不会去看。有一种食物，嘴巴尝过就一定会满足，但吃了就会使人哑，那就一定不要吃。因此，圣人对于声色滋味这些东西，有利于生命的就择取，有害于生命的就舍弃，这就是保全生命的方法。世上富贵的人，其中沉迷于声色滋味的很多，日夜追求这些东西，有机会得到就放纵不能自禁。放纵不能自禁，生命怎能不受到伤害？

【原文】

万人操弓，共射其一招❶，招无不中。万物章章，以害一生，生无不伤；以便一生，生无不长。故圣人之制万物也，以全其天也。天全，则神和矣，目明矣，耳聪矣，鼻臭❷矣，口敏矣，三百六十节皆通利矣。若此人者，不言而信，不谋而当，不虑而得；精通乎天地，神覆乎宇宙；其于物无不受也，无不裹也，若天地然；上为天子而不骄，下为匹夫而不惛❸。此之谓全德之人。

【注释】

①招：此指箭靶。

②臭：此指嗅觉灵敏。

③惛（mèn）：通“闷”，郁闷。

【译文】

一万个人拿着弓箭，一起射一个靶子，靶子不会不被射中。万物繁多而旺盛，一起来损害一个生命，那这个生命不能不受到伤害；如果是一起用来帮助一个生命，那么这个生命不会不生长。所以圣人整治万物，是为了保全他们天赋的人性与生命。天赋的生命保全了，精神就和谐了，眼睛就明亮了，耳朵也敏感了，鼻子也嗅觉灵敏了，口齿也伶俐了，身上三百六十块筋骨都顺畅了。如果是这样的人，不用说话也会得到信任，不用谋划也会做事得当，不用思考也会理解正确；精气通贯天地，精神覆盖宇宙；他们对于万物没有不能承受的，没有不能容纳的，就像苍天与大地一样；他们即使高居天子的尊位也不骄傲，即使处于下贱的百姓境地也不愁苦。这就叫作德行完全的人。

【原文】

贵富而不知道，适足以为患，不如贫贱。贫贱之致物也难，虽欲过之，奚❶由？出则以车，入则以辇，务以自佚，命之曰“招蹶❷之机”。肥肉厚酒，务以自强，命之曰“烂肠之食”。靡曼❸皓齿，郑卫之音❹，务以自乐，命之曰“伐性之

斧”。三患者，贵富之所致也。故古之人有不肯贵富者矣，由重生故也；非夸以名也，为其实也。则此论之不可不察也。

【注释】

①奚：何。

②蹶（jué）：此指脚不能行走。

③靡曼：皮肤细腻。

④郑卫之音：指淫靡之音、乱世之音。

【译文】

富贵但不知道养生的方法，这样就成为祸患，这还比不上贫贱的人。贫贱的人要想招致外物很难，即使想过分追求外物，又有什么方法弄到呢？出去就坐车，回来就坐辇，追求自己安逸，这种车辇应称作“招致脚病的机具”。吃肥肉，喝醇酒，追求自己餍足，这种酒肉应称作“使肠胃溃烂的食品”。贪图美色、淫靡之音，追求自己享乐，这种美色、音乐应称作“砍伐生命的斧头”。这三种祸患，是富贵招致的，所以古人有不肯富贵的，这是由于他们看重生命；并不是用轻视富贵的虚名来夸耀自己，实在是为了保全生命。这些道理不可以不明察。

去私

【导读】

本篇以尧舜禅让、祁奚荐贤、腹䵍诛子的事例，从不同角度说明什么叫“去私”，并指出君主只有“诛暴而不私”，才能成就王霸之业。文中的几则故事，今天仍有借鉴意义。

【原文】

天无私覆也，地无私载也，日月无私烛❶也，四时无私行也。行其德而万物得遂长焉。

【注释】

①烛：照明。

【译文】

上天并不是为了自己的一己之私而去覆盖世间万物的，大地也并不是为了自己的一己之私而去承载世间万物的，太阳和月亮并不是为了自己的一己之私而去照耀世间万物的，而四季也并不是为了自己的一己之私而去运行不息的。它们都只是按照自己的准则去进行，因此，天下万物才可以不断地繁衍生息。

【原文】

黄帝言曰：“声禁重❶，色禁

重，衣禁重，香禁重，味禁重，室禁重。”尧有子十人，不与其子而授舜；舜有子九人，不与其子而授禹：至公也。

【注释】

①重：过甚。

【译文】

黄帝说：“音乐禁止过分，色彩禁止过分，衣服禁止过分，香气禁止过分，饮食禁止过分，宫室禁止过分。”尧有十个儿子，他不把王位传给他的儿子却传给了舜；舜有九个儿子，他不把王位传给他的儿子却传给了禹。他们最大公无私了。

【原文】

晋平公问于祁黄羊[1]曰："南阳[2]无令，其谁可而为之？"祁黄羊对曰："解狐可。"平公曰："解狐非子之仇邪？"对曰："君问可，非问臣之仇也。"平公曰："善。"遂用之。国人称善焉。居有间，平公又问祁黄羊曰："国无尉，其谁可而为之？"对曰："午可。"平公曰："午非子之子邪？"对曰："君问可，非问臣之子也。"平公曰："善。"又遂用之。国人称善焉。孔子闻之曰："善哉！祁黄羊之论也，外举不避仇，内举不避子。"祁黄羊可谓公矣。

【注释】

①祁黄羊：晋国大夫，名奚，字黄羊。

②南阳：位于太行山之南、黄河之北，今河南济源一带。

【译文】

晋平公问祁黄羊说："南阳这个地方缺少一个行政长官，有什么人可以担任呢？"祁黄羊回答说："解狐可以。"晋平公说："解狐不是你的仇人吗？"祁黄羊回答说："大王是问我哪一个人可以当此重任，不是问我谁是我的仇人。"晋平公赞叹道："好。"于是就任用解狐为南阳令。国人都称赞做得好。过了一段时间，晋平公又问祁黄羊说："现在国家缺少一个军尉，有什么人可以担任呢？”祁黄羊回答说：“祁午可以。”晋平公说：“祁午不是你的儿子吗？”祁黄羊回答说：“大王是问我哪一个人可以当此重任，不是问我谁是我的儿子。”晋平公赞叹道：“好。”于是又任用祁午为军尉。国人都称赞做得好。孔子听到这件事情之后说：“好啊！祁黄羊的言行，在举荐人才的时候，他对外不忌讳任用自己的仇人，对内不忌讳任用自己的儿子。”祁黄羊可以称得上是公正无私呀。

【原文】

墨者有巨子腹䵍❶，居秦，其

子杀人，秦惠王曰：“先生之年长矣，非有他子也，寡人已令吏弗诛矣，先生之以此听寡人也。”腹䵍对曰：“墨者之法曰：‘杀人者死，伤人者刑。’此所以禁杀伤人也。夫禁杀伤人者，天下之大义也。王虽为之赐，而令吏弗诛，腹䵍不可不行墨者之法。”不许惠王，而遂杀之。子，人之所私②也。忍所私以行大义，巨子可谓公矣。

【注释】

①腹䵍（tūn）：人名，姓腹，名䵍。

②私：偏爱。

【译文】

墨家有个大师腹䵍，住在秦国。

他的儿子杀了人，秦惠王对他说：“先生年纪已大，又没有其他儿子，我已经下令有关官员，不杀您的儿子，先生在这件事上就听我的吧。”腹䵍回答说：“墨家的法规说：‘杀人的处死，伤人的给予刑罚。’这是用来禁止杀伤人命的。禁止杀伤人命，这是天下的大理。大王您虽然给予宽恕，下令有关官员不杀他，但我腹䵍不可以不奉行墨家的规矩。”腹䵍没答应惠王，最终处死了自己的儿子。儿子是人们偏爱的，忍痛割爱而奉行天下的大理，这位大师可以说是公正无私的。

【原文】

庖人调和而弗敢食，故可以为庖。若使庖人调和而食之，则不可以为庖矣。王伯之君[1]亦然。诛暴而不私[2]，以封天下之贤者，故可以为王伯。若使王伯之君诛暴而私之，则亦不可以为王伯矣。

【注释】

①王伯之君：成就王霸之业的君主。伯：通“霸”。

②私：此指占为己有。

【译文】

厨师调和五味做出各种美味佳肴，而不敢私自食用，因此可以做厨师。假设一个厨师一边做出各种菜肴，一边又在不停地吃，那这样的人就不可以做厨师。成就王霸之业的君主也是这样。铲除天下残暴之人，不私自占有所得，而是把它们封给天下的贤士，因此才能成为王霸之君。假使他们铲除天下残暴之人，却把所得占为己有，那就不能成就王霸之业。

功名

【导读】

本篇旨在论述为君之道。作者以大量生动的比喻说明要达到目的，必“由其道”。条件具备了，方法对了，自然水到渠成，否则徒劳无益。作者还劝诫君主重视人心的向背，体现了民本思想。

【原文】

由其道，功名之不可得逃，犹表❶之与影，若呼之与响❷。善钓者，出鱼乎十仞之下，饵香也；善弋者，下鸟乎百仞之上，弓良也；善为君者，蛮夷反舌殊俗异习皆服之，德厚也。水泉深则鱼鳖归之，树木盛则飞鸟归之，庶草茂则禽兽归之，人主贤则豪杰归之。故圣王不务归之者，而务其所以归。

【注释】

①表：古时测日影、定时刻所立的标竿。

②响：回声。

【译文】

按照正确的方法去求取功名，功名想逃都逃不掉。这就如同测量日影用的竹竿与日影的关系、喊声与回声的关系一样。善于钓鱼的人，能把鱼从十仞深的水下钓上来，是钓饵香美的缘故；善于射猎的人，能把飞鸟从百仞高的空中射下来，是弓箭有力的缘故；善于做君主的人，能使四方各族语言不同、风俗各异的人都归顺于他，是他恩德崇厚的缘故。水泉很深，鱼鳖就会游向那里；树木繁茂，禽鸟就会飞向那里；百草旺盛，禽兽就会奔向那里；君主贤明，豪杰就会归附于他。所以，圣明的君主，不把精力放在勉强使人归附上，而把精力放在创造使民众愿意归附的条件上。

【原文】

强❶令之笑不乐；强令之哭不悲；强令之为道也，可以成小❷，而不可以成大。

【注释】

①强：强迫。

②小：此处指虚名。

【译文】

强迫人笑，笑得不快乐；强迫人

哭，哭得不悲伤；强迫命令这种方式，可以成就虚名，但不可能成就大业。

【原文】

缶醯❶黄，蚋❷聚之，有酸；徒水则必不可。以狸❸致鼠，以冰致蝇，虽工，不能。以茹❹鱼去蝇，蝇愈至，不可禁，以致之之道去之也。桀、纣以去之之道致之也，罚虽重，刑虽严，何益？

【注释】

①醯（xī）：醋。

②蚋（ruì）：蚊子一类的昆虫。

③狸：此指猫。

④茹：腐臭。

【译文】

瓦器中的醋发黄，蚊子之类聚在上面，是有酸味的缘故；如果仅仅只有水，就一定无法招来它们。拿猫招引老鼠，拿冰块招引苍蝇，即使做法巧妙也不能招来它们。用腐臭的鱼驱赶苍蝇，苍蝇来得越多，不可以禁止，这是用招引的方法来驱赶它们的缘故。桀、纣企图用破坏太平安定的暴政求得太平安定的局面，即使刑罚再重再严，又能有什么益处？

【原文】

大寒既致，民暖是利；大热在上，民清❶是走。故民无常处，见

利之聚，无之去。欲为天子，民之所走，不可不察。今之世，至寒矣，至热矣，而民无走者，取则行钧❷也。欲为天子，所以示民，不可不异也。行不异乱，虽信❸令，民犹无走。民无走，则王者废矣，暴君幸矣，民绝望矣。故当今之世，有仁人在焉，不可而不此务；有贤主，不可而不此事。

【注释】

①凊（qìng）：凉爽。

②钧：通“均”。

③信：通“伸”。

【译文】

严寒到来，人们喜欢暖和的地

方；酷暑当头，人们愿到清凉的地方去。所以，民众没有固定的住所，看到对自己有利的，就跑去；看到对自己没利的，就离开。想做天子的人，对于民众奔走的原因就不能不仔细考察。现在的社会，寒冷到极点了，炎热到极点了，但是民众哪里也不去，这是因为不管逃到哪里也是一样啊。想做天子的人，展示给民众的，就不能不异于暴君。如果所作所为同暴君没什么两样，即使再三发布命令，民众也不会前来归附。民众谁也不归附，那么想成就王业的人就成功不了了，暴君就庆幸了，百姓就没有希望了。所以在当今的社会，如果有仁义之士存在，就不可不把精力花在这上面，表现得不同于常人；如果有贤主存在，就不可不把精力用在这上面，展示不同于暴君的方面。

【原文】

贤不肖不可以相分，若命之不可易，若美恶之不可移。桀、纣贵为天子，富有天下，能尽害天下之民，而不能得贤名之。关龙逢❶、王子比干❷能以要领之死争❸其上之过，而不能与之贤名。名固不可以相分，必由其理。

【注释】

①关龙逄：夏桀的贤臣，因屡次直言

劝谏，被夏桀处死。

②王子比干：殷纣王的叔父（一说纣的庶兄），因犯颜强谏，被纣王剖心而死。

③争：诤谏。

【译文】

贤德的名声和不肖的名声不可以相混淆，就像命数不可以扭转，美好跟丑恶不可以互换。桀、纣拥有天子的尊贵，拥有天下的富裕，能够害遍天下的百姓，但不能得到贤德的名声。关龙逢、王子比干能用死来规劝他们君主的过失，但不能给予桀、纣贤德的名声。名声本来就不可能由别人给予，只能遵循一定的途径获得。

尽数

【导读】

“尽数”是终其天年的意思。作者指出“尽数”的关键在于“去害”和“知本”。“去害”即避害，五味、五情，以及寒、热、燥、湿等自然环境，只要超过正常限度就会对生命造成危害。“知本”就是要了解生命的本源。

【原文】

天生阴阳、寒暑、燥湿、四时之化、万物之变，莫不为利，莫不为

害。圣人察阴阳之宜，辨万物之利以便生❶，故精神安乎形，而年寿得长焉。长也者，非短而续之也，毕其数也。毕数之务，在乎去害。何谓去害？大甘、大酸、大苦、大辛、大咸，五者充形则生害矣。大喜、大怒、大忧、大恐、大哀，五者接神则生害矣。大寒、大热、大燥、大湿、大风、大霖❷、大雾，七者动精则生害矣。故凡养生，莫若知本，知本则疾无由至矣。

【注释】

①便生：给生命带来益处。

②霖（lín）：久下不停的雨。

【译文】

天地产生阴阳、寒暑、燥湿，四季的更替，万物的变化，没有不借助它们而得到好处的，也没有不因它们而致害的。圣人观察阴阳适宜之处，辨别万物好的地方来方便自己生存，所以精神在形体中安放，得到长寿。长寿，不是说寿命本来短而使它延长，而是使其终其天年。能寿终正寝的要务在于去除害处。什么是去除害处呢？很甜、很酸、很苦、很辣、很咸，这五种味道充斥身体，就会对身体产生害处。过分的高兴、生气、担忧、惊恐、悲伤，这五种情绪和精神交接，就会对生命产生害处。过量的寒冷、酷热、干燥、潮湿、刮风、下雨、降雾，这七种情形扰动了精气就会对生命产生害处。所以，凡保养生命的事，比不上知道生命这个根本更重要，知道其根本，病痛就无从产生了。

【原文】

精气之集也，必有入也。集于羽鸟，与为飞扬；集于走兽，与为流行；集于珠玉，与为精朗；集于树木，与为茂长；集于圣人，与为夐明[1]。精气之来也，因轻而扬之，因走而行之，因美而良之，因长而养之，因智而明之。

【注释】

①敻（xiòng）明：聪明睿智。敻：远。

【译文】

精气汇集在一起，一定有所寄托。汇集在飞鸟中就和飞鸟一起飞舞，汇集在走兽间就和走兽一同行走，汇集在珠宝玉器中就和珠宝玉器一样晶莹润朗，汇集在树木间就和树木一起茂盛成长，汇集在圣人中就和圣人一般明智。精气的到来，依附在轻盈的形体上而使它在空中飞舞，依附在可以奔跑的形体上而使它行走，依附在华美的形体上而使它更华美，依附在具有生长特性的形体上而使它繁茂，依附在有智慧的形体上使他更明智。

【原文】

流水不腐，户枢❶不蝼❷，动也。形气亦然。形不动则精不流，精不流则气郁。郁处头则为肿、为风，处耳则为挶❸、为聋，处目则为瞒❹、为盲，处鼻则为鼽❺、为窒，处腹则为张、为疛❻，处足则为痿❼、为蹶。

【注释】

①户枢：门上的转轴。

②蝼（lóu）：蝼蛄。此指生虫蛀食。

③挶（jū）：此指耳病。

④瞒（miè）：眼眶红肿。

⑤鼽（qiú）：鼻孔堵塞。

⑥疛（zhǒu）：小腹疼痛。

⑦痿（wěi）：肢体无力，不能动作。

【译文】

流动的水不会腐败变臭，转动的门轴不会被虫蛀空，因为它们都在运动。形体、精气也是这样。形体不活动，精气就不能流通，精气不流通，气血就会郁结。郁结在头部，就会造成肿疾、风疾；郁结在耳部，就会造成重听或耳聋；郁结在眼部，就会造成眼眶红肿或失明；郁结在鼻部，就会造成鼻塞不通；郁结在腹部，就会造成腹胀或腹痛；郁结在脚部，就会造成痿疾、足疾，不能行走。

【原文】

轻水所，多秃与瘿❶人；重水所，多尰❷与躄❸人；甘水所，多好与美人；辛水所，多疽❹与痤❺人；苦水所，多尪❻与伛❼人。

【注释】

①瘿（yǐng）：脖子长囊状的瘤子。

②尰（zhǒng）：脚肿。

③躄（bì）：不能行走。

④疽（jū）：结成块状的毒疮。

⑤痤（cuó）：痈。

⑥尪（wāng）：骨骼弯曲症。

⑦伛（yǔ）：脊背弯曲。

【译文】

水中含盐分及其他矿物质过少

的地方，多有秃头和颈上长瘤的人；水中含盐分及其他矿物质过多的地方，则多有脚肿和麻痹不能行走的人；水味甜美的地方，多有美丽和健康的人；水味辛辣的地方，多有长毒疮和痈疮的人；水味苦涩的地方，多有患鸡胸和驼背的人。

【原文】

凡食，无强厚味，无以烈味重酒，是以谓之疾首❶。食能以时，身必无灾。凡食之道，无饥无饱，是之谓五藏❷之葆。口必甘味，和精端容，将之以神气，百节❸虞欢，咸进受气。饮必小咽，端直无戾❹。

【注释】

①疾首：导致疾病的开端。

②五藏：即五脏，指心、肝、脾、肺、肾。

③百节：周身关节。

④戾：乖戾。此处指扭转。

【译文】

凡吃东西不要吃得味道太强烈厚重，不吃厚味，不饮烈酒，因为这就是致病的开端。吃能定时，身体一定没有病灾。吃东西的原则是不要吃得太饱又不要挨饿，这就是保护五脏的方法。吃的时候，嘴要品尝甘甜美味，身体要调和精气，端正仪容，用精神饱满的状态去伴随吃的过程。全身都呈现欢愉的状态，都接受精气滋养。喝的时候一定要小口地下咽，坐要端正，不要扭转歪斜。

【原文】

今世上❶卜筮❷祷祠，故疾病愈来。譬之若射者，射而不中，反修于招，何益于中？夫以汤止沸，沸愈不止，去其火则止矣。故巫医毒药，逐除治之，故古之人贱之也，为其末也。

【注释】

①上：崇尚。

②卜筮（shì）：古代迷信用龟甲、筮草占问吉凶的两种方法。

【译文】

如今世道崇尚占卜祈祷，所以疾

病反而越来越多。就好像射箭，射不中，不纠正自己的毛病反而去修理靶子，这对于射中有什么作用呢？用热水制止水沸腾，水越发不会停止沸腾，撤掉火，水就停止沸腾了。所以用巫医药物来赶走、驱除、治疗疾病，古人是轻视的，因为这种做法是舍本逐末。

论人

【导读】

“论人”就是衡量、识别人。作者指出君主“论人”最好的方法是“反诸己”，其次是“求诸人”。只有

"反诸己"，让自己顺乎自然，处于"无为"的境界，才能知道事物的精微、事理的玄妙，从而无往不胜。所谓"求诸人"，即向别人寻求。

【原文】

主道约❶，君守近。太❷上反诸己，其次求诸人。其索之弥远者，其推之弥疏；其求之弥强者，失之弥远。

【注释】

①约：简约，简单。

②太：最。

【译文】

为君之道要简约无为，君王的操

守在自身，首要的是返回到对自己的要求，然后才要求别人。他对别人的索求越深远，别人就越疏远他；他对人的要求越强烈，他失去的就越多。

【原文】

何谓反诸己也？适耳目，节嗜欲，释❶智谋，去巧故❷，而游意乎无穷之次，事心乎自然之涂。若此则无以害其天矣。无以害其天则知精，知精则知神，知神之谓得一。

【注释】

①释：舍弃。

②巧故：伪诈。

【译文】

什么叫向自身求得？使耳目适宜，节制喜好欲望，放下计算人的阴谋，去掉虚浮伪诈之态，让想象漫游在无穷无尽的空间，让心放纵在自然之中。像这样，就对天性没有伤害。没有伤害天性就可以懂得道理的精微，懂得道理的精微就可懂得事理的玄妙，懂得事理的玄妙就叫作得道了。

【原文】

凡彼万形，得一后成。故知一，则应物变化，阔大渊深，不可测也；德行昭美，比❶于日月，不可息也；豪士时之，远方来宾，不可塞❷也；

意气宣通，无所束缚，不可收也。故知知一，则复归于朴，嗜欲易足，取养节薄，不可得也；离世自乐，中情洁白，不可量❸也；威不能惧，严不能恐，不可服也。故知知一，则可动作当务，与时周旋，不可极也；举错❹以数，取与遵理，不可惑也；言无遗者，集肌肤，不可革也；谗人困穷，贤者遂兴，不可匿也。故知知一，则若天地然，则何事之不胜？何物之不应？譬之若御者，反诸己，则车轻马利，致远复食而不倦。

【注释】

①比：并列。

②塞：遏止。

③量：此处应为“墨”字。墨：染黑。

④错：通“措”，安放。

【译文】

所有那些万物，得道之后就可以修成正果。所以懂得了得道的方法，就可随应万物的变化而变化，变化博大精深，深不可测；德行昭彰美好，可跟日月比列，不可熄灭；豪士应时而来，宾客自远方归服，不可以遏止；意气宣泄通畅，没有束缚，不可拘守。所以懂得了得道的方法，就可返璞归真，喜好、欲望容易满足，有节制并少量地取用养身之物，并不占有它；超脱世俗，自得其乐，心中的情感洁白无瑕，难以污染；威吓、严厉不能使他恐惧，不可以收服他。所以，懂得了得道的方法，就会行动适当，掌握要领，在时间中周旋，不会走上穷途末路；举止有规格，合乎常理，他就不会迷惑；言语得体，没有吞吞吐吐，话说出来后没有过失，使人的肌肤有所感触，不可以随便更改；说坏话的人穷困潦倒，贤能的人意气风发，谗佞贤能都不可以遮掩。所以懂得了得道的方法，就会像天地一样，那么，什么事情不能胜任呢？那么，什么事情不能得当呢？这就像驾驭马车的人，反躬自求，就会车轻马快，即使跑很远的路再吃饭，中途也不会疲倦。

【原文】

昔上世之亡主，以罪为在人，故日杀僇❶而不止，以至于亡而不悟。三代之兴王，以罪为在己，故日功而不衰，以至于王。

【注释】

①僇（lù）：通"戮"，杀戮。

【译文】

过去古代亡国的君主把亡国的过错推在别人的身上，所以每天不停地杀戮，以致亡国都不知醒悟。三代中兴的贤君，把罪过担当在自己身上，所以每天不停地建功立业，以至于成就了王业。

【原文】

何谓求诸人？人同类而智殊，贤不肖❶异，皆巧言辩辞，以自防御，此不肖主之所以乱也。

【注释】

①不肖：不才，不贤。

【译文】

什么叫求之于人呢？人与人属类相同，但智力不同。贤能和庸俗之人有区别，但都用花言巧语将自己掩饰起来，以利于生存，所以平庸的君主很容易被迷惑，贤愚不辨。

【原文】

凡论人，通❶则观其所礼，贵

则观其所进❷，富则观其所养，听则观其所行，止则观其所好，习则观其所言，穷则观其所不受，贱则观其所不为。喜之以验其守，乐之以验其僻，怒之以验其节，惧之以验其特，哀之以验其人，苦之以验其志。八观六验，此贤主之所以论人也。

【注释】

①通：处境顺利。

②进：举荐。

【译文】

凡是评定一个人，当他通达时，就看他所礼遇的到底是什么人；当他显贵时，就看他举荐的到底是什么人；当他富有时，就看他供养的到

底是什么人；他听取意见了，就看他以后的行为；他闲居在家，就看他到底有什么喜好；他探讨问题时，就看他到底说什么话；他窘迫时，就看他到底有什么不接受；他贫贱时，就看他到底有什么事不去做。让他高兴起来，以检验他的操守；让他快乐起来，以检验他的邪念；让他愤怒起来，以检验他的气度；让他恐惧起来，以检验他卓异的品行；让他哀伤起来，以检验他的仁爱之心；让他困苦起来，以检验他的志向。以上这八种观察、六种检验，就是贤明的君主用以评定一个人优劣的方法。

【原文】

论人者，又必以六戚四隐[1]。何谓六戚？父、母、兄、弟、妻、子。何谓四隐？交友、故旧、邑里[2]、门郭[3]。内则用六戚四隐，外则用八观六验，人之情伪、贪鄙、美恶无所失矣。譬之若逃雨污，无之而非是。此先圣王之所以知人也。

【注释】

①四隐：四种亲近的人。隐：私。

②邑里：乡亲，邻居。

③门郭：应为“门郎”，指左右亲近的人。

【译文】

评定一个人还要听取这个人六戚四隐的看法。什么是六戚？六戚包括父亲、母亲、哥哥、弟弟、妻子和子女。什么是四隐？四隐是指朋友、熟人、乡亲和亲信。在内收集六戚四隐的评价，在外运用八观六验的方法，这样人的诚实、虚伪、贪婪、鄙俗、善良、邪恶就都能一一察明而没有遗漏了。这就如同让人在雨中奔跑，想不被淋湿是不可能的。这就是先代圣王识别他人的方法。

诬徒

【导读】

本篇旨在论述教学的道理。“诬

徒”就是欺骗弟子。作者提出理想的教学效果应该是“使弟子安焉、乐焉、休焉、游焉、肃焉、严焉”，而要达到这种效果，必须讲求教学方法。作者既批评了不善于教学的老师所犯的错误，又批评了不善于求学之人的错误的治学态度，提出了教育与治学所应采取的正确的态度和方法。

【原文】

达师❶之教也，使弟子安焉、乐焉、休焉、游焉、肃焉、严焉。此六者得于学，则邪辟❷之道塞矣，理义之术胜矣；此六者不得于学，则君不能令于臣，父不能令于子，

师不能令于徒。

【注释】

①达师：通达事理的老师。

②邪辟：乖戾不正。

【译文】

通达事理的老师施行教育，能使弟子安心、愉快、舒适、从容、庄重、严谨。这六个方面在教学中实现了，那么乖戾不正的理论就行不通了，理义学说占据主导了。这六方面在教学中不能实现，那么国君就号令不了臣子，父亲就号令不了儿子，老师就号令不了弟子。

【原文】

人之情，不能乐其所不安，不能得于其所不乐。为之而乐矣，奚待贤者？虽不肖者犹若[1]劝之。为之而苦矣，奚待不肖者？虽贤者犹不能久。反诸人情，则得所以劝学矣。

【注释】

①犹若：仍然。

【译文】

从人的本性讲，人不会乐意干使自己感到不安的事，不会在不乐意做的事上有所收获。假如一做就使人快乐，哪还用等到贤人来完成呢？即使平庸的人，也仍然会努力去做了。一做就使人痛苦，哪还用等到平庸的人去验证此事难做呢？即使是贤人也很难坚持下去呀！从人性的角度出发，就能探究出需要劝勉人学习的原因了。

【原文】

子华子❶曰："王者乐其所以王，亡者亦乐其所以亡，故烹兽不足以尽兽，嗜其脯❷则几矣。"然则王者有嗜乎理义也，亡者亦有嗜乎暴慢❸也。所嗜不同，故其祸福亦不同。

【注释】

①子华子：古代道家人物。

②脯（fǔ）：干肉。

③暴慢：残暴轻慢。

【译文】

子华子说："称王成功的人都乐于从事能使其成就王业的事，败亡的人都沉迷于能使其败亡的事，所以烹、煮野兽不能使野兽灭亡，只捕杀爱吃的就行了。"如此说来，称王成功的人爱好公理道德，败亡之君喜好残暴轻慢。正因为喜好相反，所以得到的回报也福祸迥异。

【原文】

不能教者：志气不和，取舍数变，固无恒心，若晏阴喜怒无处；言谈日易，以恣❶自行；失之在己，不肯自非，愎过❷自用，不可证移；

见亲权势及有富厚者，不论其材，不察其行，驱❸而教之，阿而谄之，若恐弗及；弟子居处修洁，身状出伦，闻识疏达，就学敏疾，本业几终者，则从而抑之，难而悬之，妒而恶之；弟子去则冀终，居则不安，归则愧于父母兄弟，出则惭于知友邑里，此学者之所悲也，此师徒相与异心也。

【注释】

①恣（zì）：放纵。

②愎（bì）过：坚持错误。愎：任性。

③驱：驰。

【译文】

不善于教导学生的人：有所作为

的决心和勇气不相合，取舍的决定多变，没有恒心，就像天气阴晴喜怒变化不定；言谈轻率，放纵自己的行为，自己做错了，不肯自我批评，刚愎自用，不可能听别人劝诫而改正；看到有权势的亲戚和富者，不衡量他们的才华，不观察他们的品行，就赶去当他们的老师，对他们阿谀奉承，还担心巴结不及；对于住处整齐洁净，自身形态出众，见闻学识广达，学习聪敏努力，学业差不多完结的学生，却由此抑制他，有意为难他，对他的事悬而不决，嫉妒并厌恶他；这使得弟子想离去，但又希望学业可以完成；留下却难以安心，回家又觉得愧对父母兄弟，出门又愧见朋友乡亲，这就是学生的悲哀，这是师徒之间心志不同的缘故。

【原文】

人之情，恶异于己者，此师徒相与造怨尤❶也。人之情，不能亲其所怨，不能誉其所恶，学业之败也，道术之废也，从此生矣。善教者则不然。视徒如己，反己以教，则得教之情矣。所加于人，必可行于己，若此则师徒同体。人之情，爱同于己者，誉同于己者，助同于己者，学业之章❷明也，道术之大行也，从此生矣。

【注释】

①怨尤：怨恨不满。

②章：彰明。

【译文】

人之常情，厌恶与自己心志不合的人，这是师徒之间造成怨愤不满的原因。人之常情，不能够亲近自己怨恨的人，不能称赞自己厌恶的人，学业的颓败，道术的荒废，就这样产生了。善于教导的老师就不是这样，他们把学生看做像自己一样，设身处地来教育学生，这样就掌握教育的真谛了。他所施加给人的，自己一定可以做到，像这样就是师徒合为一体。人之常情，喜爱和自己心志相同的人，称赞和自己心志相同的人，帮助和自己心志相同的人，学业的彰明，道术的盛行，就这样产生了。

【原文】

不能学者，从师苦而欲学之功也，从师浅而欲学之深也。草木、鸡狗、牛马，不可谯诟❶遇之，谯诟遇之，则亦谯诟报人，又况乎达师与道术之言乎？

【注释】

①谯诟：粗暴、过分。

【译文】

不善于学习的人，跟从老师学习很马虎却又想学得精通，跟从老师学习浅尝辄止而想学得深入。即使是草木、鸡狗、牛马，也不可以粗暴地对待它们，如果粗暴地对待它们的话，它们也会粗暴地报复人，又何况对待通达事理的老师与道术的传授呢?

【原文】

故不能学者：遇师则不中❶，用心则不专，好之则不深，就业则不疾，辩论则不审，教人则不精；于师愠，怀于俗，羁神于世，矜势❷好尤，故湛❸于巧智，昏于小利，惑于嗜欲；问事则前后相悖，以章则有异心，以简则有相反；离则不能合，合则弗能离，事至则不能受。此不

能学者之患也。

【注释】

①中：通“忠”。

②矜势：自恃权势。

③湛：通“沉”。

【译文】

所以不善于学习的人，对待老师不忠诚，学习不专心，喜好一样东西却不深入学习了解，想成就事业却不努力，辩论不明是非，效法别人却不仔细；他们埋怨老师，安于守旧，思想被世俗羁束，自恃权势，好犯过失，滥用巧智，贪小便宜，沉迷在贪欲中；他们询问事情前后矛盾，言辞详明则又与心相异，言辞简约则又与意相反；

分析事物却不能综合，复杂的事又不会分析，即使再费力气也不会有所成就。这是不善于学习的人的害处。

精通

【导读】

“精通”是指人的精气相通。作者旨在谈君道，认为君主与百姓精气相通，因此君主只要做到“以爱利民为心”“行德乎己”，必然会达到“天下皆延颈举踵”，“四荒咸饬乎仁”的大治局面。

【原文】

人或谓兔丝❶无根。兔丝非无根也，其根不属也，伏苓是。慈石❷召铁，或引之也。树相近而靡❸，或軵❹之也。圣人南面而立，以爱利民为心，号令未出，而天下皆延颈举踵矣，则精通乎民也。夫贼害于人，人亦然。

【注释】

①兔丝：即菟丝，一种寄生的蔓草。

②慈石：即磁石。古人认为这种石可以吸铁，像慈母吸引子女一样，故名"慈石"。

③靡：通"摩"，摩擦。

④軵（rǒng）：推。

【译文】

有人说菟丝没有根。菟丝不是没有根，只是它的根与它不相连，茯苓就是它的根。磁石可吸铁，是有一种力在吸引它。树木生得近了，就要相互摩擦，是有一种力在推它们。圣人面南为君，胸怀爱民利民之心，号令还没正式发布，人们就都伸长脖子，踮起脚殷切盼望了，这是圣人与民众精气相通的缘故。坏人伤害他人，他人也会有类似的反应。

【原文】

今夫攻者，砥厉❶五兵❷，侈衣美食，发且有日矣，所被攻者不乐，

非或闻之也，神者先告也。身在乎秦，所亲爱在于齐，死而志气不安，精或往来也。

【注释】

①砥（dǐ）厉：磨砺。

②五兵：五种兵器。一般指矛、戟、弓、剑、戈。

【译文】

假如想进攻他国，磨砺兵器，犒赏兵士，出发没几天，所被进攻的国家定会不快乐，并不是有人听到了风声，而是精神先感知到了。一个人身在秦国，而所亲爱的人在齐国，如果在齐国的人死了，在秦国的人就会心神不安稳，这是精气互相往来的缘故啊！

【原文】

德也者，万民之宰也。月也者，群阴之本也。月望则蚌蛤实，群阴盈；月晦则蚌蛤虚，群阴亏。夫月形乎天，而群阴化乎渊；圣人行德乎己，而四荒咸饬❶乎仁。

【注释】

①饬：整治。

【译文】

君王的德行，是百姓命运的主宰。月亮，是各种属阴之物的根本。月亮圆亮，蚌蛤肉就肥满，各种属阴之物也都满盈；月亮晦暗，蚌蛤肉就瘦损，各种属阴之物也都亏损。所以，月亮在天空中改变形状，各种属阴之物就在深水中变化生长；圣人自身的德行显露出来，四面八方的人都会照着这样用仁义修身。

【原文】

养由基射兕❶，中石，矢乃饮羽❷，诚乎兕也。伯乐学相马，所见无非马者，诚乎马也。

【注释】

①兕（sì）：一说雌犀牛。

②饮羽：箭射入石中，尾部羽毛隐没不见。饮：没。

【译文】

养由基射兕，射中了石头，箭羽没入了石头深处，实在是因为他心中想着的是兕的缘故。伯乐学习相马，眼中见的无不是马，是因为心中有马的缘故。

【原文】

宋之庖丁好解牛，所见无非死牛者，三年而不见生牛，用刀十九年，刃若新劘❶研，顺其理，诚乎牛也。

【注释】

①劘（mó）：通“磨”。

【译文】

宋国庖丁喜欢分解牛的肢体，眼中所看见的除了死牛以外没有别的东西，整整三年眼前没有一头活牛；一把刀用了十九年，刀刃还像新磨过的一样锋利，这是因为他顺着牛的肌理肢解而没有损伤刀刃，心中对牛有数的缘故。

【原文】

钟子期夜闻击磬者而悲，使人召而问之曰："子何击磬之悲也？"答曰："臣之父不幸而杀人，不得生；臣之母得生，而为公家为酒；臣之身得生，而为公家击磬。臣不睹臣之母三年矣。昔为舍市睹臣之母，量所以赎之则无有，而身固公家之财也，是故悲也。"钟子期叹嗟曰："悲夫！悲夫！心非臂也，臂非椎❶、非石也。悲存乎心而木石应

之。"故君子诚乎此而谕乎彼，感乎己而发乎人，岂必强说乎哉？

【注释】

①椎（chuí）：木制的击磬工具。

【译文】

钟子期在夜里听见敲击磬的声音很悲伤，派人召见敲磬的人问他："你为什么敲磬击出的声音那么悲伤？"那人回答说："我的父亲不幸杀了人，他也不能活了；我的母亲虽得以生还，但在公卿家酿酒；我自己得以生还，但在公卿家敲磬。我已经三年没有见到我的母亲了。昨天夜里我住在街市的时候看到我的母亲，想为母亲赎身，可我什么都没有，自己都已是公卿家的财物，这就是我悲伤的原因。”钟子期叹息着说：“令人悲伤啊，令人悲伤啊！心不是手臂，手臂不是椎，不是磬。悲伤存放在心里就使椎磬都和应着。”所以君子心中有所感就会在其他的地方表现出来，自己会感动就会感动别人，哪里用得着一定要用言辞表达呢？

【原文】

周有申喜者，亡❶其母，闻乞人歌于门下而悲之，动于颜色。谓门者内❷乞人之歌者，自觉而问焉，曰：“何故而乞？”与之语，盖其母也。故父母之于子也，子之于父母

也，一体而两分，同气而异息。若草莽之有华实也，若树木之有根心也。虽异处而相通，隐志相及，痛疾相救，忧思相感，生则相欢，死则相哀，此之谓骨肉之亲。神出于忠而应乎心，两精相得，岂待言哉？

【注释】

①亡：此处指失散。

②内：通“纳”。

【译文】

周朝有个叫申喜的人，与他的母亲失散了。有一天他听到有个乞丐在门前唱歌而感到很悲痛，为之动容，叫守门人让唱歌的乞丐进来，亲自接见她问道：“为什么乞讨？”与她交谈后，才知道原来乞丐正是他的母亲。所以父母对子女而言，子女对父母而言，实际都是一个整体而分为两处，有着相同的精气但呼吸各异。就像草丛中有鲜花果实，就像树木之间有根有心。虽然在不同的地方，但是精气相通，心事相连，痛疾相合，愁思相染，活着就互相欢喜，死了就互相悲伤，这就叫骨肉之亲。精神出自内心而相互感应，两方精神相通，难道还要靠言辞吗？

本味

【导读】

“本味”就是追求至味时应该务本。本文的主旨是治国必须务本，作者首先说明君主建功立业的关键在于得贤，而得贤必须知贤、礼贤，并用伊尹以至味说汤的故事为例证，说明君主要备享天下至味必须“知道”“成己”。

【原文】

求之其本，经旬必得；求之其

末，劳而无功。功名之立，由事之本也，得贤之化❶也。非贤，其孰知乎事化？故曰其本在得贤。

【注释】

①化：教化。

【译文】

做事情从根本做起，经过短时间必定有收获；从枝节做起，就会劳而无功。功名的建立，是由于抓住了事物的根本，得到了贤人的教化。不是贤人，谁懂得事情的教化呢？所以说，建立功名的根本在于得到贤人。

【原文】

有侁氏❶女子采桑，得婴儿于

空桑[2]之中，献之其君。其君令烰[3]人养之，察其所以然。曰："其母居伊水之上，孕，梦有神告之曰：'臼[4]出水而东走，毋顾！'明日，视臼出水，告其邻，东走十里而顾，其邑尽为水，身因化为空桑。故命之曰伊尹。"此伊尹生空桑之故也。长而贤。汤闻伊尹，使人请之有侁氏，有侁氏不可。伊尹亦欲归汤，汤于是请取妇为婚。有侁氏喜，以伊尹媵女[5]。故贤主之求有道之士，无不以也；有道之士求贤主，无不行也。相得然后乐。不谋而亲，不约而信，相为殚智竭力，犯危行苦，志欢乐之。此功名所以大成也。固不

独，士有孤而自恃，人主有奋而好独者，则名号必废熄，社稷必危殆。故黄帝立四面❻，尧、舜得伯阳、续耳❼然后成。

【注释】

①有侁（shēn）氏：即有莘氏，古部族名。

②空桑：中空的桑树。

③焊（páo）：通“庖”，厨师。

④臼：舂米的工具。

⑤媵（yìng）女：此指作为陪嫁的臣仆。媵：陪送出嫁。

⑥立四面：从四方寻找贤人辅佐自己。

⑦伯阳、续耳：相传为尧时的贤人。

【译文】

有莘氏部落的女子去采桑，在

中空的桑树里拾到一个婴儿，把他献给了她的君王。君王叫厨师养育这个婴儿，并弄明白这是怎么回事。厨师弄明白后，对君王说："他的母亲住在伊水的上游，有了身孕，梦见神人对她说：'如果你看见臼里出水了，你就往东跑，千万不要回头！'第二天，她真的看见臼里出水了，她告诉了她的邻居后就往东跑了十里。她回头再看村庄时，村庄已经被水淹没了，她自己也变作了中空的桑树。因此，给这个孩子起了伊尹的名字。"这是伊尹生于空桑的缘故。伊尹长大后很贤明。汤知道后就派人到有莘氏处请他，有莘氏的人不同意。伊尹也很想归附汤。于是汤就向有莘氏的女子求婚，有莘氏的人很高兴，让伊尹作陪女出嫁的人。所以说，贤明的人为了寻求有道之士不择手段；有道之士为归附贤明君王，也无所不用。明主贤臣各如其愿，都很快乐。他们不相谋划就很亲近，不相约定就互相信任，共同努力竭心尽智，不怕困难不避危险，内心欢乐，这就是成就大功名的办法。贤明的君主、有道之士本来不会孤独，如果士中有孤傲而自恃其能干的，人主有自强却喜好独自干的，那么他们的美名会毁灭，国家一定会有危险。所以黄帝向四方求贤，得到贤人后就立为辅佐大臣。尧、舜得到了伯阳、续耳的辅助之后才得以成功。

【原文】

凡贤人之德，有以知之也。伯牙鼓琴，钟子期听之。方鼓琴而志在太山，钟子期曰："善哉乎鼓琴！巍巍乎若太山。"少选❶之间，而志在流水，钟子期又曰："善哉乎鼓琴！汤汤❷乎若流水。"钟子期死，伯牙破琴绝弦，终身不复鼓琴，以为世无足复为鼓琴者。非独琴若此也，贤者亦然。虽有贤者，而无礼以接之，贤奚由尽忠？犹御之不善，骥不自千里也。

【注释】

①少选：一会儿。

②汤（shāng）汤：水势浩大、水流很急的样子。

【译文】

大凡贤德之人的品德，是有办法了解的。伯牙弹琴，钟子期听着它。刚开始弹琴时表现出攀登高山的志向，钟子期说："弹琴弹得太好了！就像高山样巍峨。"过了一会儿，琴声表现出像流水奔腾一样的志向，钟子期又说："弹琴弹得太好了！就像流水一样浩荡。"钟子期死后，伯牙摔断了琴，扯断了弦，终身不再弹琴，认为世上再没有值得为之弹琴的人了。不仅弹琴是这样，寻求贤德的人也是这样。即使是有了贤德的人，如果不以礼相待，贤德的人怎样尽忠呢？这就如同御车的人不好，良马也不会自己跑千里远一样。

【原文】

汤得伊尹，祓❶之于庙，爝❷以爟火❸，衅❹以牺猳❺。明日，设朝而见之。说汤以至味，汤曰："可对而为乎？"对曰："君之国小，不足以具之，为天子然后可具。夫三群之虫❻，水居者腥，肉玃❼者臊，草食者膻。臭恶犹美，皆有所以。凡味之本，水最为始。五味三材，

九沸九变，火为之纪。时疾时徐，灭腥去臊除膻，必以其胜，无失其理。调和之事，必以甘酸苦辛咸，先后多少，其齐❽甚微，皆有自起。

【注释】

①祓（fú）：古代为除灾求福而举行的一种仪式。

②爝（jué）：束苇为炬，燃炬以祓除不祥。

③爟（guàn）火：祓除不祥的火。

④衅（xìn）：用牲血涂祭器。

⑤牺猳（jiā）：祭祀用的纯色公猪。牺：祭祀用的纯色牲畜。猳：公猪。

⑥虫：泛指各种动物。

⑦攫（jué）：通“攫”，用爪抓取。

⑧齐：通“剂”，剂量，调剂。

【译文】

汤得到了伊尹，在宗庙为他举行除灾祈福的仪式，点燃苇草消除不祥，用纯色公猪的血涂祭器。次日，汤在朝堂上以礼接见他。伊尹为汤论说最美的味道。汤说：“可以做吗？”伊尹回答说：“您的国家太小了，不足以具备这些东西，要您成了天子才可以具备条件。三类动物，水中的腥，食肉的臊，食草的膻。气味不好的仍然可以使之变好，这些都各有原因。调和味道的根本，水是第一位的。五种味道三种调料，多次煮开、多次变化，火候是关键。或快或慢，一定要用火减去腥味，去掉臊味，除掉膻味，但火候要适中。调和味道，一定用甜酸苦辣咸，谁先谁后，谁多谁少，调料的剂量很小，这些都有一定的规定。

【原文】

鼎中之变，精妙微纤，口弗能言，志弗能喻，若射御之微，阴阳之化，四时之数❶。故久而不弊❷，熟而不烂，甘而不哝❸，酸而不酷，咸而不减，辛而不烈，澹❹而不薄，肥而不𦢈❺。肉之美者，猩猩之唇，獾獾❻之炙❼，隽觾❽之翠，述荡❾之掔❿，旄象之约。流沙之西，丹山之

南，有凤之丸，沃民所食。

【注释】

①四时之数：指春生夏长秋收冬藏的功效。

②弊：败，坏。

③哝（nóng）：味道浓厚。

④澹：清淡。

⑤膭（hóu）：字书无考，大意指腻，油脂多。

⑥獾（huān）獾：一种鸟名。

⑦炙：通“跖”，脚掌。

⑧隽觾（yàn）：一种鸟名。

⑨述荡：一种兽名。

⑩掔（wàn）：通“腕”，此指兽的小腿。

【译文】

鼎中的味道变化是很精妙的，只可意会，不可言传，如同射箭驾马的精妙，阴阳的变化，四季的规律一样。所以，时间虽久却不会坏弊，熟了却不超过火候，甜、酸、咸、辣，味道正合适，清淡而不薄，肥厚而不腻。味道最好的肉有：猩猩的唇，貛貛的脚掌，隽觾的尾肉，述荡的小腿，旄牛大象的短尾巴。在流沙的西面，丹山的南面，有凤凰的蛋，沃国人就吃这个。

【原文】

鱼之美者，洞庭之鱄❶，东海

之鲕[2]，醴水之鱼，名曰朱鳖，六足、有珠、百碧。藿水之鱼，名曰鳐，其状若鲤而有翼，常从西海夜飞游于东海。菜之美者，昆仑之蘋，寿木之华。指姑之东，中容之国，有赤木玄木之叶焉。馀瞀[3]之南，南极之崖，有菜，其名曰嘉树，其色若碧。阳华之芸，云梦之芹，具区之菁，浸渊之草，名曰土英。和之美者，阳朴之姜，招摇之桂，越骆之菌，鳣[4]鲔[5]之醢[6]，大夏[7]之盐，宰揭[8]之露，其色如玉，长泽[9]之卵。饭之美者，玄山[10]之禾，不周[11]之粟，阳山[12]之穄，南海之秬[13]。水之美者，三危[14]之露，昆仑之井，沮江之丘，

名曰摇水，曰山⑮之水，高泉之山，其上有涌泉焉，冀州之原⑯。

【注释】

①鱄（zhuān）：一种鱼名。

②鲕（ér）：一种鱼名。

③馀瞀（mào）：古山名，相传在南方。

④鳣（zhān）：鲟鳇鱼。

⑤鲔（wěi）：鲟鱼。

⑥醢（hǎi）：肉酱。

⑦大夏：古泽名或古山名，相传在西方。

⑧宰揭：古山名。

⑨长泽：古泽名。

⑩玄山：古山名。

⑪不周：即不周山，传说中的山名，位于昆仑西北。

⑫阳山：指昆仑山之南。

⑬秬（jù）：黑黍。

⑭三危：古山名，相传在西方。

⑮曰山：应为“白山”，即天山，因终年白雪覆盖而得名。

⑯原：通“源”，水源。

【译文】

美味的鱼有：洞庭鱄鱼，东海鲕鱼，醴水的青翠色朱鳖，六只脚，能吐珠子。藿水中的鱼，名叫鳐，形状像鲤鱼却有翅膀，常常夜里从西海飞到东海。美味的菜有：昆仑的蘋菜，寿木的花果。指姑东面是中容国，有红树黑树的叶子。馀瞀的南边，南极的石崖旁，有菜名叫嘉树，青色。阳华山的芸，云梦泽的芹，具区泽的菁，浸渊的土英草。调和使味道美的调料有：阳朴的姜，招摇的桂，骆越的笋，鳣鲔做的酱，大夏的盐，宰揭的露，雪白如玉的长泽的卵。美味的粮食有：玄山的稻禾，不周山的小米，阳山的穈子，南海的黑黍。美味的水有：三危山的露水，昆仑山的泉水，沮江的山丘有瑶水，白山的水，高泉山上有涌泉，是冀州的水源。

【原文】

果之美者，沙棠之实，常山❶之北，投渊❷之上，有百果焉，群帝所食，箕山❸之东，青鸟之所❹，有甘

栌焉，江浦之橘，云梦之柚，汉上石耳。所以致之，马之美者，青龙之匹，遗风之乘。非先为天子，不可得而具。天子不可强为，必先知道。道者止彼在己，己成而天子成，天子成则至味具。故审近所以知远也，成己所以成人也。圣人之道要矣，岂越越❺多业哉！”

【注释】

①常山：即恒山，五岳中的北岳，位于今河北曲阳西北。

②投渊：水名。

③箕山：山名，位于今河南登封东南。

④青鸟之所：青鸟居住的地方。青鸟是神话传说中西王母的使者。

⑤越越：用力的样子。

【译文】

美味的果子有：沙棠果，常山之北、投渊上游，有百果，是先帝们所吃的果子。箕山东边、青鸟居住的地方有甜山楂，长江边的橘子，云梦的柚子，汉水上游的石耳。要得到它们，得用"青龙""遗风"等俊美的快马，只有先成了天子，不然就不可能完全领略这些美味。天子不可以勉强去当，必须先知道仁义之道。道存在于自身而不在别人身上，自身修养成仁义之道，就能成为天子，成了天子，那所有的美味也就齐备了。所以说，审察近处的就可以了解远处的，自己具备了仁义之道就可以教化他人。圣人的道简约，哪里用得着去做费大力但见效小的事呢！”

察今

【导读】

本篇旨在阐发因时变法、不宜拘泥古法的道理。作者指出先王之法“不可得而法”，并非先王之法不贤，而是由于产生它的时势变化了，因此法度也应随之变化。作者列举了荆人欲袭宋、楚人有涉江者、有过于江上者等三则寓言，说明因循守旧的荒谬和危害。

【原文】

上胡不法先王之法？非不贤也，为其不可得而法。先王之法，经乎上世而来者也，人或益之，人或损之，胡可得而法？虽人弗损益，犹若不可得而法。东[1]夏[2]之命[3]，古今之法，言异而典殊。故古之命多不通乎今之言者，今之法多不合乎古之法者。殊俗之民，有似于此。其所为欲同，其所为异。口惽[4]之命不愉[5]，若舟车衣冠滋味声色之不同。人以自是，反以相诽。天下之学者多辩，言利辞倒，不求其实，务

以相毁，以胜为故。先王之法，胡可得而法？虽可得，犹若不可法。

【注释】

①东：指东夷，东方少数民族。

②夏：指华夏，中原各国。

③命：名，指事物的名称。

④愶：通“吻”。

⑤愉：通“渝”，改变。

【译文】

君王为何不效法先王之法？不是先王的法度不好，而是无法效仿。先王的法度经历了上古至今，人们有的增，有的减，怎么可能再效法呢？即使没有增删，还是不可能效法的。边区和中原的名称，古和今的法则，言辞、内容都不尽相同。所以，古时的称谓与当今的说法都相异，如今的法律也多不与古代的相适应。不同风俗的人民，情况也像这样。他们所想的相同，但他们所做的方式则不同。各地的方言不能改变，这就像舟、车、衣、冠、滋味、音乐、颜色等都不一样，而每个人都认为自己是对的，反过来互相指责。天下有学问的人都很会辩说，他们伶牙俐齿，不懂实际，把相互攻击作为快事，战胜对方是他们的目的。古代帝王的法典，哪能拿来仿照？即使可以拿来仿照，还是不能用来当法则。

【原文】

凡先王之法，有要❶于时也。时不与法俱至，法虽今而至，犹若不可法。故择❷先王之成法，而法其所以为法。先王之所以为法者，何也？先王之所以为法者，人也，而己亦人也。故察己则可以知人，察今则可以知古。古今一也，人与我同耳。有道之士，贵以近知远，以今知古，以益所见知所不见。故审堂下之阴，而知日月之行，阴阳之变；见瓶水之冰，而知天下之寒，鱼鳖之藏也；尝一脟❸肉，而知一镬❹之味，一鼎之调。

【注释】

①要：合。

②择：一作“释”，放弃，丢开。

③脟（luán）：切成块的肉。

④镬（huò）：无足的鼎，古代煮肉的器具。

【译文】

凡是古代帝王的法度，都是适应当时形势的需要而立的，但是时势不能与法度一同存在到现在，法度虽然能够流传到现在，还是不能加以效法。所以要放弃古代帝王的现成法度，而取法他们制定法度所凭借的根据。古代帝王制定法度的根据是什么呢？古代帝王制定法度的根据是人，而自己也是人，所以考察自己就可以了解别人，观察现在就可以推知古代。古今的道理是一样的，别人与自己是相同的。有道之士的高明之处就在于能根据近的推知远的，根据现在推知古代，根据所见到的推知所没有见到的。所以观察堂下的阴影，就可以推知日月运行的情况；看到瓶里的水结成冰，就知道气候已经非常寒冷，鱼鳖已经潜藏起来了；品尝一块肉，就可以知道一锅肉的滋味、一鼎肉的调和情况。

【原文】

荆人欲袭宋，使人先表❶澭

水。濉水暴益，荆人弗知，循表而夜涉，溺死者千有余人，军惊而坏都舍❷。向其先表之时可导也，今水已变而益多矣，荆人尚犹循表而导之，此其所以败也。今世之主法先王之法也，有似于此。其时已与先王之法亏❸矣，而曰此先王之法也，而法之，以此为治，岂不悲哉？

【注释】

①表：做标记。

②都舍：都市里的房子。

③亏：通“诡”，异，不同。

【译文】

楚国人想要偷袭宋国，派人先把濉水的深度标记好。不久后，濉水

暴涨，楚国人不知道，仍然按标记在夜间涉水过河，淹死的有一千多人，军队惊乱的状况像都市里房屋倒塌一样。先前他们做标记时是可以沿着标记过河的，如今河水已经上涨，他们还按标记过河，这就是他们失败的原因。如今世上主张仿效古代帝王法典的人，就像这样。他们所处的时代和先王的法典都发生了变化而不同了，却还说因为是先王的法典就要效仿它。用这样的方法治理国家，难道不觉得可悲吗？

【原文】

故治国无法则乱，守法而弗变

则悖，悖乱不可以持国。世易时移，变法宜矣。譬之若良医，病万变，药亦万变。病变而药不变，向之寿民，今为殇子❶矣。故凡举事必循法以动，变法者因时而化，若此论则无过务矣。

【注释】

①殇(shāng)子：未成年就夭折的孩子。

【译文】

所以，治理国家没有法度就混乱，但守着先王的法典不变就会有错误，出现混乱和错误是不能保住国家政权的。世道变化了，变法是应该的。这就好像一个名医，对于千变万化的疾病，用的药也千变万化。病变化了，但药不跟着变，那么原来可以长寿的人也会变成短命。所以，做事一定要按照方法来行动，变法的人应根据时代的变迁而有所变化，如果按照这个道理做，那就不会做错事了。

【原文】

夫不敢议法者，众庶也；以死守者，有司也；因时变法者，贤主也。是故有天下七十一圣❶，其法皆不同。非务相反也，时势异也。故曰良剑期乎断，不期乎镆铘❷；良马期乎千里，不期乎骥骜❸。夫成功名者，此先王之千里也。

【注释】

①七十一圣：指古代圣贤的君主。

②镆（mò）铘（yé）：宝剑名，传说为干将所铸造。

③骥（jì）骜（ào）：都是千里马名。

【译文】

不敢议论法度的，是一般的百姓；死守成法的，是各级官吏；顺应时代而变法的，是贤明的君主。因此，古代享有天下的七十一位圣贤君主，他们的法度都不相同。他们并不是存心要跟前人相反，而是因为时代和形势不同。所以说，好剑只期望它能斩断东西，不要求它一定是镆铘；良马只期望它能日行千里，不要求它一定是骥骜。成就功名，这就是古代帝王所追求的目标。

【原文】

楚人有涉江者，其剑自舟中坠于水，遽❶契❷其舟，曰："是吾剑之所从坠。"舟止，从其所契者入水求之。舟已行矣，而剑不行，求剑若此，不亦惑乎？以此故法为其国，与此同。时已徙矣，而法不徙，以此为治，岂不难哉？

【注释】

①遽（jù）：速。

②契：刻。

【译文】

楚国有一个人乘船渡江，他的剑从船上掉进水里，急忙在船帮上刻了一个记号，说："这就是我的剑掉下去的地方。"等船停了，他就从刻着记号的地方跳进水里去寻找他的剑。船已经走动了，而剑没有走动，像这样去寻找掉进水里的剑，岂不是太糊涂了吗？用过了时的法度来治理国家，就像刻舟求剑的人一样。时代已经变了，可是法度却不随着改变，想用这个办法治理好国家，岂不是太难了吗？

【原文】

有过于江上者，见人方引婴儿

而欲投之江中，婴儿啼。人问其故，曰："此其父善游。"其父虽善游，其子岂遽❶善游哉？以此任物❷，亦必悖矣。荆国之为政，有似于此。

【注释】

①岂遽：难道。

②任物：对待事物。

【译文】

有个人路过江边，看见一个人正拉着一个小孩要把他扔到江里，那小孩吓得哇哇大哭。这人走上前去问他这是怎么回事，他说："这个小孩的父亲善于游泳。"孩子的父亲虽然善于游泳，孩子难道也就善于游泳吗？用这种方法来处理事情，也一定是很荒谬的了。楚国处理政事的情况，跟这有些相似。

察微

【导读】

“察微”就是明察细微。作者围绕“治乱存亡，其始若秋毫。察其秋毫，则大物不过矣”这一观点，从正反两方面举例阐发了察微的道理。作者正面赞扬孔子“见之以细，观化远也”，指出智士贤者应该见微知著，防患于未然。还列举了吴楚卑梁之争、宋华元飨士而忘其御、鲁昭公听伤而不辨其义三则事例，以历史教训为借鉴，从反面强调了察微的重要性。

【原文】

使治乱存亡若高山之与深谿❶，若白垩❷之与黑漆，则无所用智，虽愚犹可矣。且治乱存亡则不然。如可知，如可不知；如可见，如可不见。故智士贤者相与积心愁虑以求之，犹尚有管叔、蔡叔之事与东夷八国不听之谋❸。故治乱存亡，其始若秋毫❹。察其秋毫，则大物不过矣。

【注释】

①谿：同“溪”，山间的河沟。

②白垩（è）：白色的土。

③管叔、蔡叔之事与东夷八国不听之谋：管叔、蔡叔是周武王的弟弟，武王灭商后，分别封于管（今河南郑州）、蔡（今河南上蔡西南）。武王死后，年幼的成王即位，周公摄政，管叔、蔡叔不服，联合封于殷地的纣王之子武庚发动叛乱，东夷八国附从，不听王命。

④秋毫：鸟兽在秋天新长出的细毛。比喻极微小的事物。

【译文】

假使治乱存亡的预兆像高山和深谷、白土和黑漆那样容易分辨，那么就没有运用智慧的地方了，即使是愚笨的人也可以分辨出来了。然而治乱存亡并不是这样容易分辨：好像可以知道，又好像不可以知道；好像可以看到，又好像不可以看到。所以智士贤人处心积虑地去探求它，还仍有管叔、蔡叔的叛乱事件和东夷八国不听王命的阴谋。所以治乱存亡，它开始时像秋毫那样细微。如果能审察开始时的秋毫，那么在大事上就不会有过失了。

【原文】

鲁国之法，鲁人为人臣❶妾❷于诸侯，有能赎之者，取其金于府。子贡赎鲁人于诸侯，来而让，不取

其金。孔子曰:“赐③失之矣。自今以往,鲁人不赎人矣。”取其金,则无损于行;不取其金,则不复赎人矣。子路拯溺者,其人拜之以牛,子路受之。孔子曰:“鲁人必拯溺者矣。”孔子见之以细,观化远也。

【注释】

①臣:男奴仆。

②妾:女奴仆。

③赐:孔子的弟子子贡姓端木,名赐。

【译文】

鲁国的法令规定,鲁国人在别的诸侯国当奴仆,如果有能赎他们回来的,可以从国库领取酬金。子贡从别的诸侯国赎回一个鲁国人,回来后却辞让，不去领取酬金。孔子说："端木赐做错了，从今以后，鲁国人不会再赎人了。"领取国库的金钱并不会损害一个人的品行，不领取金钱就不会有人再赎人了。子路拯救了一个溺水者，那个人用一头牛拜谢他，子路接受了礼物。孔子说："鲁国人一定都会拯救溺水者了。"孔子能从细微之处考察结果，这是由于他对事物的发展变化观察得远啊。

【原文】

楚之边邑曰卑梁，其处女与吴之边邑处女桑于境上，戏而伤卑梁之处女。卑梁人操其伤子以让吴

人，吴人应之不恭，怒，杀而去之。吴人往报之，尽屠其家。卑梁公怒，曰：“吴人焉敢攻吾邑？”举兵反攻之，老弱尽杀之矣。吴王夷昧[1]闻之，怒，使人举兵侵楚之边邑，克夷而后去之。吴、楚以此大隆[2]。吴公子光[3]又率师与楚人战于鸡父[4]，大败楚人，获其帅潘子臣、小帷子、陈夏啮。又反伐郢，得荆平王之夫人以归，实为鸡父之战。凡持国，太上知始，其次知终，其次知中。三者不能，国必危，身必穷。《孝经》曰：“高而不危，所以长守贵也；满而不溢，所以长守富也。富贵不离其身，然后能保其社稷，而和

其民人。"楚不能之也。

【注释】

①夷昧：春秋时吴国国君，吴王寿梦的儿子。

②隆：通"哄"，相斗。

③公子光：即阖闾，吴王诸樊的儿子。

④鸡父：今河南固始东南。

【译文】

楚国有个边境城邑叫卑梁，那里的姑娘和吴国边境城邑的姑娘同在边境上采桑叶，游戏时，吴国的姑娘弄伤了卑梁的姑娘。卑梁人带着受伤的姑娘去责备吴国人。吴国人出言不逊，卑梁人十分恼火，杀死那个吴国人走了。吴国人去卑梁报复，把那个卑梁人全家都杀了。卑梁的守邑大夫大怒，说："吴国人怎么敢攻打我的城邑？"于是发兵反击吴国人，把吴国人老弱全都杀死了。吴王夷昧听到这件事后很生气，派人领兵入侵楚国的边境城邑，把它夷为平地以后才离去。吴国和楚国因此发生了大规模的冲突。吴国公子光又率领军队在鸡父和楚国人交战，大败楚军，俘获了楚军的主帅潘子臣、小帷子以及陈国的大夫夏啮。又接着攻打郢都，获得楚平王的夫人而回。这实际上还是鸡父之战的继续。凡是要守住国家，最重要的是要了解事情开始时的情势，其次是要预见到事情的结局，再次是要知道事情发展的经过，这三点都做不到，国家一定危险，自身一定困窘。《孝经》上说："高却不倾危，因此能长期保持尊贵；满却不外溢，因此能长期保持富足。富贵不离其身，然后才能保住他的国家，安定他的民众。"可是楚国做不到这些。

【原文】

郑公子归生❶率师伐宋。宋华元❷率师应之大棘，羊斟❸御。明日将战，华元杀羊飨士，羊斟不与焉。明日战，怒谓华元曰："昨日之事，子为制；今日之事，我为制。"遂驱入于郑师。宋师败绩，华元

虏。夫弩机❹差以米则不发。战，大机也。飨士而忘其御也，将以此败而为虏，岂不宜哉！故凡战必悉熟偏❺备，知彼知己，然后可也。

【注释】

①归生：春秋时郑国大夫，字子家。

②华元：春秋时宋国大夫，历事宋文公、共公、平公三君。

③羊斟：春秋时宋国人，华元的驭手。

④弩机：弩牙，弩上发箭的装置。

⑤偏：通“遍”。

【译文】

郑国公子归生率领军队讨伐宋国。宋国华元率领军队在大棘应战，羊斟给他驾车。第二天将要开战，华元杀羊宴飨将士，羊斟却不在宴飨之列。第二天战事开始，羊斟愤怒地对华元说："昨天的事由你掌握，今天的事由我掌握。"于是驾车冲入郑国的军队。宋国军队大败，华元被俘。弩牙只差一粒米的距离就不能发射。战争正像一个大弩牙。宴飨将士却忘记了自己的驭手，将帅因此而战败被俘，难道不是应该的吗？所以，凡是作战，一定要熟悉所有部下包括小将小兵的情况，知己知彼，然后才可以作战。

【原文】

鲁季氏❶与郈氏❷斗鸡，郈氏介❸其鸡，季氏为之金距❹。季氏

之鸡不胜，季平子怒，因侵郈氏之宫，而益其宅。郈昭伯怒，伤❺之于昭公，曰："禘❻于襄公之庙也，舞者二人❼而已，其余尽舞于季氏。季氏之舞道，无上❽久矣。弗诛，必危社稷。"公怒，不审，乃使郈昭伯将师徒以攻季氏，遂入其宫。仲孙氏、叔孙氏❾相与谋曰："无季氏，则吾族也死亡无日矣。"遂起甲以往，陷西北隅以入之，三家为一，郈昭伯不胜而死。昭公惧，遂出奔齐，卒于乾侯❿。

【注释】

①季氏：即季孙氏，鲁国贵族。此指季平子。

②郈(hòu)氏：鲁国公室。此指郈昭伯。

③介：甲，给……披上甲。

④金距：金属爪。距：鸡爪。

⑤伤：诋毁。

⑥禘(dì)：古代祭祀名。

⑦二人：应为“二八”。古代礼制规定，天子八佾(yì，古代乐舞的行列，八人一行称为一佾)，诸侯六佾。鲁国是诸侯，应当用六佾，现在却只用二佾，其他四佾被季氏占有。

⑧无上：目无君主。

⑨仲孙氏、叔孙氏：鲁国贵族，与季孙氏同族。

⑩乾侯：今河北成安东南。

【译文】

鲁国的季氏和郈氏斗鸡，郈氏给他的鸡披上甲，季氏则给鸡安上金属爪子。季氏的鸡没有取胜，季平子很生气，就侵占郈氏的房屋来扩大自己的住宅。郈昭伯很生气，就在昭公面前中伤季氏，说："在襄公之庙举行大祭的时候，参加乐舞的人只有十六人而已，其余的人都到季氏家参加乐舞去了。季氏目无乐舞的成规、不把君主放在眼里已经很长时间了。不杀掉他，一定会危害国家。"昭公听了大怒，不加详察，就派郈昭伯率领军队去攻打季氏，随即攻入季氏的庭院。仲孙氏、叔孙氏彼此商议道：

"如果没有了季氏，那么咱们家族就离灭亡没几天了。"于是起兵去支援季氏，攻破院墙的西北角而进入季氏的庭院，季氏、仲孙氏、叔孙氏三家联合成为一家。郈昭伯不能取胜而被杀死。昭公很害怕，于是出逃到齐国，后来死在乾侯。

【原文】

鲁昭听伤而不辩❶其义，惧以鲁国不胜季氏，而不知仲、叔氏之恐，而与季氏同患也。是不达乎人心也。不达乎人心，位虽尊，何益于安也？以鲁国恐不胜一季氏，况于三季❷？同恶固相助。权❸物若此

其过也，非独仲、叔氏也，鲁国皆恐。鲁国皆恐，则是与一国为敌也，其得至乾侯而卒犹远。

【注释】

①辩：通“辨”，分辨。

②三季：即季孙氏、仲孙氏、叔孙氏。

③权：衡量。

【译文】

鲁昭公听信中伤季氏的话，却不去分辨是否合乎道理，只是害怕用鲁国的力量不能胜过季氏，而不知道仲孙氏、叔孙氏的恐惧，他们与季孙氏是患难与共的。这说明他不了解人心。不了解人心，地位纵然尊贵，对安全又有什么益处呢？以鲁国的力量恐怕还不能战胜一个季氏，更何况于三个季氏呢？他们的好恶相同，势必会互相救助。昭公权衡事情错误到如此地步，不只是仲孙氏、叔孙氏会感到恐惧，整个鲁国都会感到恐惧。整个鲁国都感到恐惧，这就是与整个国家为敌了。昭公得以出逃到乾侯才死，还算有幸死得远了呢！

举难

【导读】

本篇旨在说明选拔、任用人才不能求全责备的道理。作者以古代圣贤尚有受人诋毁之处为例，说明“以全举人固难”是“物之情”。作者列举孔子受养于季氏、白圭论魏文侯置相、齐桓公任用宁戚等事例，主张在选拔任用人才时应该严于律己，宽以待人，应该从众人中广泛地选取人才，取其所长。

【原文】

以全举人固难，物之情也。人伤尧以不慈之名，舜以卑父之号，禹以贪位之意，汤、武以放❶弑之谋，五伯以侵夺之事。由此观之，物岂可全哉？故君子责人则以人，自责则以义。责人以人则易足，易足

则得人；自责以义则难为非，难为非则行饰❷。故任天地而有余。不肖者则不然。责人则以义，自责则以人。责人以义则难瞻❸，难瞻则失亲；自责以人则易为，易为则行苟。故天下之大而不容也，身取危，国取亡焉。此桀、纣、幽、厉之行也。尺之木必有节目，寸之玉必有瑕瓋❹。先王知物之不可全也，故择物而贵取一也。

【注释】

①放：逐。

②饰：通"饬"，严整。

③难瞻：应为"难赡"，难以满足要求。赡：供之使足。

④瑕適（tì）：玉上的斑点。

【译文】

用十全十美的标准去举荐人必然很难，这是事物的实情。有人用不慈的名声来诋毁尧，用不敬父亲的恶名来诋毁舜，用贪图君位的野心来诋毁禹，用放逐、弑杀桀、纣的计谋来诋毁汤、武，用侵夺土地的事实来诋毁五霸。由此看来，事物怎么能十全十美呢？所以，君子以一般的标准去要求别人，以义的标准来要求自己。以一般的标准去要求别人就容易满足，容易满足就能得到人民拥护；以义的标准来要求自己就难以做错事，难以做错事行为就端正。所以君子即使承担天地间的重任也游刃有余。不贤德的人则不是这样。他们以义的标准去要求别人，以一般的标准来要求自己。以义的标准去要求别人，就难以满足自己的愿望，难以满足自己的愿望，就会失去亲附自己的人；以一般的标准来要求自己，就容易做到，容易做到，行为就苟且。所以，天下虽然广大，也容纳不了这种人，从而自身招致危险，国家招致灭亡。这就是夏桀、商纣、周幽王、周厉王的所作所为啊。一尺长的木头，一定有节疤；一寸大的玉石，一定有瑕疵。先王知道事物不可能十全十美，所以选择事物只看重其好的一个方面。

【原文】

季孙氏劫公家❶，孔子欲谕术则见外❷，于是受养而便说。鲁国以訾❸。孔子曰："龙食乎清而游乎清，螭❹食乎清而游乎浊，鱼食乎浊而游乎浊。今丘上不及龙，下不若鱼，丘其螭邪！"夫欲立功者，岂得中绳哉？救溺者濡，追逃者趋。

【注释】

①劫公家：把持鲁国公室政权。

②见外：被疏远。

③訾（zǐ）：毁谤。

④螭(chī)：古代传说中一种没有角的龙。

【译文】

季孙氏把持国家大权，孔子想

晓之以理使他明白却又怕被疏远，于是为了方便说服他就去做他的家臣食客。鲁国人因此诋毁孔子。孔子说：“龙在清水中吃东西，在清水中游动；螭在清水中吃东西，而在浊水中游动；鱼在浊水中吃东西，又在浊水中游动。现在我孔丘上比不如龙，下比不如鱼。我大概像螭吧！”那些想建功立业的人，哪能按规矩做事呢？在水中救人就要沾湿自己的衣服，追赶逃跑的人自己也要奔跑。

【原文】

魏文侯弟曰季成，友曰翟璜。文侯欲相之，而未能决，以问李克。

李克对曰："君欲置相，则问乐腾与王孙苟端孰贤。"文侯曰："善。"以王孙苟端为不肖，翟璜进之；以乐腾为贤，季成进之。故相季成。凡听于主，言人不可不慎。季成，弟也，翟璜，友也，而犹不能知，何由知乐腾与王孙苟端哉？疏贱者知，亲习者不知，理无自然。自然而断相，过。李克之对文侯也亦过。虽皆过，譬之若金之与木，金虽柔，犹坚于木❶。

【注释】

①金虽柔，犹坚于木：此处比喻李克的过错较魏文侯的过错轻。

【译文】

魏文侯的弟弟名叫季成，朋友名叫翟璜。文侯想让他们两个人中的一个担任相国，可是不能决断，就询问李克。李克回答说：“君王想任命相国，那么看看乐腾与王孙苟端哪一个更贤能就行了。”文侯说：“好。”文侯认为王孙苟端不肖，而他是翟璜举荐的；认为乐腾贤能，而他是季成举荐的。所以就任命季成为相。凡是为君主所听信的人，谈论他人时不可不慎重。季成是文侯的弟弟，翟璜是文侯的朋友，文侯尚且不了解他们，又怎么能了解乐腾和王孙苟端呢？对疏远低贱的人却了解，对亲近熟悉的人却不了解，没有这样的道理。没有这样的道理却要以此决断相位，这就错了。李克回答文侯的话也错了。他们虽然都错了，但是这件事就如同金和木一样，金即使柔软也还是比木坚硬。

【原文】

孟尝君问于白圭曰："魏文侯名过桓公，而功不及五伯，何也？"白圭对曰："文侯师子夏，友田子方，敬段干木，此名之所以过桓公也。卜❶相曰'成与璜孰可'，此功之所以不及五伯也。相也者，百官之长也。择者欲其博也。今择而不去二人，与用其仇亦远矣。且师友也

者，公可也；戚爱也者，私安❷也。以私胜公，衰国之政也。然而名号显荣者，三士羽翼之也。”

【注释】

①卜：此指选择。

②私安：私利。

【译文】

孟尝君向白圭问道：“魏文侯的名声比齐桓公高，而功业赶不上五霸，这是什么原因呢？”白圭回答说：“文侯以子夏为老师，以田子方为友，敬重段干木，这就是他的名声超过齐桓公的原因。他选择相的时候问‘季成与翟璜哪一个可以’，这就是他的功业比不上五霸的原因。相是百官的头领，选择的人要从众多的人选中选拔。现在却只从两个人中挑一个，这与齐桓公任用他的仇人管仲为相相差也太远了。况且用老师和朋友为相，是公义；用亲属和宠爱的人为相，是私利。把私利放在公义之上，这是衰败的国家的治政方法。然而他的名声却能显赫荣耀，这是有三位有贤能的人扶助的结果。”

【原文】

宁戚欲干❶齐桓公，穷困无以自进，于是为商旅将任车❷以至齐，暮宿于郭❸门之外。桓公郊迎客，夜开门，辟❹任车，爝火甚盛，从者甚

众。宁戚饭牛居车下，望桓公而悲，击牛角疾歌。桓公闻之，抚其仆之手曰："异哉！之歌者非常人也！"命后车载之。桓公反，至，从者以请。桓公赐之衣冠，将见之。宁戚见，说桓公以治境内。明日复见，说桓公以为天下。桓公大说，将任之。群臣争之曰："客，卫人也。卫之去齐不远，君不若使人问之。而固贤者也，用之未晚也。"桓公曰："不然。问之，患其有小恶。以人之小恶，亡人之大美，此人主之所以失天下之士也已。"凡听必有以矣，今听而不复问，合其所以也。且人固难全，权而用其长者，当举也。桓公得之矣。

【注释】

①干：谋求官职。

②任车：装载货物的车子。

③郭：外城。

④辟：通"避"。

【译文】

宁戚想向齐桓公谋求官职，但处境穷困，没有办法使自己得到举荐，于是就替商人赶着装载货物的车来到齐国，傍晚露宿在城门外。桓公到郊外迎接客人，夜里打开了城门，让装载货物的车子避开。当时火把很明亮，跟随的人很多。宁戚在车下喂牛，他看到桓公，感到很悲伤，就拍击着牛角大声唱起歌来。桓公听到歌声后，拍拍自己的车夫的手说："真是与众不同啊！那个唱歌的人不是个平常人。"就命令副车载着他。桓公回城后，到了宫中，跟随的人员请示桓公如何安置宁戚。桓公赐给他衣服帽子，准备接见他。宁戚进见齐桓公，用如何治理国家的话劝说桓公。第二天宁戚又进见齐桓公，用如何治理天下的话劝说桓公。桓公很高兴，准备任用他。群臣劝谏说："这位客人是卫国人。卫国离齐国不远，您不如派人去询问一下。如果确实是贤德之人，再任用他也不晚。"桓公说："不能这样。去询问他的情况，是担心他有小毛病。因为一个人的小毛病而抹杀他的大优点，这是君主失去天下贤士的原因。”凡是听取别人的主张一定有某个取舍的根据，现在齐桓公听从了宁戚的主张而不再去追究他的为人如何，是因为主张合乎听者的标准。况且人本来就难以十全十美，衡量以后用其所长，这就是举荐人才的恰当做法啊。桓公算是掌握住这个原则了。

骄恣

【导读】

本篇旨在劝说君主防止骄傲恣肆。作者在文中指出君主骄恣的危害：傲视贤士，独断专行，无所积蓄，其结果必然是听闻闭塞，地位危殆，招致祸患。要想防止上述灾祸，必须礼贤下士、获得民心、积蓄完备。作者列举了周厉王、魏武侯、齐宣王、赵简子的事例，说明必须重视、采纳贤士的意见，对待谗人则应严惩。

【原文】

亡国之主，必自骄，必自智，必轻物。自骄则简❶士，自智则专独，轻物则无备。无备召祸，专独位危，简士壅塞❷。欲无壅塞，必礼士；欲位无危，必得众；欲无召祸，必完备。三者，人君之大经也。

【注释】

①简：怠慢。

②壅塞：指听闻闭塞。

【译文】

亡国的君主，必然骄傲自满，必然自作聪明，必然轻视外物。骄傲自满就会傲视贤士，自作聪明就会独断专行，看轻外物就会无所防备。无所防备就会招致祸患，独断专行就会君位危险，怠慢贤士就会听闻闭塞。要想不闭塞，必须礼贤下士；要想君位不危险，必须得到众人的辅佐；想不招致祸患，必须准备齐全。这三条是君主治理国家的最大原则。

【原文】

晋厉公侈淫，好听谗人，欲尽去其大臣而立其左右。胥童❶谓厉公曰："必先杀三郤❷。族大多怨，去大族不逼❸。"公曰："诺。"乃使长鱼矫杀郤犨、郤锜、郤至于朝，而陈其尸。于是厉公游于匠丽氏，栾书、中行偃劫而幽之。诸侯莫之救，百姓莫之哀。三月而杀之。人主之患，患在知能害人，而不知害人之不当而反自及也。是何也？智短也。智短则不知化，不知化者举自危。

【注释】

①胥童：晋国大夫，晋厉公的宠臣，后被栾书、中行偃杀死。

②三郤（xì）：即郤犨（chōu）、郤锜（qí）、郤至。

③不逼：不威胁公室。

【译文】

晋厉公奢侈荒淫，喜欢听信谗言，想把他的大臣全部除掉，任用他左右的亲信。大夫胥童对厉公说："必先杀掉三郤。这是晋国的三大贵族，他们家族大，对公室有很多怨恨，除掉大族就不会威胁公室了。"厉公说："行。"于是派长鱼矫把郤犨、郤锜、郤至杀死在朝廷上，并陈尸示众。接着晋厉公到匠丽氏家中游玩，大臣栾书和中行偃劫持他并把他囚禁起来，诸侯无人救他，百姓无人哀怜他。过了三个月，就把他杀了。国君的弊病，在于只知道自己能够害人，却不知害人不当反害了自己。这是什么原因呢？是由于智力短浅。智力短浅就不懂得事物的发展变化，不懂得事物发展变化的人，办事就会危及自身。

【原文】

魏武侯谋事而当，攘臂❶疾言于庭曰："大夫之虑，莫如寡人矣！"立有间，再三言。李悝❷趋进曰："昔者楚庄王谋事而当，有大功，退朝而有忧色。左右曰：'王有大功，退朝而有忧色，敢问其说？'王曰：'仲虺❸有言，不穀❹说之。

曰："诸侯之德，能自为取师者王，能自为取友者存，其所择而莫如己者亡。"今以不穀之不肖也，群臣之谋又莫吾及也，我其亡乎！'"曰："此霸王之所忧也，而君独伐之，其可乎！"武侯曰："善。"人主之患也，不在于自少，而在于自多。自多则辞受，辞受则原竭。李悝可谓能谏其君矣，壹称而令武侯益知君人之道。

【注释】

①攘臂：捋袖伸臂，形容精神振奋的样子。

②李悝（kuī）：战国初期魏国法家代表人物，曾任魏文侯相，主持变法。

③仲虺（huī）：相传为商汤的左相，曾辅佐其成就大业。

④不穀（gǔ）：不善，诸侯的谦称。

【译文】

魏武侯考虑事情恰当，他在朝廷上捋袖伸臂大声说："大夫们的谋虑都不如我啊！"过了一会儿，他又再三这样说。大臣李悝快步走上前去说："从前楚庄王考虑事情很恰当，建有大功，但退朝时却面有忧色。左右的人说：'大王建有大功，退朝时却面有忧色，敢问这是什么原因？'楚庄王说：'商汤王的辅臣仲虺有句话，我很喜欢。他说："诸侯的德行，能够为自己选择良师的人，就能称王于天下；能够为自己选择益友的人，就能使本国保存；所选择的人不如自己，国家就会灭亡。”如今我这样不贤德，群臣的计谋却又赶不上我，我大概就要灭亡了吧！’”李悝又接着说：“这是称霸称王的人所忧虑的，而您偏偏以此自夸，这难道可以吗？”武侯说：“你说得好。”国君的弊病，不在于自认为不足，而在于自认为了不起。自认为了不起就会拒绝接受别人的意见，拒绝接受别人的意见就会使进谏之路堵塞。李悝可说是能规劝自己君主的人了，一席话就叫武侯更加了解统治民众的道理。

【原文】

齐宣王为大室，大益百亩，堂上三百户。以齐之大，具之三年而未能成。群臣莫敢谏王。春居问于宣王曰："荆王释先王之礼乐，而乐为轻，敢问荆国为有主乎？"王曰："为无主。""贤臣以千数而莫敢谏，敢问荆国为有臣乎？"王曰："为无臣。""今王为大室，其大益百亩，堂上三百户。以齐国之大，具之三年而弗能成。群臣莫敢谏，敢问王为有臣乎？"王曰："为无臣。"春居曰："臣请辟矣！"趋而出。王曰："春子！春子！反❶！何谏寡人之晚也？寡人请今止之。"遽召掌书曰:“书之!寡人不肖,而好为大室。春子止寡人。”箴谏不可不熟。莫敢谏者,非弗欲也。春居之所以欲之与人同,其所以入之❷与人异。宣王微春居,几为天下笑矣。由是论之,失国之主,多如宣王,然患在乎无春居。故忠臣之谏者,亦从入之,不可不慎。此得失之本也。

【注释】

①反:通“返”,返回。

②所以入之:指用来劝阻的方法。

【译文】

齐宣王建造大宫室,面积超过百亩,堂上有三百扇门。以齐国这样的大国,筹建了三年还没能建成,群臣没有人敢规劝。臣子春居问宣王说："楚王抛弃先王的礼乐，礼乐因而变得轻狂，我敢问楚国还有贤君吗？"宣王说："没有贤君了。"春居说："楚国朝廷内臣子数以千计，却无人敢劝谏，请问楚国还有贤臣吗？"宣王说："没有贤臣了。""现在您建造大宫室，其面积超过百亩，堂上有三百扇门。以齐国这样的大国，建造三年还没能建成。群臣中没有人敢规谏，请问大王，齐国还有贤臣吗？"宣王说："没有贤臣了。"春居说："臣请求离开。"便快步退出。宣王说："春子！春子！回来！您为什么这么晚才规谏我呀？我现在就停止修建宫室。"宣王立即召来主管记录的掌书官，说："记录下来！我不贤德，喜欢建造大宫室。春子劝阻了我。"规劝君主不可不审慎。无人敢劝谏宣王，这并不是他们不想劝谏；春居想要劝谏宣王的愿望和别人是相同的，但他进谏宣王的方法和别人不一样。宣王若没有春居，差一点为天下所耻笑了。由此说来，亡国的君主，多像宣王，然而他们的祸患就在于没有春居这样的谏臣。所以，劝谏国君的忠臣，也应遵从适当的方法进谏，对此不可不小心谨慎，这是劝谏成败的关键。

【原文】

赵简子沈鸾徼于河，曰："吾尝好声色矣，而鸾徼致之；吾尝好宫室台榭矣，而鸾徼为之；吾尝好良马善御矣，而鸾徼来❶之。今吾好士六年矣，而鸾徼未尝进一人也。是长吾过而绌善❷也。"故若简子者，能以礼督责于其臣矣。以礼督责于其臣，则人主可与为善，而不可与为非；可与为直，而不可与为枉。此三代之盛教。

【注释】

①来：使之来。

②绌善：应为"绌吾善"。绌：减损。

【译文】

赵简子将鸾徼淹死在河里，说：“我曾经爱好音乐美色，鸾徼就给我找来；我曾经爱好宫室亭台，鸾徼就给我建造；我曾经爱好良马和赶车能手，鸾徼就给我招来。如今我爱好贤士已经六年了，而鸾徼未曾推荐一个人，这是助长我的过失而减损我的善行。”所以像赵简子这样的人，是能够以原则督责自己的臣子的。能够以原则督责自己的臣子，那么，其国君就可以和他一道推行善事，而不可和他一道为非作歹；可以和他一道推行正直之事，而不得与他一道枉法徇私。这是夏、商、周三代盛行的美好教化。

疑似

【导读】

本篇旨在说明对相似之物要认真辨察。作者指出相似之物往往使人迷惑，不注意辨察就会造成严重后果。作者引用周幽王无寇击鼓而“失真寇”，黎丘丈人惑于奇鬼而“杀其真子”的事例，从反面说明了辨察疑似之迹的重要性。

【原文】

使人大迷惑者，必物之相似

也。玉人之所患，患石之似玉者；相剑者之所患，患剑之似吴干❶者；贤主之所患，患人之博闻辩言而似通者。亡国之主似智，亡国之臣似忠。相似之物，此愚者之所大惑，而圣人之所加虑也，故墨子见歧道而哭之❷。

【注释】

①吴干：宝剑名，又名干将，相传为春秋时吴国干将所铸。

②见歧道而哭之：据《淮南子·说林训》，哭歧路的应是杨朱。

【译文】

让人深感迷惑的，一定是相似的事物。玉工所忧虑的，是像玉一样的石头；相剑的人所忧虑的，是像吴干一样的剑；贤明的君主所忧虑的，是那些见多识广、能言善辩像是通达事理的人。亡国的君主好像很聪明，亡国之臣也好像很忠诚。相似的事物，是愚昧的人深感迷惑、圣人也要用心思考的，所以墨子看见歧路而为之哭泣。

【原文】

周宅酆❶、镐❷，近戎人。与诸侯约：为高葆❸祷于王路❹，置鼓其上，远近相闻。即戎寇至，传鼓相告，诸侯之兵皆至，救天子。

【注释】

①酆（fēng）：周文王时的国都，位于今陕西西安鄠邑区。

②镐（hào）：周武王时的国都，位于今陕西西安西南。

③葆：通“堡”，小城。

④王路：大路。

【译文】

周朝的都城建立在酆、镐，跟戎人相隔得十分近。于是就与各路诸侯做了一个约定：在大路上建筑起高大的土堡，放置一面大鼓在上面，使远近的地方都可以听见鼓声。如果戎寇到来，就由近及远击鼓传告，诸侯的兵马就都会前来解救周天子的危难。

【原文】

戎寇当❶至，幽王击鼓，诸侯之兵皆至，褒姒❷大说，喜之。幽王欲褒姒之笑也，因数击鼓，诸侯之兵数至而无寇。至于后戎寇真至，幽王击鼓，诸侯兵不至，幽王之身乃死于丽山❸之下，为天下笑。此夫以无寇失真寇者也。

【注释】

①当：通“尝”。

②褒姒（sì）：周幽王的宠妃，本为褒国女子，姒姓。

③丽山：又作“骊（lí）山”，位于陕西临潼东南。

【译文】

戎寇曾经来犯，周幽王就击起鼓，各路诸侯的兵马都赶来，褒姒见了非常高兴，她很喜欢这种做法。周幽王想要看到褒姒的笑颜，因此屡次击鼓，诸侯们的军队多次赶来解救，但是都没有看到戎寇。到了后来，戎寇真的来临，周幽王击鼓求救，但是诸侯的兵马都不来了。周幽王被杀死在骊山下，这件事成了天下的笑柄。这就是用没有戎寇来时的谎言失掉了真有戎寇来时的信任。

【原文】

贤者有小恶以致大恶，褒姒之

败，乃令幽王好小说以致大灭。故形骸相离，三公九卿出走。此褒姒之所用死，而平王❶所以东徙也，秦襄、晋文之所以劳王❷劳而赐地也。

【注释】

①平王：即周幽王的儿子周平王，名宜臼。周幽王死后，周平王迁都于洛邑（今河南洛阳）。

②劳王：勤王。下一“劳”字当为衍文。

【译文】

贤能的人有小的过失尚且会招致大的灾祸，何况不肖的人呢？褒姒败坏国事的行为就使周幽王由于喜好无足轻重的欢乐以致杀身亡国。

所以，周幽王身首分离，三公九卿等大臣出逃。这就是褒姒被杀死，周平王被迫把都城往东迁的原因，是秦襄公、晋文侯保卫周天子迁都而周天子报答他们劳苦功高而赏赐封地的原因。

【原文】

梁❶北有黎丘部，有奇鬼焉，喜效人之子侄昆弟之状。邑丈人❷有之市而醉归者，黎丘之鬼效其子之状，扶而道苦之。丈人归，酒醒，而诮❸其子曰："吾为汝父也，岂谓不慈哉？我醉，汝道苦我，何故？"其子泣而触地曰："孽矣！无

此事也。昔也往责❹于东邑，人可问也。”其父信之，曰：“嘻！是必夫奇鬼也！我固尝闻之矣。”明日端❺复饮于市，欲遇而刺杀之。

【注释】

①梁：周朝时的诸侯国，后为秦所灭。

②丈人：对老者的尊称。

③诮（qiào）：责备。

④责：通“债”。

⑤端：故意。

【译文】

梁国的北部有一个叫黎丘乡的地方，有一个奇特的鬼，喜欢效仿别人的子孙兄弟的模样。在这个城邑居住着一个老人，有一天，他到市集上去，喝醉了酒回家。黎丘的奇鬼变化成老人儿子的模样去搀扶老人，一路上使老人受尽了苦头。老人回到家，酒醒了之后就责骂自己的儿子，说："我是你的父亲，难道说我对你不够慈爱吗？我喝醉了，你一路上害苦了我，为什么要这样做呢？"他的儿子哭着在地上叩头说："您遇到鬼怪了！没有发生过这种事。我昨天到东乡去收债了，你可以问问别人。"父亲相信了儿子的话，说："呵！这一定是奇鬼干的了！我本来就曾经听说过奇鬼的事。"老人特意第二天一早又去市集上饮酒，希望遇到奇鬼后杀死他。

【原文】

明旦之市而醉，其真子恐其父之不能反也，遂逝[1]迎之。丈人望其真子，拔剑而刺之。丈人智惑于似其子者，而杀于真子。夫惑于似士者而失于真士，此黎丘丈人之智也。疑似之迹，不可不察，察之必于其人也。舜为御，尧为左，禹为右，入于泽而问牧童，入于水而问渔师[2]，奚故也？其知之审也。夫孪子之相似者，其母常识之，知之审也。

【注释】

①逝：往。

②渔师：有经验的渔夫。

【译文】

第二天早上老人到市集上喝醉了，他真正的儿子担心自己的父亲不能够回来，于是专程出去迎接他。老人看见自己真正的儿子，拔出剑就刺。老人的心智被像他儿子的奇鬼迷惑了，因此杀了自己真正的儿子。君王被像是有才能的人迷惑了就会失去真正有才能的人，其心智就像黎丘老人的一样。对于相似的现象，不可以不明察。审查一定要找深明事理的人。即使舜当驾车的人，尧做主人，禹做车右，进入草泽也要询问牧童，到了水边也要询问渔夫，为什么呢？因为这些人对情况知道得清楚明白。

孪生的孩子很相似，但是他们的母亲总是可以认出他们，这是因为母亲对自己的孩子非常了解。

察传

【导读】

本篇旨在说明对传言必须加以辨察的道理。作者以日常生活中的常见现象为例加以论证，读来非常亲切、生动，颇有说服力。但文中提到的关于察传的方法——“缘物之情及人之情以为所闻”，即根据情理进行判断，这与我们今天强调的深入实际调查研究的方法不同，存在一定的局限性。

【原文】

夫得言不可以不察。数传而白为黑，黑为白。故狗似玃❶，玃似母猴❷，母猴似人，人之与狗则远矣。此愚者之所以大过也。

【注释】

①玃：兽名，长得像猕猴，但比猕猴大。

②母猴：又叫猕猴、沐猴。

【译文】

听到传闻是不可以不辨察的。有许多事都经过人们多次的传言后，白的被说成黑的，黑的被说成白的。所以就有狗的样子像玃，玃的外貌又像猕猴，而猕猴与人类的样子又很相似的说法，但就人和狗来说则相差太远了！这就是愚蠢的人之所以犯下大错的缘故。

【原文】

闻而审，则为福矣；闻而不审，不若无闻矣。齐桓公闻管子于鲍叔❶，楚庄闻孙叔敖于沈尹筮❷，审之也，故国霸诸侯也。吴王闻越王勾践于太宰嚭❸，智伯闻赵襄子于张武❹，不审也，故国亡身死也。

【注释】

①齐桓公闻管子于鲍叔：鲍叔牙辅佐

齐桓公小白与公子纠争位，公子纠失败被杀，公子纠的谋士管仲成了阶下囚。鲍叔牙劝齐桓公重用管仲，后来管仲辅佐齐桓公建立了霸业。

②楚庄闻孙叔敖于沈尹筮（shì）：楚庄王想任命大夫沈尹筮为相，沈尹筮推辞了，并举荐隐士孙叔敖。孙叔敖担任楚相十二年，辅佐楚庄王成就了霸业。

③吴王闻越王勾践于太宰嚭（pǐ）：公元前494年，吴王夫差大败越王勾践于会稽，勾践贿赂吴国的太宰伯嚭，请求讲和。夫差不听伍子胥的劝谏，听信了伯嚭的话，没有灭掉越国。后来，勾践卧薪尝胆，发愤图

强，灭掉了吴国。

④智伯闻赵襄子于张武：晋国执政智伯的家臣张武先教智伯灭掉晋大夫范氏、中行氏，后又教他向韩、赵、魏三家要求割地，韩、魏都答应了，只有赵襄子不肯。智伯率领韩、魏攻打赵襄子，把赵襄子围困在晋阳（今山西太原）。后来赵襄子采纳谋士张孟谈的计策，暗地联合韩、魏，灭了智伯。

【译文】

听到传闻而去审查辨别其真伪的就是好事，听到传闻而不去审查的，不如什么也没听说过！齐桓公从鲍叔那儿听说了管仲的事，楚庄王从沈尹簸那儿听说了孙叔敖的事迹，审查后才重用，所以他们的国家能称霸。吴王夫差从太宰伯嚭那里听闻越王勾践的事情，智伯从张武的口中听闻了赵襄子的事，但他们不去审辨事情的真相，所以导致国亡身死的下场。

【原文】

凡闻言必熟论❶，其于人必验之以理。鲁哀公问于孔子曰："乐正❷夔一足，信乎？"孔子曰："昔者舜欲以乐传教于天下，乃令重黎❸举夔于草莽❹之中而进之，舜以为乐正。夔于是正六律，和五声，以通八风，而天下大服。重黎又

欲益求人，舜曰：‘夫乐，天地之精也，得失之节也，故唯圣人为能和，乐之本也。夔能和之，以平天下，若夔者一而足矣。’故曰‘夔一足’，非‘一足’也。”宋之丁氏，家无井而出溉[5]汲[6]，常一人居外。及其家穿井，告人曰：“吾穿井得一人。”有闻而传之者曰：“丁氏穿井得一人。”国人道之，闻之于宋君。宋君令人问之于丁氏，丁氏对曰：“得一人之使，非得一人于井中也。”求能之若此，不若无闻也。

【注释】

①熟论：仔细研究、考察。

②乐正：乐官之长。

③重黎：相传为颛（zhuān）顼（xū）的后代，尧时担任掌管时令的官，后为舜臣。

④草莽：草野，指民间。

⑤溉：灌注。

⑥汲：打水。

【译文】

凡是听到传言一定要反复考察，关于人的传言一定要用事理加以验证。鲁哀公问孔子说："听说名叫夔的乐正只有一只脚，是真的吗？"孔子说："从前舜想用音乐向天下传播教化，便命令重黎举荐人才，重黎就从民间选拔出了夔，并把他进荐给了舜。舜任命夔为乐正。夔于是校正六律，调和五声，使之与八方之民谣相互协调通顺，天下就完全顺服了。重黎还想多找寻些像夔这样的人才，舜说：‘音乐是天地的精华，是政治得与失的关键，因而只有圣人才能使它和谐。和谐，这是音乐的根本。夔能够使音乐和谐并以此来平定天下。像夔这样的人，有一个就足够了。’所以前面说的‘夔一足’并不是说夔只有一只脚啊！”宋国的丁氏，家里没有水井就外出打水，常常要派一个人在外专门打水。等到他家打了井后，他告诉别人说：“我打井得一个人。”有人听到了，传给另外的人说：“丁氏打井挖到了一个人。”国人谈论这件事，被宋国君主听到了，宋国君主就派人去问丁氏。丁氏答道："我是说得一个可以使唤的人，并不是从井里得到一个人。"像这样去探听传闻，不如不去探听。

【原文】

子夏之晋，过卫，有读史记者曰："晋师三豕涉河。"子夏曰："非也，是己亥也。夫'己❶'与'三'相近，'豕'与'亥'相似。"至于晋而问之，则曰"晋师己亥涉河"也。

【注释】

①己：己的古文字为"㠯"，与"三"形似。

【译文】

子夏去晋国，途中路过卫国，听到有人读史书，说：“晋国军队三豕渡过黄河。”子夏说：“不对，‘三豕’应是‘己亥’！这是因为‘己’与‘三’字形相近，‘豕’与‘亥’字写法相似。”子夏到了晋国再问当地的人，就听说“晋国军队在己亥这天渡过了黄河”。

【原文】

辞多类非而是，多类是而非。是非之经❶，不可不分。此圣人之所慎也。然则何以慎？缘❷物之情及人之情以为所闻，则得之矣。

【注释】

①经：界限。

②缘：顺着。

【译文】

言辞有很多似是而非的地方。正确和错误的界限，不可不分清楚。这是连圣人都需要谨慎对待的。那么怎样才能谨慎呢？只能遵循着事物的规律和人的情理，才可以辨察真伪，分清是非。

战国策

作品简介

《战国策》是一部战国时期各国史料的汇编，其内容是记叙以纵横家为主的谋臣策士游说各国、为各国诸侯出谋划策的言论。《战国策》中不少篇章是公认的先秦散文代表作，不仅语言犀利，论辩精辟，且善于用比喻和寓言故事来形象地说明抽象的道理。

秦兴师临周而求九鼎

【导读】

本文讲述了颜率保全九鼎的故事。九鼎是国家政权的象征，秦国出兵向东周索要九鼎，想取代周王室。周君派大臣颜率出使齐国求救，颜率用献出九鼎作为条件，换取齐国出兵。秦国退兵后，齐王索要九鼎，颜率在不失信于人的情况下巧设难关，打消了齐王的念头。

【原文】

秦兴师临周而求九鼎❶，周君患之，以告颜率。颜率曰："大王勿忧，臣请东借救于齐。"颜率至齐，谓齐王❷曰："夫秦之为无道也，欲兴兵临周而求九鼎。周之君臣，内自画计，与秦，不若归之大国。夫存危国，美名也；得九鼎，厚宝也。愿大王图之。"齐王大悦，发师五万人，使陈臣思❸将以救周，而秦兵罢。

【注释】

①九鼎：相传大禹将天下分为九州，铸造九鼎象征九州，并置于都城。后世将其作为国家权力的象征。

②齐王：即齐威王。

③陈臣思：即田忌，又名田期思，齐威王时的大将。古时“田”与“陈”同音相通。

【译文】

秦国发兵到东周城下索要九鼎，周君忧心忡忡，把事情告诉颜率。颜率说：“君王不必忧虑，臣请东去齐国借救兵。”颜率到了齐国，对齐王说：“秦王暴虐，发兵到东周索要九鼎。我东周君臣想尽了对策，认为与其把九鼎送给暴秦，不如送给贵国。挽救面临危亡的国家必定美名传扬；得到九鼎，是极重要的宝物。愿大王考虑这件事！”齐王很高兴，立刻派五万大军，任命田忌为统帅前去助东周，秦兵撤退。

【原文】

齐将求九鼎，周君又患之。颜率曰："大王勿忧，臣请东解之。"颜率至齐，谓齐王曰："周赖大国之义，得君臣父子相保也，愿献九鼎，不识大国何途之从而致之齐？"齐王曰："寡人将寄径于梁❶。"颜率曰："不可。夫梁之君臣欲得九鼎，谋之晖台❷之下、沙海❸之上，其日久矣。鼎入梁，必不出。"齐王曰："寡人将寄径于楚。"对曰："不可。楚之君臣欲得九鼎，谋之于叶

庭④之中，其日久矣。若入楚，鼎必不出。”

【注释】

①梁：此处指魏国。魏惠王时迁都大梁（今河南开封），因此魏又称“梁”。

②晖（huī）台：台名。

③沙海：今河南开封西北一带。

④叶庭：在今湖北华容。

【译文】

齐王准备索要九鼎，周君又忧心忡忡。颜率说：“不必担心，请允许臣东去齐国，解决此事。”颜率来到齐国，对齐王说：“周仰赖贵国义举，君臣父子得以平安无事，甘愿把九鼎献给大王，但不知贵国要借哪条路把九鼎运回齐国？”齐王说：“寡人准备借道梁国。”颜率说：“不可。梁国的君臣早就想得到九鼎，他们在晖台和沙海一带谋划很长时间了。九鼎一旦进入梁国，就不可能再出来。”齐王又说：“寡人准备借道楚国。”颜率回答说：“也不行。楚国君臣为了得到九鼎，很早就在叶庭进行谋划。若九鼎进入楚国，也不可能再出来。”

【原文】

王曰：“寡人终何途之从而致之齐？”颜率曰：“弊邑固窃为大王患之。夫鼎者，非效醯壶酱甀❶耳，可怀挟提挈以至齐者；非效鸟集乌

飞，兔兴马逝，漓然❷止于齐者。昔周之伐殷，得九鼎，凡一鼎而九万人挽❸之，九九八十一万人，士卒师徒、器械被具，所以备者称此。今大王纵有其人，何途之从而出？臣窃为大王私忧之。”齐王曰：“子之数来者，犹无与耳。”颜率曰：“不敢欺大国，疾定所从出，弊邑迁鼎以待命。”齐王乃止。

【注释】

①甀（zhuì）：古时坛子一类的瓦器。

②漓然：水渗流的样子。

③挽：牵引。

【译文】

齐王说：“寡人究竟从哪里把九

鼎运回齐国呢？”颜率说：“我们君臣也在私下为大王忧虑。因为九鼎不像醋瓶或酱罐，可提在手上或揣在怀中就能拿到齐国；也不像群鸟聚、乌鸦飞、兔子跳、骏马驰那样可以迅速进入齐国。当初周武王伐殷纣王获得九鼎，为了拉运一鼎动用了九万人，九鼎就是九九八十一万人，而辅助的兵卒和器具，数量与此略等。如今大王即使有这么多人力和物力，又从哪条路把九鼎运回来呢？所以臣一直在私下为大王担忧。”齐王说：“贤卿屡次前来，看来是不想把九鼎给寡人！”颜率解释：“臣怎敢欺骗贵国，只要大王能赶快决定从哪条路搬运，我们东周君臣可迁移九鼎听候命令。”齐王终于打消了获得九鼎的念头。

卫鞅亡魏入秦

【导读】

本文是商鞅的一篇略传。商鞅由魏入秦，受到秦孝公的重用，主持变法。变法之后，社会秩序井然，提高了秦的军威和国威。秦惠王即位后，由于商鞅功高震主，相权和君权发生严重冲突，终致被杀。结尾说商鞅被车裂而秦人并不同情他，与前文写商鞅执法“刻深寡恩”相呼应。

【原文】

卫鞅❶亡魏入秦，孝公❷以为相❸，封之于商，号曰商君。商君治秦，法令至行，公平无私。罚不讳强大，赏不私亲近。法及太子，黥❹劓❺其傅。期年之后，道不拾遗，民不妄取，兵革大强，诸侯畏惧。然刻深寡恩，特以强服之耳。孝公行之八年，疾且不起，欲传商君，辞不受。

【注释】

①卫鞅：公孙氏，卫国人，后入秦辅佐秦孝公变法，封于商，号为商君，又称商鞅。

②孝公：即秦孝公，名渠梁。

③为相：指担任大良造。秦正式设相

在秦武王时。

④黥（qíng）：脸上刻字。

⑤劓（yì）：割鼻子。

【译文】

卫鞅从魏国逃到秦国，秦孝公任用他为大良造，分封商地给他，称他为“商君”。商君治理秦国，法令雷厉风行，公正无私。惩罚不回避贵族，奖赏不偏向关系亲近的人。执法涉及太子，太子的老师被处以脸上刻字、割鼻子的刑罚。一年后，路上没人拾取别人遗失的东西，百姓不妄取不义的财物，国力加强，诸侯畏惧。但商君刑罚严酷，缺少仁恩，只是用强力压服百姓而已。孝公实行新法十八年后，重病不起，打算传位给商君，商君辞谢不受。

【原文】

孝公已死，惠王❶代后，莅政有顷，商君告归。人说惠王曰："大臣太重者国危，左右太亲者身危。今秦妇人婴儿皆言商君之法，莫言大王之法，是商君反为主，大王更为臣也。且夫商君固大王仇雠也，愿大王图之。"商君归还，惠王车裂❷之，而秦人不怜。

【注释】

①惠王：即秦惠王嬴驷，前文所说的犯法的太子。

②车裂：俗称五马分尸，古代肢解身体的一种酷刑。

【译文】

孝公死后，惠王继位，执政不久，商君请求返回封地。有人游说惠王说："大臣权力太重，国家就有危险；左右近臣太亲，国君自身就有危险。现在国内连妇女、儿童都说法令是商君的法令，并不说是大王的法令。这样，商君反为人主，而大王反变为人臣了。况且商君本来就是大王的仇人。希望大王考虑这些情况。"商君从封地回到国都后，惠王下令将其五马分尸，而秦国人没有同情他的。

苏秦以连横说秦

【导读】

本文记述了战国时期纵横家苏秦游说秦惠王失败，归家后又受尽家人白眼，进而发愤苦读，最后成功说服赵王，由布衣而为卿相的故事。

【原文】

苏秦❶始将连横，说秦惠王曰："大王之国，西有巴、蜀、汉中之利，北有胡貉❷、代马❸之用，南有巫山、黔中之限，东有肴❹、函❺

之固。田肥美，民殷富，战车万乘，奋击百万，沃野千里，蓄积饶多，地势形便。此所谓天府，天下之雄国也。以大王之贤，士民之众，车骑之用，兵法之教，可以并诸侯，吞天下，称帝而治。愿大王少留意，臣请奏其效。”

【注释】

①苏秦：字季子，战国时东周洛阳人，纵横家代表人物之一。

②胡貉（hé）：北方游牧民族，分布在今内蒙古南部。

③代马：代郡、马邑，在今山西东北部。

④肴：或作“崤”“殽”，山名，在今河南洛宁北。

⑤函：即函谷关，在今河南灵宝东北。

【译文】

苏秦起初以连横政策游说秦惠王，说："大王之国，西边有巴、蜀、汉中，可以取得农业之利；北边有胡貉民族和代郡、马邑，可以供给战备之用；南边有巫山、黔中这样险阻的重地；东边有崤山、函谷关这样坚固的要塞。农田肥沃而优良，民众众多而富裕，战车万辆，勇士百万，沃野千里，物产丰富，地形险要优越，进攻有利于作战，防守坚不可破。这真是上天赐给您的天然府库，是天下最强大的国家了。凭大王的贤能，军民的众多，战车、马队训练得法，士卒作战训练有方，完全可以兼并诸侯、侵吞天下、统一四海、称帝而治。希望大王稍加注意。请允许我陈述统一天下的功效。”

【原文】

秦王曰：“寡人闻之，毛羽不丰满者，不可以高飞；文章❶不成者，不可以诛罚；道德不厚者，不可以使民；政教不顺者，不可以烦大臣。今先生俨然不远千里而庭教之，愿以异日。”

【注释】

①文章：此指法令。

【译文】

惠王说："寡人听说：羽毛不丰满的鸟雀，不能冲天高飞；法令不完备的国家，不能用刑罚；道德行为不高尚的，不能役使百姓；政教不顺人心的，不能差遣大臣。现在先生不远千里而来，郑重地当面赐教，希望日后再聆听您的教导。"

【原文】

苏秦曰："臣固疑大王之不能用也。昔者神农伐补遂，黄帝伐涿鹿而禽蚩尤，尧伐驩兜，舜伐三苗，禹伐共工，汤伐有夏，文王伐崇，武王伐纣，齐桓任战而伯天下。

由此观之，恶有不战者乎？古者使车毂击驰[1]，言语相结，天下为一；约从连横，兵革不藏；文士并饬[2]，诸侯乱惑；万端俱起，不可胜理；科条既备，民多伪态；书策稠浊[3]，百姓不足；上下相愁，民无所聊；明言章理，兵甲愈起；辩言伟服，战攻不息；繁称文辞，天下不治；舌弊耳聋，不见成功；行义约信，天下不亲。于是，乃废文任武，厚养死士，缀甲厉兵[4]，效胜于战场。夫徒处而致利，安坐而广地，虽古五帝、三王、五伯、明主贤君，常欲坐而致之，其势不能，故以战续之。宽则两军相攻，迫则杖戟相撞，然后可建

大功。是故兵胜于外，义强于内；威立于上，民服于下。今欲并天下，凌万乘，诎❺敌国，制海内，子元元❻，臣诸侯，非兵不可！今之嗣主，忽于至道，皆惛❼于教，乱于治，迷于言，惑于语，沉于辩，溺于辞。以此论之，王固不能行也。”

【注释】

①车毂（gǔ）击驰：车辆来往奔驰，车毂互相撞击。形容车辆多又急。

②饬：通“饰”，巧饰。

③书策稠浊：文书、简策繁多杂乱。

④缀甲厉兵：制作战甲，磨砺兵器。缀甲：把皮革铁片连缀成战甲。

⑤诎（qū）：屈服。

⑥子元元：以百姓为子。元元：百姓。

⑦惛（hūn）：糊涂。

【译文】

苏秦说："我本来就料到大王不可能听取我的意见。过去神农氏讨伐补遂，黄帝讨伐涿鹿擒获蚩尤，尧帝征伐驩兜，舜帝征伐三苗，禹帝征伐共工，商汤征伐夏桀，文王征伐崇侯，武王征伐殷纣，齐桓公凭武力而称霸天下。由此看来，哪有不运用武力统一天下的道理呢？古时候，出使的车辆络绎不绝，外交使节互结同盟，天下得以统一。即使这样，或言合纵，或言连横，但也从未停止过使用武力；当外交、军事同时并用，则诸侯混乱；各种问题同时发生，则来不及处理；法令条款齐备，民众反而奸诈；政令繁多杂乱，百姓就无所适从；上下互相埋怨，民众就无所依赖；空洞的道理虽在不厌其烦地讲述，而使用武力之事却在愈来愈频繁地发生；发言雄辩身着盛装，战争却没有一日停息；书策繁乱，言辞驳杂，天下却因此不得治理；说的人说得舌烂，听的人听得耳聋，却不见什么成效；推行仁义，订立盟约，然而天下并不因此而亲善。于是，各国才废弃文治，使用武力，多养敢死之士，修缮铠甲，磨砺兵器，以便取胜于战场。无所事事，无所作为，不进行战争就想获利，安坐不动就想扩充土地，即使五帝、三王、五霸、明主贤君，总想坐待成功，那也是势难奏效，因此还得用战争继续解决问题。如果两军相距遥远，就互相进攻；相距迫近，就白刃交锋，只有这样才可以建立大功。所以，军队得胜于外，正义治强于内；威权建立于上，民众服从于下。现在，想要吞并天下，控制大国，击败敌人，统治海内，抚育百姓，臣服诸侯，非用武力不可！但是，现在的君王，偏偏忽视了这一极其重要的道理，他们都被那些众说纷纭的所谓治国的说教弄昏了头脑，迷惑于那些巧舌善辩的言辞，沉醉于那夸夸其谈的空论之中。由此说来，大王必然不会采用我的主张。"

【原文】

说秦王书十上而说不行。黑貂之裘弊，黄金百斤尽，资用乏绝，去秦而归。羸縢❶履蹻❷，负书担橐，形容枯槁，面目犁黑❸，状有愧色。归至家，妻不下纴❹，嫂不为炊，父母不与言。苏秦喟叹曰："妻不以我为夫，嫂不以我为叔，父母不以我为子，是皆秦之罪也。"乃夜发书，陈箧❺数十，得太公《阴符》之谋，伏而诵之，简练以为揣摩。读书欲睡，引锥自刺其股，血流至足。曰：

“安有说人主不能出其金玉锦绣，取卿相之尊者乎？”期年，揣摩成，曰：“此真可以说当世之君矣。”

【注释】

①縢（téng）：绑腿布。

②蹻（juē）：草鞋。

③犁黑：同“黧（lí）黑”，黑中带黄的颜色。

④纴（rèn）：此处指织布机。

⑤箧（qiè）：箱子。

【译文】

游说秦王的奏章，共上呈十次，但苏秦的意见没被采纳。最后，黑貂皮衣破了，百斤黄金用完，生活费用来源断绝了，只好离开秦国，返回洛阳。

他打着绑腿，穿着草鞋，背着书箱，挑着行李，神情憔悴，脸色黄黑，显得很惭愧。到家后，妻子织布自如，不来迎接；嫂嫂冷眼相看，不给做饭；父母视若不见，不予理睬。苏秦长叹道："妻子不把我当丈夫，嫂嫂不把我当小叔，父母不把我当儿子，这都是我的罪过。"当天晚上便发奋读书，他打开数十只书箱，找到姜太公的《阴符》，于是埋头苦读，反复推敲，仔细研习。读书困倦想睡了，就拿起锥子猛刺大腿，血流至脚跟。苏秦说："哪有说服人主而不能让他们拿出金、玉、锦、绣，并取得卿相尊位的呢？"一年后，研究成功了，他说道：

"拿这个足以说服当世的君王了。"

【原文】

于是乃摩❶燕乌集阙❷，见说赵王于华屋之下，抵❸掌而谈。赵王大说，封为武安君，受相印，革车百乘，锦绣千纯，白璧百双，黄金万镒❹，以随其后，约从散横，以抑强秦。故苏秦相于赵而关不通。

【注释】

①摩：接近。

②燕乌集阙：古关塞名，今地不详。

③抵（zhǐ）：击。

④镒：重量单位，古时二十两（一说二十四两）为一镒。

【译文】

于是苏秦就走到燕乌集阙，在华屋之下游说赵王，双方交谈甚为投机。赵王非常高兴，封苏秦为武安君，并任命他为相国，给他兵车百辆、锦绣千匹、白璧百双、黄金万镒，车随其后，往各国去建立合纵联盟，瓦解连横阵线，以抵制强秦。所以，苏秦任赵相时，秦国不敢出兵函谷关。

【原文】

当此之时，天下之大，万民之众，王侯之威，谋臣之权，皆欲决于苏秦之策。不费斗粮，未烦一兵，未战一士，未绝一弦，未折一矢，诸侯

相亲，贤于兄弟。夫贤人在而天下服，一人用而天下从。故曰：式❶于政，不式于勇；式于廊庙之内，不式于四境之外。当秦之隆，黄金万镒为用，转毂连骑，炫熿❷于道；山东❸之国，从风而服，使赵大重。且夫苏秦特穷巷掘门、桑户棬枢❹之士耳。伏轼撙衔❺，横历天下，庭说诸侯之主，杜❻左右之口，天下莫之伉❼。

【注释】

①式：施用。

②炫熿：辉煌显耀。

③山东：战国、秦、汉时指崤山或华山以东的地区。

④棬枢：用枝条做门枢。

⑤撙(zǔn)衔：勒住马嚼子以控制马匹。

⑥杜：堵塞。

⑦伉(kàng)：通“抗”，抵抗。

【译文】

那时，天下如此广大，民众如此众多，王侯如此威严，谋臣如此有权势，都要取决于苏秦的合纵政策。苏秦未费一斗粮，未用一件兵器，未派一名士卒，未断一根弓弦，未折一支箭杆，就使诸侯和睦，胜过兄弟。总之，贤人在位，天下便信服，一人得用，天下便听从。所以说：国事决定于外交，而不是武力；决定于在朝廷中谋划，而不是在战场上拼抢。苏秦掌权时，万镒黄金任他使用，成队车马任他驱驰，耀武扬威，显赫于道，山东六国，闻风服从，使赵国地位大为提高。其实，苏秦不过是一个住在用桑树做门、用枝条做门枢的茅舍的读书人而已。但他乘马坐车，奔走天下，在各国朝堂上游说诸侯，使大臣们哑口无言，无人能与他抗争。

【原文】

将说楚王，路过洛阳。父母闻之，清宫除道，张乐设饮，郊迎三十里。妻侧目而视，倾耳而听；嫂蛇行匍伏，四拜自跪而谢。苏秦曰："嫂，何前倨而后卑也？"嫂曰："以季子位尊而多金。"苏秦曰："嗟乎！贫

穷则父母不子，富贵则亲戚畏惧。人生世上，势位富贵，盖❶可以忽乎哉！”

【注释】

①盖：通“盍（hé）”，何。

【译文】

苏秦要去游说楚王时，路过洛阳。父母得知，亲自为苏秦打扫房间，清除道路，奏乐摆宴，在三十里外迎接。妻子低头，不敢正视，侧耳听他说话；嫂嫂伏地，像蛇一样爬行而来，拜了四拜，跪地认错。苏秦问：“嫂嫂，为何先前傲慢，而现在又卑下呢？”嫂子说：“因为您现在地位尊贵，又有钱。”苏秦慨叹：“唉！贫贱

时，父母都不把我当儿子；富贵了，连妻、嫂都畏惧我。人生在世，权势地位和金钱财富怎么能忽视不顾呢？”

司马错论伐蜀

【导读】

秦国经过商鞅变法之后，国势渐强，在称霸的道路上面临一次重大战略抉择。司马错和张仪的争论，主旨在于秦国向何处拓展比较恰当。张仪主张亲魏、楚，攻周、韩，挟天子以令诸侯。司马错则认为秦国还是地小民贫的国家，应先取蜀地，得其财可以富民，所以主张伐蜀。秦惠王赞同司马错的意见，就派他领兵伐蜀。

【原文】

司马错❶与张仪❷争论于秦惠王前。司马错欲伐蜀，张仪曰："不如伐韩。"王曰："请闻其说。"

【注释】

①司马错：战国中期秦国名将，历仕秦惠王、武王、昭襄王三朝。

②张仪：原为魏国人，后入秦两度为相，战国时期政治家、外交家、纵横家。

【译文】

秦将司马错跟张仪在秦惠王面

前争论战事。司马错主张秦国应该先去攻打蜀国，可是张仪却反对说："不如先去攻打韩国。"秦惠王说："我愿听听你们的意见。"

【原文】

对曰："亲魏善楚，下兵三川，塞轘辕❶、缑氏❷之口，当屯留之道；魏绝南阳，楚临南郑，秦攻新城、宜阳，以临二周之郊，诛周主之罪，侵楚、魏之地。周自知不救，九鼎宝器必出。据九鼎，按图籍❸，挟天子以令天下，天下莫敢不听，此王业也。今夫蜀，西辟之国，而戎狄之长也，弊兵劳众不足以成名。得

其地不足以为利。臣闻：'争名者于朝，争利者于市。'今三川、周室，天下之市朝也，而王不争焉，顾争于戎狄，去王业远矣。"

【注释】

①轘（huán）辕：即轘辕山，位于今河南巩义西南。

②缑（gōu）氏：山名，位于今河南偃师东南。

③图籍：指地图和户籍等档案文书。

【译文】

张仪回答说："我们先跟楚、魏两国结盟，然后再出兵到三川，堵住轘辕和缑氏的出口，挡住屯留的险道，这样魏国就断绝了通往南阳之路，楚军逼近南郑，秦兵再攻打新城、宜阳，这样我们便兵临东西二周的城外，声讨二周的罪过，并且可以占领楚、魏两国。周王知道自己的危急无法解救，一定会交出传国之宝。我们占有传国之宝，再按照地图户籍，假借周天子的名义号令诸侯，天下又有谁敢不听我们命令呢？这才是霸王之业。至于蜀国，那是一个在西方边远之地、野蛮人当酋长的国家。我们即使劳民伤财发兵前往攻打，也不足以因此而建立霸业；夺取了那块土地，也不能获得实际利益。臣常听人说：‘争名的人要到朝廷去，争利的人要到市场去。’现在三川、周室，乃是天下的朝廷和市场，可是大王却不去争，反而争夺戎、狄等蛮夷之邦，这距离霸王之业就实在太远了。”

【原文】

司马错曰：“不然。臣闻之，欲富国者，务广其地；欲强兵者，务富其民；欲王者，务博其德。三资者备，而王随之矣。今王之地小民贫，故臣愿从事于易。夫蜀，西辟之国也，而戎狄之长也，而有桀、纣之乱。以秦攻之，譬如使豺狼逐群羊也。取其地，足以广国也；得其财，足以富民。缮兵❶不伤众，而彼已服矣。故拔一国，而天下不以为暴；利尽西海❷，诸侯不以为贪。是我一举而名实两附，而又有禁暴正乱之名。今攻韩劫天子，劫天子，恶名也，而未必利也，又有不义之名。而攻天下之所不欲，危。臣请谒其故：周，天下之宗室也；韩，周之与国也。周自知失九鼎，韩自知亡三川，则必将二国并力合谋，以因于齐、赵，而求解乎楚、魏。以鼎与楚，以地与魏，王不能禁。此臣所谓'危'，不如伐蜀之完也。"

【注释】

①缮（shàn）兵：用兵。缮：治。

②西海：此指蜀国。

【译文】

司马错说："事情并不像张仪所说的那样。我听说，要想使国家富强，务必先扩张领土；要想兵强马壮，必须先使民众富足；要想得到天下，一定要先广施仁政。这三件事都做到以后，那么天下自然可以获得。如今大王地盘小而百姓穷，所以臣希望大王先从容易的地方着手。因为蜀国是一个偏僻小国，而且是戎狄之邦的首领，眼下像夏桀、商纣一样紊乱。如果用秦国的兵力去攻打蜀国，就好像派狼群去驱逐羊群一样简单。秦国得到蜀国的土地可以扩大版图，得到蜀国的财富可以富足百姓。

虽是用兵却不伤害一般百姓，并且又让蜀国自动屈服。所以秦虽然灭亡了蜀国，而诸侯不会认为是暴虐；即使秦抢走蜀国的一切财富珍宝，诸侯也不会认为是贪婪。这样我们只要做伐蜀一件事，就可以名利双收，甚至还可以得到除暴安良的美名。今天如果我们去攻打韩国，就等于是劫持天子了，这是一个千夫所指的恶名，而且也不见得能获得什么利益，反而落得一个不仁不义的坏名。干天下人不愿做的事情，实在是一件危险的事。其中的危险在于：周天子是天下的共主；韩国是周的友邦。周一旦知道要失掉九鼎，韩一旦清楚要失去三川，这样两国必然精诚合作，共同联络齐、赵，向楚、魏求救。周会把九鼎献给楚，韩会把土地割让给魏，这一切大王是不能制止的。这也就是臣所说的危险所在，因此，攻打韩国是失策，先伐蜀才是万全之计。”

【原文】

惠王曰：“善。寡人听子。”卒起兵伐蜀，十月取之，遂定蜀。蜀主更号为侯，而使陈庄❶相蜀。蜀既属，秦益强富厚，轻诸侯。

【注释】

①陈庄：战国时期秦国大臣，秦国灭蜀后担任蜀国相国。

【译文】

秦惠王说："好的！寡人听你的。"于是秦国就出兵攻打蜀，经过十个月的征讨，终于占领了蜀地，把蜀主的名号改为侯，并且派秦臣陈庄去做蜀的相国。蜀地既已划归秦国的版图，秦国就越发强盛富足，而且更加轻视天下诸侯。

齐助楚攻秦

【导读】

公元前313年，齐、楚联军攻占了秦地曲沃。秦国为了瓦解齐、楚联盟，派张仪游说楚怀王。张仪用商於之地六百里为诱饵，欺骗楚怀王和齐国绝交。楚怀王派人到秦国接受土地，张仪佯装生病。楚怀王为了表示和齐国绝交的诚意，竟然派勇士北上痛骂齐王。齐、楚断交后，张仪面对楚使，把六百里说成六里。楚怀王大怒，兴兵伐秦，结果被秦、齐、韩三国联军打得大败。

【原文】

齐助楚攻秦，取曲沃❶。其后，秦欲伐齐，齐、楚之交善，惠王患之，谓张仪曰："吾欲伐齐，齐、楚方欢，子为寡人虑之，奈何？"张

仪曰："王其为臣约车并币❷，臣请试之。"

【注释】

①曲沃：此处指今河南陕州曲沃。

②币：礼品。

【译文】

齐国帮助楚国进攻秦国，攻下了曲沃。后来秦想要报仇进攻齐国。可是齐、楚是友好国家，秦惠王为此甚感忧虑，于是秦惠王就对张仪说："寡人想要发兵攻齐，无奈齐、楚两国关系正密切，请贤卿为寡人考虑一下怎么办才好？"张仪说："请大王为臣准备车马和礼品，让臣去南方游说楚王试试看！"

【原文】

张仪南见楚王[1]曰："弊邑之王所说[2]甚者，无大大王。唯仪之所甚愿为臣者，亦无大大王。弊邑之王所甚憎者，亦无先齐王[3]；唯仪之所甚憎者，亦无大齐王。今齐王之罪，其于弊邑之王甚厚，弊邑欲伐之，而大国与之欢，是以弊邑之王不得事令，而令仪不得为臣也。大王苟能闭关绝齐，臣请使秦王献商於之地[4]，方六百里。若此，齐必弱，齐弱则必为王役矣。则是北弱齐，西德于秦，而私商於之地以为利也，则此一计而三利俱至。"

【注释】

①楚王：即楚怀王熊槐，楚威王之子，楚顷襄王之父。

②说：同“悦”。

③齐王：即齐宣王田辟彊，齐威王田因齐之子。

④商於之地：今陕西商州以南直至汉中的广大地区。

【译文】

于是张仪去楚国见楚怀王说：“我国国王最敬重的人莫过于大王您了；我做臣子，也莫过于希望给大王您做臣子。我国国王最痛恨的君主莫过于齐王；而臣最不愿侍奉的君主也莫过于齐王。现在齐王的罪恶，对秦王来说是最严重的，因此秦国才准备发兵征讨齐国，无奈贵国跟齐国缔结有军事攻守同盟，致使秦王无法听从您的吩咐，同时也不能使臣张仪做大王的忠臣。然而如果大王能关起国门跟齐国断绝邦交，臣愿让秦王献上方圆六百里的商於之地。如此一来，齐国必定走向衰弱；齐国走向衰弱以后，就必然听从大王号令。由此看来，大王如果能这样做，楚国不但在北面削弱了齐国的势力，而又在西南对秦国施予恩惠，同时更获得了商於六百里的土地，这真是一举三得的上策。”

【原文】

楚王大说，宣言之于朝廷，曰："不穀得商於之田，方六百里。"群臣闻见者毕贺，陈轸后见，独不贺。楚王曰："不穀不烦一兵，不伤一人，而得商於之地六百里，寡人自以为智矣！诸士大夫皆贺，子独不贺，何也？"陈轸对曰："臣见商於之地不可得，而患必至也，故不敢妄贺。"王曰："何也？"对曰："夫秦所以重王者，以王有齐也。今地未可得而齐先绝，是楚孤也，秦又何重孤国？且先出地后绝齐，秦计必弗为也。先绝齐后责❶地，且必受欺于张仪；受欺于张仪，王必惋之。是西

生秦患，北绝齐交，则两国兵必至矣。”楚王不听，曰：“吾事善矣！子其弭口无言，以待吾事。”楚王使人绝齐，使者未来，又重绝之。

【注释】

①责：索要。

【译文】

楚怀王一听，非常高兴，就赶紧在朝廷之上宣布：“寡人已经从秦国得到商於六百里肥沃的土地！”群臣听了，都向怀王道贺，唯独陈轸最后晋见，而且根本不向怀王道贺。这时怀王就很诧异地问：“寡人不发一卒，而且没有伤亡一名将士，就得到商於六百里土地，寡人自认为很聪明！朝中文武百官都向寡人道贺，偏只有贤卿一人不道贺，这是为什么？”陈轸回答说：“因为我认为，大王不但得不到商於六百里土地，反而会招来祸患，所以臣才不敢随便向大王道贺。”怀王问：“什么道理呢？”陈轸回答说：“秦王之所以重视大王的原因，是因为有齐国这样一个强大盟友。如今秦国还没把土地割给大王，大王就跟齐国断绝邦交，如此就会使楚国陷于孤立状态，秦国又怎会重视一个孤立无援的国家呢？何况如果先让秦国割让土地，楚国再来跟齐国断绝邦交，秦国必不肯这样做。要是楚国先跟齐国断交，然后再向秦要求割让土地，那么必然遭到张仪欺骗而得不到土地；受了张仪的欺骗，以后大王必然懊悔万分。结果是西面惹出秦国的祸患，北面切断了齐国的后援，这样秦、齐两国的兵都将进攻楚国。”楚王不听从，说：“我的事已经办妥当了！你就闭口，不要再多说，等着我办好事吧。”于是怀王就派使者前往齐国宣布跟齐断绝邦交，还没等第一个绝交使者回来，楚王竟急着又派人去与齐国绝交。

【原文】

张仪反，秦使人使齐，齐、秦之交阴合。楚因使一将军受地于秦。

张仪至，称病不朝。楚王曰："张子以寡人不绝齐乎？"乃使勇士往詈❶齐王。张仪知楚绝齐也，乃出见使者曰："从某至某，广从❷六里。"使者曰："臣闻六百里，不闻六里。"仪曰："仪固以小人，安得六百里？"使者反报楚王，楚王大怒，欲兴师伐秦。陈轸曰："臣可以言乎？"王曰："可矣。"轸曰："伐秦非计也，王不如因而赂之一名都，与之伐齐，是我亡于秦而取偿于齐也。楚国不尚全乎？王今已绝齐，而责欺于秦，是吾合齐、秦之交也，国必大伤。"

【注释】

①詈（lì）：骂。

②广从：横向为广，竖向为从。从：通“纵”。

【译文】

张仪回到秦国之后，秦王就赶紧派使者前往齐国游说，秦齐的盟约暗暗缔结成功。果然不出陈轸所料，当楚国派出一名将军去秦国接收土地时，张仪为了躲避楚国的索土使臣，竟然装病不上朝。楚怀王说：“张仪以为寡人不愿诚心跟齐国断交吗？”于是楚怀王就派了一名勇士前去齐国骂齐王。张仪在证实楚齐确实断交以后，才勉强出来接见楚国的索土使臣，说：“我国所赠送贵国的土地，是从这里到那里，方圆总共是六里。”楚国使者很惊讶地说："臣只听说是六百里，却没有听说是六里。"张仪赶紧郑重其事地巧辩说："我张仪在秦国只不过是一个微不足道的小官，怎么能答应说有六百里呢？"楚国使节回国报告楚怀王以后，怀王大怒，就准备发兵去攻打秦国。这时陈轸走到楚王面前表示："现在我可以说话了吗？"怀王说："可以。"于是陈轸就很激动地说："楚国发兵去攻打秦国，绝对不是一个好办法。大王实在不如趁此机会，不但不向秦国要求商於六百里土地，反而再送给秦一个大城市，目的是跟秦联兵伐齐，如此或许可以把损失在秦国手里的再从齐国得回来。这不就等于楚国没有损失吗？大王既然已经跟齐国绝交，现在又去责备秦国的失信，等于在加强秦、齐两国的邦交，这样的话，楚国必受大害！”

【原文】

楚王不听，遂举兵伐秦。秦与齐合，韩氏从之，楚兵大败于杜陵❶。故楚之土壤士民非削弱，仅以救亡者，计失于陈轸，过听于张仪。

【注释】

①杜陵：应为“伎陵”，今陕西旬阳西。

【译文】

可惜楚怀王仍然没有采纳陈轸的忠谏，而是照原定计划发兵攻打秦国。秦、齐两国组成联合阵线，同时韩国也加入了军事同盟，结果楚军被三国联军在杜陵打得惨败。可见，楚国的土地并非不大，而民众也并非比其他诸侯软弱，但是之所以会弄到几乎要亡国的惨境，就是因为怀王没有采纳陈轸的正确意见，错误地听信张仪的诡诈游说。

范雎说秦王

【导读】

范雎随秦使王稽由魏入秦后，秦昭王并没有立即召见他。为了能使自己的治国才能得以早日施展，范雎只好给昭王上书自荐。秦昭王读信后立即下令召见范雎，本文便是秦王召见范雎时两人的谈话。

【原文】

范雎❶至，秦王庭迎范雎，敬执宾主之礼，范雎辞让。

【注释】

①范雎（jū）：战国时魏人，字叔，著名政治家、纵横家。因得罪魏相魏齐，受笞几乎死去，为郑安平所救，改名张禄，由秦国使者王稽秘密带入秦国，后封应侯。

【译文】

范雎来到秦国，秦王亲自到宫廷前迎接，以正式的宾主礼仪接待了范雎，范雎客气地推辞谦让。

【原文】

是日见范雎，见者无不变色易容者。秦王屏左右，宫中虚无人，秦王跪而进曰："先生何以幸教寡人？"范雎曰："唯唯。"有间，秦王复请，范雎曰："唯唯。"若是者三。

【译文】

这天在场见此情景的人，脸上无不惊讶失色的。秦王把左右的人支使出去，宫中只剩下他们两人，秦王跪身请求说："先生怎样来教导我呢？"范雎只是"嗯嗯"了两声。过了一会儿，秦王再次请教，范雎还是"嗯嗯"了两声。就这样一连三次。

【原文】

秦王跽❶曰："先生不幸教寡人乎？"范雎谢曰："非敢然也。臣闻昔者吕尚之遇文王也，身为渔父而钓于渭阳之滨耳。若是者，交疏也。已一说而立为太师，载与俱归者，其言深也。故文王果收功于吕尚，卒擅天下而身立为帝王。即使文王疏吕望而弗与深言，是周无天子之德，而文、武无与成其王也。今

臣，羁旅之臣也，交疏于王，而所愿陈者，皆匡君臣之事，处人骨肉之间，愿以陈臣之陋忠，而未知王心也，所以王三问而不对者是也。

【注释】

①跽(jì)：长跪，挺直上身两膝着地。

【译文】

秦王长跪着说："先生不愿意教导我吗？"范雎向秦王谢罪说："我并不敢这样。我听说，当初吕尚与文王相遇的时候，他只是一个渔夫，在渭河钓鱼而已。那时，他们交情疏远。此后，吕尚通过一次进言，就被尊为太师，和文王同车回去，这是因为他谈得很深刻的缘故。所以文王终于因吕尚而建立了功业，最后掌握了天下的大权，自己立为帝王。如果文王当时疏远吕尚，不与他深谈，周朝就不可能有天子的圣德，而文王、武王也不可能成就帝王的事业。现在，我只是个旅居在秦国的宾客，与大王交情疏远，但是希望陈述的又都是纠正君臣关系的大事，而且还将干预骨肉至亲，我本想表达我的愚忠，可又不知大王的心意如何，所以大王三次问我，我都没有回答。

【原文】

“臣非有所畏而不敢言也，知今日言之于前，而明日伏诛于后，然

臣弗敢畏也。大王信行臣之言，死不足以为臣患，亡不足以为臣忧，漆身而为厉❶，被发而为狂，不足以为臣耻。五帝之圣而死，三王之仁而死，五霸之贤而死，乌获❷之力而死，奔、育❸之勇而死。死者，人之所必不免。处必然之势，可以少有补于秦，此臣之所大愿也，臣何患乎？伍子胥橐❹载而出昭关，夜行而昼伏，至于菱水❺，无以糊其口，膝行蒲伏，乞食于吴市，卒兴吴国，阖庐❻为霸。使臣得进谋如伍子胥，加之以幽囚不复见，是臣说之行也，臣何忧乎？箕子、接舆，漆身而为厉，被发而为狂，无益于

殷、楚。使臣得同行于箕子、接舆，可以补所贤之主，是臣之大荣也，臣又何耻乎？

【注释】

①厉：通"疠（癞）"，生癞疮。

②乌获：战国时秦国的大力士。

③奔、育：战国时的勇士孟奔（一作孟贲）、夏育。

④橐（tuó）：口袋。

⑤菱（líng）水：即溧水，此处指江苏溧阳一带。

⑥阖庐：也作"阖闾"，姓姬，名光，又称"公子光"，春秋末期吴国国君。

【译文】

"我并不是有什么畏惧而不敢

进言，即使今天在大王面前说了，明天随后就会遭到杀身之祸，我也并不畏惧。大王真能按照我的计谋去做，我即使身死，也不会以为是祸患；即使流亡，也不会以此为忧虑；即使身上涂漆长出毒疮，披头散发成为狂人，也不会以此为耻辱。五帝是天下的圣人，但终究要死；三王是天下的仁人，但终究要死；五霸是天下的贤人，但终究要死；乌获是天下的大力士，但终究要死；孟奔、夏育是天下的勇士，但终究要死。死，是人人都不可避免的。这是自然界的必然规律。如果能够稍有补益于秦国，这就是我最大的愿望，我还有什么可忧虑的呢？伍子胥当年是躲藏在口袋里，逃出昭关的，他晚上出行，白天躲藏，到了溧水，吃不上饭饿着肚皮，双膝跪地爬行，在吴市讨饭度日，但最终帮助阖庐复兴了吴国，使吴王阖庐建立了霸业。如果让我像伍子胥一样能呈献计谋，即使遭到囚禁，终生不能再见到大王，只要能实现我的计谋，我还有什么可忧虑的呢？当初殷朝的箕子，楚国的接舆，漆身为癞，披发为狂，却终究无益于殷、楚。如果使我与箕子、接舆有同样的遭遇，只要有益于圣明的君王，这就是我最大的光荣，我又有什么可感到耻辱的呢？

【原文】

"臣之所恐者，独恐臣死之后，天下见臣尽忠而身蹶❶也，是以杜口裹足，莫肯即秦耳。足下上畏太后之严，下惑奸臣之态；居深宫之中，不离保傅❷之手，终身暗惑，无与照奸，大者宗庙灭覆，小者身以孤危，此臣之所恐耳！若夫穷辱之事，死亡之患，臣弗敢畏也。臣死而秦治，贤于生也。"

【注释】

①蹶：跌倒。此处指死亡。

②保傅：古代负责保育、教导贵族子弟及未成年帝王或诸侯的官员。

【译文】

“我所担心的是，我死了以后，人们见到我这样尽忠于大王，终究还是身死，因此都闭口不言，裹足不前，不肯到秦国来。大王对上畏惧太后的威严，对下又迷惑于大臣的伪作；住在深宫之中，不离保傅之手，终身迷惑糊涂，不能了解坏人坏事。这样，大而言之，则使得国家遭受灭亡之祸；小而言之，则使得自己处于孤立的危境。这就是我所担心害怕的。至于穷困、受辱这样的事，身死、流浪这样的不幸，并不是我所害怕的。如果我死了，秦国却治理得很好，这比我活着更要好得多。”

【原文】

秦王跽曰：“先生是何言也！夫秦国僻远，寡人愚不肖，先生乃幸至此，此天以寡人慁①先生，而存先王之庙也。寡人得受命于先生，此天所以幸先王而不弃其孤也。先生奈何而言若此！事无大小，上及太后，下至大臣，愿先生悉以教寡人，无疑寡人也。”范雎再拜，秦王亦再拜。

【注释】

①慁（hùn）：打扰。

【译文】

秦王长跪着说：“先生怎么说出这样的话呢？秦国是个偏僻边远的

国家，我又是个没有才能的愚人，幸亏先生能到我国来，这是上天要让我来打扰先生，使得先王的宗庙得以留存。我能接受先生的教导，这是上天眷顾先王，而没有抛弃我。先生怎么说出这样的话呢？今后事无大小，上至太后，下及大臣，所有一切，都希望先生一一给我教导，千万不要对我有什么疑虑。”范雎对秦王拜了两拜，秦王也向范雎拜了两拜。

濮阳人吕不韦贾于邯郸

【导读】

吕不韦凭他多年的商业经验，看出当时在赵国做人质的秦公子异人“奇货可居”，于是和异人结为政治投机的伙伴。吕不韦先游说秦安国君的妻子华阳夫人（膝下无子），从赵国召回异人，收异人为子，改名子楚，并劝安国君（即位后为孝文王）立子楚为太子。孝文王即位，三日即死。接着子楚登位，是为庄襄王。吕不韦担任相国，主持国政，号为文信侯，获得蓝田十二县作为封邑。

【原文】

濮阳人吕不韦贾❶于邯郸，见秦质子异人❷，归而谓父曰："耕田之利几倍？"曰："十倍。""珠玉之赢❸几倍？"曰："百倍。""立国家之主赢几倍？"曰："无数。"曰："今力田疾作，不得暖衣余食；今建国立君，泽可以遗世，愿往事之。"

【注释】

①贾：做买卖。

②异人：秦孝文王的儿子，当时在赵国做人质，后即位为庄襄王。

③赢：商业利润。

【译文】

濮阳人吕不韦在赵都邯郸经商，看见秦国在赵国做人质的公子异人，回家后，便问他的父亲："耕田可获利几倍呢？"父亲说："十倍。"又问："贩卖珠玉能获利几倍呢？"父亲说："百倍。"又问："立一个国家的君主，可获利几倍呢？"父亲说："那不可以数计。"吕不韦说："现在农民努力从事耕田劳动，还不能做到丰衣足食；若是建立一个国家，立一位君主，获利就可以传至后世。我愿意去侍奉他。"

【原文】

秦子异人质于赵，处于𨛍城❶。故往说之曰："子傒❷有承国之业，又有母在中。今子无母于中，外托于不可知之国。一日倍约，身为粪土。今子听吾计事，求归，可以有秦国。吾为子使秦，必来请子。"乃说秦王后❸弟阳泉君曰："君之罪至死，君知之乎？君之门下无不居高尊位，太子门下无贵者。君之府藏珍珠宝玉，君之骏马盈外厩，美女充后庭。王之春秋高，一日山陵崩，太子用事，君危于累卵而不寿于朝生❹。说有可以一切，而使君富贵千万岁，其宁于太山四维，必无危亡之患矣。”阳泉君避席，请闻其说。不韦曰：“王年高矣，王后无子，子傒有承国之业，士仓❺又辅之。王一日山陵崩，子傒立，士仓用事，王后之门必生蓬蒿。子异人贤材也，弃在于赵，无母于内，引领西望，而愿一得归。王后诚请而立之，是子异人无国而有国，王后无子而有子也。”阳泉君曰：“然。”入说王后，王后乃请赵而归之。

【注释】

①鄗(liáo)城：战国时赵国地名。

②子傒(xī)：秦孝文王的儿子，异人的异母弟。

③秦王后：指安国君的妻子华阳夫人。

④朝生：朝生夕落的槿花。

⑤士仓：秦昭王时的丞相杜仓。

【译文】

秦国公子异人在赵国做人质，住在聊城。吕不韦去游说公子异人，说："你的异母兄弟子傒具有继承秦国君位的资格，又有母亲在宫中作后盾。您在宫中既没有母亲相助，又寄居在态度不定的赵国。一旦秦、赵背约，您必丧生。如果您能听从我的主意，要求返回本国，就能有掌握秦国大权的机会。我为您去秦国活动，秦国必然会派人来迎接您。"于是吕不韦游说秦王王后的弟弟阳泉君，说："您将遭到杀身之祸，知道吗？您手下的人都身居高官显位，太子手下却无显贵的人。您的府库收藏有珍珠宝玉，您的马房里蓄满骏马，您的后宫中尽是佳丽美女。秦王年事已高，一旦百年之后，太子执政，您的处境就会危如累卵，命在旦夕。现在有一计策，可以解决这一切，使您富贵千万年，安如泰山，绝没有危亡的祸患。”阳泉君离开座位彬彬有礼地说：“愿听听您的高见。”吕不韦说：“秦王年迈，王后无子。子傒具有继承秦国王位的条件，丞相杜仓又辅佐他。秦王一旦百年之后，子傒立为国君，杜仓执政，那么王后的门庭必然会冷落得要长满蓬蒿野草了。公子异人是贤能的人才，作为人质被遗弃在赵国，朝廷中又没有母亲相助，他仰首西望，希望能够回国。王后果真能请求立他为太子，那么公子异人虽然本无掌国之权，但很快将会有掌国之权；王后虽然本无儿子，却可以有儿子了。”阳泉君说：“对啊！”于是向王后进言，王后要求赵国放回异人。

【原文】

赵未之遣，不韦说赵曰：“子异人，秦之宠子也，无母于中，王后欲取而子之。使秦而欲屠赵，不顾一子而留计，是抱空质也。若使子异人归而得立，赵厚送遣之，是

不敢倍德畔施，是自为德讲。秦王老矣，一日晏驾❶，虽有子异人，不足以结秦。”赵乃遣之。异人至，不韦使楚服而见。王后悦其状，高其知，曰：“吾楚人也。”而自子之，乃变其名曰楚。王使子诵，子曰：“少弃捐在外，尝无师傅所教学，不习于诵。”王罢之，乃留止。间曰：“陛下尝轫车❷于赵矣，赵之豪杰得知名者不少。今大王反国，皆西面而望。大王无一介之使以存之，臣恐其皆有怨心，使边境早闭晚开。”王以为然，奇其计。王后劝立之。王乃召相，令之曰：“寡人子莫若楚。”立以为太子。子楚立，以不韦为相，号

曰文信侯，食蓝田十二县。王后为华阳太后，诸侯皆致秦邑。

【注释】

①晏驾：天子死亡的讳称。

②轫（rèn）车：停车。对秦王在赵国做人质的委婉说法。

【译文】

赵国不放回公子异人，吕不韦又游说赵王，说："公子异人是秦王宠爱的公子，在宫中没有母亲，王后想让他做自己的儿子。如果秦王想进攻赵国，决不会因为公子在赵国而犹豫，仍然会坚持既定方针进攻赵国的。这样，即使有公子在赵国，您也只是守住一个无用的人质罢了。如果放回异人，能立他为太子，赵国又隆重地送他回国，他不会忘恩负义，自会以德相报。秦王年老，百年之后，即使有公子异人留在赵国，也不能与秦国结好。”赵王同意送异人回国。异人回到秦国，吕不韦让他穿上楚国的服装去见王后。王后见了，很喜欢，又赞赏他的见识，说：“我是楚国人。”就把他当自己的儿子看待，并改名为“楚”。秦王要他诵读经书，子楚（即异人）说：“我年轻时，被遗弃在国外，没有老师教读经书，所以不熟悉读经。”秦王于是作罢，而把他留在宫内。子楚私下对秦王说：“陛下也曾经在赵国居住过，赵国豪杰与大王关系好的不在少数。如今大王回国，他们都还在朝西南仰望您。大王却没有派遣一位使臣去慰问他们，我唯恐他们都要存有怨心。不如让边境的关卡早关晚开，加强警戒。”秦王认为有道理，惊奇他有这样的心计。王后鼓动秦王立子楚为太子。于是秦王召相国下令道：“我的儿子没有哪个比得上子楚的。”便立子楚为太子。后来子楚即位，用吕不韦做相国，封号为文信侯，以蓝田十二个县的赋税为俸禄。王后封为华阳太后，诸侯都给秦国进献土地。

香小
書墨

上架建议：大众读物

ISBN 978-7-5746-0534-3

9 787574 605343 >

定价：60.00元（全4册）